Erica Morello

I prematuri

Youcanprint

Titolo | I prematuri
Autore | Erica Morello

ISBN | 978-88-31639-21-7

Youcanprint
Via Marco Biagi 6, 73100 Lecce
www.youcanprint.it
info@youcanprint.it

Alle donne che ho incontrato nella mia vita
e che hanno saputo ispirarmi.

Ma soprattutto a TE
che mi hai insegnato a vivere.

PROLOGO

Le ci volle qualche secondo per riprendere fiato.

Sbatté più volte le palpebre per assicurarsi di non avere le allucinazioni.

Impossibile, si ripeté in testa più volte. *È morta.*

Eppure la donna in piedi accanto alla porta rimaneva sempre là, immobile e in silenzio.

Eryn non osava muovere un muscolo. Le mani continuavano a rimanere aggrappate al cancello.

Senza distogliere lo sguardo, sentiva solo rimbombare il suo respiro che entrava e usciva dalla bocca.

Non sapeva cosa fare, ma non poteva rimanere imbambolata così.

"Lauren? Sei tu?".

Il tono di voce era basso, roco. Impastato. Stentava a riconoscere la sua stessa voce e temeva che la donna non l'avesse udita.

Aspettò una reazione, ma non successe niente. Lauren continuò a rimanere immobile nella stessa posizione in cui si trovava da ormai qualche minuto con lo sguardo fisso su di lei.

CAPITOLO PRIMO

Due anni prima

"Amore, hai visto i miei occhiali? Non li trovo più. Eppure mi ricordo di averli posati ieri sera qui sul divano mentre guardavo la tv".
Alto e robusto, capelli biondo scuro e occhi marroni, Archie si aggirava nel salone, piccolo e poco arredato ma molto luminoso, alla ricerca dei suoi occhiali.
Era molto distratto e riusciva a perdere e dimenticare qualunque cosa, sprecando minuti preziosi per ritrovarla – motivo per cui arrivava spesso tardi al lavoro o si scordava quello che gli diceva la moglie.
A parte questo piccolo difetto, era una delle persone più sincere e affettuose che si potessero incontrare, e ogni cosa che faceva, la faceva con il cuore.
"Saranno sotto i cuscini rossi, come al solito", urlò dalla camera da letto Eryn.
Al contrario di Archie, lei non perdeva mai niente, sempre attenta all'organizzazione e ai dettagli, ormai non solo più delle sue cose ma anche di quelle del marito.
Sorrise.
Diede un'ultima occhiata allo specchio mentre finiva di prepararsi, soddisfatta del risultato. Osservò compiaciuta la sua figura alta e magra, sulla quale risaltavano i capelli scuri e gli occhi di un verde chiaro molto particolare.
Erano due persone molto diverse, sia fisicamente sia caratterialmente, tanto distanti nei modi di fare e nelle abitudini, eppure così legate che difficilmente qualcuno non riusciva a scorgere l'amore e l'attrazione che c'erano tra loro.
Si erano conosciuti tra i banchi dell'università quasi una quindicina di anni prima, e da allora il loro legame si era rafforzato sempre di più. Era stata lei a notarlo, sebbene lui non fosse un tipo appariscente ed esuberante e, grazie ad alcune amicizie in comune, erano usciti per qualche periodo nella stessa compagnia di amici, insieme ai quali avevano trascorso anche una vacanza prima che lui capisse final-

mente di essere innamorato di quella brunetta dallo sguardo attento e penetrante.

Dopo la laurea avevano viaggiato molto in lungo e in largo per il Paese: avevano vissuto tre anni a Charis dove avevano conseguito un master in finanza, due anni a Beryl dove avevano frequentato diversi corsi mentre si avventuravano a piccoli passi nel mondo del lavoro, e infine si erano trasferiti nella grande capitale, Zelma, una città del nord dove vivevano tuttora.

Avevano studiato tanto. Si erano rimboccati le maniche e avevano accettato per anni piccoli lavori mal pagati o addirittura non retribuiti, ma alla fine i sacrifici non erano stati vani e ora riuscivano a vedere i primi risultati: due bei lavori stabili, appaganti e ben remunerati. Non tutti i loro coetanei potevano vantare una tale situazione in quel periodo.

Per un po' di tempo avevano vissuto in affitto in zone periferiche della città per riuscire a risparmiare tutto ciò che potevano, ma qualche anno prima, dopo i primi successi e riconoscimenti lavorativi – soprattutto di Eryn, come analista in banca, e grazie al lavoro di lui come contabile alla Laerol, che produceva profumi per ambienti –, avevano deciso di acquistare una casa tutta loro ed erano riusciti a comprare un piccolo appartamento in un vecchio edificio d'epoca da poco ristrutturato.

Era stato un colpo di fortuna: avevano visto per primi l'annuncio di vendita ed erano riusciti ad accaparrarsela. Una casa del genere a un prezzo così vantaggioso non sarebbe rimasta a lungo sul mercato. L'appartamento si trovava in pieno centro, nel cuore pulsante di Zelma e la proprietaria, una ragazza giovane come loro, era dovuta andare immediatamente via per un trasferimento lavorativo fuori dal Paese e aveva avuto fretta di vendere; questo spiegava il prezzo così basso per un appartamento di quel tipo. Se n'era andata talmente in fretta che non aveva avuto il tempo di comunicare a tutti il trasferimento e capitava che ricevessero ancora delle lettere e pubblicità indirizzate a lei.

Era una situazione normale per i giovani non avere più sicurezze su dove vivere e lavorare; il mondo negli ultimi anni stava cambiando e le distanze tra le varie città che parevano infinite qualche secolo prima, si stavano rimpicciolendo. Oggi ti potevi trovare a lavorare in una città e il giorno dopo in un'altra. Anche Eryn lo sapeva bene dato che viaggiava spesso per lavoro, in tutto il Paese.

Analizzava e revisionava le situazioni economiche e finanziarie dei clienti della Refer, la banca per cui lavorava e le capitava di stare fuori casa anche alcune settimane, ma quello era l'aspetto che le piaceva di più. La libertà e l'indipendenza erano ingredienti indispensabili per la sua felicità e realizzazione personale, almeno dal punto di vista lavorativo. Ma amava moltissimo Archie ed era per questo che aveva deciso di mettere su casa con lui, nonostante fosse spesso fuori e non ne sentisse ancora né il bisogno né l'urgenza.

In realtà era stato proprio lui a insistere. Per anni aveva provato a spingerla ad acquistare un immobile insieme, un loro nido d'amore stabile, ma per una ragione o per l'altra avevano sempre rimandato. Lui sentiva tanto il bisogno di concretizzare la loro unione per una maggior sicurezza sulla solidità della coppia, visto che Eryn era una persona molto più fredda e schiva nel manifestare i propri sentimenti. Si fidava di lei e sapeva che lo amava ma aveva sempre voluto qualcosa di più.

Certe volte aveva avuto paura di perderla o che lei si stancasse di lui. Per questo motivo Eryn, dopo l'atto di acquisto, l'aveva sorpreso portandolo in Comune – con una scusa relativa alla consegna di alcuni documenti riguardanti la casa –, dove aveva organizzato il loro matrimonio con gli amici più intimi. Era stato un colpo di follia e di pazzia, ma è pur questo l'amore...

Aveva voluto rassicurarlo e fargli capire che lei ci sarebbe sempre stata. Anche in capo al mondo, sarebbe sempre tornata da lui.

Dall'appartamento mansardato che avevano acquistato all'ultimo piano del palazzo, potevano ammirare sotto di loro la varietà di colori che si alternavano e cambiavano a tutte le ore del giorno e della notte, con il via vai di persone che passavano per andare al lavoro, fare acquisti o semplicemente per fare due passi nelle strade di Zelma.

Zelma, la città sempre in movimento che molti scrittori e cantanti chiamavano "la città insonne".

La via in cui abitavano collegava la città alla stazione centrale e delimitava la fine del grande parco Greny. Non avevano ostacoli davanti a loro e, se alzavano bene lo sguardo strizzando gli occhi in una chiara e limpida giornata, riuscivano anche a scorgere la punta del monte Soran.

La casa non era grande, ma l'avevano ammobiliata con gusto. Giovanile e colorata. Dal salone arredato con un piccolo mobile per la tv, un divano bianco, cuscini e tende rosse si passava all'accogliente cucina con un grosso tavolo in legno posto al centro della stanza sul quale c'era sempre qualcosa da mangiare perché a Eryn piaceva cucinare e si divertiva a sperimentare le ricette di torte e biscotti che trovava sul web.

La cucina, semplice e bianca, era fornita di tutti gli ultimi accessori e robot per agevolare i lavori di preparazione e pulizia delle vivande, ed era sempre in ordine e pulita. Non amavano avere una casa sporca e in disordine. Un piccolo corridoio bianco portava alla camera da letto padronale e a una piccola cameretta che fungeva da studio, con una scrivania in legno chiaro appoggiata su un grosso tappeto di pelo bianco e uno scaffale semipieno di libri. Tra le due camere, come divisorio, il bagno.

Quella casa era il loro rifugio d'amore; dovevano ancora fare qualche acquisto e sistemare gli ultimi dettagli, ma c'era tutto il necessario.

Mancavano i quadri e le fotografie da appendere alle pareti perché non avevano ancora trovato il tempo di scegliere le immagini giuste e andare a comprare le cornici, ma l'avrebbero fatto presto.

"Ah, eccoli! Trovati. Come farei senza di te?". Glielo ripeteva sempre. "Ci vediamo questa sera. Buona giornata, amore mio! E ricordati che ti amo!".

"Ti amo anch'io! Non dimenticarti che stasera siamo a casa di Val. Passa a prendere una bottiglia di vino", ma lui era già uscito di casa.

Sorridendo, Eryn finì con calma di passarsi il mascara sulle folte ciglia nere per dare maggiore risalto agli occhi verdi, prima di uscire anche lei per andare al lavoro.

*

Val era la sua migliore amica. Si erano conosciute all'asilo e, nonostante non si fossero subito piaciute, col tempo erano diventate inseparabili, anche se da piccole bisticciavano spesso e le maestre avevano dovuto dividerle in più occasioni. Val era davvero terribile, al contrario di Eryn, sempre calma e pacata. Abitando vicino, avevano frequentato le stesse scuole e avevano avuto le stesse compagnie. Solo gli anni dell'università le avevano divise fisicamente ma non spiritualmente, perché si erano comunque sentite tutti i giorni per aggiornarsi costantemente sulle loro vite.

Com'erano cambiate da quei primi giorni dell'asilo...

Ora era Eryn il carro trainante tra le due, la più forte e coraggiosa nelle scelte. Era lei che faceva forza all'amica nei momenti più difficili, con la sua visione razionale e metodica, e la aiutava a superare tutte le pene d'amore; dal canto suo Val, con la sua dolcezza e tranquillità, riusciva a farle apprezzare le piccole sfumature della vita, proprio a lei che vedeva sempre tutto o bianco o nero.

Nei momenti difficili, soprattutto durante l'adolescenza, erano state l'una il sostegno dell'altra; insieme avevano pianto, riso, viaggiato, ballato e non avevano più litigato, anche se spesso avevano opinioni e punti di vista diversi. E la loro amicizia si era mantenuta forte nel tempo, fino ad adesso.

Quella sera avrebbero dovuto festeggiare la promozione di Tommy, il ragazzo di Val, ma le cose tra i due non avevano più funzionato e l'amica si era trovata di nuovo sola. Nessuno si era stupito molto della notizia dato che non riusciva a tenersi un ragazzo per più di qualche mese. Era una ragazza carina, dolce e con un bel modo di fare, ma il problema era che si stufava troppo facilmente dei ragazzi e delle relazioni, e si faceva lasciare prima che le cose diventassero troppo complicate. Aveva bisogno di stare con qualcuno, ma ancora di più aveva bisogno dei suoi spazi e della sua indipendenza e, soprattutto, aveva paura di legarsi.

Da piccola aveva sofferto tanto per la separazione dei genitori e con tutta probabilità questo era il motivo che inconsciamente le impediva di prendere sul serio una relazione e viverla fino in fondo.

Si innamorava e disinnamorava con la stessa facilità e velocità.
Ormai Eryn era abituata a tutto ciò e non si concedeva più la libertà
di affezionarsi a qualcuno dei ragazzi che l'amica le presentava e
che sembrava essere ogni volta quello giusto.
Ma con Tommy sembrava diverso, ed era soprattutto *lei* a sembrare
diversa. La loro storia era durata più di anno, ma la cosa sorprenden-
te era che erano andati a vivere insieme.
Eryn l'aveva vista cambiata con lui, e si era concessa la libertà di
sperare in un futuro per loro pensando davvero che la storia potesse
funzionare. Ma si era sbagliata.
"Non mi guardate così", disse Val mentre apriva la porta ai suoi due
amici e li faceva entrare in casa. "Non è colpa mia se mi ha lasciata.
Non è mai colpa di chi viene lasciato, ma di chi lascia. Guardate che
sono io la vittima".
"Tu non sarai mai la vittima!", esordì Eryn dandole un buffetto.
"Tommy ti voleva davvero bene. Perché non gli dai un'altra possibilità? Fagli vedere chi sei veramente". L'amica non sembrava convinta. "Non tutte le coppie sono destinate a lasciarsi. Guarda me e Archie: sono quasi quindici anni che ci conosciamo e, nonostante la
convivenza e il matrimonio, ci sopportiamo ancora", le disse guardando affettuosamente la sua dolce metà.
"Ma per voi è diverso. Tu sei sempre stata apprezzata da tutti. Per te
è facile: sei bella, intelligente, simpatica. E Archie ti adora. Non ho
mai visto un uomo più innamorato di lui. Sì, lo so. Anche Tommy
era dolce. Ma penso che dopo un po' avremmo finito col non sop-
portarci più".
"Ecco la solita storiella della vittima post-relazione. Basta, non ti dico più niente. Tanto sai già come la penso. Adesso andiamo a mangiare. Con la pancia piena si ragiona meglio".
I tre amici si sistemarono sul divano in soggiorno a gustare la paella
preparata da Val. Anche lei, come l'amica, era un'ottima cuoca.
Avevano frequentato insieme alcuni corsi di cucina quando erano
più giovani, e si era dilettata da sola tra i fornelli a sperimentare e
inventare molte ricette. La cucina era la sua terapia dopo ogni relazione finita male e, avendo diversi ex alle spalle, non c'era da stupirsi che fosse diventata molto brava.

Ritrovarsi tutti e tre insieme era diventata ormai un'abitudine. Mangiavano sempre sul divano e ognuno di loro aveva il proprio posto assegnato dove in quel momento si trovava, sopra un piccolo tavolo pieghevole, un fumante piatto di riso giallo ricco di pesce.

"Wow! Val, questa volta ti sei superata", disse raggiante Archie mentre apriva la bottiglia di vino bianco che aveva portato e riempiva i bicchieri delle ragazze. "Avreste dovuto lasciarvi prima se l'effetto è questo". Ovviamente scherzava, ma a Eryn la sua uscita non piacque e gli lanciò una delle sue occhiatacce, mentre Val si limitò a ridere.

Era contenta di passare la serata con loro due; erano la sua famiglia, dal momento che a Zelma non aveva nessun parente e Eryn era la sua più cara amica.

Si era trasferita lì qualche anno dopo di loro per lavorare come arredatrice di interni in una grande azienda di mobili anche se, per la maggior parte del tempo, sistemava il negozio o faceva la cassiera.

Con loro vicino si sentiva al sicuro e protetta, e presto la malinconia che l'aveva accompagnata per tutto il giorno lasciò il posto a una calda e piacevole tranquillità e spensieratezza.

I piatti terminarono velocemente e ancora più velocemente terminò il vino.

"Ehi, voi due, quand'è che avete intenzione di farmi diventare zia? Visto che non ho fortuna con gli uomini potrei almeno dedicarmi ad accudire un bambino".

"Quando Eryn smetterà di lavorare per la Refer e starà un po' di più a casa. Quindi probabilmente mai", rispose Archie mentre si allungava sul divano e con la mano giocherellava con la forchetta.

"A me piace il mio lavoro, mi piace stare in giro e mi piace ancora di più stare tra noi due. C'è tempo per un figlio, siamo giovani. Non voglio mica terminare qua i miei anni di giovinezza e libertà. Quando vado a salutare mia madre, ogni tanto vedo Anne e le sue amiche andare in giro per supermercati e negozi con i loro bimbi strillanti. Non le invidio proprio". Lo sguardo indignato dipinto sul volto di Eryn la diceva lunga. "Loro hanno sempre voluto fare le madri, non hanno mai desiderato studiare e mettersi in gioco nel mondo del lavoro. Io sì, invece, e ora che sto avendo i primi risultati dei miei sacrifici non voglio certo tirarmi indietro. Sai già come la penso". Il tono di Eryn era seccato.

Avevano trattato diverse volte quell'argomento. Era inevitabile dato che stavano insieme da tanto tempo e avevano entrambi trentacinque anni, l'età giusta per pensare a metter su famiglia.

Entrambi volevano dei figli, ma tra i due sembrava Archie quello più convinto. Eryn proprio non ci pensava. Era stata da poco promossa responsabile dell'ufficio dopo cinque anni di duro lavoro ed era per questo che aveva iniziato a viaggiare ancora di più negli ultimi tempi. Archie era contento per lei, ma pensava che il lavoro occupasse troppo spazio nella sua vita e temeva che si sarebbe presto dimenticata dei loro progetti per il futuro. A volte gli sembrava che solo lui volesse ancora costruire qualcosa. Però la amava e non voleva spingerla a fare quel passo se non se la sentiva. Avrebbe aspettato.

"Ma guarda che se fai un figlio non diventi più vecchia. La tua età rimane sempre quella. Anzi, dicono che avere dei figli ti faccia ritornare giovane. Io lo farei se avessi la persona giusta al mio fianco. Non basarti su Anne e le sue amiche, sono e saranno sempre delle oche con poche aspirazioni; guarda invece tutte quelle donne manager in carriera che riescono ad avere uno o due figli senza rinunciare al loro lavoro", le disse Val mentre mordicchiava un piccolo pezzo di scampo rimasto nel piatto.

Anne la conoscevano dai tempi delle elementari. Avevano frequentato la stessa scuola e abitavano nel medesimo quartiere. Era sempre stata una a cui interessavano più i vestiti, i trucchi e i ragazzi piuttosto che lo studio. Non aveva mai lasciato quel posto, non aveva frequentato l'università ed era rimasta incinta per la prima volta l'ultimo anno del liceo. Adesso, dopo il terzo figlio, aveva deciso anche lei di lavorare e faceva la cameriera al Din Din, il pub più conosciuto della città.

"Ma stasera voi due vi siete alleati contro di me, per caso? Iniziate a farmi paura. Sarà il vino o la stanchezza a farvi straparlare. Mi sa che è ora di andare a casa a riposare".

Eryn si alzò dal divano per troncare la conversazione e toccò la spalla del marito per farlo alzare. Faceva sempre così quando le dava fastidio qualcosa.

13

"Amica mia, grazie mille per l'ottima cena, sei stata davvero brava. Ma non ti perdono ancora per Tommy", aggiunse sorridendo mentre abbracciava Val per salutarla e augurarle la buonanotte prima di uscire di casa.

In macchina Eryn accese la radio per rilassarsi. Quella discussione l'aveva infastidita. Odiava ripetere le stesse cose e sentirsi limitata nelle sue libertà e scelte.

"Non volevo farti arrabbiare. Conosco il tuo punto di vista e so che adesso ti vuoi concentrare sulla carriera. Ti amo e sei la cosa più importante per me, per cui non intendo farti pressioni. Ho aspettato questi anni e continuerò ad aspettare quanto vorrai".

Succedeva sempre così. Tutte le volte che litigavano o non erano d'accordo su qualcosa, Archie cercava di rincuorare la moglie perché non voleva che tra di loro si creasse del malcontento, soprattutto la sera prima di andare a dormire. Non aveva voglia di ritornare sull'argomento, anche se ci teneva molto, ma sapeva che se lei non era pronta non avrebbe risolto nulla. E poi era venerdì sera, la loro serata non doveva per forza finire così.

Anche Eryn dovette pensare la stessa cosa perché lo guardò con quel suo sguardo languido mentre si sistemava più comoda sul sedile, accavallando le gambe e appoggiandogli una mano sulla coscia.

*

Eryn adorava la sua città, soprattutto camminare per le strade deserte la domenica mattina, come avevano fatto quel giorno. Quel weekend era riuscita a non andare in ufficio, anche se aveva lavorato un po' da casa, e si era goduta due giorni di totale relax col marito.

Zelma cresceva di anno in anno e stava diventando una delle città più importanti del mondo, fonte di ricchezza e prosperità per il Paese; molte persone e aziende avevano deciso di trasferirsi lì, non solo perché era la capitale della Congleration States, ma anche per trovarsi nel centro del progresso e cambiamento, ampliare la propria mente e visibilità ed essere più a contatto con le persone.

Con i suoi dieci milioni di abitanti si estendeva, come superficie sul territorio, per quasi mille chilometri quadrati e si trovava racchiusa tra un'insenatura del fiume Jang – prima di sfociare in mare – e il monte Soran.

Eryn aveva sempre saputo che, se avesse voluto fare carriera, si sarebbe dovuta trasferire lì.

Arrivava da una famiglia del ceto medio che abitava in una cittadina di campagna, a un paio d'ore dalla capitale; una distanza che non ti tagliava completamente fuori dalla vita mondana, ma che allo stesso tempo ti faceva considerare una provinciale.

Da ragazzina, ogni volta che poteva prendeva il treno per andare in città e ammirare le vetrine con i vestiti e gli accessori all'ultima moda, i carretti lungo la strada che vendevano street-food, la massa di persone vestite elegantemente che uscivano dagli uffici per andare in qualche pub o ristorante, le luci e i rumori della città viva intorno a lei.

Non tutte le ragazzine erano così felici nel passeggiare per il centro di una città, ma Eryn sì; ammirava le persone che vivevano lì, sembravano così sicure di sé e coraggiose come se non temessero niente, e nulla le potesse fermare o dar loro fastidio.

Si era ripromessa che presto sarebbe diventata una di loro, e così era stato.

Non era poi cambiata molto da quella ragazzina determinata e impaziente di scoprire e conoscere cose nuove; amava la sua famiglia e la città dov'era cresciuta, ma solo ora si sentiva davvero se stessa e realizzata.

Figlia unica, il padre era morto durante il suo primo anno di università in un incidente d'auto, mentre la madre Rose era un'insegnante in pensione. Per fortuna, grazie all'intelletto e alla costante voglia di mantenersi giovane e in allenamento, mentalmente e fisicamente, la donna si era ripresa abbastanza velocemente dalla morte del marito e ora viaggiava spesso per il Paese. Partecipava a molte conferenze sull'ambiente e sulla salute, materie che l'avevano sempre affascinata e, tra l'una e l'altra, riusciva a ritagliarsi un po' di tempo per andare a trovare la figlia e la mamma novantenne che viveva in un piccolo paese in montagna dalla parte opposta della Congleration rispetto a dove vivevano loro. Serviva infatti prendere due aerei e farsi l'ultima ora di tragitto su per il monte Sals lungo una strada stretta e ripida per raggiungere casa sua. Ma come tutte le donne della famiglia, anche la nonna era testarda e non aveva orecchie per tutti quelli che le dicevano di cambiare casa e andare a vivere in un posto più comodo per una persona della sua età, magari più vicino alla figlia.

Eryn non riusciva ad andare a trovarla spesso, presa com'era dagli impegni lavorativi, ma le scriveva una lettera tutti i mesi. Era il loro modo di comunicare fin da quando era piccola; era stata lei infatti a insegnarle a leggere e scrivere.

Per questo motivo, seppur così antiquato, il mezzo più adatto per comunicare con lei era la posta cartacea. Non poteva fare diversamente. Per fortuna a Zelma erano rimaste alcune vecchie buche delle lettere lungo le vie principali – come piaceva ripetere sovente alla nonna, le cose vecchie erano le migliori –, e ce n'era una proprio sotto casa di Eryn; ormai non servivano quasi più a nessuno.

Questo era uno dei piccoli segnali di come stava cambiando il mondo, e con esso le grandi città internazionali. Quasi tutto era meccanizzato e industrializzato; i tasti avevano preso il posto delle penne, le ruote dei piedi, i computer degli uomini e tutto si era velocizzato e automatizzato. Non tutti però erano contenti di come il progresso stesse trasformando le città e le persone; alcuni avrebbero voluto rallentare i ritmi e riportare la situazione a com'era qualche decennio prima. Almeno su alcuni aspetti della vita.

Uno tra tutti era il sindaco di Zelma, Tyler Ohtiy, eletto nelle precedenti elezioni dopo una vittoria schiacciante contro il sindaco uscente, Sam Myri.

Tyler era un quarantenne di bell'aspetto con un sorriso accattivante sempre stampato sul volto, molto cordiale e educato, e per questo piaceva alle persone, soprattutto alle donne.

In tutte le interviste e uscite pubbliche appariva sempre come una persona ben istruita e corretta, non alzava mai la voce e non si faceva prendere dall'agitazione anche quando si confrontava nei dibattiti con gli avversari. Si definiva l'amico del popolo.

Si sapeva poco della sua vita privata, in quanto molto riservato e attento a proteggere la sua privacy. Si sapeva solo che la sua città natale era Cadiefi, sulla costa orientale del Paese, e che si era trasferito successivamente a Zelma per gli studi. I genitori erano morti entrambi; il padre era originario di un piccolo Paese dell'est del mondo e si era trasferito in tenera età nella Congleration States, nella stessa città natale di Eryn, dove era rimasto per molti anni a lavorare come scienziato. Gli ultimi anni della sua vita li aveva passati in una clinica medica privata a qualche ora di distanza da Zelma dopo – da come dicevano – aver perso la ragione a causa della separazione dalla moglie avvenuta quando Tyler era piccolo.

La madre, invece, era rimasta a vivere a Cadiefi fino a quando non era mancata per vecchiaia.

Era sposato e aveva due bei bimbi piccoli, due gemelli eterozigoti, di cinque anni.

La sua linea politica vincente era basata sul miglioramento e ottimizzazione degli aspetti comuni alla base della vita della maggior parte delle persone come la promozione dello sport, la cura della salute e la valorizzazione della famiglia, tutti valori importanti e facilmente condivisibili, ma a Eryn non era mai piaciuta la visione che aveva sulle donne.

Anche se non dichiarato apertamente, per Tyler la famiglia modello doveva essere come quella di una volta, quando la donna non lavorava e si occupava della casa e dei figli che doveva mettere al mondo.

Nonostante fosse giovane e istruito, secondo Eryn aveva una concezione antica e limitata del genere femminile anche se, per non destare clamore e rischiare di perdere una buona fetta di elettori, non lo dichiarava mai apertamente nei suoi discorsi.

Non considerava la donna a pari merito dell'uomo, soprattutto nel mondo del lavoro, e non si era mai impegnato a promuovere maggiore meritocrazia in questo campo; non aveva pertanto continuato le campagne a favore della tutela delle quote rosa iniziata dal suo predecessore.

Per lui la famiglia e il lavoro appartenevano a due mondi diversi, dove la donna e l'uomo erano rispettivamente responsabili di ciò di cui erano tenuti a occuparsi.

Inoltre aveva sempre inteso il concetto di "famiglia della Conglera-

17

tion" come un nucleo formato da marito e moglie, una coppia quindi sposata, e dai figli; non c'erano mai stati accenni a persone che convivevano, single e tantomeno a coppie omosessuali.

Eryn la pensava in maniera diversa e per questo non lo aveva votato. A distanza di mesi dall'inizio del suo mandato, però, era rimasta colpita dalle sue manovre, e piacevolmente sorpresa. Aveva infatti offerto gratuitamente visite mediche alle persone per promuovere check-up volti alla prevenzione di gravi malattie, sponsorizzato lo sport con l'apertura di nuovi centri e palestre a un prezzo contenuto, garantito a tutti l'istruzione con l'istituzione di nuove borse di studio e fornito bonus economici alle famiglie con più figli.

Ora la città si preparava alle prossime elezioni che sarebbero state tra pochi mesi, e le vie erano piene di manifesti colorati e propagandistici.

Tyler, essendo il sindaco in carica, aveva iniziato a sfruttare ogni angolo a disposizione per elencare i benefici che aveva portato il suo operato e ovunque si potevano scorgere immagini di giovani ragazzi sorridenti che facevano sport, bambini felici con le divise scolastiche e famiglie entusiaste abbracciate sul divano o intorno a una tavola imbandita.

Immagini studiate per trasmettere una sensazione di pace, gioia e successo.

Le stesse scene si trovavano sui principali siti online e venivano anche trasmesse come messaggi pubblicitari in televisione o inviate sui telefonini.

Si era portato avanti giocando in anticipo sugli avversari.

Nonostante le fossero piaciute alcune sue iniziative, neanche questa volta pensava di votarlo; amava essere donna e soprattutto la sua indipendenza e riteneva che ognuno dovesse sentirsi libero di essere quello che era, senza forzature e senza essere sottoposto a giudizi e limitazioni.

Comunque c'era ancora tempo per le elezioni e i pensieri politici.

Ora doveva concentrarsi sul viaggio di lavoro che aveva in programma per la settimana successiva; era un meeting importante che assorbiva tutte le sue energie e pensieri dato che avrebbe incontrato uno dei clienti più grossi della Refer. Si preparava da mesi ed era elettrizzata all'idea di andarci, anche se sarebbe stata via tre settimane.

Oltre alle diverse analisi e numeri degli indicatori economici, Eryn studiava sempre il cliente per rafforzare e consolidare a livello personale il rapporto.

Cercava informazioni su cosa gli piacesse fare, se avesse uno sport preferito, se adorasse viaggiare, quale fosse il suo schieramento politico, i legami con la famiglia, in modo da capire quali argomenti della vita privata toccare.

Sapeva che la chiusura di un accordo si concludeva facilmente se c'era più fiducia tra le persone.

Non era un lavoro facile, soprattutto perché era una donna che doveva avere a che fare con quasi tutti uomini, il più delle volte maschilisti; doveva essere razionale e precisa di giorno negli incontri lavorativi, ma sorridente e affabile la sera durante gli eventi organizzati senza esagerare e risultare invadente o, peggio ancora, disponibile.

Rispetto ai suoi colleghi uomini, sapeva di essere giudicata e valutata, e ogni sua parola o gesto aveva un peso maggiore.

Doveva indossare maschere diverse a seconda del momento e fare attenzione a quella che sceglieva. Aveva imparato a non ridere troppo per le battute per non apparire civettuola, a fare i complimenti e a scambiare due parole con le mogli dei clienti per non inimicarsele, a non vestirsi né troppo elegante né troppo casual per non apparire fuori luogo e soprattutto a non bere troppo nelle serate organizzate.

A un certo punto il telefono squillò facendola sobbalzare e distogliendola dai suoi pensieri.

Era domenica sera ed era intenta a studiare alcune slide, anche se erano già passate da poco le dieci.

Era sul divano con indosso il pigiama; non le piaceva rimanere a casa con gli abiti che indossava fuori e appena entrava si cambiava subito.

Archie era in camera da letto a guardare la tv.

"Buonasera, signora. La chiamo dallo studio del dottor Ladder. Le volevo ricordare il suo appuntamento per lunedì prossimo alle diciotto".

Si era completamente dimenticata dell'appuntamento dal ginecologo, fornito gratuitamente grazie alla campagna del sindaco per promuovere la prevenzione sanitaria.

Per fortuna il viaggio di lavoro era previsto per il martedì, per cui sarebbe riuscita ad andarci.

"Sì, certo, la ringrazio per la chiamata. Confermo l'appuntamento", rispose Eryn prima di salutare la segretaria e riagganciare.

"Chi era?", le chiese Archie entrando in soggiorno.

"Lo studio medico del ginecologo."

"Che strano che chiamino a quest'ora."

"Già". Eryn continuava a fissare le slide. Non voleva distogliere l'attenzione dal lavoro e perdere altro tempo prezioso.

"Dai, amore, vieni un po' di là con me a riposarti e a guardare la tv. Non ti fa bene studiare sempre, il tuo corpo e la tua testa hanno bisogno di riposo", le disse sbadigliando mentre ritornava in camera.

"Sì, hai ragione. Dammi dieci minuti e ti raggiungo".

Ma Eryn raggiunse il marito addormentato quasi all'una di notte.

*

"È sana come un pesce. Prego, si può rivestire ora".

Il dottor Ladder le sorrise mentre si alzava dalla sedia e raggiungeva la scrivania.

Eryn, seppur si sentisse in forma e stesse bene, prima di ogni visita era sempre un po' nervosa e preoccupata per paura che il medico trovasse qualcosa di anomalo.

"Meno male, sono contenta. Era da un po' che non venivo a farmi controllare; ultimamente, presa come sono dal lavoro, mi dimentico di prendermi cura di me stessa".

"Lo so, oggigiorno siamo tutti di corsa e spesso non prestiamo attenzione alle cose importanti. Lei è ancora giovane e in salute, ma almeno un controllo all'anno lo deve fare, soprattutto se vorrà avere dei figli. Le faccio fissare dalla segretaria l'appuntamento per il prossimo". Era la seconda volta nel giro di pochi giorni che sentiva quella storia. Le persone intorno a lei davano per scontato che dovesse avere dei figli solo perché era una donna sui trentacinque anni.

"Al momento io e mio marito abbiamo intenzione di prenderci ancora qualche anno per noi due prima di provare ad averne uno". Eryn non mancò di sottolineare che non era l'unica nella coppia a dover sostenere la responsabilità di fare un figlio.

"Sì, certo. Capisco. Da medico le devo però dire di non aspettare troppo tempo per non rischiare di avere problemi nel riuscire ad averne". Così dicendo, le porse il referto. "Per aiutarla a mantenersi in forma, le fornisco un campione gratuito mensile delle vitamine Fxoly. Sono degli integratori a base di vitamina A, B e C e servono a garantirle il sostegno indispensabile per il buon funzionamento dell'organismo; ormai con il lavoro e gli orari stressanti non riusciamo più a mangiare in maniera completa rifornendoci di tutto quello che ci occorre. Sono vitamine che può trovare gratuitamente nelle farmacie e nelle palestre, o negli studi medici. È uno dei tanti benefit forniti dal nostro buon sindaco. Prenda una pillola tutti i giorni la sera prima di andare a dormire".

Tyler si era proprio impegnato nella sua campagna. Almeno le sue parole non erano andate perse al vento, pensò Eryn mentre usciva dallo studio e saliva in macchina.

Anche se inizialmente le parole del ginecologo l'avevano un po' irritata, sapeva che l'aveva fatto perché era ciò che richiedeva la sua professione. Eryn si ripromise di prendere le vitamine tutte le sere; l'indomani sarebbe partita per tre lunghe e pesanti settimane di lavoro. Avrebbe avuto bisogno di tutte le energie disponibili.

*

Archie era impaziente di riabbracciare la moglie.

In attesa che arrivasse al terminal dell'aeroporto Air, il principale della città, le aveva comprato un mazzo di tulipani rossi, i suoi preferiti.

Erano stati lontani quasi un mese, ma a lui sembrava una vita; nonostante facesse regolarmente viaggi d'affari, non si era ancora abituato alla sua assenza. Aveva visto trascorrere i giorni di ottobre lentamente mentre aspettava di andare a prenderla.

Eryn, con il suo piccolo trolley nero, uscì dalle porte che separavano i viaggiatori dalla sala d'attesa in testa agli altri passeggeri, e individuò subito il marito. Gli andò incontro sorridendo.

Archie la osservò mentre si avvicinava. Un'elegante giacca beige la fasciava alla perfezione, mettendo in mostra le curve nei punti giusti ed evidenziando ancora di più le sue lunghe gambe avvolte dentro i jeggins neri. Ai piedi un paio di décolleté con un po' di tacco.

Era perfetta. Sembrava appena uscita da una rivista di moda, pensò Archie mentre abbracciava e baciava la moglie.

"Mi sei mancata tanto! Com'è andato il viaggio?". Iniziò a tempestarla di domande mentre le prendeva la valigia.

"Bene, sono solo un po' stanca. Queste settimane sono state molto intense, ma siamo stati bravi e abbiamo chiuso i contratti a cui miravamo. Per fortuna ora c'è il weekend per staccare". Eryn appoggiò la testa sulla spalla del marito mentre si dirigevano verso il parcheggio. "Adesso ho solo bisogno di una doccia rinfrescante, un po' di riposo e tante coccole".

La serata fu perfetta.

Archie aveva preparato le lasagne con besciamella e pesto, le preferite di Eryn, insalata verde con qualche pomodorino tagliuzzato e un vassoio pieno di verdure e formaggi.

Bastava poco a far felice la moglie; anche se le piaceva cucinare ed era diventata molto brava, spesso preferiva mangiare piatti semplici rispetto a qualcosa di troppo elaborato.

Terminarono la cena velocemente perché Eryn era affamata per via del fuso orario di cui il suo corpo risentiva ancora, e presto si trovarono abbracciati sul letto sotto le coperte a guadare la televisione.

"Mi sei mancato tanto in queste tre settimane. Mi è mancata la nostra casa, le nostre abitudini. Di più rispetto alle altre volte. Non so come mai. Forse sono solo stanca perché in questi ultimi mesi non ho fatto altro che studiare e viaggiare". Eryn fissò lo sguardo in quello del marito. "C'erano alcune notti in cui rimanevo sveglia a pensare se è ancora la vita che voglio. Mi piace il mio lavoro, è vero, ma non mi piace stare così lontana da te".

Archie la guardò stupito perché non le aveva mai sentito dire frasi del genere e mettere in dubbio la sua vita lavorativa, ed egoisticamente era contento nel sentirle pronunciare quelle parole. Aveva sempre desiderato che lei cambiasse lavoro o rallentasse i ritmi per poter passare più tempo insieme. Sentendola improvvisamente fragile, la abbracciò forte e la strinse al petto per trasmetterle protezione e sicurezza.

"Amore, magari sei solo stanca o forse è arrivato il momento di rallentare un po'. Sono anni che fai questo lavoro stressante senza fermarti quasi mai. È normale che tu ti ponga queste domande. Ma devi capire cosa vuoi veramente e soprattutto cosa ti rende felice. Lo sai che diventerei l'uomo più felice della Terra se decidessi di prenderti una pausa e avere più tempo libero per noi. Potremmo goderci tanti momenti insieme. Adesso, però, pensiamo a trascorrere un weekend tranquillo. Se ti sentirai ancora stanca, potrai sempre prenderti qualche giorno di ferie per staccare completamente".

Con quelle parole rassicuranti e avvolta in un caldo abbraccio, Eryn baciò con trasporto il marito e si aggrappò al suo collo come se avesse paura di cadere giù.

Fecero l'amore con una dolcezza e un trasporto mai provati prima, e Archie sentì tutta la passione e il bisogno della moglie; sembravano essere ritornati ragazzini quando scoprivano insieme il loro corpo per la prima volta, sperimentando le soglie del piacere.

Era da tanto che Eryn non si concedeva così e si lasciò amare con foga.

Dopo molte notti agitate e insonni, finalmente riuscì a dormire tranquillamente, in pace con il suo corpo e con la sua mente, senza svegliarsi nemmeno una volta.

*

L'aria fresca e pungente aveva preso il posto del venticello caldo e arroventato di qualche mese prima. La città era invasa dalle stroboscopiche luci natalizie appese in ogni angolo delle strade, delle vetrine dei negozi e dei lampioni, e dappertutto si respirava l'odore dolce e pungente delle mele cotte e delle caldarroste, tipiche di quel periodo.

Molti turisti avevano invaso le strade per trascorrere qualche giorno di vacanza immersi tra i colori e gli odori della capitale avvolta dall'atmosfera e animavano le strade con le loro voci e risate; tanti venivano attirati dalle decorazioni e dalle attività proposte durante le feste come la pista di pattinaggio montata sotto l'enorme albero in centro, i vari cori che intonavano canti natalizi o i musei gratuiti aperti anche la notte.

Era il periodo più magico dell'anno e la faceva sentire bene, pensò Eryn mentre addobbava l'albero nella loro casa e Zelma diventava ancora più bella. Aveva decorato il loro appartamento come un piccolo villaggio di Babbo Natale. Aveva appeso le lunghe calze rigate bianche e rosse sui pomelli delle porte, e aveva attaccato le luci alle finestre e il vischio sopra la porta d'ingresso. Le mancava di ultimare l'addobbo dei due metri di abete che avevano comprato e posizionato in soggiorno, vicino al divano. Adorava ornare la casa; si sentiva come una bambina eccitata al pensiero delle feste.

Era metà mese e mancavano ancora due settimane a Natale, ma sotto l'enorme e colorato albero si intravedevano già i primi pacchetti.

A Eryn non piaceva andare a fare shopping gli ultimi giorni prima della vigilia perché c'era troppa confusione, e come ogni anno si era già data da fare e aveva pensato e comprato quasi tutti i doni. C'erano i cestini con le conserve di marmellate e biscotti per i colleghi – tutto ovviamente preparato in casa –, i pacchettini con i prodotti per la cura del corpo per le amiche dell'università con cui aveva mantenuto i rapporti e che riusciva a vedere ogni tanto – in genere nelle occasioni speciali come le festività e i vari compleanni –, due borse in pelle per le rispettive mamme, un robot da cucina per Val e giochi di società e libri per le altre tre coppie di amici con cui si vedevano occasionalmente nei weekend. Non riuscivano più a frequentarsi come qualche anno prima, soprattutto negli ultimi tempi a causa degli impegni lavorativi più stringenti, ma una o due volte al mese riuscivano a organizzare una cena o un'uscita. Li avevano conosciuti appena trasferiti a Zelma, grazie a un collega di Archie, e da allora avevano stretto una solida amicizia che si era mantenuta intatta nel tempo; avevano organizzato molte vacanze insieme, al mare e al lago, e si erano divertiti tanto.

Archie riusciva a vedersi un po' di più con i ragazzi perché alcune sere al mese durante la settimana organizzavano di andare a bere qualcosa, mentre Eryn non riusciva più a esserci per le ragazze. Presa com'era dal lavoro, aveva a malapena il tempo per se stessa, stare con il marito e riposarsi un po'. Ma ogni volta che si vedevano sembrava essere passata soltanto un'ora dall'ultima volta, talmente si sentivano a proprio agio tra di loro.

"Forse dovresti mettere qualche pallina in più vicino alla punta. È un po' vuoto visto da qui", esclamò Archie mentre beveva un tè in cucina e la guardava all'opera.

"Hai ragione, adesso le sistemo. Finisco solamente prima qua in basso".

A furia di muoversi intorno all'albero per mettere prima le luci e ora le palline, a Eryn cominciò a girare la testa. Continuò lo stesso il lavoro che aveva iniziato, perché voleva finire prima di sera per godersi l'albero acceso a cena. Mancavano pochi minuti alle otto. Era già tutto pronto e la casa sistemata.

Quella sera sarebbero venuti a cena da loro tutti i loro più cari amici, per salutarsi, scambiarsi i regali e farsi gli auguri di Natale. Tra cene aziendali e famigliari, le settimane successive erano già piene di impegni.

Quell'anno Eryn e Archie sarebbero rimasti a Zelma durante le feste; avevano solamente in programma di trascorrere il pranzo di Natale a casa di Rose, dove avrebbero passato la giornata con i cugini e gli zii di Eryn. Anche la mamma di Archie era stata invitata a festeggiare con loro; lei non amava questi eventi e non organizzava mai niente, ma era felice di trascorrere la giornata in compagnia e rivedere il figlio e la nuora. Solo la nonna sarebbe mancata data la lontananza, ma di sicuro non sarebbe rimasta sola e non si sarebbe annoiata; Sals sotto Natale si trasformava in un piccolo presepe vivente in cui venivano organizzate feste, sfilate e grossi pranzi e cene per tutto il paese.

Non appena Eryn sistemò l'ultima pallina, suonarono alla porta.

La prima coppia era arrivata e in breve li raggiunsero anche gli altri. La casa si scaldò presto con le risate e il vociare degli amici.

La tavola, con la tovaglia e il servizio rosso abbinato all'arredamento, era colorata e imbandita con tutti i piatti preparati da Eryn e Val, che l'aveva aiutata a cucinare; quell'anno si erano lasciate andare e avevano preparato diversi antipasti, primi, secondi e tre dolci.

Sebastian, uno degli amici, distratto com'era riuscì anche quella volta a far cadere e rompere un bicchiere, ma a Eryn non importava. Era davvero felice in quel momento con i suoi amici e con suo marito nella loro casa.

Mentre pensava a quanto fosse fortunata, sorrise tra sé e guardò una per una le persone che la circondavano, felice che facessero parte della sua vita.

*

"Ogni anno mi riprometto di non mangiare così tanto, ma poi non resisto. Sto scoppiando. Sono pieno come un tacchino la sera prima del Ringraziamento", disse Archie mentre guidava ritornando da casa della suocera.

Avevano trascorso una bella giornata in famiglia. Le rispettive mamme, seppur diverse, andavano molto d'accordo nonostante si vedessero solo durante le sporadiche riunioni famigliari, e si era creato un bel clima anche con i cugini di Eryn. Erano i due figli del fratello del padre, anche lui deceduto, con le rispettive famiglie: Susi insieme a Max con le loro tre bimbe di cinque, tre e un anno e mezzo, e Marc con Daniela e i loro gemellini di un anno.

Eryn era molto legata ai cugini, soprattutto a Marc dato che erano coetanei e avevano trascorso tante estati insieme quando erano più piccoli insieme ai genitori.

Quell'anno i bambini erano stati più bravi del solito, non avevano né pianto né urlato troppo, e gli adulti erano riusciti a concedersi qualche momento insieme dopo i pasti per giocare a carte e a tombola ridendo e scherzando senza essere disturbati.

Forse era per questo che anche Eryn aveva addirittura giocato con le nipotine e aveva preso in braccio i due piccoli gemelli. Non era mai successo. In genere, dopo i saluti d'obbligo per educazione e gli scambi dei regali, non degnava di uno sguardo nessuno dei bambini.

Sarà la magia del Natale, pensò Archie sorridendo mentre si immetteva nella rotonda all'uscita dell'autostrada. Era quasi mezzanotte e tutti e due non vedevano l'ora di cambiarsi e andare a dormire, stanchi per le emozioni di quella giornata. Al rientro non avevano trovato traffico e avevano impiegato poco più di un'oretta e mezza a ritornare a casa.

All'una meno venti, Eryn era pronta nel letto e ingannava il tempo leggendo un libro in attesa che il marito la raggiungesse.

Dopo pochi minuti, lo sentì uscire dal bagno.

"Auguri, amore mio! Un altro Natale passato insieme. Ti amo proprio tanto", canticchiò Archie saltando sul letto mentre cercava di baciarla sul collo e farle il solletico.

Non perdeva mai occasione per esprimere i suoi sentimenti e fare il giocherellone.

"Ahia. Devo aver lasciato gli occhiali sotto il cuscino", esclamò di colpo dopo aver toccato con la testa qualcosa di duro. Ma non si trattava dei suoi occhiali.

"E questo che cos'è?" chiese Archie confuso e preso completamente alla sprovvista, rigirandosi il pacchettino tra le mani. "Avevamo detto che non ci saremmo fatti nessun regalo. Così non va bene, io non ti ho preso nulla".

Era davvero dispiaciuto. Lui non aveva niente da darle.

Eryn quell'anno si era impuntata: aveva ribadito che non avrebbero dovuto farsi niente dato che avevano sostenuto tante spese per sistemare e arredare la casa da poco acquistata e dovevano affrontarne altre per piccoli ritocchi.

"Tranquillo! È proprio piccolo. Aprilo. E comunque è un regalo per tutti e due, se ti fa sentire meno in colpa".

Archie levò il fiocchetto giallo e luccicante e tirò via la carta verde lucida che avvolgeva una scatolina rettangolare di legno con inciso un cuoricino rosso.

Incuriosito, fece scorrere il coperchio e trovò infiocchettato all'interno una specie di termometro con delle lineette sul display centrale.

Impiegò qualche secondo, ma quando finalmente capì di cosa si trattava iniziò a tremare talmente forte che gli oggetti che teneva in mano caddero sul letto.

Non riusciva a parlare. Faceva quasi fatica a pensare, a respirare. Non gli sembrava vero. Proprio non se lo aspettava.

Le lacrime gli annebbiarono la vista.

"Non è uno dei tuoi scherzi, vero?!", balbettò come prima cosa appena riuscì a parlare.

Eryn non rispose. Non riusciva a parlare nemmeno lei. Aveva gli occhi lucidi e le tremava impercettibilmente il labbro inferiore, ma continuava a guardarlo sorridendo, facendo segno di "no" con la testa.

"Amore, sono senza parole... Io... Non so davvero cosa dire...". Archie recuperò un filo di voce. Prese tra le mani il viso della moglie. "Non so cosa sia successo per farti cambiare idea, e sinceramente non voglio saperlo. So solo che mi hai fatto il regalo più bello che potessi ricevere. È tutto quello che voglio e che ho sempre desiderato. Ti amo. Anzi, vi amo".

E iniziò a riempirla di baci sugli occhi, sul naso, sulla bocca e sulla pancia. Ovunque.

"Ti amo anch'io, Archie", riuscì a sussurrare infine Eryn tra le lacrime di commozione e di gioia mentre si trovava stretta tra le sue braccia.

CAPITOLO SECONDO

Ormai aveva realizzato che sarebbe diventata madre.

Erano passati più di due mesi dall'ultima mestruazione e aveva fatto altre quattro volte il test di gravidanza, con risultato sempre positivo. Non che dubitasse della loro attendibilità, anzi; aveva intuito di essere rimasta incinta prima ancora di fare il primo, ma le sembrava una cosa talmente incredibile che aveva voluto assicurarsi più volte che fosse vero.

Non riusciva ancora a capacitarsi delle sensazioni che provava e che aveva avvertito in quelle prime settimane; per fortuna non era stata male o avuto nausee, ma sentiva che qualcosa dentro di lei stava cambiando.

Dopo i primi giorni di gioia con Archie, aveva chiamato la madre e scritto alla nonna per dar loro la notizia; aveva voluto condividere subito la novità con le due più importanti donne della sua famiglia.

La madre si trovava in Florx, al mare, per un viaggio relax con alcune amiche dopo aver assistito a un convegno sui "nuovi giovani della terza età".

Inizialmente, appena gliel'aveva detto, si era messa a ridere perché pensava fosse uno scherzo; Rose non si aspettava di certo che la figlia avesse cambiato idea così in fretta sulla maternità. Ma dopo aver capito che non la stava prendendo in giro, si era dovuta sedere perché di colpo le gambe avevano smesso di sostenerla. Si era emozionata tanto; aveva ormai perso la speranza di diventare nonna e non era preparata a ricevere una notizia del genere in quel momento.

"Piccola mia, sono così felice per voi. È una bellissima notizia e sono tanto orgogliosa di te. Tra due settimane tornerò a casa e mi organizzerò subito per venirti a trovare nel weekend. Mi raccomando, prenditi cura di te e mangia. Finalmente ti vedrò con la pancia", scherzò prima di riattaccare.

Eryn era sempre stata magra, e fin da piccola la madre aveva dovuto lottare per farla mangiare e farle mettere su un po' di peso. Le piaceva cucinare ma non amava molto mangiare e alcune volte, per pigrizia o noia – soprattutto se era sola –, saltava i pasti.

Adesso però doveva pensare a stare bene, per lei e per il suo bambino.

Aveva in mente anche di andare da un dietologo per farsi prescrivere una dieta equilibrata e completa per la gravidanza che le permettesse di assumere e assimilare tutte le sostanze necessarie per l'organismo. Oltre alle vitamine che aveva iniziato a prendere, una corretta e sana alimentazione l'avrebbe aiutata ad affrontare meglio quel periodo e sarebbe stato il primo regalo di benvenuto per suo figlio, che adesso era lungo circa due centimetri e pesava poco più di due grammi.

Eryn e Archie erano appena usciti dallo studio del dottor Ladder dove avevano fatto la prima ecografia. Posare lo sguardo sul loro bambino per la prima volta era stato un momento davvero emozionante.

Dopo che il medico aveva spalmato del gel sulla pancia di Eryn e appoggiato la sonda, sullo schermo posizionato in alto davanti a loro nella stanza in penombra era apparsa una macchia chiara che, grazie alle istruzioni e all'aiuto del medico, si era trasformata ai loro occhi in un corpicino in movimento.

Grazie ai moderni strumenti ed effetti tridimensionali, erano riusciti a vedere bene l'immagine ingrandita proiettata sul televisore; visto così sembrava grande quanto un bambino appena nato. Ladder, attraverso la misurazione degli arti e il rilevamento della translucenza nucale – utile a valutare lo spessore del tessuto sottocutaneo dietro la nuca del feto –, li aveva rassicurati sull'andamento della gravidanza.

Nonostante fosse ancora presto per saperlo, gli avevano chiesto di non rivelare loro il sesso, neanche durante le successive visite; non c'era stato un motivo particolare in quella scelta, ma volevano mantenere il mistero per tutti i nove mesi di gravidanza e fantasticare se avesse fatto presto loro compagnia un maschietto o una femminuccia.

Era tutto nuovo, eccitante e incredibile e volevano godersi quelle emozioni e sensazioni, una per una.

Eryn aveva avuto un momento di ansia poco prima di sdraiarsi sul lettino quando, per scherzo, il dottore le aveva spiegato che avrebbe controllato se vi fosse più di un ospite dentro la pancia.

Lei non ci aveva affatto pensato, ma in effetti avrebbero potuto esserci anche due gemelli. Non che ci fosse qualcosa di brutto nell'avere due bambini in una volta sola, ma per una che fino a qualche mese prima non aveva in mente di averne nemmeno uno, era stato un pensiero troppo scioccante.

Ad ogni modo, aveva verificato e confermato che ce n'era solo uno.

"Forse dovresti rimanere a casa dal lavoro per non stancarti troppo", disse Archie alla moglie mentre entravano in casa. La visita non aveva rivelato nessun problema di salute né per il bambino né per la madre, e il ginecologo aveva assicurato che, se non avesse arrecato troppa stanchezza o stress, Eryn avrebbe potuto tranquillamente continuare a lavorare. Non c'era alcuna controindicazione, anzi. Avrebbe perfino potuto giovare.

"Hai sentito quello che ha detto il medico. Va tutto bene e io posso continuare a fare la vita di sempre. Ovviamente comunicherò al lavoro che non potrò più viaggiare come prima, ma per il resto non voglio stravolgere la mia vita. Non ancora, almeno".

Archie era diventato ancora più protettivo verso la moglie e non voleva che le accadesse nulla per colpa del suo lavoro e della sua cocciutaggine, che spesso la portavano a oltrepassare i suoi limiti fisici e mentali.

Avevano già discusso più volte su quell'argomento, e si era reso conto che non poteva forzarla a rimanere a casa senza un valido motivo, soprattutto se lei non voleva e i controlli medici non presentavano nulla di anomalo; tenerla ferma in casa a fare nulla avrebbe solamente contribuito a innervosirla di più.

Tra i due di solito era lui quello che riusciva a rimanere calmo, mentre lei si faceva prendere dall'agitazione in situazioni che non dipendevano completamente dalla sua organizzazione maniacale. Ma da quando aveva scoperto di essere incinta, sembrava diversa anche nella gestione dei problemi; se prima era calma e metodica sul lavoro, ora lo era diventata nella vita privata.

"Visto che la visita è andata bene voglio dirlo a Val e agli altri. Sono proprio curiosa di vedere le loro facce", disse ridendo Eryn mentre andava in camera da letto per cambiarsi.

Ad eccezione delle loro mamme, non avevano dato ancora a nessuno la notizia; avevano preferito aspettare di assicurarsi che tutto procedesse senza problemi.

Non erano persone pessimiste ma sapevano che, soprattutto nelle prime settimane, la gravidanza poteva interrompersi spontaneamente.

Non era stato facile per Eryn non dirlo a Val, dato che si sentivano quasi tutti i giorni. Per evitare di mentire all'amica, aveva cercato di non parlare troppo di se stessa e l'aveva bombardata di domande riguardo alle sue giornate e al lavoro, chiedendole in continuazione se ci fossero novità sul fronte amoroso.

"Che ne dici se stasera la invitiamo a cena? Così finito di mangiare glielo diciamo. Non vorrei dirglielo mentre mangia e farle andare tutto di traverso. Poi con gli altri organizziamo un'altra cena nel weekend".

Eryn aveva appena pianificato le loro prossime serate e il marito sapeva già che, mentre si stava cambiando e lavando, avrebbe pensato a cosa cucinare.

Era giovedì sera e Val arrivò da loro dopo il lavoro, verso le diciannove e trenta.

Non era insolito che organizzassero delle cene insieme durante la settimana, pertanto l'amica non si aspettava che la serata avrebbe avuto in serbo una sorpresa speciale.

Consumarono il pasto piacevolmente anche se un po' più in silenzio rispetto al solito, perché Eryn pensò per tutto il tempo al momento in cui avrebbe dato la notizia all'amica e non riusciva a rimanere concentrata a parlare. Era nervosamente felice ed eccitata. Era la prima volta che dava la notizia ad alta voce a una persona di fronte a lei in carne e ossa, e non dall'altro capo di un telefono o tramite una lettera.

Aveva cucinato pasta con pomodori e melanzane e, come secondo, filetti di branzino in crosta di sale con patate al forno. Tutto come sempre squisito e impiattato con cura nei piatti rotondi neri dal design moderno ed elegante, come piaceva a Eryn. L'impiattamento era una fase a cui teneva molto e vi si dedicava per diversi minuti prima di servire il cibo in tavola.

"Anche oggi David mi ha fatto chiudere il negozio. Non so per quanto tempo potrò continuare lì". Val sembrava davvero esausta mentre si lamentava con gli amici con la bocca ancora piena di patate.

David era il suo capo, il titolare del mobilificio e, oltre a trattarla da commessa e non da arredatrice, la faceva lavorare più delle sue otto ore di contratto, facendola rimanere spesso fino a fine giornata a occuparsi della chiusura. Ma era difficile dirgli di no dato che ormai lo dava per scontato e Val aveva paura di offenderlo o di deluderlo. Tra di loro si era creato un bel rapporto, ma niente che andasse oltre la sfera lavorativa. Teneva molto a lui e in fondo lì si trovava bene, anche se il suo desiderio più grande rimaneva quello di diventare un'arredatrice professionista e fare ciò per cui aveva studiato tanto, anche se significava cercare un altro lavoro e lasciare la sicurezza che David e il suo negozio le garantivano.

Val si era sempre mostrata disponibile, sperando prima o poi in un riconoscimento lavorativo e remunerativo che ancora non era arrivato. Erano anni che annunciava un suo possibile licenziamento, ma non lo aveva ancora fatto e, anche se si lamentava, le piaceva il suo lavoro. Voleva solo qualche riconoscimento in più.

Certe volte non è facile cambiare completamente le abitudini e lo stile di vita, soprattutto se non sono poi così male.

"Dovresti cercare qualcosa in grado di valorizzare il tuo talento. Sei sprecata a lavorare lì".

Come sempre Eryn assecondava le lamentele dell'amica e lodava le sue doti e qualità. Secondo lei Val era davvero brava, ma sapeva che non avrebbe lasciato ora il suo lavoro; erano anni che sentiva quei discorsi e sapeva anche che se l'amica avesse davvero voluto cambiare, l'avrebbe già fatto.

"Per farti sentire meglio ti ho preparato una torta. Amore, la prendi tu, per favore? È in cucina". Eryn fece l'occhiolino al marito, che si alzò per andare a mettere i piatti sul lavello e prendere il dolce.

Ultimamente era diventata più amorevole con lui e glielo dimostrava anche in pubblico, cosa che prima non aveva mai fatto.

Archie ritornò con la torta – una nuvola di panna e cioccolato alta circa dieci centimetri appoggiata su un piatto rosso –, che posò delicatamente sul tavolo. La base soffice di morbido pan di Spagna al cacao era farcita con panna montata e ricoperta da una cascata di cioccolato. Era una delle classiche torte che si fanno per i compleanni e le feste, per niente difficile da preparare, soprattutto per un'esperta in cucina come Eryn.

La sorpresa però era nella scritta realizzata con cioccolato bianco fuso, posta al centro del dolce.

Tre semplici parole, ma molto significative: *"Benvenuta, zia Val"*.

Eryn aveva voluto sorprenderla e darle la notizia nel modo più dolce possibile, usando uno dei loro hobby preferiti; difficilmente avrebbe potuto trovare qualcosa di più dolce di una torta panna e cioccolato da un chilo.

Ma l'amica non si accorse di nulla, presa com'era dalle sue lamentele.

L'aveva vista solo di sfuggita e non aveva notato la scritta.

"Dai, mangiane un pezzo prima di andare a casa. Vedrai che ti farà sentire meglio", la invitò porgendole un piatto pulito. Aspettava che lei leggesse la scritta prima di tagliarla.

"No, grazie. Sono piena. Ho mangiato a sufficienza". Allontanò educatamente il piatto da sé, facendo segno di no con la testa.

La frangia le si mosse velocemente sulla fronte, ondeggiando a destra e a sinistra.

"Eryn l'ha fatta per te e sono sicuro che se la mangerai, trascorrerai una notte serena. Sai che il cioccolato fa bene all'umore ed è l'ingrediente naturale migliore per combattere la depressione", insistette Archie.

"Ma non sono depressa, solo un po' amareggiata. E poi ho ripreso da poco ad andare in palestra per rimettermi in forma visto che sono ritornata single. Me la mangerei solo con gli occhi, ma...". Finalmente posò lo sguardo sulla scritta.

"Oh. Mio. Dio. E questo cosa significa? Eryn!". Val si mise a gridare, guardando ora l'amica, ora la torta e ora Archie, scattando in piedi come una molla. Per poco la sedia non cadde sul pavimento.

"Secondo te cosa vuol dire?".

Eryn si mise a ridere mentre guardava le espressioni che cambiavano velocemente sul volto di Val. Era davvero buffa. Con le mani davanti alla bocca, dopo qualche secondo di silenzio incominciò a singhiozzare. Era l'ultima cosa che si sarebbe aspettata.

Eryn era come una sorella per lei e la notizia l'aveva colta completamente di sorpresa, facendola emozionare ancora di più. Pochi attimi dopo corse ad abbracciarla ed esclamò qualche frase incomprensibile tra singhiozzi, risate e urla.

Val era così, un vulcano di sentimenti ed emozioni e non aveva timore di mostrarli, a differenza di Eryn.

"Non so come e perché tu abbia cambiato idea, ma mi hai reso l'amica più felice e orgogliosa del mondo. Diventerò zia! Diventerò zia! Diventerò zia!". Erano quelle le uniche parole che riusciva a dire mentre gli amici le raccontavano di come stesse procedendo la gravidanza.

Nonostante il giorno dopo andassero tutti al lavoro, rimasero a parlare ancora qualche oretta fantasticando sul loro futuro e su quello del bambino, e a ricordare gli aneddoti di quando erano piccoli loro e di cosa avevano fatto.

Eryn sapeva che Val era contenta quanto loro di quella notizia e sarebbe stata una zia perfetta per il loro bambino. Avrebbe fatto parte attivamente anche lei della sua vita. Ne era sicura.

Né lei né Archie avevano fratelli o sorelle, quindi gli zii sarebbero stati i loro amici, persone scelte con il cuore.

"La prossima volta con gli altri fai una scritta più grossa così siamo sicuri che la vedano subito", disse sorridendo Archie alla moglie mentre richiudeva la porta di casa dopo che Val era uscita e la raggiungeva in cucina per finire di ripulire la tavola prima di andare a dormire.

*

Sarà stato l'arrivo della primavera o delle prime giornate tiepide, ma Eryn aveva finalmente scelto la tinta per dipingere la cameretta per il figlio. O figlia.

Sarebbe stata gialla.

Aveva scelto quel colore per tinteggiare due delle quattro pareti e dare maggiore calore e luminosità alla stanza; era una nuance che andava bene per entrambi i sessi.

Un piccolo armadio a tre ante di ciliegio chiaro sarebbe stato montato sul muro davanti alle finestre, e sul lato vicino alla porta avrebbero posizionato la culla e il fasciatoio, entrambi bianchi, sistemati su un grosso tappeto.

Era stato tutto pensato e organizzato, sebbene fossero a inizio aprile e la data di nascita non era prevista prima di settembre.

I mobili erano già stati ordinati e il negozio d'arredamento aspettava solo un loro cenno per consegnare tutto. Avevano ovviamente scelto quello in cui lavorava Val, che li aveva aiutati nella scelta dei materiali offrendo loro i pezzi con la qualità migliore e a un prezzo scontato.

Avevano deciso di iniziare a pitturare le pareti in modo tale che, entro la fine del mese, la camera sarebbe stata pronta e avrebbero potuto dedicarsi agli altri acquisti.

Eryn aveva già iniziato a compilare sul computer una lunga lista di cosa avrebbero dovuto comprare per non trovarsi impreparati – dagli accessori per la pappa ai vari vestitini come body, pagliaccetti, maglie e pantaloni, dal set per l'igiene e il bagnetto all'occorrente per uscire. Aveva organizzato tutto nei minimi dettagli e, ogni volta che vedeva qualche pubblicità o le veniva in mente qualcosa, correva ad aggiornare la lista o, se non era a casa, lo segnava sul cellulare come promemoria.

Era al quarto mese e la pancia non si vedeva ancora tanto grazie al suo fisico slanciato e asciutto, ma iniziava a spuntare.

Al lavoro l'aveva dovuto dire subito per limitare i suoi spostamenti, ma non sembrava che la cosa la turbasse o, in qualche modo, dispiacesse.

Era la responsabile del suo ufficio, ma non le sarebbe più dispiaciuto se il ruolo di direttore – era una delle candidate, visti i successi in ambito lavorativo – fosse stato affidato ad altri.

Archie non riusciva proprio a spiegarsi il motivo di quel cambiamento improvviso nella moglie, anche se lo rendeva felice; era avvenuto così di fretta che spesso la mattina quando si svegliava aveva paura di aver sognato tutto.

Non avevano toccato l'argomento da quella sera a casa di Val e aveva sempre pensato che lei continuasse a prendere delle precauzioni quando facevano l'amore.

Fino a qualche mese prima, Eryn non aveva fatto altro che studiare e lavorare – quando non si trovava lontana per qualche trasferta – e storceva il naso al solo pensiero di avere dei figli, mentre adesso passava il suo tempo libero a leggere libri e blog su come essere una buona madre e su come capire il linguaggio dei neonati. Alcune volte passava intere serate a pensare a quali vestiti comprare, a come sistemare meglio la casa per prepararla a essere più accogliente e funzionale per un neonato, oppure fantasticava pensando ai discorsi che gli o le avrebbe fatto.

Eryn non sapeva se desiderare più un maschietto o una femminuccia, era indecisa perché vedeva dei pro in entrambi i casi; da una parte si sentiva più pronta per un maschietto perché le avevano detto che erano mammoni ma l'idea di avere una figlia con cui condividere segreti, interessi e opinioni non le dispiaceva affatto. Era vero che una femmina si sarebbe scontrata di più con i genitori nel periodo adolescenziale ma, superato quello, rimaneva in generale più legata alla famiglia rispetto a un maschio.

Archie invece, se avesse dovuto esprimere una preferenza, avrebbe puntato sul maschietto; scherzando, diceva che l'idea di avere un'altra femmina in casa, magari con lo stesso carattere della madre, lo faceva diventare matto.

Erano comunque eccitati all'idea di diventare genitori e il fatto di non sapere di chi, fino all'ultimo, li emozionava ancora di più.

Strano visto che Eryn era sempre stata una a cui piaceva organizzare e avere il controllo su tutto, e ancora più strana era quella sensazione nuova che provava. Non riusciva nemmeno lei a spiegarsi come e perché fosse cambiata in così poco tempo e soprattutto perché sentisse quel forte desiderio di avere un figlio. Sentiva che si era sviluppato e radicato in lei l'istinto materno che pensava di non avere mai avuto – aveva letto che non tutte le donne ce l'avevano e lei aveva sempre pensato di essere una di quelle.

Non sapeva il perché, ma aveva capito che era ciò che voleva in quel momento e la faceva sentire felice; era quello che contava di più.

Aveva fatto mettere ad Archie un nuovo specchio nella loro camera a lato del letto per riuscire a vedersi interamente e tutte le sere, prima di andare a dormire, le piaceva guardarsi e vedere come cambiava il suo corpo.

"Mescola di più il colore".

Eryn guardava il marito mentre preparava i barattoli di vernice. Avrebbe voluto aiutarlo, ma lui glielo aveva impedito; non voleva che si affaticasse troppo nelle sue condizioni. Anche se stava bene ed era in forma, non voleva rischiare che si facesse male. Dato che non poteva agire direttamente, lei supervisionava il lavoro impartendo ordini.

"Sono venti minuti che mescolo. Ormai è diluito" sbuffò Archie alzandosi da terra, diretto verso la scala.

Sicuramente ne capiva più lui su quelle cose, dato che non era la prima volta che dipingeva una parete mentre lei non l'aveva mai fatto, ma non voleva contraddirla troppo. Aveva letto che lo stress e il nervosismo nelle donne in gravidanza era normale e, se non controllato, poteva portare dei disturbi e malesseri sia alla mamma sia al bambino.

Fino ad allora tutto era andato a meraviglia. Eryn non aveva avuto nausee o fastidi, e le strane voglie notturne di cui molte parlavano non si erano presentate. Ma era diventata morbosamente attiva, e aveva per la testa sempre qualcosa da pensare e organizzare. Lavorando ancora, aveva a disposizione solo le sere e i weekend, e appena entrava in casa iniziava a elencare al marito tutte le novità e idee a cui aveva pensato.

Lei pensava e lui eseguiva.

Le ore passate fuori casa non la stancavano come capitava a molte donne nel suo stato; anzi, se con il tempo non le fosse spuntata la pancia, nessuno se ne sarebbe accorto.

L'unico piccolo cambiamento era che adesso non poteva più spingere con la pancia la porta a vetri davanti agli ascensori, all'ingresso del grattacielo in cui lavorava, per paura di nuocere al bambino.

La pancia, seppur piccola, iniziava a farsi vedere, bella rotonda sotto i suoi eleganti e attillati abiti e tailleur. Non si era ancora decisa a comprare vestiti premaman; fino a quando fosse riuscita a indossare i suoi, avrebbe continuato a mettere quelli.

George, la guardia presente tutte le mattine all'ingresso, le apriva il cancelletto; con in mano il cellulare e la borsa, e uno o due dossier con i documenti – che iniziava a ripassare appena scesa dall'auto nei garage sotterranei e per tutto il tragitto fino al ventinovesimo piano dove si trovava il suo dipartimento –, non avrebbe potuto farlo da sola. Ma era anche una scusa per fare due chiacchiere.

"Buongiorno, Eryn. Come si sente questa mattina?". Era il solito saluto caloroso che le rivolgeva.

In quell'edificio non aveva sede solo la Refer, ma a ogni piano si trovavano gli uffici di altre grosse compagnie bancarie e assicurative.

Il grattacielo si trovava nel quartiere Due bis, al centro di Zelma, nell'area del business dove avevano sede i principali centri di tutte le aziende finanziarie più influenti del mondo.

"In splendida forma, e lei? Sam come sta?".

"Molto bene, grazie. È sempre gentile a chiederlo. È ritornato a scuola".

Gli occhi di George brillavano di gioia.

Sam era il suo figlio più piccolo; soffriva di epilessia e spesso gli capitavano degli attacchi così forti da richiedere l'immediato ricovero in ospedale. La madre aveva smesso di lavorare per potersi prendere cura di lui e per questo George, quando poteva, faceva il turno di notte per racimolare più soldi. Grazie ai nuovi farmaci in commercio a basso prezzo, il bimbo si stava riprendendo molto bene e gli attacchi non si erano più ripresentati.

Un'altra mossa azzeccata del sindaco.

Grazie anche a queste strategie, Tyler aveva vinto le ultime elezioni con l'88% dei voti a favore, un aumento impressionante rispetto alle precedenti, dove aveva raggiunto la maggioranza con il 66%.

Secondo la legge della Congleration States, se il sindaco della capitale fosse riuscito a farsi rieleggere per tre mandati consecutivi con una percentuale di voto superiore al 65%, sarebbe stato candidato in automatico alle presidenziali. Quindi gli sarebbe bastato vincere le prossime elezioni con un'alta percentuale e sarebbe diventato in automatico un possibile nuovo Presidente, uno degli uomini più potenti di tutto il mondo. Prima di lui solo un sindaco ci era riuscito, il buon Martin Morls, nel 1987.

Anche se era stata tentata, anche quella volta Eryn non l'aveva vota-

to. La sua parte femminista e indipendentista si era fatta ancora sentire a voce alta, facendole prediligere il più democratico Vanish con i suoi progetti paritari tra uomo e donna.
Ma aveva nettamente perso.

*

Primi di luglio. Caldo e afa.
Zelma era una di quelle città esuberanti a cui piaceva vivere la vita al massimo amplificando ogni aspetto e lo trasmetteva ai suoi abitanti anche attraverso il clima, tanto freddo d'inverno quanto caldo d'estate.
Quell'anno la temperatura aveva superato di qualche grado le medie della stagione e si prospettava un agosto ancora più caldo.
Il rimpianto per il pungente gelo dell'inverno precedente era palese.
I lavoratori si sentivano fortunati la mattina ad andare in ufficio e trovarsi avvolti dall'aria fresca nebulizzata dei climatizzatori.
Era un nuovo sistema adottato dalle aziende per far sentire a proprio agio i dipendenti senza farli morire di caldo per le temperature esterne, ma nemmeno di freddo con i vecchi sistemi ad aria condizionata che si usavano alcuni anni prima.
Eryn aveva un suo piccolo ufficio privato dove poteva regolare la temperatura a suo piacimento senza rendere conto a nessuno.
Era al settimo mese ed era appena entrata nella trentaduesima settimana di gravidanza. Iniziava a sentirsi spossata e appesantita, e il caldo non la aiutava di certo.
La pancia era bella piena, spesso dura ma non le faceva male; al suo piccolo ospite piaceva mantenersi in movimento e tirava grossi calci esercitandosi per quando sarebbe uscito.
Per fortuna la notte era tranquillo, ma di giorno voleva farsi sentire e vedere; osservando attentamente la pancia, oltre ai movimenti si riusciva infatti a veder spuntare una manina o un piedino.
Erano le diciotto e presto sarebbe uscita per andare a casa.
Da quando aveva iniziato a sentirsi più stanca e gonfia, usciva un po' prima la sera e finiva di lavorare sdraiata da casa, anche se la sua

giornata lavorativa avrebbe potuto tranquillamente terminare.

Quella sera avevano un appuntamento con gli amici, ma lei non se la sentiva molto. Non stava male, non aveva dolori, ma avvertiva un po' di malessere e stanchezza, probabilmente dovuti anche al caldo. Chiamò per scusarsi, declinando l'invito. Poi mandò un messaggio al marito per informarlo.

Si sarebbero visti direttamente a casa.

Salutò George mentre attraversava il cancelletto per andare a prendere il secondo ascensore che l'avrebbe condotta in garage, e andò verso la sua auto.

Archie era già lì quando rincasò e, vedendola più affaticata del solito, la fece sdraiare sul divano e le massaggiò le spalle e la testa per farla rilassare.

"Sei proprio un uomo da sposare. Fortunata tua moglie". Eryn si concesse il lusso di scherzare mentre si lasciava trasportare dai piaceri delle coccole.

Aveva preparato lui la cena e la tavola, e aveva già sistemato e pulito la cucina.

"Ssshh, non sa che sono qui con te questa sera", le rispose ammiccando mentre passava a massaggiarle i piedi e le gambe.

"Sai, penso che andrò a letto. Sono proprio cotta. Magari leggo un po' e mi riposo, così domani sarò di nuovo in forma. Non ce la faccio proprio a mettermi a lavorare adesso".

Non era da Eryn andare a letto senza cena, nemmeno in quegli ultimi mesi di gravidanza.

"Certo, amore. Ti raggiungerò tra poco. Riposati un po' così, se te la senti, ti porto una scodella di minestra calda e mangi almeno qualcosa".

Alle cinque e dieci del mattino, Eryn si svegliò per andare in bagno. Si riteneva fortunata perché le capitava poche volte di doversi alzare la notte; aveva sentito di donne che fin dalle prime settimane di gravidanza si svegliavano addirittura due o tre volte.

Era il dieci luglio e anche a quell'ora il caldo si faceva sentire pesantemente. Le sembrava di avere la biancheria un po' bagnata, forse per il sudore. Era vero che non si sentiva molto sexy ultimamente, ma sperava di non essersela fatta addosso.

Entrò in bagno senza accendere la luce per non svegliare Archie e, quando si pulì, capì che la carta igienica era sporca di qualcosa di scuro.

Accese la luce dello specchio e vide che si trattava di sangue.

Rimase pietrificata.

Non era un buon segno una perdita di sangue vivo durante una gravidanza.

Andò dal lato del letto dove dormiva il marito e gli toccò il braccio per svegliarlo.

"Archie, ho delle perdite di sangue", gli disse mentre lui cercava di realizzare dove fosse.

Impiegò qualche minuto a metabolizzare l'informazione, dopodiché si tirò subito su in piedi.

"Cosa facciamo?".

Eryn non riusciva a pensare lucidamente; aveva la testa congelata dalla paura e dal panico.

"Stai tranquilla, amore. Vai in bagno e preparati. Andiamo in ospedale. Ti faranno un controllo. Vedrai che non è niente". Aveva cercato di mantenere un tono calmo per gestire la situazione.

Quindici minuti dopo erano in macchina.

Le strade di Zelma a quell'ora del mattino erano completamente deserte e sembrava di essere in una di quelle città futuristiche dei film. Era irreale vederla così.

I semafori erano tutti in funzione, ma Archie non si preoccupò di svoltare con il rosso; non voleva allarmare la moglie, ma era preoccupato anche lui che qualcosa non andasse bene e voleva arrivare il prima possibile.

Lasciò la loro auto alla fermata del pullman, davanti all'entrata del pronto soccorso.

Spiegarono all'infermiera che c'era all'accoglienza il motivo per cui erano lì. Un'altra compilò un foglio che infilò in una cartella blu, fece sedere Eryn su una carrozzina e la portò nel reparto di ostetricia-ginecologia che si trovava al quarto piano, utilizzando un ascensore interno per il personale.

Archie dovette fare un giro più lungo. Quando raggiunse il piano, gli dissero che doveva aspettare fuori. La moglie era in una stanza chiusa, dove la stavano sottoponendo ad alcuni accertamenti. Fece come gli avevano detto. Rimasto solo, aspettò nella sala d'attesa del reparto, preoccupato come non gli era mai successo.

*

Alle sei e mezza del mattino, Eryn era seduta su un lettino in una delle stanze del reparto in mezzo ad altre due donne con un pancione più grosso del suo, tutte in attesa di una visita o di qualche controllo. Non faceva molto caldo.
Sul muro giallo un po' scrostato erano appesi diversi poster, avvisi e informazioni su come allattare il proprio neonato, farlo dormire correttamente, proteggerlo dalle malattie infettive e altre indicazioni riguardo la salute e il benessere del nascituro.
Un'ostetrica entrò nella camera, seguita da due giovani studentesse. Si riconoscevano dal colore della striscia collocata sul taschino del camice bianco che tutto il personale indossava. La striscia delle ostetriche era rosa, quella delle studentesse blu, mentre per le infermiere il colore usato era il rosso. Discorso diverso per i dottori, che indossavano un camice blu o verde chiaro a seconda che fossero di turno in reparto o al pronto soccorso.
Eryn l'aveva imparato leggendo il foglio con le spiegazioni appeso vicino alla porta – probabilmente ce n'era uno in ogni stanza –, mentre aspettava che qualcuno entrasse e le dicesse cosa le stava capitando.
Le due giovani studentesse si avvicinarono alle donne per raccogliere i loro dati personali e compilare alcune cartelle; scoprì così che le altre due ragazze nella stanza con lei erano al nono mese di gravidanza ed erano in attesa di partorire di lì a breve, ma sembrava che i loro bambini non fossero ancora intenzionati a uscire.
L'ostetrica si avvicinò a Eryn.
"Buongiorno, signora. Come si sente?"
"Io... Non saprei. Bene, credo. Sono solo preoccupata".
"Adesso le faremo un tracciato per sentire i battiti del suo bambino e

verificare se ci siano o meno contrazioni. Utilizzeremo il cardioto-cografo a ultrasuoni e il controllo durerà circa mezz'ora".

Eryn annuì, poi raccontò brevemente cos'era successo qualche ora prima a casa.

Le due giovani studentesse le spalmarono un po' di gel sulla pancia e le posizionarono sull'addome una cintura con due sonde. La prima sarebbe servita a monitorare il battito cardiaco fetale, mentre la seconda avrebbe rilevato l'intensità delle contrazioni uterine.

Non appena una delle studentesse accese lo strumento e aumentò il volume, nella sala rimbombò il rumore di un battito. Era velocissimo. Era il battito del suo bambino.

Eryn provò una sensazione piacevole e si rasserenò. Sentire il cuoricino del suo piccolo che batteva l'aveva rassicurata. Per alcuni istanti aveva temuto che fosse successo qualcosa di grave. Cercò di rilassarsi e si sistemò meglio che poté.

D'improvviso girò la testa verso la porta della sala. L'avevano lasciata un po' aperta. Riusciva a vedere il corridoio in penombra perché non avevano ancora acceso le luci centrali. Intravide Archie che passeggiava nervosamente. Era impaziente e agitato. Non sapeva dove l'avessero sistemata e non aveva più avuto informazioni.

Sarà stato per via del forte e improvviso rumore del battito che veniva riprodotto dall'apparecchio, o forse per una casualità, ma si voltò in quell'istante e la vide. Aveva guardato dentro la sala dove c'era Eryn nell'esatto momento in cui anche lei si era girata, e i loro sguardi si incrociarono.

Vide nello sguardo del marito un'ondata di gioia e di preoccupazione allo stesso tempo. Lui rimase fuori dalla porta, ma si affacciò per avvicinarsi di più e poterle parlare.

"Sto bene. Mi stanno facendo un tracciato per misurare i battiti del bambino e vedere se ho delle contrazioni". Eryn gli sorrise, cercando di rassicurarlo.

Nonostante la situazione, sembrava più sereno. Almeno era riuscito a vederla e a parlarle.

Dopo una quarantina di minuti, l'ostetrica rientrò per controllare il grafico sul cartaceo prodotto dal cardiotocografo. Le spiegò che qualche contrazione c'era stata, ma non erano ancora quelle forti.

Dato il periodo ancora prematuro per un parto, avrebbero cercato di contrastarle con delle medicine per provare a evitare che aumentassero e che il bambino nascesse prima del tempo. Le avrebbero rifatto il tracciato a breve per monitorare nuovamente la situazione.

Nel frattempo Eryn chiese se potesse fare colazione, visto che era a digiuno e aveva fame; aveva mangiato solo una scodella di minestra la sera prima e non era abituata a saltare la colazione.

Mentre beveva del tè al limone accompagnato da alcune fette biscottate che le avevano servito su un vassoio nel letto, un dottore entrò nella stanza. Era un uomo sulla sessantina, non troppo alto, con i capelli brizzolati e un paio di occhiali dalla montatura nera e spessa.

Quando entrò, non salutò né guardò nessuno in faccia. Andò direttamente vicino a Eryn per verificare di persona il tracciato. Gli bastò dare un'occhiata per rendersi conto della situazione.

Si rivolse a una delle due studentesse. "Le contrazioni sono ancora deboli, ma devono essere monitorate costantemente. Fai ricoverare la paziente. E chiamatemi subito se aumentano".

Detto questo, uscì.

*

L'orologio segnava le undici e quaranta.

Sdraiata sul letto della stanza in cui era stata trasferita, Eryn iniziò ad avvertire delle fitte al basso ventre che andavano e venivano, nonostante le avessero somministrato dei farmaci che avrebbero dovuto fermarle.

Non erano ancora così forti ma erano comunque fastidiose.

Non avendo partecipato al corso pre-parto, non sapeva come dovesse comportarsi e cosa aspettarsi, ma cercava di fare dei profondi respiri con la bocca, sperando di riuscire a gestire il dolore. L'aveva visto fare in molti film e sperava funzionasse.

La stanza in cui era ricoverata era posizionata davanti alla sala in cui si trovava prima. Archie era accanto a lei, seduto su una piccola sedia bianca collocata vicino al letto. Le teneva la mano mentre la vedeva sofferente che stringeva i pugni e soffiava sempre più forte a

45

ogni fitta. Si sentiva impotente perché non poteva fare nulla. Ma almeno era lì con lei.

La sua compagna di stanza era una giovane donna bruna con una pancia poco più grande della sua. Non era ancora in travaglio, ma sicuramente se era lì doveva aver avuto anche lei delle complicazioni, pensò Eryn.

Un'ostetrica entrò nella stanza per controllare la situazione e lo stato delle contrazioni.

Le avevano impedito di alzarsi anche solo per andare in bagno e le avevano messo una padella vicino al letto in caso di necessità; per fortuna era andata diverse volte prima e al momento non ne sentiva il bisogno.

Il tempo sembrava non trascorrere mai.

Poco dopo l'una entrò nuovamente il ginecologo con alcune infermiere e ostetriche. Gli bastò alzare il lenzuolo e visitarla per capire che era arrivato il momento.

"Dilatazione quasi a dieci. Portatela subito nella sala tre, altrimenti rischiamo una sofferenza del bambino".

Dopodiché uscì e si avviò per primo verso la sala parto.

Stava succedendo tutto talmente in fretta che né Eryn né Archie compresero subito il significato delle parole del medico, e nemmeno cosa dovessero fare. Si guardarono soltanto senza dire nulla.

"Signora, non si preoccupi. Adesso la portiamo in sala. Ormai la dilatazione è totale e sarebbe meglio, per il bene del bambino, procedere con un parto naturale. Se la sente di passare qui sopra?".

Entrambi si voltarono.

A lato del letto era spuntata una barella. Non l'avevano nemmeno vista entrare. Non stavano capendo più nulla e si sentivano come avvolti in una bolla sotto litri d'acqua. L'unica cosa che avevano sentito e capito era "sofferenza del bambino". Non senza fatica, Eryn riuscì a passare sulla barella e venne portata subito in sala parto, al fondo di un lungo corridoio. Era poco illuminata anche se aveva una grossa finestra da un lato, ma i tendoni grigi oscuravano gran parte della luce che filtrava all'interno.

Al centro della stanza c'era un lettino nero, molto simile a quelli usati negli studi ginecologici, e nell'aria un forte odore di disinfettante.

C'erano tante persone ad attenderla, molte di più di quelle che si sarebbe aspettata. A Eryn sembrò di essere la festeggiata a una festa di compleanno che entra, senza saperlo, nella stanza dove tutti i parenti e gli amici si sono nascosti per farle una sorpresa.

Non appena entrò, si girarono infatti tutti a guardarla e la fecero sdraiare subito sul lettino. Ognuno di loro si sistemò intorno a lei, davanti o vicino ai monitor, in base alla mansione. C'erano le ostetriche – senior e studentesse –, le infermiere, il ginecologo e le ragazze del reparto pediatria; non doveva essere un parto normale e tranquillo se serviva tutto quello staff, pensò Eryn mentre osservava tutti con aria spaventata.

Una signora bionda sulla quarantina si presentò con il nome di Rita, la responsabile delle ostetriche, e la rassicurò dicendo che sarebbe stata lei a guidarla durante il parto. Era una donna robusta ed efficiente; forse per quello o per il sorriso che le fece appena la vide – il primo di quella giornata –, riuscì a trasmetterle un senso di sicurezza.

Archie rimase al suo fianco muto e fermo senza sapere cosa fare e cosa pensare, sentendosi completamente impotente e bloccato; aveva paura per sua moglie e suo figlio. Non si era mai sentito così e solo in quel momento capì cosa volesse dire aver paura da morire.

"Adesso, cara, le romperò le acque, dopodiché le chiederò di spingere e soffiare con tutte le sue forze", le disse Rita con tono calmo ma sicuro.

Pochi secondi dopo, Eryn sentì un rumore ovattato e, tra le gambe, uno scrosciare di acqua calda; la sensazione e l'effetto erano paragonabili allo scoppio di un palloncino pieno d'acqua calda che ti arriva addosso durante una gavettonata tra amici.

Non pensava ci volesse così poco a rompere e bucare la placenta, soprattutto non immaginava non facesse male dato che non aveva sentito nulla. Oppure era l'adrenalina a neutralizzare il dolore, non sapeva.

Una giovane ostetrica, alla sinistra del lettino, aiutò Eryn a tirarsi su con la schiena per poter spingere meglio; Archie, che si trovava dalla parte opposta, la imitò e fece lo stesso. Nella sala rimbombò la voce forte e calda di Rita: "Vai, cara. Spingi!", e Eryn spinse.

Non sapeva bene come farlo, ma spinse più forte che poté.

Sapeva che alcuni parti andavano avanti per diverse ore, e molte donne uscivano sfinite e stanche per i troppi sforzi, ma dopo pochi minuti e altrettante spinte Rita le urlò di fermarsi perché il bimbo era già fuori. Vide spuntare tra le gambe una massa di capelli neri, ma non sentì emettere nessun vagito, né leggero né forte.

Il neonato fu subito allontanato da Eryn. Dopo che Rita aveva reciso il cordone ombelicale, lo portarono via per la pulizia, i controlli sui parametri vitali e sulla respirazione.

In piedi di fianco alla moglie con la mano ancora appoggiata sulla sua schiena, Archie si guardava intorno sotto shock.

Mentre Rita spiegava a Eryn che doveva dare ancora qualche spinta per espellere la placenta, prima di poterle dare tre o quattro punti, un'infermiera dal fondo della stanza esclamò: "Ma il papà non vuole venire a conoscere questa bella bambina?".

Era una femmina. Ed era viva.

E solo allora si sentì un debole pianto.

Come se avesse ricevuto uno schiaffo sotto una doccia gelida, Archie si riprese all'istante e con passo tremolante si avvicinò alla ragazza che lo aveva chiamato.

Dentro una culla trasparente, avvolta in una coperta termica argentata, c'era sua figlia, nata al settimo mese e del peso di un chilo e settecento grammi, come poté leggere dalla targhetta.

Non piangeva più, anche se sembrava avere gli occhietti semiaperti.

Com'era bella!

Purtroppo non potevano lasciarla con loro perché dovevano sottoporla ad alcuni controlli. Dopodiché, l'avrebbero messa dentro a un'incubatrice che l'avrebbe aiutata a respirare meglio; era nata otto settimane prima del termine e aveva bisogno di qualche piccolo aiuto in più per approcciarsi alla vita.

Due ostetriche avvicinarono la culla a Eryn per permetterle di vedere la sua bambina; l'incontro durò pochi secondi, perché la portarono subito via nel reparto di terapia intensiva che si trovava al secondo piano.

Eryn sarebbe dovuta rimanere ferma ancora qualche ora prima di poter ritornare in camera e poter scendere a vedere la figlia; nemmeno Archie sarebbe potuto andare subito da lei, e avrebbe dovuto aspettare anche lui un paio d'ore. Poteva rimanere però lì insieme alla moglie.

Due pediatre spiegarono bene loro dove la stessero portando, e a quali controlli e accertamenti l'avrebbero sottoposta; erano due ragazze giovani e molto sorridenti che cercarono di trasmettere tranquillità e serenità ai due neogenitori, spaventati e provati per gli eventi appena vissuti. Consigliarono loro di cercare di riposarsi; ogni tanto un'infermiera sarebbe passata a dare un'occhiata a Eryn.

Pochi minuti dopo rimasero soli e, per un attimo, si fissarono senza dire niente.

"Amore, come ti senti?"

"Bene...". Eryn aveva gli occhi lucidi.

"È... È bellissima... E tu... Tu sei stata davvero forte". Le strinse la mano. "Non mi sembra vero. Mi sembra tutto assurdo... Abbiamo una figlia...".

"Già... La nostra bambina...".

Archie si sedette accanto al letto, appoggiando le braccia sulle gambe della moglie.

"Probabilmente se il parto fosse durato di più, sarei svenuto". Sorridendo, prese tra le mani quelle di lei per accarezzarle.

Tra i due era sempre stata Eryn quella più forte in certe situazioni; Archie, come tanti uomini, sopportava poco il dolore fisico, non solo il suo ma anche quello delle persone a lui care.

"La vorrei chiamare Zena. Ti piace? Mi è venuto in mente appena l'ho vista", propose Eryn guardando il marito.

"Mi sembra perfetto" confermò lui, baciandola sulla fronte.

Erano tutti e due stanchi ed eccitati; avevano così tanti pensieri ed emozioni da esprimere che non sapevano da dove iniziare.

Rimasero in silenzio mano nella mano per qualche minuto, felici e assorti nei propri pensieri.

Erano stremati e stanchi per tutta la preoccupazione e l'agitazione che avevano dovuto affrontare in quelle poche ore, ma terribilmente felici.

Tutte quelle emozioni sciolsero la tensione che avevano imprigionato dentro e pian piano si addormentarono.

Non si resero nemmeno conto che, un'ora dopo, un'infermiera era entrata nella stanza.

*

Eryn si svegliò di soprassalto.

"Ehi...".

"Ci siamo addormentati. Dobbiamo andare da Zena". Prese il campanello e suonò per chiamare l'infermiera, che arrivò poco dopo.

"Buongiorno".

"Mi scusi... Noi...".

"Vi siete addormentati, lo so. Siamo passate prima per vedere se avevate bisogno di qualcosa, ma abbiamo preferito lasciarvi riposare".

La donna, una signora grassottella con i capelli neri, corti e ricci, le sorrise mentre si sistemava la cuffia bianca sulla testa. Sembrava appena uscita da un film in bianco e nero degli anni Cinquanta. Si chiamava Beth.

Eryn la guardò senza ricambiare il sorriso. Si sentiva in colpa. Voleva andare subito dalla sua bambina.

"Ci scusi... Non ce ne siamo proprio resi conto". Archie era imbarazzato e mortificato. "Possiamo vedere nostra figlia?". Si sentiva anche lui in colpa per aver perso la prima ora di vita di Zena.

"Sì, certo. Prima però dobbiamo riportare la signora in camera e, se ve la sentite, potete scendere subito al secondo piano a vederla. Se avete bisogno, vi lasciamo la carrozzina. Come l'avete chiamata?"

"No, grazie. Riesco a camminare". Eryn era già in piedi di fianco al lettino, impaziente di andare da sua figlia. "L'abbiamo chiamata Zena".

Per fortuna la sua camera non era molto lontana dalla sala parto e in pochi minuti arrivarono.

"Signora, è sicura di non volere la carrozzina? Gliela lasciamo e la veniamo a riprendere tra un'ora". Beth voleva sincerarsi che Eryn fosse davvero in condizioni di camminare.

"No, grazie! Mi sento bene". Eryn dovette quasi urlare, perché era ormai a qualche metro di distanza dall'infermiera, diretta a passo veloce verso gli ascensori.

In realtà si sentiva un po' stanca, ma pensava che la carrozzina l'avrebbe solo rallentata.

Si strinse al braccio del marito per evitare di cadere e continuò a camminare velocemente.

Appena le porte dell'ascensore si aprirono al secondo piano, lessero dai cartelli di segnalazione che il TIN, il reparto di terapia intensiva, si trovava a destra, in fondo al corridoio.

Una grossa porta con vetri oscuranti bloccava l'entrata e per accedere era necessario identificarsi all'infermiera che si trovava dentro una guardiola, anch'essa vetrata.

"Buongiorno. Siamo qui per vedere la nostra bambina". L'ansia e l'eccitazione trasparivano dal tono di voce di Eryn. Era la prima volta che parlava con un estraneo di sua figlia e si emozionò.

"Certo, cara. Mi faccia vedere il suo braccialetto, per cortesia".

Non appena la bambina era nata, le ostetriche avevano messo un braccialetto sia a Eryn sia a Zena con i loro nomi, la data, l'ora del parto e un codice univoco per collegarle tra loro.

Si tolse il braccialetto e glielo diede.

L'infermiera digitò alcuni numeri sulla tastiera e rimase qualche minuto in silenzio a osservare il monitor.

Poi digitò ancora qualche tasto.

"Signora Eryn, si ricorda l'ora e la sala in cui ha partorito?", le chiese mentre le restituiva il braccialetto.

"È nata alle quattordici e dieci. Sala tre. C'è scritto anche sul braccialetto". La donna la guardò senza rispondere.

"C'è qualche problema?". Eryn iniziò ad agitarsi. Guardò il marito, che le sorrise.

"Stai calma. Sarà la procedura". Ma sospettava che non fosse così.

"Scusate solo un attimo". L'infermiera prese il telefono di fianco a lei e compose un numero interno. Si spostò un poco dal vetro che la divideva da loro ma la sua voce, seppur bassa, si sentiva chiaramente.

"Sì, alle quattordici e dieci. Sala tre. Sì... È riportato sul braccialetto

e anche la madre lo ha confermato. Sì... D'accordo... Grazie".
Sorridendo chiuse la telefonata e si rivolse a entrambi.
"È tutto a posto. Dal computer i dati della vostra bambina non risultano, ma ho chiesto conferma alla sala parto. Probabilmente è stata trasferita con urgenza nel nostro reparto per metterla nell'incubatrice e si sono dimenticati di registrarla". Marito e moglie tirarono un sospiro di sollievo. "Entro solo un attimo a chiedere alle infermiere o ai pediatri di turno. Ci vorranno pochi minuti. Aspettate qui".
Sembrava fosse trascorsa più di un'ora da quando la donna era sparita dietro la porta d'accesso alla sala.
"Scusate l'attesa...". Non era più sorridente e, quando si rivolse a loro per parlare, non guardò più negli occhi Eryn, ma Archie. "Sono rammaricata, ma... la vostra bambina non si trova in questo reparto".
Il cuore di Eryn mancò un battito.
"Cosa significa?". Fu Archie a parlare.
"Anche se dalla sala parto mi hanno confermato il trasferimento, non si trova qui".
"Come sarebbe a dire? Dov'è nostra figlia?"
"Purtroppo io ho accesso solo ai dati di questo reparto e non so dirvi dove possa essere. Dovete scendere all'ufficio informazioni nascite al pian terreno e chiedere a loro. Mi dispiace".
"Ma allora, se non è qui, dove potrebbe essere?". Eryn ritrovò la forza di parlare. "La mia bambina ha bisogno di stare nell'incubatrice, è nata prematura".
"Lo so, signora, ma non so dirle altro. Vorrei tanto poterlo fare, mi creda".
"È proprio sicura che non sia lì dentro?".
La sua voce si era alzata di diverse tonalità ed era meno sicura. Iniziò a tremare. Se Zena non era lì, doveva esserle accaduto qualcosa di grave. Magari la stavano operando.
Non riusciva e non voleva pensare al peggio. Anche se cercava di mantenersi calma, nella sua testa iniziarono ad alternarsi tanti scenari terribili. Si sentì mancare e dovette reggersi al marito per la paura di svenire.
L'infermiera si rivolse a Eryn senza guardarla negli occhi. Era sicura che sua figlia non fosse lì perché aveva controllato personalmente

ogni incubatrice e ogni braccialetto sui polsi dei neonati.
E lei lì non c'era.

CAPITOLO TERZO

In coda davanti all'ufficio informazioni nascite, Eryn non riusciva neppure a ricordare se avesse preso l'ascensore o fatto le scale di corsa per arrivare lì.

Altre persone accanto a lei attendevano il loro turno.

Il ventilatore posizionato in un angolo, azionato per smorzare il caldo afoso della giornata, disperdeva nell'aria un forte e pungente profumo femminile dalle note dolciastre di una delle donne sedute su una sedia di plastica rossa a lato dei gabbiotti del personale.

Eryn teneva lo sguardo fisso sul muro davanti a lei, ma non vedeva nulla. La mente persa tra i pensieri.

Archie continuava a camminare, nervoso. Durante i lunghi minuti di attesa, non scambiarono nemmeno una parola.

Quando chiamarono il loro numero, si avvicinarono allo sportello e spiegarono l'accaduto alla signora che li osservava perplessa.

"La prego, ci aiuti a capire cos'è successo a nostra figlia".

Archie passò alla donna il braccialetto che aveva tolto a Eryn.

Sembrava un incubo.

Avevano perso la loro bambina a poche ore dalla nascita.

Dov'era Zena?

La signora non rispose. Si limitò a inserire i dati nel computer. Da lì poteva vedere tutti gli spostamenti di ogni neonato nei singoli reparti.

Passò qualche minuto.

"Sì, è vero, la vostra bambina non si trova nel reparto di terapia intensiva". Ma questo lo sapevano già. "E non si trova nemmeno più in questo ospedale".

Eryn e Archie si guardarono. Stava scherzando?

"Com'è possibile?"

"Dov'è la nostra bambina?"

"È stata trasferita in un altro ospedale, il Little Heart, perché qui non c'era più posto. Probabilmente non c'erano più incubatrici libere, succede spesso ultimamente".

I polmoni di Eryn tornarono a riempirsi d'aria.

"Al Little Heart?"

"Sì, si trova qui vicino".

Archie strinse la mano della moglie.

"Vedete, purtroppo le ragazze all'entrata del TIN vedono solo i neonati che sono registrati e che sono ricoverati all'interno del reparto. Per questo non hanno saputo darvi spiegazioni. Certo che è strano, però, che non vi abbiano informati sul trasferimento".

Eryn ricordò che si erano addormentati. Ancora una volta si sentì tremendamente in colpa.

"Mi dispiace molto per il disguido".

"Non si preoccupi". Ad Archie era sembrato di rinascere, e il sorriso stampato sul suo volto lo dimostrava.

"Vi fornisco i dati dell'altro ospedale; collaboriamo sempre con loro quando non abbiamo posto qui, perché hanno le nostre stesse attrezzature e competenze. Non vi preoccupate: la vostra bambina non sarebbe potuta capitare in mani migliori".

Era quello che ogni genitore avrebbe voluto sentirsi dire.

Eryn però non sembrava del tutto convinta. A mente fredda, si ricordò dell'infermiera che era andata da loro. Possibile che non fosse stata informata dello spostamento?

"Perché nessuno ci ha avvisato? Chi ha deciso di trasferirla lì?". Poi, con voce quasi rotta: "Possiamo andare subito da lei?". La tensione stava lasciando il posto al nervosismo. "Voglio che mi dimettano. Voglio andare da mia figlia!"

"Signora, si calmi". La donna alzò le mani in aria per cercare di far rientrare la situazione.

Archie posò una mano sulla spalla della moglie.

"Tesoro, aspetta... Calmati".

"Non posso rispondere a tutte le vostre richieste. Non sono io a occuparmene. Ma potete ritornare nella camera in cui è ricoverata e chiedere di parlare con il ginecologo che la segue. Lui saprà darvi tutte le informazioni di cui avete bisogno". Il tono calmo riuscì a tranquillizzare Eryn per un attimo. "Soprattutto, è solo lui che può decidere in merito alle dimissioni o al suo trasferimento presso l'altra struttura".

Non rimaneva che fare ciò che la donna aveva appena suggerito.

Tornarono al quarto piano e si diressero subito presso lo studio dei medici.

Bussarono un paio di volte energicamente, ma nessuno rispose. Probabilmente erano in qualche sala parto o a fare il giro visita alle pazienti.

Stavano per tornare indietro quando, da dietro l'angolo, spuntò Ladder accompagnato da due infermiere e un'ostetrica, che si dirigevano nella loro direzione.

Non li avevano visti.

Stavano discutendo tra loro mentre guardavano dei fogli attaccati a una cartellina nera che teneva in mano il dottore e per poco non andarono a sbattere contro Eryn che si era spostata velocemente in mezzo al corridoio, sulla loro traiettoria.

"Oh, salve. Mi scusi, Eryn, non l'avevo vista. Ho saputo che è nata sua figlia. Congratulazioni, come...?"

Ma lei non lo lasciò finire di parlare.

"Dov'è mia figlia? Perché l'avete spostata? Vogliamo vederla! Fateci andare da lei!".

"Non capisco...".

"Nostra figlia... non c'è più".

"Come sarebbe a dire?".

Ladder le chiese di raccontargli meglio tutta la vicenda, perché era ignaro della situazione; rimase ad ascoltarla e le promise che sarebbe subito andato a informarsi con il ginecologo che era di turno quando Zena era nata, e con le pediatre che avevano assistito al parto.

Le chiese di aspettarlo nella sua stanza, dove l'avrebbe raggiunta non appena avesse saputo qualcosa di più su quanto accaduto.

E così Eryn e Archie ritornarono in camera, obbligati ancora una volta ad attendere per avere delle risposte.

*

Eryn si sdraiò sul letto, muovendosi con cautela. Per riuscire a stendersi, tirò su le gambe. I punti interni che le avevano dato tiravano e in alcune posizioni avvertiva maggiormente il dolore.

Non si era resa conto di quanto fosse stremata; dopotutto aveva appena partorito.

"Dovremmo avvisare mia madre e la tua. E dirlo agli altri. Ci pensi tu?".

Eryn non aveva voglia di sentire nessuno.

Non appena si coricò, avvertì tutta l'adrenalina e l'ansia che aveva in corpo trasformarsi in stanchezza, e a poco a poco sentì le palpebre diventare sempre più pesanti. A fatica riusciva a tenere gli occhi aperti.

"Certo, amore. Stai tranquilla. Le mamme le ho avvisate prima per messaggio. Ho promesso che le avremmo richiamate più tardi. Adesso avviso gli altri. Tu riposati, intanto".

Non era ancora in corridoio, che Eryn si era già addormentata.

Poco prima che venisse servita la cena delle diciotto e trenta, il dottor Ladder entrò in camera.

Eryn era sveglia da qualche minuto e Archie aveva appena finito di dare la notizia ai loro amici.

Alla vista del medico entrambi si agitarono.

"Eccomi qua, Eryn. Come promesso, sono andato a chiedere informazioni su Zena e vi posso dire che sta bene. È stata spostata nel reparto di terapia intensiva al Little Heart qua vicino poiché in questa struttura le incubatrici del nostro reparto sono tutte occupate, come vi era già stato detto. L'infermiera incaricata di comunicarvi questa notizia ha visto che dormivate e ha preferito lasciarvi riposare. Le ostetriche del turno successivo sono venute a cercarvi, ma non vi hanno trovato. Probabilmente mentre voi stavate cercando vostra figlia, o quando eravate all'ufficio informazioni".

"Oh, bene. Posso...". Eryn chiuse gli occhi per un istante, poi li riaprì. Le girava la testa.

"Purtroppo al momento lei non può essere dimessa perché, avendo partorito alle due del pomeriggio, per sicurezza dovrà passare la notte qui con noi. Le ho fissato però una visita di controllo domani mattina presto, alle sette, con il collega di turno; una volta fatta, se non verranno riscontrate anomalie potrà essere dimessa e andare da sua figlia. Il papà, invece, può andare subito da lei".

"Adesso?". Ad Archie brillarono gli occhi.

"Certamente. Penso proprio che non ci siano limitazioni sugli orari di visita", concluse Ladder rivolgendo uno sguardo sorridente al neopapà.

"Dottore, non è proprio possibile farmi dimettere stasera stessa? Vorrei andare anch'io dalla mia bambina".

Il tono di Eryn era un miscuglio tra il supplichevole e il disperato, ma non riuscì a ottenere nulla, anzi. Il suo ginecologo le disse che le stava facendo un favore dimettendola la mattina dopo così presto, perché di solito occorreva far passare almeno ventiquattro ore piene dal parto.

Prima di andarsene, Ladder la informò che aveva chiesto a un'ostetrica di passare da lei a breve per darle alcune indicazioni sull'allattamento, la pulizia del seno e la stimolazione della montata del latte con il tiraggio artificiale, che doveva fare subito.

Egoisticamente a lei non importavano quelle cose; in quel momento voleva solo andare dalla sua piccola per guardarla e stringerla tra le sue braccia.

Ma sapeva che doveva fare tutto ciò per il suo bene.

"Archie, hai sentito il dottore. Tu puoi andare a trovarla. Vai e fammi sapere come sta. Almeno uno dei due può stare con lei...".

Non l'avrebbe mai pensato, ma in quel momento l'idea che suo marito potesse stare con la loro figlia e lei no la fece ingelosire parecchio.

Sapeva che era un sentimento sciocco e infantile, ed era ingiusto, ma era quello che provava.

Inoltre odiava aspettare e ancor di più odiava quando le cose non andavano come avrebbe voluto.

"Certo, amore. Così vedo dove l'hanno messa. L'ospedale è qua vicino. Vado subito e, prima che finisca l'orario delle visite, torno da te e ti aggiorno".

Archie baciò la moglie sui capelli, le massaggiò con dolcezza il mento e uscì dalla camera proprio mentre l'ostetrica entrava nella stanza.

*

Alle otto della sera, Eryn guardava nervosamente il telefono, rigirandoselo tra le mani. Alle nove l'orario di visita sarebbe terminato e lei non aveva ricevuto ancora nessuna notizia dal marito.

Dopo le dodici chiamate senza risposta che aveva trovato sul cellulare e i quattro messaggi vocali lasciati in segreteria, aveva richiamato la madre per tranquillizzarla.

Anche se le aveva detto che stava bene, non era bastato a farle continuare il viaggio in crociera alle isole Splendora.

Rose aveva prenotato il primo aereo che aveva trovato disponibile e sarebbe arrivata a Zelma la sera dopo.

Eryn, nel frattempo, si era stimolata la produzione di latte dai seni con il tiralatte elettrico dell'ospedale, come le aveva insegnato l'ostetrica, e aveva messo a congelare in freezer quel poco che era uscito per poterlo dare a Zena.

Poco prima delle otto e mezza, Archie entrò di corsa in camera. Trafelato, ma raggiante.

Aveva visto Zena, le aveva toccato le manine e i piedini dagli oblò dell'incubatrice e, cosa più importante, gli avevano detto che stava bene.

Le descrisse ogni dettaglio e ogni singola piega del corpicino che spuntava dal body che le avevano messo, e le spiegò com'era strutturato il TIN del Little Heart.

Il reparto non era molto grande, ma molto pulito e accogliente; i neonati erano divisi in due stanze a seconda della loro età e delle loro risposte alla crescita. In una vi erano le incubatrici e lì si trovavano i neonati appena arrivati che necessitavano di maggiori controlli, mentre nell'altra c'erano delle semplici culle per i neonati già "grandi" quasi pronti per uscire e andare a casa con mamma e papà.

La regola generale era che, se tutto procedeva bene, tutti i prematuri dovevano rimanere nella prima stanza fino alla loro trentaquattresima settimana per poi passare nella stanza delle culle la settimana dopo, per gli ultimi giorni di ricovero.

Ogni neonato era seguito personalmente da un'infermiera o un'ostetrica che, durante il proprio turno, lo monitorava e lo seguiva costantemente in tutte le sue attività e cure, dal bagnetto al cambio pannolino, dalla pappa alla pulizia delle flebo, fino alla somministrazione dei medicinali.

Quella sera l'infermiera assegnata a Zena era Marie, ed era stata lei ad aggiornare Archie sullo stato di salute della figlia.

Data la precocità della nascita, la stavano aiutando a dilatare bene i polmoni per non farli collassare, e a respirare meglio; era già in grado di farlo da sola, ma non ancora perfettamente. Le avevano fatto le prime analisi di routine prelevando qualche goccia di sangue dal tallone e le avevano infilato un sondino dal naso per controllare la digestione.

Alcuni neonati prematuri potevano avere dei problemi iniziali nel digerire il latte, e volevano assicurarsi che lei non ne avesse e riuscisse ad assimilare tutto senza ristagni; al momento la stavano allattando con il biberon utilizzando il latte donato da altre madri, ma erano in attesa dell'arrivo di Eryn per provare ad attaccarla al seno e insegnarle a succhiare. La cosa importante che avevano detto anche loro era che Eryn doveva iniziare fin da subito a stimolare la produzione di latte e che doveva conservare in freezer tutto quello che riusciva a produrre perché l'avrebbero dato poi loro a Zena.

"L'ambiente è completamente asettico. Prima di entrare nelle stanze devi lavarti le mani sia con il sapone sia con il disinfettante liquido, e indossare un camice sopra i vestiti. Non si possono usare i telefonini, ma prima di andarmene Marie mi ha permesso di scattarle una foto. Ovviamente dopo non l'ho più toccata e mi sono comunque subito lavato le mani. Guarda qui il nostro amore". Archie passò il cellulare alla moglie.

Non appena l'ebbe toccato, lo schermo si illuminò e apparve la foto della loro bimba: era piena di capelli neri, avvolta in un lenzuolo bianco arrotolato intorno a forma di ciambella.

Nella foto si vedeva il riflesso del vetro dell'incubatrice, ma il volto di Zena era nitido e ben visibile; stava dormendo e, anche se aveva il sondino, sembrava tranquilla.

Si teneva le manine l'una sull'altra, come se cercasse un contatto umano e, non trovandolo, si fosse accontentata del suo. Era bellissima.

Non sembrava nemmeno così piccola dalla foto.

"Oh, è perfetta... Sembra così indifesa e sola... Non vedo l'ora di stare un po' con lei".

Eryn era commossa.

Era felice di averla rivista, anche se solo in foto; era riuscita a vederla solo per pochi secondi dopo il parto, e non le sembrava ancora vero di avere una figlia ad attenderla.

"Amore, domani mattina vengo qui alle sette e dopo la visita andiamo da lei. Possiamo rimanere in reparto tutto il giorno, tranne dalle tredici alle quindici perché effettuano la pulizia in sala e non vogliono i genitori in giro. Ah, ho chiesto se oltre a noi possono entrare altre persone, tipo le nonne, ma mi hanno detto di no. Sono ammessi solo i genitori per non che ci sia troppa confusione. Dicono che i parenti potrebbero intralciare il loro lavoro, e che il troppo rumore darebbe fastidio ai neonati".

Ma a Eryn non importava troppo se altre persone potevano o no entrare a vedere sua figlia, l'importante era che potesse rimanerci lei.

"Pensi che potrò tenerla in braccio?"gli chiese, speranzosa.

"Ma sì, certo. Anzi, lo devi fare. Mi hanno detto che tutti i giorni per almeno un'ora dovrai tenerla attaccata a te, pelle contro pelle, per farle sentire il tuo calore e odore, e rassicurarla".

Era una splendida notizia visto che per almeno tre settimane non l'avrebbero potuta portare a casa.

In quel momento un'ostetrica entrò in camera annunciando che l'orario di visita era terminato.

Eryn non voleva che il marito se ne andasse, anche se era stanca e aveva bisogno di riposare; di lì a poco sarebbe suonata la prima sveglia della sera per tirarsi il latte.

Dopo essere rimasta da sola, nonostante l'ambiente non fosse silenzioso e si sentissero i suoni delle macchine fuori, il rumore dei tracciati nella sala a fianco, il vociare e le grida di una donna in procinto di partorire, Eryn si addormentò all'istante, tenendo tra le mani il suo cellulare acceso con la foto della figlia che il marito le aveva inviato prima di uscire.

*

Alle sette e dieci, Archie si trovava davanti alla camera della moglie, ma lei non c'era.

Arrivò poco dopo.

Aveva fatto la visita dal ginecologo di turno ed era stata dimessa.

Raccolsero velocemente la roba che avevano portato e corsero via.

Eryn non voleva sprecare altro tempo. Voleva andare da Zena.

Arrivarono al Little Heart alle sette e quaranta e salirono subito al quarto piano, dove si trovava il reparto di terapia intensiva per i neonati.

Archie suonò il citofono posizionato a lato di una porta dai vetri oscuranti, di quelle che si aprono con i maniglioni a spinta solo dall'interno.

Sulla parete a lato della porta erano appesi alcuni cartelli informativi sulla cura dei neonati, su come alimentarli, farli dormire, come e quando vaccinarli, e diversi biglietti di ringraziamento di famiglie che avevano avuto in cura i loro bambini in quel reparto.

Dopo pochi istanti, la porta si aprì con un ronzio.

Davanti a loro apparve un piccolo lavabo con sopra un grosso cartello bianco con indicata, a grandi caratteri rossi, la procedura obbligatoria da seguire per poter accedere al reparto: era necessario posare negli appositi armadietti posti all'entrata, alla loro sinistra, le giacche e le borse perché era vietato portarle dentro le stanze, bisognava lavarsi subito le mani con il sapone per almeno due o tre minuti, indossare il camice e la cuffia di protezione, e infine disinfettarsi di nuovo le mani.

Diversi cartelli riportavano il divieto assoluto di usare il telefonino.

Eryn imitò i gesti del marito, che aveva già imparato l'ordine della procedura e sapeva dove fossero posizionate le cose, e lo seguì a lato del lavabo diretto verso un piccolo armadio grigio d'acciaio alto circa due metri con diversi scomparti richiudibili a chiave, all'interno del quale riposero i loro effetti personali.

Una volta pronti, si incamminarono verso la stanza in cui si trovava Zena.

Le pareti erano di vetro e dall'interno si sentivano diversi rumori prodotti dai macchinari utilizzati per monitorare il battito cardiaco e il livello di pressione, ossigenazione e respirazione; non appena un indicatore scendeva sotto la soglia critica, un segnale acustico incominciava a suonare e non smetteva fino a quando l'indicatore non rientrava nei parametri. Se nel giro di pochi secondi ciò non avveniva, l'ostetrica o l'infermiera di turno avevano il compito di controllare la situazione e intervenire manualmente per stabilizzarla qualora fosse stato necessario.

Nella stanza adiacente si trovavano i neonati più grandi, quelli già autonomi.

Una giovane ragazza bionda con indosso un camice bianco era seduta alla scrivania davanti al pc; doveva essere la pediatra di turno.

Era la stessa della sera precedente.

Riconobbe Archie e lo salutò con cordialità, poi si alzò dalla sua postazione per accoglierli e presentarsi a Eryn.

Sapeva che era la mamma di Zena, la nuova arrivata, e che era la sua prima volta lì, così le spiegò gentilmente com'era organizzato il reparto e i turni, e aggiornò entrambi sullo stato di salute della figlia.

Stava bene.

Le avevano trovato solo qualche traccia di ristagno dei liquidi gastrici nello stomaco perché non era riuscita a digerirli completamente, ma era normale; poteva capitare nei primi giorni di vita.

Anche se il reparto era piccolo, le fece fare un piccolo tour mostrandole tutto quello che c'era e che sarebbe potuto servirle – dal lavabo che aveva usato pochi minuti prima, all'armadietto in cui erano riposti i camici, al piccolo tavolino dove avrebbe potuto appoggiarsi per tirarsi il latte, al contenitore in cui riporre le boccette riempite che sarebbero state messe in freezer dal personale, dopo aver scritto il nome del neonato a cui erano destinate, la data e l'ora del tiraggio.

Le spiegò che avrebbe potuto prendere dall'armadio le boccette che avrebbe utilizzato per conservare il latte che si sarebbe tirata a casa; se fosse venuta tutti i giorni a trovare la figlia, avrebbe potuto conservarlo in frigo. Una volta in ospedale, ci avrebbero pensato poi loro a congelarlo.

Finito il giro, li accompagnò nella sala in cui si trovavano le incubatrici, li fece entrare e li lasciò finalmente soli con la loro creatura.

Dentro non c'era nessuno e l'atmosfera, in quella stanza calda e silenziosa, era ovattata.

Eryn seguì Archie mentre si dirigeva verso la seconda incubatrice, e finalmente vide Zena.

Era così piccola... Un fagottino rosa con tanti capelli neri, avvolta in una copertina azzurra che la abbracciava tutto quanta intorno.

Era nuda, con addosso solo il pannolino, e si vedevano delle piccole pinze attaccate alle dita, da cui partivano diversi cavi che servivano per misurare e monitorare i parametri vitali.

Attaccati all'incubatrice c'erano due monitor: in uno si vedevano la misurazione dei battiti cardiaci, la respirazione e l'ossigenazione, mentre sull'altro più piccolo il livello di ossigeno, l'umidità e la temperatura che c'era dentro l'apparecchio.

Eryn capiva poco di tutti quegli indicatori, luci, suoni e fili; non vedeva bene da dove partissero e dove arrivassero, ma era tranquilla perché la sua bambina sembrava respirare bene e dormiva serena.

Soprattutto, nessun allarme era attivo.

Rimasero in silenzio a osservarla per qualche minuto, senza dirsi niente; ogni tanto si guardavano sorridendo e tornavano a posare lo sguardo su di lei.

Eryn si ricordò che il marito le aveva raccontato che la sera prima l'aveva toccata, e gli chiese di spiegarle come aprire gli oblò. Aveva tanta voglia di accarezzarla.

In quegli attimi, sentì l'emozione salirle dallo stomaco, per diffondersi in ogni cellula.

Poi finalmente la sfiorò.

Le toccò le manine che d'istinto si chiusero a pugno intorno al suo dito, e con la mano libera le accarezzò la testa.

Si stupì nel sentirla così calda al tatto, con una pelle delicatamente morbida.

La pediatra aveva consigliato loro, per i primi tempi, di toccarle le estremità del corpo, sia la testa sia i piedi, per trasmetterle un senso di protezione. Il contatto nei primissimi giorni di vita era importante.

A vederla così sembrava un piccolo uccellino dentro al nido.

Come se in qualche modo avesse avvertito la presenza della mamma, Zena si mosse, allungò le gambe in avanti e aprì gli occhi. Sembrava quasi che la stesse cercando e volesse vederla. Magari aveva riconosciuto la sua voce familiare, sentito l'odore della pelle. O forse era stato il tocco delle sue mani.

Eryn sapeva che per i neonati erano importanti sia l'odore sia il suono della voce della madre, perché imparavano a riconoscerli fin da quando erano nella pancia, e così incominciò a parlarle. Due grandi occhi neri la scrutarono da dietro il vetro e per alcuni secondi non si mossero da lei.

Anche se lì non c'era nessun altro che potesse sentirla, Eryn parlava a bassa voce, quasi bisbigliando; nemmeno le ostetriche e le infermiere erano presenti, intente a occuparsi dei neonati nell'altra stanza o a fare dei controlli nella loro sala privata.

Nella stanza in cui era ricoverata Zena c'era solo un'altra incubatrice in uso, con dentro una neonata di nome Myriama, come si leggeva dall'etichetta attaccata sopra; ma i genitori non c'erano e la piccola non si vedeva perché la macchina era completamente avvolta da una spessa coperta di colore rosso che serviva a proteggerla dalla luce esterna e farle sembrare di essere ancora dentro l'utero.

Mentre Eryn coccolava la figlia, Archie le avvicinò una sedia per farla sedere; non voleva che si stancasse troppo. Aveva sentito che ogni tanto ansimava, un po' per il fastidio che provava a causa dei punti e un po' per la stanchezza.

Quasi un'ora dopo, arrivò un'ostetrica che si presentò con il nome di Stephanie; spiegò che, durante quel turno, le era stata affidata Zena.

Era una ragazza alta e sorridente, con gli occhi azzurri e una lunga coda di cavallo, e una piccola Torre Eiffel tatuata sul collo.

Era l'ora del cambio pannolino e della pappa.

Zena mangiava ogni tre ore e, anche se quella mattina non era riuscita a digerire tutto il pasto precedente, avrebbero provato a somministrarle nuovamente il latte con il biberon. Se non fosse andata come speravano, avrebbero utilizzato un sondino.

La pediatra voleva vedere come si sarebbe comportata nei pasti successivi, prima di decidere se sospendere o meno l'alimentazione via bocca per qualche giorno.

Dato che era mattina e il personale era impegnato per le visite e i controlli sui piccoli pazienti, fece tutto Stephanie, ma disse loro che nel pomeriggio avrebbero potuto provare a cambiarla e a darle da mangiare. E soprattutto avrebbero potuto tenerla in braccio per qualche ora, a diretto contatto con la loro pelle, secondo quella che veniva chiamata "tecnica del marsupio".

Dopodiché porse a Eryn un doudou a forma di topolino; le disse di tenerlo sempre addosso, in modo tale che catturasse bene il suo odore. Alla visita successiva, avrebbe dovuto metterlo dentro l'incubatrice e lasciarlo vicino a Zena prima di andare via; in questo modo la bimba avrebbe sentito sempre il profumo della mamma, come se fosse ancora lì con lei.

I primi giorni dopo il parto furono molto strani; alcuni volarono via in un attimo, in altri sembrava che le lancette dell'orologio si fossero congelate per sempre.

Archie si era preso qualche giorno di ferie dal lavoro e, insieme a Eryn, passava due o tre ore sia al mattino sia al pomeriggio vicino a Zena.

Ogni volta che suonavano il citofono, prima di entrare in reparto, il loro cuore iniziava a battere forte e brividi di freddo scorrevano lungo la schiena per la paura di ricevere qualche brutta notizia sulla salute della figlia.

Dato che non riusciva ancora a digerire da sola, erano passati a nutrirla a piccole dosi attraverso il sondino, e per la restante parte dell'alimentazione procedevano via vena; le avevano trovato anche tracce di sangue nell'intestino, probabilmente a causa di alcune lesioni, simili a piccole ulcere gastriche, provocate durante la nascita.

Erano tutte problematiche già riscontrate in un neonato prematuro e risolvibili nel giro di qualche giorno, ma questo non riusciva a calmare del tutto Archie e, soprattutto, Eryn.

Vedere la loro bambina così piccola e indifesa dentro l'incubatrice con tutti quei fili attaccati e sottoposta ogni giorno a qualche controllo o prelievo, le stringeva forte il cuore.

Per fortuna tutti i pomeriggi dopo le quindici, quando arrivavano, riuscivano a tenerla in braccio qualche ora e la potevano coccolare.

Avevano fatto amicizia con i genitori di Myriama – i quali potevano recarsi in ospedale solo durante il pomeriggio perché vivevano lontano – e si era creato un bel clima anche con i genitori dei neonati che si trovavano nell'altra stanza, soprattutto tra le mamme che spesso si ritrovavano a chiacchierare mentre si tiravano il latte.

Erano tutti preoccupati per i loro figli e si facevano forza a vicenda, cercando di rimanere sempre allegri; seppur non si conoscessero, erano le uniche persone che potevano capirsi realmente e sapere cosa ognuno di loro stesse provando in quel momento, perché lo stavano tutti vivendo sulla loro pelle. Era bello parlare con qualcuno che capisse davvero.

Ma erano importanti anche l'affetto e la vicinanza che tutti i giorni i loro amici e le mamme provavano a trasmettere attraverso un messaggio, una chiamata o un abbraccio quando li vedevano.

Archie e Eryn erano i genitori più giovani del reparto; gli altri avevano quasi tutti due o tre anni in più e c'erano coppie oltre i quarant'anni.

I medici avevano detto a tutti loro che era proprio l'avanzare della loro età la causa delle numerose nascite premature che si stavano verificando negli ultimi anni in tutti i Paesi sviluppati; erano due fattori strettamente correlati.

Negli ultimi anni, i figli mediamente venivano concepiti dopo i trentacinque anni, a seguito di una vita stressata e frenetica che spesso non rallentava, per la mamma, nemmeno durante il periodo della gravidanza. Alcune volte non era per scelte egoistiche che si aspettava così tanto ma era la società, con i suoi ritmi e le sue pretese, che ti portava a mettere in secondo piano la famiglia per privilegiare un tenore di vita lavorativo e privato stabile ed economicamente sicuro.

Per questo motivo il reparto di terapia intensiva al One era già completamente pieno e loro, come anche un'altra coppia che era lì, erano stati spostati al Little Heart.

*

Zena stava per concludere la sua trentatreesima settimana di vita e, se tutto fosse andato secondo le aspettative dei medici, dopo due settimane sarebbe potuta andare a casa con i genitori.

Stava migliorando notevolmente.

Non aveva più avuto né ristagni né perdite ematiche nell'intestino, i suoi valori erano rimasti stabili e sopra le soglie minime accettabili, e aveva subito imparato ad attaccarsi al seno della madre per mangiare.

Le ostetriche, non appena aveva potuto alimentarla via bocca, insegnarono a Eryn come allattarla correttamente, rassicurandola sul fatto che sarebbe stato normale se non avesse subito gradito il cambiamento. Per un neonato, mangiare dal seno era molto più faticoso che farlo da un biberon, perché richiedeva maggiori sforzi, soprattutto per uno prematuro. Ma lei aveva apprezzato immediatamente e già nella prima poppata aveva mangiato quasi cento grammi, lasciando tutti stupiti.

Era stata brava. Si era dimostrata un piccolo leone che giorno dopo giorno mostrava al mondo la sua grinta e la voglia di riprendersi e imparare in fretta.

Ormai non la aiutavano più a respirare poiché era diventata completamente autonoma ed era pronta per passare presto nell'altra stanza, quella dei neonati "grandi".

Eryn era più serena anche se tutte le volte che si trovava davanti al reparto, prima di entrare, il suo cuore iniziava a martellare nel petto.

Soprattutto adesso che Archie non era al suo fianco perché era ritornato al lavoro.

Ma c'era Rose lì con lei. Era venuta a Zelma per starle vicina, aiutarla e non farla andare da sola in ospedale. Non aveva assistito alla nascita della nipote e voleva essere utile nei suoi primi giorni di vita.

Non poteva entrare con lei nel TIN ma l'aspettava di sotto, in una sala d'attesa al pian terreno; di solito leggeva un libro o andava alle macchinette a prendersi un caffè e a chiacchierare con chi, come lei, aveva qualcuno da aspettare. Era incredibile come in un ospedale si riuscisse a fare così tanti incontri e instaurare altrettante amicizie. Ma era anche vero che Rose era una donna molto affabile, di bell'aspetto, empatica e ispirava subito simpatia con il suo sorriso e la sua parlantina vivace. Aveva fatto amicizia con tutte le infermiere che lavoravano ai reparti di quel piano e con Lorayne, la signora dell'ufficio informazioni.

Sarebbe stata da loro qualche settimana, fino a quando Zena non sarebbe venuta a casa e intanto avrebbe dato una mano nelle faccende domestiche; agitata com'era in quei giorni, se Eryn fosse rimasta da sola si sarebbe dimenticata perfino di mangiare.

Anche la nonna avrebbe voluto venire a Zelma, ma sia Rose sia la nipote gliel'avevano impedito; era un viaggio troppo lungo e faticoso da fare alla sua età, soprattutto da sola.

Andava quindi tutte le sere in piazza per chiamare la figlia dalla cabina telefonica di Sals e avere notizie sulla salute della pronipote; non sempre la linea era clemente con loro, ma riuscivano a sentirsi per qualche minuto quasi tutte le volte. E per tenerla buona le avevano promesso che presto le avrebbero portato a conoscere Zena.

*

Il tempo stava riprendendo a scorrere più velocemente e arrivò il 22 luglio, una mattina particolarmente afosa e per strada c'era un'insolita tranquillità; chi aveva potuto, era già scappato in vacanza in qualche luogo più fresco lontano dal grigio asfalto cittadino.

C'era poco traffico anche perché le scuole erano chiuse e i lavoratori rimasti in città erano seduti alle loro scrivanie, mentre i turisti arrivati in massa per le vacanze estive restavano nelle zone centrali, dov'erano concentrati i musei e le principali attrazioni.

Eryn aveva ripreso a stare meglio fisicamente. Non aveva più male a camminare o a muoversi, e l'appetito stava aumentando grazie alla cucina della madre; aveva addirittura deciso che presto avrebbe iniziato a fare attività fisica.

Si sentiva già pronta.

All'inizio sarebbe andata a camminare e a correre un po' al parco, senza esagerare; aveva letto che nei primi mesi dopo il parto, soprattutto in fase di allattamento, sarebbe stato opportuno non fare troppa fatica e riprendere gradatamente tutte le attività.

Ma sentiva che muoversi un po' le avrebbe fatto bene. Ne aveva bisogno.

Si era ripromessa di prendersi più tempo anche per se stessa – cosa che non era riuscita a fare negli ultimi anni a causa del suo lavoro –, approfittando del congedo per la maternità. Le sembrava fosse passata una vita da quando andava a lavorare alla Refer, e le preoccupazioni e i pensieri che prima le sembravano così importanti, ora parevano lontani e superficiali.

Quella mattina aveva deciso di andare in studio dal dottor Ladder per farsi prescrivere le vitamine o, se le aveva, a farsele dare direttamente.

"Vuoi salire con me o mi aspetti fuori?", chiese Eryn alla madre che l'aveva accompagnata.

Rose si guardò intorno per vedere se ci fosse qualche posto che le ispirava. Quando poteva, preferiva mantenersi in movimento e fare qualcosa all'aria aperta.

"Guarda, là c'è un piccolo parco. Vado a fare un giro e, se dovessi avere troppo caldo, mi siedo su una panchina all'ombra. C'è comunque un po' d'aria, non dovrei sciogliermi in questi pochi minuti".

Ridendo, Rose baciò la figlia, scese dalla macchina e si diresse verso il parco che si trovava dall'altra parte della strada.

La madre non smetteva mai di stupirla: era ancora una bellissima donna con i suoi sessantatré anni e una costante voglia di fare e di mantenersi attiva. Ma quello che la colpiva di più erano il suo carisma e il modo di fare.

Eryn si augurava di diventare come lei alla sua età. O come la nonna.

Non appena la segretaria la fece accomodare nella sala d'attesa, sentì chiudersi la porta dello studio e la voce del dottore affievolirsi in lontananza.

Anche se non aveva preso appuntamento, sperava di riuscire a essere fuori di lì in una manciata di minuti, ma dovette attendere più di un'ora prima che una donna con un grosso pancione uscisse dallo studio, accompagnata da un Ladder sorridente.

La ragazza seduta di fianco a Eryn stava per alzarsi, ma lei la anticipò correndo incontro al dottore.

"Eryn, buongiorno!".

"Mi scusi... Sono passata perché mi servirebbero le vitamine... Le ho quasi finite...".

"Venga".

Con il suo fare tranquillo e gentile, Ladder la fece accomodare nello studio.

"Come si sente? E come sta la sua piccola?", le domandò mentre cercava le confezioni da darle.

Eryn lo aggiornò sugli sviluppi.

"La trovo in splendida forma. L'allattamento procede bene?"

Lei si ricordò in quel momento che a breve avrebbe dovuto tirarsi il latte perché non sarebbe arrivata in tempo per allattare Zena; il Little Heart era a più di mezz'ora di distanza e i seni iniziavano a farle male.

"Ha l'occorrente con sé?"

"Sì, certo".

"Allora può utilizzare lo studio qui a fianco. Al momento non c'è nessuno perché viene utilizzato saltuariamente da un collega. Se vuole, può andare di là e fare tutto con calma".

"La ringrazio tanto".

Eryn prese le tre confezioni di vitamine che il dottore le aveva consegnato e andò a sistemarsi nell'altro studio, identico al precedente, ma un po' più spoglio nell'arredamento.

Impiegò soltanto una ventina di minuti per riempire una boccetta da cento grammi; per fortuna aveva tanto latte.

Dopodiché sistemò il tiralatte e la boccetta nella borsa, si abbottonò la camicetta e uscì dallo studio salutando la segretaria dietro il bancone.

Anche se non pensava di riuscire ad arrivare in tempo prima della fine dell'orario di visita, voleva passare lo stesso dall'ospedale.

Arrivarono trentacinque minuti dopo e, visto che doveva solo consegnare il latte, aveva pensato di citofonare e affacciarsi un attimo per lasciarlo a un'infermiera o a un'ostetrica. Anche se era il momento delle pulizie e non si poteva entrare, sapeva che c'era sempre qualcuno di turno a monitorare e controllare i neonati.

Anche Rose salì con lei.

Arrivarono davanti alla porta a vetri e la trovarono completamente buia.

"Strano", disse Eryn guardando la madre. "Non è mai così buio là dentro".

La zona d'ingresso era sempre molto illuminata.

"Sarà per non dare fastidio ai neonati, visto che le pulizie potrebbero già disturbarli di per sé".

Sì, era possibile, pensò Eryn.

In fondo tutte le operazioni, anche quelle più banali e automatiche, venivano eseguite con la massima delicatezza per non urtare la sensibilità dei piccoli.

Eryn suonò il citofono, ma non sentì nessun rumore. Di solito si sentiva forte e chiaro un ronzio appena schiacciavi il pulsante.

"Cavoli, non suona! Hanno staccato anche la corrente. Certo che le prendono davvero sul serio qua le pulizie".

Non sapeva se essere contenta di tutta quella professionalità, o seccata; voleva solo mettere a congelare il suo latte senza dare troppo disturbo.

"Riprova, magari non si sente da fuori, ma dentro sì", propose Rose.

Nonostante altri due tentativi, la situazione non cambiò.

Poco prima di andare via, scorsero un veloce movimento all'interno; sembrava che qualcuno fosse passato con un oggetto luminoso in mano, perché intravidero per qualche secondo una luce blu accendersi e quella che pareva l'ombra di una persona. Non riuscirono a capire di chi si trattasse, ma erano sicure che fosse passato qualcuno.

D'istinto Eryn batté leggermente con le unghie sul vetro per attirare l'attenzione, ma non arrivò nessuno.

Probabilmente era un addetto alle pulizie che aveva ricevuto il divieto assoluto di aprire.

Sconsolate, tornarono verso gli ascensori per rientrare a casa.

"Perché non provi a chiedere a Lorayne? Magari lei sa dirci qualcosa di più", si illuminò di colpo Rose.

"E chi è Lorayne?"

"La signora dell'ufficio informazioni al pian terreno, vicino all'entrata. C'è sempre lei quando sono giù ad aspettarti, e ormai siamo diventate amiche". Conoscendo Rose, era difficile non crederle.

Anche Eryn si rasserenò all'istante. Di sicuro lei era l'unica lì dentro che avrebbe saputo come aiutarla.

"Brava, mamma. Sei un genio", esultò baciandola sulla guancia prima di uscire dall'ascensore e dirigersi velocemente verso l'ufficio informazioni.

Come sempre da quando Rose aveva messo per la prima volta piede nell'ospedale, anche quel giorno Lorayne era lì al suo posto e sembrava felice di vederla.

"Ciao, Rose! Finalmente ti sei fatta vedere. Come stai? Oh, vedo che sei in compagnia di una bella e giovane ragazza. È per caso tua figlia?"

"Eryn, molto lieta", si presentò.

"Congratulazioni per la tua bambina, cara: è bellissima. La tua mamma mi ha fatto vedere la foto".

Per non perdere troppo tempo o sembrare scortese, Eryn prese la palla al balzo e le spiegò velocemente la situazione, chiedendole se fosse possibile farsi aprire un attimo dagli addetti delle pulizie per mettere a congelare il latte che si era tirata.

Passò qualche secondo prima che Lorayne si decidesse a rispondere.

"Cara, sinceramente non so proprio come aiutarti. Mi dispiace ma, se nessuno ti apre, è perché proprio non potranno. Magari c'è stata qualche emergenza. Però ti posso dire che sicuramente non c'è nessuno a fare le pulizie ora".

Eryn rimase in silenzio, cercando di raccogliere le idee.

Sapeva che i genitori non potevano entrare dalle tredici alle quindici per quel motivo. Il personale l'aveva ripetuto più volte.

"Ne è proprio sicura?".

"Ma certo, cara. Sono io che, prima di finire il turno, controllo e registro l'entrata degli addetti alle pulizie che vengono a pulire i reparti del quarto piano e lo faccio da più di quarant'anni. Per il regolamento interno dell'ospedale, le pulizie devono essere fatte sempre e solo durante la notte".

*

Nei giorni successivi, Eryn non fece parola col marito o con lo staff medico su quanto accaduto; se l'era dimenticato completamente.

Una volta tornata in reparto, aveva potuto accedervi senza problemi, per cui non si era più preoccupata. Ciò che le importava era solo la salute di sua figlia, e poter iniziare una nuova vita con lei.

"Non mi sembra vero che domani potremo ritornare a casa tutti insieme", esclamò raggiante mentre andava con il marito in ospedale.

Zena aveva raggiunto la sua trentacinquesima settimana di vita e, per il regolamento dell'ospedale, visto che stava bene ed era autonoma poteva essere dimessa.

"Per fortuna sono riuscita a farmi anticipare la consegna della culla. Arriverà oggi pomeriggio, dopo pranzo. Ho detto al corriere di passare intorno alle quattordici", continuò rivolta ad Archie

"Perfetto. Per quell'ora saremo a casa. Possiamo andare via da qui verso l'una, l'una e mezza".

Eryn si fece improvvisamente silenziosa. L'entusiasmo di poco prima era scomparso. Le ritornò in mente il dubbio che l'aveva perseguitata qualche giorno prima.

"Cos'hai? Sei preoccupata?". Lui le prese la mano.

"No... È solo che...". Non sapeva se dirglielo. Le sembrava così sciocco dirlo ad alta voce.

"L'altra settimana è successa una cosa strana. Lorayne, la signora dell'ufficio informazioni al piano terra, mi ha detto che non è vero che dalle tredici alle quindici il reparto è chiuso per le pulizie, perché vengono fatte di notte".

"Non mi sembra una cosa grave". Archie la guardò impassibile.

"Anche tu avevi capito che pulivano durante quell'orario?".

"Mmh sì, anche io mi ricordavo così. Probabilmente ci siamo confusi o la signora si è sbagliata". Lui non aveva mai badato troppo a quel genere di cose, e non perdeva tempo a pensarci.

Arrivarono in ospedale in anticipo.

Zena adesso era ricoverata nella stanza di sinistra, la stessa in cui avevano trasferito anche la piccola Myriama, e il loro posto era stato occupato da due nuovi bimbi.

Quel giorno c'era di turno Marc, un giovane pediatra molto professionale e di poche parole. Era sempre cortese con tutti e molto dolce con i neonati, anche se a volte sembrava imbarazzato. Secondo Eryn non era un Conglerato, perché le sembrava avesse un accento diverso, anche se si esprimeva molto bene.

"Buongiorno, mamma e papà". L'infermiera li accolse con calore. "Siete arrivati in tempo per la visita di Zena, tra poco toccherà a lei".

I medici e i collaboratori che lavoravano nel reparto non chiamavano per nome i genitori, ma semplicemente si rivolgevano a loro con gli appellativi "mamma" e "papà"; sarebbe stato impossibile, ogni volta, imparare tutti i nomi. Riuscivano a malapena a memorizzare quelli dei neonati.

Eryn e Archie andarono a salutare la loro piccola, che aveva gli occhi aperti.

Aveva mangiato da poco ed era tranquilla nella sua culla.

Poco dopo medico e infermiera arrivarono a visitarla; impiegarono solo qualche minuto perché stava bene e anche gli esami effettuati nella prima mattinata erano nei parametri. Era pronta per essere dimessa.

Prima che il medico se ne andasse, Eryn volle togliersi il dubbio che era tornato a bussare alla sua mente e rivolse al dottore la stessa domanda che aveva fatto poco prima al marito, in macchina.

"Le pulizie vengono fatte tutti i giorni dalle tredici alle quindici. Per questo motivo non consentiamo ai genitori di entrare. Ha trovato qualcosa di sporco?".

Imbarazzata per la piega che stava prendendo il discorso, e non volendo accusare di negligenza nessuno, raccontò velocemente quello che era successo qualche giorno prima.

"Capisco", rispose il dottore. "E chi sarebbe Lorayne?".

Anche se non voleva metterla in mezzo, non poteva più tornare indietro e lasciar perdere.

"La signora dell'ufficio informazioni al pian terreno".

"Penso proprio che Lorayne si sia sbagliata. Si sarà confusa con qualche altro reparto". Detto questo, si allontanò velocemente.

Arrivò anche l'ultimo giorno di ospedale.

Le tre lunghe ed estenuanti settimane erano passate e finalmente avrebbero potuto iniziare la loro vita in tre.

L'appuntamento era per le nove. Ad attenderli c'era di nuovo Marc.

Come da prassi, al momento delle dimissioni i medici facevano ai genitori un resoconto sul periodo di ricovero e davano gli ultimi suggerimenti su come comportarsi una volta arrivati a casa.

Zena era una neonata considerata ormai "poco prematura" nella scala medica, ma avrebbe comunque impiegato qualche mese in più per imparare a fare le cose rispetto ai suoi coetanei nati a termine. Nei primi due anni di vita si sarebbe visto un piccolo gap di ritardo nell'apprendimento motorio, ma sarebbe stato un rallentamento normale considerata la sua situazione.

Marc impiegò circa una ventina di minuti a riassumere tutte le procedure messe in atto ed elencare i farmaci che avevano usato per aiutare la piccola a diventare autonoma.

Spiegò ai neogenitori come lavarla, cambiarla e allattarla, consigliando a Eryn una dieta ricca ed equilibrata e raccomandandole di assumere le vitamine Fxoly per arricchire di sostanze nutritive il suo latte; se possibile, l'ideale sarebbe stato procedere con il latte materno fino all'anno di vita.

Diede loro la lista dei pediatri di supporto che si trovavano nella loro zona, precisando che Zena sarebbe stata costantemente seguita da loro con dei follow-up mensili lì al Little Heart per monitorare il suo sviluppo, continuare a somministrarle le corrette medicine e vitamine necessarie per la crescita, oltre ai vaccini previsti per legge che l'avrebbero protetta dalle malattie; tutti servizi forniti gratuitamente dalla nuova giunta del sindaco Tyler.

Alle nove e trenta erano pronti per tornare a casa.

Misero Zena nella nuova culla avvolgendole intorno un lenzuolino come facevano in reparto per trasmetterle un maggior senso di protezione, e uscirono.

Non sembrava vero: stavano portando a casa la loro bambina.

Prima di uscire, Eryn volle passare a salutare Lorayne.

"Mi spiace, non conosco nessuna Lorayne".

"Ne è sicura? Ho parlato con lei qualche giorno fa".

La signora dell'ufficio informazioni sembrava certa di quello che diceva.

"Può darsi che si tratti di qualcuno che lavora sotto, in mensa. Ogni tanto mi sostituiscono".

"Capisco".

C'era qualcosa che non quadrava, qualcosa di strano in tutta quella faccenda. Lorayne le aveva detto che lavorava lì da una vita. E comunque in quelle settimane l'aveva vista tutti i giorni, c'era sempre stata solo lei.

Che strano, pensò mentre si dirigeva verso la macchina dove Archie stava caricando la culla nel bagagliaio. Zena era già nell'ovetto.

Decise di non ritornare più su quella vicenda. Come diceva sempre il marito, pensava troppo e si faceva troppe domande, pensando il più delle volte a scenari tragici.

Ma adesso avrebbe avuto altro a cui pensare. Ed era felice di come i suoi pensieri sarebbero stati impegnati per gli anni a venire, pensò teneramente tenendo la mano di sua figlia mentre si dirigevano, per la prima volta, tutti insieme verso casa. Ignara di ciò che la attendeva.

CAPITOLO QUARTO

"Amore, Zena si sta muovendo. Tu alzati con calma mentre io la cambio".

Dopo la poppata delle undici erano riusciti a dormire cinque ore di fila; potevano ritenersi fortunati.

Alle quattro del mattino Zena, nella culla vicino al letto dei genitori, aveva iniziato ad agitare le manine e i piedini, anche se aveva ancora gli occhi chiusi; faceva sempre così prima di svegliarsi completamente e incominciare a piangere.

Non si fidavano ancora a lasciarla dormire nella sua cameretta, perché avevano paura di non sentirla.

Anche i pediatri avevano consigliato fortemente di tenerla a dormire nella loro stanza durante il primo anno di vita per continuare a trasmetterle la sensazione di calore, protezione e vicinanza alla mamma.

Erano passati tre mesi da quando l'avevano portata a casa, e ormai avevano imparato a conoscerla bene e a capire i suoi segnali e le sue esigenze. Era una brava neonata: le piaceva dormire e mangiare e, nei momenti in cui era sveglia, non piangeva nemmeno tanto. Solo alcune volte capitava che la sera, prima di addormentarsi, si innervosisse di più e piangesse qualche oretta; ma era normale, data l'età.

Eryn continuava ad allattarla esclusivamente al seno in base alle sue necessità; adesso durante la giornata resisteva mediamente tre ore, la notte anche quattro o cinque. Solo nelle prime settimane di vita, essendo piena estate con alte temperature sia di giorno sia di notte, aveva richiesto il latte ogni ora.

Era incredibile come il loro corpo si fosse abituato in fretta ai nuovi ritmi. Sicuramente il fatto che fosse nata d'estate li aveva aiutati ad affrontare meglio i primi momenti; era risaputo, infatti, che il bel tempo aiutava ad affrontare con più serenità e ottimismo le difficoltà perché agiva sul tono dell'umore, migliorandolo.

Eryn di giorno aveva iniziato a fare lunghe passeggiate nel parco Greny per far addormentare la figlia e concedersi qualche minuto di silenzio e di totale relax, immersa nel verde.

Anche adesso che era ottobre, le piaceva camminare nell'aria frizzantina dell'autunno e osservare come la natura si stesse trasformando per prepararsi all'inverno; gli alberi erano un tripudio di colori e, nelle giornate di sole, le foglie dorate ricoperte di rugiada brillavano, mentre gli scoiattoli si rincorrevano tra le piante alla ricerca di scorte di cibo per affrontare la fredda stagione che incombeva.

Il parco era vasto e i sentieri da percorrere molti, ma non si sentiva mai sola perché c'era sempre tanta gente che camminava o correva vicino a lei; non era frequentato solo dai turisti, ma anche dalle mamme o baby-sitter Zelmesi che portavano a spasso i bambini, dai padroni con i cani e dalla gente che si divertiva a fare jogging o altre attività all'aperto.

Le prime volte ci era andata in compagnia della madre, durante le due settimane in cui le aveva fatto compagnia a Zelma.

Rose non era voluta stare di più perché non voleva essere invadente.

Come regalo per la nascita, aveva prenotato per loro tre due settimane ad agosto in uno degli hotel più lussuosi della baia Cadora, per farli rilassare e coccolare da tutti i comfort e servizi che offriva la struttura. Quello che usarono e apprezzarono di più fu sicuramente il servizio di baby-sitting offerto per i bambini di tutte le età, che utilizzarono per qualche ora tutti i giorni per andare in spiaggia, o anche solo per riposarsi e recuperare qualche ora di sonno.

Eryn ricordava ancora con nostalgia le passeggiate che facevano al tramonto, prima di cena, quando caricavano Zena nel marsupio – con il cappellino bianco a proteggerla dall'ormai debole sole –, e passeggiavano in riva al mare, respirando la salsedine tra il rumore delle onde che si infrangevano sul bagnasciuga.

Era il momento più bello della giornata.

A quell'ora in spiaggia c'era poca gente, e l'azzurro dell'acqua diventava un tutt'uno con quello del cielo. Era stupendo osservare come la gradazione dei colori cambiasse in base alla luce che a poco a poco si spegneva per lasciare il posto alla luna e alle stelle.

Per quasi tutta la passeggiata la piccola dormiva e si svegliava solo quando rientravano in hotel.

Fu la loro prima vacanza in tre.

Nonostante le novità e la stanchezza si sentivano bene, e ogni giorno che passava si scoprivano sempre più innamorati della loro bimba.

Eryn abbandonò con malinconia quei pensieri e tornò al presente, sbadigliando e stiracchiandosi.

"Grazie... Ora mi alzo e la allatto".

Cercò di riacquistare consapevolezza di dove fosse, prima di alzarsi dal letto e andare verso il fasciatoio nella cameretta per aiutare il marito a cambiare la figlia.

Zena era ancora assonnata. Quando riuscivano, la cambiavano prima di darle da mangiare – il più velocemente possibile per anticipare le urla della fame.

Essendo una mangiona non ci metteva molto a saziarsi, ma poi dovevano tenerla su quasi un'ora per farla digerire ed evitare che rigurgitasse tutto. Solo dopo potevano rimetterla sdraiata a dormire, o nel caso cambiarla di nuovo prima di coricarla nella culla.

"Com'è bella la nostra bambina". Archie la guardò sorridendo mentre richiudeva il pannolino.

Era vero, stava diventando sempre più carina.

I primi giorni di vita, quando era in ospedale, sembrava una piccola scimmietta, tutta scura e con la peluria sulla schiena. Anche la forma del viso era più simile a quella di un cucciolo di animale; essendo nata prima era più piccola e magra dei bambini nati a termine, e anche la faccia e le espressioni erano diverse. Adesso, invece, dopo aver recuperato peso ed essere cresciuta, i lineamenti erano diventati più dolci, la peluria era sparita e anche il colore dei capelli si era schiarito, diventando più simile a quello del padre. Il colore degli occhi era ancora indefinito, un miscuglio tra il verde, il marrone e il grigio; c'era chi li vedeva chiari e chi scuri. Sarebbe stato bello fossero diventati del colore di quelli della madre.

"Per forza. Lo sai che le femminucce assomigliano alla mamma", scherzò Eryn mentre la prendeva in braccio.

Di notte preferiva allattarla seduta sul letto o sul divano, circondata da cuscinoni; ne aveva comprati una marea, tutti colorati e di diverse dimensioni. Aveva letto la storia di una mamma che, stanca a causa delle poche ore di sonno, mentre allattava il suo bambino seduta su una sedia si era addormentata di colpo, e il figlio era scivolato per terra battendo la testa sul pavimento. Non era morto, ma aveva subito danni irreparabili al cervello.

A lei non era ancora capitato di addormentarsi, ma aveva paura che le succedesse e così di notte, quando era più stanca, si metteva sempre in un posto sicuro riparando la figlia con materiali morbidi.

Certe volte Archie la prendeva in giro dicendole che stava diventando iperprotettiva: esattamente la tipologia di donna e madre che non aveva mai sopportato e che non sarebbe mai voluta essere.

*

A fine novembre nell'aria si avvertiva l'avvicinarsi del Natale, e Zelma ritornava a essere colorata e rumorosa.

Seppur fosse nata in quelle zone, Eryn non si sarebbe mai abituata a quel freddo. Quando usciva, si nascondeva sotto i lanosi fili intrecciati delle sciarpe e dei cappelli, e lo stesso valeva per Zena.

Era passato quasi un anno da quando aveva scoperto di essere incinta.

Più passavano i giorni, più era felice di aver preso quella decisione e fatto il grande passo. Essersi avventurata nel nuovo ruolo di madre la faceva sentire appagata. Non capiva come potesse esserlo prima.

Zena aveva ormai quattro mesi ed era diventata bella cicciottella.

Anche quell'anno non sarebbero andati via per le vacanze natalizie, ma avevano in mente di organizzare alcune cene con i loro amici.

Negli ultimi mesi si erano visti meno, un po' per la stanchezza e un po' per le esigenze della figlia, ma adesso volevano recuperare il tempo perduto. Anche solo in parte. Archie non partecipava più alle serate settimanali con gli uomini, e anche nei weekend non riuscivano più ad andare alle cene cui venivano invitati. Ogni tanto Eryn chiamava le ragazze, ma non era la stessa cosa; solo Val passava ogni tanto la sera dopo il lavoro.

Adesso che avevano ripreso a dormire di più, avevano ricominciato a progettare tante cose, soprattutto Eryn che quell'anno sarebbe stata a casa. Non appena fosse arrivata la bella stagione, avrebbe voluto portare la figlia a Sals per farle conoscere la bisnonna; le mancava tanto e aveva voglia di rivederla. Sarebbe stato bello riunire quattro generazioni della famiglia e stare insieme alle donne più importanti della sua vita.

Quella mattina era andata con Zena al Little Heart per il follow-up mensile; nel primo anno veniva fatto ogni quarto lunedì del mese. Successivamente, i controlli si sarebbero ridotti, fino ad annullarsi completamente al compimento del terzo anno.

Adesso era contenta di andarci e non era più agitata quando varcava la soglia del reparto anche perché, per il momento, stava procedendo tutto bene e la crescita della figlia rientrava nei parametri previsti.

Non doveva più portarla al TIN, al quarto piano, ma si fermava al secondo, nel reparto pediatrico dell'ospedale.

Il follow-up durava circa mezz'ora e il pediatra di turno – quel giorno c'era Marc, lo stesso che aveva seguito i nascituri al TIN – controllava i progressi dei neonati, sia motori sia intellettuali, mediante alcuni esercizi e somministrava le medicine o vitamine necessarie per il corretto e completo sviluppo dell'organismo.

Negli ultimi quindici minuti, in cui il neonato veniva controllato nei movimenti con l'utilizzo di giochi, il genitore doveva aspettare fuori per non distrarre il figlio con la propria presenza; se il bambino non vedeva la madre o il padre era meno propenso a piagnucolare e si concentrava di più su quello che doveva fare. Inoltre, in base al piano redatto dal ministero della salute, venivano somministrati i vaccini previsti.

Era proprio un controllo completo.

A Zena non dispiaceva andare, tutto sommato si divertiva con le attività che le facevano fare; ora era più grande e capiva di più le cose, incominciava a incuriosirsi e a guardare con attenzione ovunque intorno a lei, e faceva grandi sorrisi ogni volta che vedeva i genitori o qualche faccia amica. Non era ancora in grado di stare seduta, per quello ci sarebbero voluti diversi mesi, ma le piaceva coricarsi, soprattutto sul tappeto grosso e colorato che avevano a casa, con tutti i suoi giochi luminosi e rumorosi sopra; era diventata anche più brava nel mangiare e iniziava ad apprezzare con gusto la nuova dieta alimentare. Eryn aveva iniziato a darle a merenda la frutta frullata e presto avrebbe introdotto a pranzo le prime pappe. Per i pasti restanti la attaccava ancora al seno. Per fortuna adesso dormiva tutta la notte; qualche volta, quando era più agitata, nel lettone in mezzo ai genitori, ma di solito nel suo lettino sempre vicino a loro.

Aveva iniziato a emettere i primi versetti e suoni, e sembrava le piacesse molto chiacchierare; a volte sembrava proprio che cercasse di dire qualcosa. I medici le avevano spiegato che era un modo per imparare a conoscere il proprio corpo e la propria voce, ed era un bene che le piacesse farlo: era segno di curiosità e intelligenza.

Al follow-up c'erano anche le madri dei neonati che erano con Zena durante le tre settimane di ricovero e, visto che tra loro si era instaurato un bel rapporto, avevano iniziato a vedersi anche fuori, al di là degli appuntamenti medici; avevano iniziato organizzando qualche mattino o pomeriggio, durante la settimana, per farsi compagnia durante le passeggiate nei parchi o in centro, mentre adesso si vedevano quasi tutti i giorni e anche nei weekend con i mariti.

Avevano deciso di iscrivere i loro figli a un corso di musica neonatale sponsorizzato proprio dal Little Heart, che serviva a stimolare ancora di più le capacità visive e uditive, nonché a migliorare il coordinamento motorio dei piccoli. Era nato qualche anno prima dall'idea di un pediatra dell'ospedale e di sua moglie. Grazie al successo dell'iniziativa, ormai venivano organizzati corsi tutti i giorni della settimana in diversi punti di ritrovo della città – palestre, teatri, oratori o in alcuni locali pubblici con sufficiente spazio per accogliere tutti. Ogni lezione durava quaranta minuti e ospitava una decina di neonati, accompagnati da una o più persone. All'insegnante di turno non occorreva molto: qualche coperta colorata, peluche, giochi, bolle di sapone, musica e una bella voce per incantare i piccoli con canzoncine divertenti. Eryn e le altre mamme avevano aspettato il quarto mese per iscriverli e sfruttare la promozione offerta dall'ospedale; avevano scelto di andare tutti i mercoledì al "Princess El", un pub lì vicino che metteva a disposizione la sala al piano di sopra che a quell'ora non era utilizzata dai clienti.

"La sua piccola Zena sta bene", esordì il pediatra mentre Eryn entrava nella stanza al termine del controllo. "Magari nei prossimi giorni potrà essere un po' insofferente perché ho visto che le sta spuntando il primo dentino. Non è detto e non è provato scientificamente, ma ad alcuni neonati il problema "denti" porta qualche linea di febbre e catarro. Continui a farle gli sciacqui con la soluzione fisiologica e, se dovesse riempirsi tanto di catarro, può usare la stessa per fare degli aerosol. Per il resto, procedete come avete fatto finora. La piccola sta crescendo molto bene. Continuate a farla dormire nel lettino in camera vostra, in modo tale che percepisca sempre la vostra presenza e si senta al sicuro".

Marc sembrava sempre imbarazzato quando parlava, ma Eryn lo considerava molto competente e le piaceva come trattava la figlia.

Dopo averlo ringraziato e salutato, prese Zena e uscì.

Zena era l'ultima paziente dei neonati prematuri per quella mattinata.

Mentre andava incontro alle altre mamme, le squillò il telefono. Era Val. Eryn si ricordò in quel momento che si era dimenticata di richiamarla e di rispondere ai suoi messaggi, ed era una settimana che non la sentiva; non era mai passato un periodo così lungo senza che le due si sentissero, anche solo tramite sms.

"Scusa, scusa, scusa. Hai ragione, ma mi sono completamente dimenticata di chiamarti. Sì, lo so che sei arrabbiata. Sì... Lo so...".

"Ma lo sai quanto mi sono preoccupata? Ho dovuto chiamare Archie per sapere se era tutto ok. Nemmeno con gli altri siete usciti recentemente e nessuno ha più avuto tue notizie. Promettimi che non lo farai più! E poi... non mi hai più mandato delle foto della mia nipotina". La voce di Val si addolcì un po'.

"Allora se dopo te ne mando qualcuna mi perdoni?", la canzonò.

"Forse, dipende da quante me ne mandi. Ah, mercoledì mi sono presa il pomeriggio libero perché mi arriva il letto nuovo a casa. Mangiamo insieme?" propose l'amica, felice.

Val sapeva che una bimba così piccola assorbiva tante energie e portava stanchezza, ma non si capacitava quando l'amica spariva del tutto senza nemmeno rispondere ai messaggi. Non era da lei. Non era mai sparita così.

"Mi dispiace... ma mercoledì non posso. Zena inizierà un nuovo corso di musica e a pranzo andremo fuori con le altre mamme. Ci possiamo sentire nel weekend, ok? Adesso devo andare perché mi stanno aspettando. Ti richiamo poi io con calma", e attaccò la chiamata.

Si sentì un po' in colpa per non essersi fatta sentire con la sua migliore amica e per non riuscire a trovare il tempo di stare con lei, ma da quando c'era Zena a malapena trovava il tempo per stare un po' tranquilla da sola. Anche se durante la giornata non faceva tante cose come prima, il tempo volava via in un attimo, scandito da tutti i bisogni e i ritmi della piccola.

Val si lamentava anche perché adesso prestava più attenzione alle mamme che aveva conosciuto da poco; era gelosa.

Le dispiaceva, ma non riusciva a fare altrimenti.

Con i pensieri sull'amica ancora in testa, raggiunse le altre e insieme uscirono dall'ospedale.

*

Natale era passato e aveva portato con sé l'allegria e i colori che avevano caratterizzato il periodo delle feste, lasciando Zelma avvolta dal freddo e dal grigio di inizio anno.

Eryn stava pensando già da un po' a cosa fare una volta terminata la maternità; mancavano sei mesi e a breve avrebbe dovuto prendere una decisione. Sarebbe tornata alla sua occupazione o avrebbe fatto la mamma a tempo pieno?

Il suo lavoro le era sempre piaciuto, ma sentiva che qualcosa in lei era cambiato e, anche se a volte era faticoso stare tutto il giorno con Zena, nei momenti in cui non era con lei si sentiva persa.

Doveva pensarci bene.

Aveva iniziato a piovere da fine febbraio e aveva continuato per tutto il mese successivo; temeva che le precipitazioni non avrebbero dato tregua fino ad aprile.

Con le altre mamme si era vista meno, qualche volta a casa di una di loro, ma in alcuni giorni aveva piovuto talmente tanto che dalla protezione civile avevano consigliato di uscire solo per stretta necessità e nessuna di loro aveva voluto rischiare. Quel giorno si erano date appuntamento in tarda mattinata al Wholethings per un po' di shopping e un pranzo insieme. Ci sarebbero state tutte, e Eryn era contenta di rivederle.

Evitò l'autostrada, preferendo le vie più trafficate per raggiungere il

85

centro commerciale al di là del parco Greny, nella parte est della città.

Il traffico per le strade, soprattutto nelle ore di punta, era completamente congestionato e non si vedeva quasi nessuno in giro a piedi; chi era obbligato a uscire lo faceva velocemente e stava il meno possibile fuori.

Il centro era quello più grande, costruito su tre piani con dentro due supermercati, cinquanta ristoranti, più di cinquecento negozi, tre centri estetici, un cinema, un bowling e una pista di pattinaggio. In genere non le piaceva andarci; non andava pazza per i centri commerciali chiusi. Ma quel giorno aveva voglia di vedere gente, movimento, caos.

Eryn parcheggiò la sua auto piccola e rossa in uno dei parcheggi coperti riservati alle donne, vicino all'entrata principale. Era arrivata con venti minuti di anticipo e decise di farsi un giro. Prese Zena dal seggiolino mentre stava giocando con le sue chiavi colorate e la mise nel passeggino, chiuse l'auto e si incamminò verso l'entrata.

Il martedì mattina non c'era molta gente. Eryn si rese conto che la rilassava stare lì a passeggiare ammirando i negozi semivuoti, ascoltare la musica che gli altoparlanti trasmettevano in sottofondo e guardare le persone che camminavano vicino a lei. Non sapeva se fossero stati i giorni chiusa in casa o l'essere diventata mamma ad averle fatto cambiare approccio, ma quella nuova vita le stava proprio piacendo; si ripromise di andarci di nuovo, anche da sola, a prescindere dalle condizioni climatiche.

Passeggiò lungo il corridoio chiamato "ponte A", a destra dell'entrata, e sbirciò dentro i negozi. Quando si trovò di fronte a una libreria, decise di entrarci. Amava leggere, soprattutto la sera prima di addormentarsi, ma ultimamente non aveva avuto più molto tempo per farlo; dopo aver messo a letto la figlia, crollava anche lei. Si avventurò così tra gli alti scaffali pieni di libri, curiosando tra i titoli nuovi e quelli vecchi che le ricordavano la sua adolescenza; le piaceva sentire l'odore delle pagine e ascoltare il rumore della carta quando le sfogliavi. Su queste cose era all'antica – anche se aveva diversi e-reader più pratici e leggeri, che si portava dietro nelle trasferte lavorative o nei viaggi –, adorava i vecchi e antiquati libri cartacei.

Mentre cercava qualcosa che le potesse interessare tra i gialli e i polizieschi, sentì un tonfo dietro di lei.

Si voltò di scatto e vide una ragazza china a raccogliere alcuni libri dalla copertina rigida che aveva fatto cadere. Sembrava spaventata: era tutta rossa in viso e cercava di risistemare i volumi velocemente come per nascondere il danno. Eryn si intenerì e si inginocchiò per aiutarla.

"Aspetta, ti do una mano. In due facciamo prima", disse sorridendole mentre prendeva due libri da terra e li sistemava sul tavolino nero su cui erano stati precedentemente impilati.

La ragazza alzò lo sguardo preoccupata, ma appena vide che Eryn non era del personale si rilassò e contraccambiò il sorriso.

Era giovane. Poteva avere all'incirca diciassette, massimo diciotto anni, e portava una grossa treccia che racchiudeva una massa di capelli mossi e rossi, da cui era sfuggito qualche ciuffo ribelle che le penzolava davanti agli occhi. Una manciata di lentiggini ai lati del naso punteggiava la pelle liscia e bianca su cui spiccavano due incantevoli occhi color miele. Sembrava una bambola.

Di colpo Eryn ebbe un déjà-vu. Lei la conosceva. Aveva già visto quella ragazza. Poi si ricordò. Aveva una forte somiglianza con una sua vecchia conoscenza, una compagna di liceo che abitava nel suo quartiere e aveva frequentato insieme a lei qualche corso.

La ragazza strana.

Era così che la chiamavano tutti.

Non era una cattiva ragazza, e nemmeno così brutta; ma era una a cui non piaceva tanto curarsi, parlare e socializzare con gli altri. Era molto timida e introversa e aveva pochi amici, sempre che ne avesse qualcuno.

Per un piccolo incidente femminile, una mattina del primo anno era andata a scuola con i pantaloni sporchi di sangue e da allora era stata presa di mira da tutti i ragazzi, bullizzata, derisa, e nessuno aveva più voluto stringere rapporti seri con lei o invitarla a uscire.

Per una ragazza di quell'età sicuramente fu un duro colpo. Dopo quell'episodio diventò la ragazza *strana* della città, quella che tutti deridevano e con cui non volevano avere niente a che fare. Anche le ragazze, quelle più stupide, si prendevano gioco di lei; Eryn si ricordava che il gruppo delle ragazze del corso di ballo aveva addirittura inserito il suo nome in una canzone per utilizzarla come sinonimo di "perdente".

Lei non aveva mai approvato quei comportamenti ed era dispiaciuta nel vederla sempre con uno sguardo assente e sola tutte le volte che entrava o usciva da scuola; anche quando la incontrava per strada aveva sempre la testa bassa e non guardava o salutava mai nessuno.

Al terzo anno, insieme a Val, aveva provato più volte ad avvicinarsi a lei per parlarle e provare a conoscerla, visto che frequentavano per la prima volta lo stesso corso; pensava avesse bisogno di avere delle amiche al suo fianco, e che avrebbe apprezzato il gesto. Ma la *ragazza strana* aveva perso interesse e fiducia negli altri. Non si fidava più di nessuno e pensava che anche loro due volessero solo utilizzarla per qualche scopo poco nobile. In fondo Eryn, per il suo carattere e per la sua bellezza, era sempre stata una delle ragazze più conosciute, non solo nel liceo ma in tutta la città; e, di solito, una ragazza così non voleva stare con persone come lei.

Aveva ancora chiaro in mente come, durante un loro tentativo per provare a parlarle, la ragazza le aveva accusate di essere delle stronze manipolatrici, mettendosi a urlare davanti a tutti. Eryn ci rimase molto male e da quel giorno, su consiglio di Val, lasciò perdere ogni tentativo di approccio. Finito il liceo e cambiando città, non aveva più avuto sue notizie e non aveva più pensato a lei.

Fino a quel momento.

Si sforzò di ricordare il suo nome – quello vero e non tutti i soprannomi che le avevano dato –, ma non le veniva in mente.

"Tutto bene?".

"Oh, sì. Scusami...". Eryn si ricompose in fretta. Non si era accorta che era rimasta ferma a fissare la ragazza mentre accarezzava con la memoria gli anni del liceo. "È solo che... mi hai ricordato una persona che conoscevo. Scusami tanto".

Adesso era lei quella confusa e imbarazzata.

La ragazza la guardò perplessa; dopo aver balbettato un debole ringraziamento uscì dal negozio, lasciando ancora una volta Eryn a fissarla.

Che sensazione strana aveva avuto.

Erano passati quasi vent'anni, ma i ricordi riemersero tutti di colpo, freschi come allora. Eryn si ripromise di capire che fine avesse fatto. Si augurava per lei che avesse cambiato città e si fosse fatta una nuova reputazione, nuovi amici e una famiglia; sperava fosse felice, e non più la *ragazza strana* di qualche città.

Per scoprire qualcosa su di lei, doveva prima ricordarsi il suo nome. L'unica in grado di aiutarla era Val. Decise di chiamarla.

L'amica le rispose dopo qualche squillo, parlando a bassa voce perché era al lavoro.

"Val, ti ricordi come si chiamava la *ragazza strana*? Intendo il nome vero".

Dall'altra parte ci furono alcuni secondi di silenzio. Eryn pensò che non avesse sentito bene e le ripeté la domanda.

"Sì sì, ho capito, stavo pensando. Sinceramente non mi viene in mente. L'hai per caso vista? Ma poi perché mi chiami a quest'ora per chiedermi una cosa del genere?".

Val ultimamente era ancora più amareggiata e seccata con l'amica perché continuava a non farsi sentire e vedere. Continuava a capire che Zena richiedeva tanto lavoro e pazienza, ma non comprendeva quell'assenza così prolungata; non era gelosa di sua figlia, ma aveva bisogno anche lei di Eryn e ne sentiva terribilmente la mancanza. Soprattutto, la vedeva diversa. Più passava il tempo più vedeva il suo comportamento cambiare e trasformarsi in qualcosa di nuovo, alcune volte estraneo alla Eryn che conosceva da sempre.

"No, te lo chiedevo così. Sono al Wholethings e ho visto una persona che le assomigliava moltissimo. Tutto qui. Mi spiace di averti disturbata al lavoro", si scusò Eryn.

"Tu? Al Wholethings? Certo che non finirai mai di sorprendermi in questi giorni... Ma lasciamo perdere. Comunque non mi ricordo proprio più il suo nome; prova a cercarlo negli annuari di scuola. Li hai ancora?".

Ottima idea.

"Sì, li ho lasciati tutti nella mia camera, da mia madre. Proverò a cercare lì. Grazie, Val. Sei sempre un tesoro". Poi, aggiunse: "Perché non vieni con me? Possiamo andare sabato, dopo che stacchi dal lavoro. Facciamo il viaggio insieme visto che è da un po' che non stiamo da sole e così passi anche a salutare tua madre. Che ne dici?".

Le era parso un ottimo compromesso per farsi perdonare. E comunque, anche se era fisicamente e mentalmente impegnata tutto il giorno, non appena sentiva l'amica le veniva la nostalgia dei vecchi tempi. Anche a lei mancava molto.

"Non lo so... Devo vedere come sono messa qua, alcune volte David mi chiede di fare anche il pomeriggio. Ti faccio sapere".

Eryn sapeva che Val non si fermava mai a lavorare il sabato pomeriggio e faceva la sostenuta perché era arrabbiata con lei; ma sapeva anche che non si sarebbe lasciata sfuggire quell'occasione. Era certa che alla fine sarebbe andata con lei.

Felice di avere un nuovo progetto di cui occuparsi, ritornò all'entrata principale per aspettare le sue amiche e trascorrere una giornata diversa.

*

"Eccola qui: Lauren Mann. Sì, dev'essere lei perché è l'unico nome che non conosco", esclamò di colpo Val mentre sfogliava gli annuari del liceo.

Erano sedute per terra ai piedi del letto, nella vecchia camera di Eryn, nella stessa posizione in cui si mettevano quando erano adolescenti e si confidavano i segreti parlando per ore.

Zena era al piano di sotto con Rose e stava dormendo.

"Lauren Mann. Lauren Mann. Lauren Mann. Mmh. Sai che se anche lo ripeto più volte non mi suona proprio familiare? Fammela vedere".

Eryn si avvicinò all'amica per vedere la foto che aveva trovato. Era un po' sgranata e riprendeva un gruppo disordinato di venti o trenta ragazzi seduti su degli spalti montati dietro una pista di atletica che si abbracciavano e ridevano tra di loro; sembravano tutti spensierati e felici tranne una ragazza dai lunghi capelli mossi e rossi seduta un po' in disparte. Aveva lo sguardo triste ed era l'unica che fissava con sguardo intenso direttamente l'obiettivo.

"Cavoli, è lei! Cerchiamola sui social e vediamo se la troviamo".

Si alzarono da terra e si avvicinarono al computer appoggiato sulla scrivania davanti al letto; era ancora quello che usava Eryn quando viveva lì. La sua camera era rimasta pressoché uguale a come l'aveva lasciata e la madre non aveva buttato o cambiato niente.

Per una buona mezz'ora, provarono a cercare il suo profilo su tutti i social network che conoscevano per capire che fine avesse fatto, ma non trovarono nulla. Utilizzarono ogni tipo di combinazione nome-cognome che venne loro in mente, pseudonimi, nickname ma sembrava non esserci traccia di Lauren; provarono anche a cercarla come *ragazza strana* ma non ottennero risultati.

"Be', forse dopo tutto quello che ha passato, non aveva voglia di farsi trovare. Avrà preferito mantenersi nascosta per avere più privacy. Come darle torto... Solo così sarà riuscita a farsi una nuova vita, no?".

Val aveva ragione. Per una ragazza presa di mira e bullizzata durante tutti gli anni del liceo, crearsi un profilo in rete avrebbe potuto rappresentare un problema.

"Adesso vado a salutare mia mamma, prima che ritorniamo a casa. Torno tra un'oretta, va bene?"

"Sì, certo. Ti aspetto".

Eryn salutò l'amica rimanendo seduta.

Non era il caso che l'accompagnasse di sotto: Val conosceva benissimo la strada.

Non riusciva a togliersi dalla testa quella ragazza. Possibile che con tutti i potenti mezzi di comunicazione che c'erano non si riuscisse ad avere notizie di una persona? Sembrava svanita nel nulla.

Eryn provava la stessa sensazione di quando all'università si trovava davanti a un problema che le teneva la mente occupata fino a che non riusciva a risolverlo.

Pensò se qualche suo vecchio amico o amica la potesse aiutare, ma non le venne in mente nessuno.

Mentre continuava le ricerche online, le apparve sullo schermo il vecchio giornale della città, *The Parrot*.

Il giornale non esisteva più da qualche anno, dopo che il fondatore, il professore di lettere Brad Marth, era morto di vecchiaia; l'attività aveva resistito ancora alcuni mesi, ma poi aveva chiuso e nessuno aveva più voluto riaprire.

Eryn si ricordava che ai tempi *The Parrot* era molto famoso e apprezzato da tutti; bastava fare l'abbonamento ed eri informato su tutte le notizie e gossip principali della città. Magari lì avrebbe trovato qualche informazione.

Scese di sotto e chiese alla madre se potesse accompagnarla in biblioteca perché doveva cercare negli archivi alcune vecchie foto con i suoi compagni di scuola di quando andava al liceo, per stamparle e tenerle come ricordo; non le aveva raccontato nulla di Lauren e non aveva voglia di spiegarle tutta la vicenda ora.

Poi mandò un messaggio a Val dicendole di raggiungerla là.

Pochi minuti dopo, fermarono l'auto nel parcheggio sterrato della biblioteca; si trovava dietro al suo vecchio liceo e a quell'ora del sabato era semideserta.

La madre rimase fuori con Zena.

Una volta dentro, Eryn si stupì nel vedere che era rimasto tutto esattamente come l'aveva lasciato quindici anni prima: le pareti scrostate negli stessi angoli, l'odore della carta misto a quello dell'erba bagnata che permeava ancora l'aria, i vecchi scaffali di legno nelle stesse posizioni, gli scuri tendoni color granata e l'immancabile signora Brons alla reception. Lei era uguale a come se la ricordava; a loro era sempre sembrata vecchia per il modo in cui si vestiva, si pettinava e parlava, ma a quanto pare non doveva esserlo così tanto.

"Buon pomeriggio, signorina Eryn. Benvenuta in biblioteca. Come posso aiutarla?".

Dopo tanti anni, l'aveva riconosciuta.

Eryn non capì se si stupì di più per quello o per la medesima frase che le diceva ogni volta che andava lì e che le aveva sentito ripetere un'infinità di volte in passato. Sembrava un robot.

Si riprese dallo stupore e le spiegò che stava cercando delle vecchie copie del *The Parrot*. Voleva trovare immagini e informazioni sui suoi compagni del liceo per avere dei ricordi del suo periodo adolescenziale a scuola.

Sicuramente alla signora Brons non interessavano le motivazioni perché la guardò con il solito sguardo impassibile e le consegnò le chiavi dello studio dove c'erano i computer; ormai le edizioni del giornale erano state tutte scannerizzate e salvate elettronicamente sui server per limitare l'ingombro cartaceo della biblioteca.

Lo studio era al piano di sopra e consisteva in una piccola sala con le pareti verdi e una serie di tavoli dello stesso colore; anche quella era rimasta identica a com'era.

Eryn accese il primo dei tre vecchi computer presenti e nella stanza rimbombò il forte rumore della ventola; dovette aspettare qualche minuto prima che si avviasse e fosse pronto per la navigazione.

Si aprì una pagina di ricerca che dava la possibilità di scegliere quale documento aprire, tra cui c'era anche il *The Parrot*.

La ricerca poteva essere effettuata per data, titolo o autore dell'articolo oppure inserendo una parola chiave.

Eryn provò a digitare *Lauren Mann*.

Apparvero diversi articoli, che iniziò a leggere uno alla volta.

Riguardavano principalmente le notizie sul liceo durante gli anni in cui l'avevano frequentato, e Lauren veniva citata solo perché era iscritta; compariva anche negli articoli dei balli e feste scolastiche, ma sempre come nome inserito in un elenco.

Scorse così molte edizioni di annate diverse, senza trovare le informazioni che cercava.

Stava per chiudere la ricerca e spegnere il computer, quando la sua attenzione fu catturata da un piccolo articolo in cui compariva per la prima volta la foto della ragazza. Era sempre giovane, qualche anno dopo il diploma, ma aveva un'espressione diversa, più matura, consapevole e, cosa strana, sembrava sorridesse felicemente.

A lato della foto, scritto a caratteri molto piccoli, erano presenti due paragrafi in cui molto probabilmente venivano fornite informazioni su di lei. Potevano essere le prime e magari le uniche, così Eryn si avvicinò avidamente allo schermo per leggere meglio.

Non lo capì subito, ma poco dopo si rese conto che stava leggendo il suo epitaffio; l'articolo dava infatti l'addio alla sua concittadina ricordando gli anni che aveva trascorso in città e la salutava con un tono molto formale e professionale; non freddo ma nemmeno troppo affettuoso. Sicuramente l'autore non l'aveva conosciuta direttamente ma sapeva la nomea che aveva, come la maggior parte delle persone che vivevano o aveva vissuto lì.

L'articolo si concludeva porgendo un pensiero ai famigliari più stretti che lasciava, il marito e la piccola figlia appena nata.

Eryn ebbe un sussulto.

Guardò velocemente la data in cui era stato scritto e calcolò che erano ormai passati diciotto anni. Non si era sbagliata: la ragazza incontrata al Wholethings poteva essere davvero sua figlia.

Calcolò anche che Lauren era morta pochi mesi dopo la fine del liceo.

Incuriosita per la scoperta, decise di rileggere nuovamente, e con più attenzione, le poche parole che erano state scritte, per paura di essersi persa qualche dettaglio importante.

Era intenta a finire l'ultimo paragrafo, quando si sentì toccare la spalla e una voce bassa pronunciò il suo nome. Sembrava un bisbiglio, quasi un lamento.

Dallo spavento fece un salto sulla sedia e lasciò cadere il mouse che teneva stretto con la mano destra. Si girò lentamente, ancora spaventata, per vedere chi l'avesse toccata. Non era mai stata una persona coraggiosa e la codardia non era diminuita con l'età.

Ma era solo la signora Brons.

Era entrata per comunicarle che la biblioteca stava per chiudere e tutte le persone che si trovavano all'interno erano invitate a concludere le loro ricerche e posare i libri, o registrare il prestito da lei qualora avessero voluto portarli a casa.

Ripresasi dallo shock, la ringraziò e le disse che avrebbe subito spento il computer. Non capiva perché avesse bisbigliato dal momento che nella sala c'era solo lei.

La signora Brons era e sarebbe sempre stata una persona strana, pensò Eryn mentre usciva dalla biblioteca e si dirigeva verso la macchina.

Val era già arrivata e stava tenendo in braccio Zena mentre parlava con Rose.

Eryn salutò la madre che rifiutò il passaggio in macchina per tornare a casa, e uscì dal parcheggio per immettersi sulla strada principale che le avrebbe portate fuori dal paese, verso l'autostrada.

«Ma è incredibile...».
«Già... Anche a me non sembra vero».
«Poveretta».
Aveva raccontato a Val quello che aveva scoperto.
«Cosa può essere successo?»
«Non saprei, l'articolo non diceva nulla in proposito».
«Magari un incidente».
«Non lo so. So solo che ho un brutto presentimento».

*

La pioggia aveva lasciato qualche giorno di tregua a Zelma, ma a metà aprile era ritornata più decisa che mai. Gli abitanti si erano ormai abituati a quel clima instabile, quasi tropicale, tant'è che alcuni uscivano ormai di casa senza ombrello, coperti solo dall'impermeabile o dai cappelli. Concentrata sulla sua nuova missione, Eryn era meno scocciata al pensiero di rimanere chiusa in casa per la pioggia. La maggior parte del suo tempo era dedicata alla ricerca di Lauren e di sua figlia. Era sicura che fosse la ragazza vista in libreria e voleva trovarla.

Non sapeva perché le importasse così tanto, ma da quando l'aveva incontrata e guardata negli occhi, aveva rivisto tutta la tristezza che lei e i suoi compagni avevano causato alla madre.

Si sentiva in colpa e forse il suo era un modo per rimediare agli errori commessi stupidamente in gioventù. Avrebbe voluto scusarsi e sdebitarsi in qualche modo per non aver aiutato Lauren quando più ne aveva bisogno. Così aveva deciso: avrebbe fatto qualcosa di carino per quella ragazza, dopo essersi assicurata che fosse veramente sua figlia. Ma prima doveva capire come ritrovarla.

Non sapeva come fare o a chi chiedere per avere nuove informazioni, dal momento che su internet non aveva scoperto niente di nuovo.

Aveva inserito il suo nome nei vari motori di ricerca e aveva trovato alcuni link che portavano a diversi siti medici o scientifici, ma erano stati tutti chiusi o cancellati, probabilmente perché vecchi o inutilizzati.

Si trovava in un vicolo cieco.

"Perché non vai a controllare nella casa dove viveva quando andava a scuola? Magari non si è mai trasferita ed è sempre rimasta a vivere lì, e ci vive ancora la figlia con il padre o con i nonni, non so. Mi hai detto che Lauren è morta poco dopo il diploma, probabilmente non avrà avuto nemmeno il tempo per traslocare", suggerì una mattina Archie dopo colazione.

Per il marito la risoluzione del mistero era semplice.

Lui non aveva mai dato troppo peso ai rimorsi di coscienza del passato e pensava che tutta la storia fosse solo un passatempo divertente trovato da Eryn per riempire e stimolare quelle giornate piovose; ma negli ultimi giorni era diventata più assente e persa nei suoi pensieri, e voleva aiutarla.

"Sì, hai ragione. Avevo dato per scontato che si fosse trasferita in un altro posto per cambiare aria come ho fatto io, ma magari non ha avuto il modo o la voglia per farlo. So qual è casa sua. Devo ritornare da mia madre e andare a vedere".

A quel pensiero le si illuminarono gli occhi e incominciò a sorridere da sola; sembrava finalmente sollevata. Aveva aggiunto un altro tassello e poteva andare avanti nelle sue ricerche.

"Che stupida che sono stata a non pensarci prima. Sto proprio perdendo colpi", esordì mentre si alzava dalla sedia e si avvicinava ad Archie per dargli un bacio.

Zena era seduta sulla sdraietta vicino a loro e stava giocando con i giochini sonori che pendevano da essa, muovendo velocemente i piedini a ritmo della musica che sentiva.

Era sabato mattina e, come sempre nei weekend, facevano colazione tutti insieme in cucina, tranquillamente, seduti intorno al grosso tavolo di legno sul quale quel giorno campeggiava il ciambellone con gocce di cioccolato che aveva preparato Eryn la sera prima, oltre a frutta, yogurt, tè caldo al limone e spremuta d'arancia.

A loro piaceva godersi quei momenti.

"Se vuoi possiamo andarci anche oggi. Ci prepariamo e andiamo a farci un giro passando prima di lì, che ne pensi? Non dovrebbe piovere questa mattina. Almeno usciamo un po'", propose Archie prima di incominciare a sparecchiare e a riordinare la cucina.

"Sì, per me va bene. Mi vado subito a preparare così poi cambio Zena e le preparo il mangiare da portarci dietro. Noi ci possiamo fermare a pranzo da qualche parte che ci ispira se mia madre non c'è". E così dicendo, andò verso la camera da letto.

"Parcheggia qui davanti mentre io vado a vedere se ci abita ancora qualcuno. Intanto puoi portare Zena nel parco a fare una passeggiata".

Erano arrivati nella via in cui viveva Lauren da ragazza e, visto che qualche metro prima c'era un piccolo giardino, Eryn aveva detto al marito di lasciare la macchina lì.

Era un po' agitata e non voleva fermarsi proprio davanti alla casa. Ora che si trovava lì, iniziò improvvisamente a essere assalita da mille dubbi. Si domandò se la sua curiosità non l'avesse spinta troppo oltre e se magari non fosse il caso di lasciar perdere.

"Pensi sia giusto che io vada a chiedere informazioni?". Eryn si rivolse ad Archie, titubante. Quando si sentiva confusa e insicura, cercava sempre uno stimolo e conforto.

"Ma certo, non stai facendo niente di male. Vuoi solo avere notizie su una tua vecchia compagna di scuola con cui non hai più rapporti. Al massimo puoi sempre dire che stai cercando di organizzare una rimpatriata con quelli della tua annata. Fai finta di nulla. D'altro canto, se non avessi incontrato quella ragazza in libreria, non avresti mai saputo quello che è successo".

Aveva ragione, non stava facendo niente di male e ora, avendo anche una scusa per presentarsi alla porta, si sentì più carica e sicura di sé.

Salutò il marito che stava spostando Zena addormentata dal seggiolino della macchina al passeggino e si avviò verso la casa.

La via era esattamente come se la ricordava.

Le case, vecchie e basse, continuavano a essere malandate e bisognose di restauro come vent'anni prima, e lungo la strada l'odore che si respirava era sempre lo stesso miscuglio di erba, terra polverosa e immondizia.

Sembrava che il tempo si fosse fermato.

Raggiunse la casa di Lauren, l'ultima della via, senza incontrare nessuno e vide che il basso cancello di ferro grigio era aperto. La casa non era stata ristrutturata ma non sembrava essere in pessime condizioni, anche se non si riusciva a capire se fosse ancora abitata o no.

La vernice rossa dei muri era un po' scrostata in alcuni punti, ma i serramenti e il cortile intorno sembravano in buono stato; anche le serrande erano tutte abbassate e non vi erano tracce o oggetti che potessero far pensare se qualcuno vivesse o meno lì.

In genere ti rendevi conto se una casa era vissuta, da cosa o chi trovavi nel cortile davanti ma in quel caso, non essendoci nulla, Eryn non riuscì a intuire niente e fu presa dallo sconforto. Se fosse stata abbandonata, avrebbe perso l'unica occasione che aveva di scoprire qualcosa.

Entrò nel giardino sterrato, cercando di non sporcarsi troppo le scarpe con la polvere che si alzava a ogni passo. Guardò attentamente ogni finestra per scorgere qualche segno o movimento, ma le imposte erano completamente abbassate e non si vedeva nulla dentro.

Si sentiva come una ladra che entrava di soppiatto a rubare dentro una casa e iniziò a batterle più forte il cuore mentre saliva gli scalini di legno che conducevano al portone d'ingresso.

Prima che l'agitazione le facesse cambiare idea, bussò energicamente e fece un passo indietro per non farsi trovare attaccata all'uscio se si fosse presentato qualcuno.

Passò qualche secondo che sembrò un'eternità, ma non successe nulla; non sentì nessun rumore all'interno e non vide alcuna luce accendersi o spegnersi.

Provò a bussare di nuovo, dando altri tre forti colpi alla porta; dopodiché decise di scendere nel cortile per poter vedere tutta la casa da sotto e controllare meglio le finestre; magari qualcuno poteva essere al piano di sopra intento a fare qualche lavoro e non aveva sentito bussare. Nemmeno questa volta, però, scorse o sentì qualcosa.

Si guardò intorno per vedere se nelle case vicine ci fosse qualcuno fuori a cui poter chiedere informazioni, ma non vide nessuno; sembrava che l'intera via fosse disabitata e lei l'unica persona a essere lì, ma per qualche strano motivo si sentiva osservata.

Un brivido le percorse la schiena.

Le vennero in mente tutte le storie che si raccontavano su quella ca-

sa, *la casa maledetta della ragazza strana*, e ricominciò ad agitarsi.
Turbata e scoraggiata, si girò e si incamminò a passo veloce verso
l'uscita, a qualche metro da lei, per andarsene da quel luogo sinistro
e tornare dal marito. Stava alzando una gran quantità di polvere ma
non le importava perché voleva andare via da lì il prima possibile.

Anche se l'aveva trovato aperto, per istinto e educazione si voltò per
chiudere il cancello alle sue spalle e solo allora, con la coda
dell'occhio, in direzione della casa scorse qualcosa di diverso che
catturò la sua attenzione.

Il grosso portone d'ingresso adesso era aperto e le permetteva di in-
travedere l'interno, avvolto completamente nel buio.

Eryn sussultò facendo un salto all'indietro; per lo spavento sbatté
forte il cancello e il rumore riecheggiò in tutta la via.

Una volta messa a fuoco l'immagine, rimase impietrita per quello
che vide.

Poco più in là, immersa nell'ombra, una donna, in piedi, la stava fissando intensamente; anche se trasandata, con indosso solo una lunga
vestaglia grigia, capì chi era.

I capelli rossi adesso si fermavano sotto l'orecchio, ma i lineamenti
del viso erano sempre quelli di un tempo.

Eryn non ebbe dubbi.

Era Lauren.

CAPITOLO QUINTO

Le ci volle qualche secondo per riprendere fiato.

Sbatté più volte le palpebre per assicurarsi di non avere le allucinazioni.

Impossibile, si ripeté in testa più volte. *È morta.*

Eppure la donna in piedi accanto alla porta rimaneva sempre là, immobile e in silenzio.

Eryn non osava muovere un muscolo. Le mani continuavano a rimanere aggrappate al cancello.

Senza distogliere lo sguardo, sentiva solo rimbombare il suo respiro che entrava e usciva dalla bocca.

Non sapeva cosa fare, ma non poteva rimanere imbambolata così.

"Lauren? Sei tu?".

Il tono di voce era basso, roco. Impastato. Stentava a riconoscere la sua stessa voce e temeva che la donna non l'avesse udita.

Aspettò una reazione, ma non successe niente. Lauren continuò a rimanere immobile nella stessa posizione in cui si trovava da ormai qualche minuto con lo sguardo fisso su di lei.

Poco prima di provare a ripeterle la domanda, Eryn notò un leggero movimento del bacino della donna mentre spostava il peso del corpo da una gamba all'altra.

"Vattene via", le urlò con un tono secco e deciso.

Di certo non aveva immaginato così il primo approccio.

Eryn non sapeva se insistere oppure andarsene, come le aveva chiesto. Le sembrava di essere ritornata a vent'anni prima, in corridoio a scuola davanti agli armadietti, quando Lauren aveva urlato e insultato lei e Val per essersi avvicinate e avere osato rivolgerle la parola.

Ma ora non era più una ragazzina.

Questa volta decise di non scappare. Provò a spiegarle il motivo della visita.

"Probabilmente non ti ricorderai più di me, ma sto cercando di rintracciare i compagni della nostra annata per organizzare una rimpatriata. Ho già trovato alcuni ragazzi e sentito il preside della scuola che è contento di lasciarci a disposizione la palestra per una sera".

Ovviamente non era vero, ma Eryn era stata presa alla sprovvista nel trovarsela di fronte e aveva cercato di apparire il più naturale possibile e di rendere più plausibile e veritiera quella storia.

Pensava fosse morta, come aveva letto sui giornali, e trovarsela all'improvviso di fronte l'aveva completamente spiazzata.

Più tardi avrebbe riletto meglio le notizie; sicuramente aveva letto male o si trattava di un'altra Lauren.

"Non sono interessata. Vai via", gridò.

Dato il rapporto che aveva al liceo con gli altri ragazzi, Eryn non si aspettava di certo che avrebbe accettato subito la proposta con entusiasmo, ma sperava che quella scusa l'avrebbe aiutata a instaurare un dialogo con lei.

Mentre cercava di farsi venire in mente qualche altra idea per continuare il discorso, vide che Lauren si era voltata per rientrare in casa.

Se avesse chiuso la porta, non sarebbe più riuscita a fargliela riaprire e avrebbe perso l'ultima possibilità che aveva per scoprire qualcosa di più su di lei e sulla sua vita.

Eryn fu presa dal panico.

Le rimanevano pochissimi secondi prima che scomparisse all'interno della casa. Lauren non si vedeva ormai più, avvolta dal buio in cui era immerso l'interno dell'abitazione.

"Ho conosciuto tua figlia", urlò disperata uno o due secondi prima di sentire il portone toccare i cardini e chiudersi.

Non sapeva perché avesse urlato quelle parole, ma in quel momento le sembravano le uniche cose sensate da poter dire, nonostante fossero un'altra grande menzogna; appena pronunciate, si sentì subito in colpa per averle dette ma ormai il danno era fatto.

Rimase per un po' a fissare la porta nella speranza di aver attirato la sua attenzione, ma non accadde nulla.

Aveva esagerato.

Dispiaciuta per com'era andata, staccò le mani ancora attaccate al cancello e si girò lentamente verso la strada per tornare dal marito e dalla figlia; non aveva più senso rimanere lì.

Era già a qualche metro di distanza quando sentì un forte rumore metallico, e il cancello dietro di lei si aprì automaticamente.

Qualcuno l'aveva azionato da un comando a distanza e quel qualcuno non poteva che essere Lauren.

Eryn si bloccò all'istante e si girò nuovamente verso la casa; il portone d'ingresso era ancora chiuso, ma sapeva di essere appena stata invitata a entrare.

Entrò nel cortile, salì gli scalini di legno facendoli scricchiolare tutti tranne l'ultimo e si avvicinò alla porta per bussare, ma vide che era già aperta, anche se sulla soglia non vi era nessuno.

Ebbe un attimo di esitazione.

Non se la sentiva di entrare in quella casa da sola; spalancò la porta rimanendo poco fuori e sbirciò all'interno mentre chiamava Lauren.

Dovette ripetere tre volte il nome prima di sentire una risposta.

"Entra".

Lauren apparve poco dopo da un'altra stanza buia sulla sua destra. Si soffermò a guardarla, prima di andarle incontro.

Sembrava così strano trovarsi là dentro. Era una situazione surreale.

Anche se fuori faceva bello e la giornata era molto luminosa, nella casa regnava la penombra; i tendoni erano tirati, impedendo alla luce di penetrare dall'esterno, e su alcune finestre i serramenti erano abbassati.

Sembrava proprio *la casa maledetta della ragazza strana*; era così che se l'era immaginata più volte.

Nonostante la fioca luce all'interno, Eryn riuscì a osservare meglio la sua vecchia compagna di scuola; ne studiò più da vicino il volto e il corpo e notò che, sebbene i lineamenti del viso e i capelli erano come se li ricordava, il resto era un po' cambiato. L'espressione e lo sguardo erano diventati molto più duri, diversi da quelli timidi e schivi della ragazzina che era stata, e anche il fisico era diventato più robusto e tondo.

Chissà come la vedeva lei, se l'aveva riconosciuta subito, se la trovava tanto cambiata o se non se la ricordava per niente, pensò Eryn avvicinandosi.

Decise di rompere il ghiaccio, dal momento che non vedeva nessun segno dall'altra parte nel farlo; iniziò di nuovo a spiegarle la storia del ritrovo che stava organizzando con tutti i compagni di scuola, usando un tono gentile e amichevole.

"Che sciocca, non ti ho nemmeno chiesto come stai e come te la passi. Sono talmente euforica di averti trovato che mi sono dimenticata l'educazione", si scusò Eryn concludendo il suo monologo.

Lauren non aveva ancora aperto bocca; non aveva invitato Eryn a sedersi offrendole qualcosa da bere o da mangiare – come una buona padrona di casa avrebbe dovuto fare – e non aveva nemmeno acceso la luce. Anche lei era rimasta in piedi e la guardava in modo strano. Dopo un po' si schiarì la voce e disse soltanto: "Dove hai visto Emily?".

Eryn pensò a cosa dire per provare che conosceva davvero la figlia, ma non le venne in mente nulla di verosimile così a bruciapelo; non era mai stata brava a dire bugie. E, quando lo faceva, si sentiva subito in colpa.

Decise così di raccontarle la verità; non poteva più continuare a mentire.

Come le aveva insegnato Rose, era l'unica arma vincente di fronte a un problema o a una decisione da prendere.

Sperava tanto che la madre avesse ragione.

Confessò che non la conosceva, ma che l'aveva semplicemente vista una volta in libreria al Wholethings di Zelma e aveva subito notato la stretta somiglianza con lei. Non svelò subito che anche la rimpatriata era una menzogna, per non passare per una completa bugiarda, ma decise che non vi avrebbe più fatto cenno.

"Lauren, mi dispiace per aver detto quella bugia. Cercavo solo un modo per parlarti e provare a creare un legame con te. Lo so che non hai un bel ricordo dei tempi del liceo e magari di me, ma volevo solamente salutarti e sapere come stessi. Non voglio farti perdere altro tempo, ho capito che qui non sono la benvenuta".

Eryn era davvero dispiaciuta per averle mentito, ma si sentiva più sollevata nell'aver detto la verità o comunque averla svelata in parte. Preferì non aspettare di essere cacciata fuori da quella casa e si girò verso il portone d'ingresso per andarsene, ma appena toccò la maniglia Lauren iniziò a parlare con un tono di voce molto più basso, diverso da quello usato pochi minuti prima.

"Non vedo Emily da molti anni; l'ultima volta che l'ho vista da vicino aveva qualche settimana di vita ed era tra le braccia di sua madre, mia sorella". Poi aggiunse: "Anche io non sono stata completamente sincera. Non sono Lauren: il mio nome è Sarah".

Eryn rimase attonita.

"Mia sorella è morta quando Emily aveva pochi mesi di vita per una depressione post-partum. Almeno, quello fu ciò che mi dissero i medici". La donna si fermò un istante, come se stesse cercando tra i ricordi brandelli di vita sepolti nell'oblio. "Quando rimase incinta, diventò un'altra persona; cambiò completamente atteggiamento, rompendo ogni legame con il passato e con chi le stava vicino, me compresa, seppur fossi rimasta l'unica sua parente in vita e fossi la sua migliore amica. Eravamo molto legate. Provai in tutti i modi a capire il perché di quel cambiamento e a starle vicino perché sapevo che ne aveva bisogno, ma non ci fu verso; era diventata anche molto testarda, ossessiva e alcune volte aggressiva. Non appena seppi della sua morte e della motivazione, il mio mondo si fermò all'istante e mi sentii tremendamente in colpa per non essermi sforzata di più nel persuaderla a cercare aiuto e per non essere riuscita a salvarla". La sua voce tremò, ma riuscì a proseguire con fermezza. "Decisi allora che mi sarei fatta carico di Emily e mi sarei presa cura di lei, crescendola come una figlia, ma Lauren mi aveva anticipata lasciando un testamento nel quale spiegava che la bambina doveva essere affidata al padre e ai nonni paterni e che nessun altro della famiglia avrebbe potuto avvicinarsi a lei, me compresa. Ero praticamente stata bandita dalla sua vita e in un attimo, oltre all'unica sorella che avevo, persi anche mia nipote". Si fermò un istante per prendere fiato, poi continuò guardando Eryn negli occhi. "Non era da Lauren tenere un comportamento del genere e non riuscivo a darmi pace. Nelle settimane successive all'accaduto, entrai in un vortice di disperazione e solitudine, che mi trascinò nel baratro della depressione. Non lo accettavo. Non potevo accettare di aver perso anche mia nipote. Non avevo più mia sorella. Non mi rimaneva più nulla". Si schiarì la voce, che si abbassò ulteriormente di qualche ottava. "Fui quasi arrestata per essermi avvicinata a Emily un pomeriggio fuori da scuola, e da allora non l'ho più vista, né sentita. Ogni tanto chiedo sue notizie a una vicina di casa, e le mando mensilmente un assegno per aiutarla economicamente; anche se è maggiorenne e potrebbe ormai badare a se stessa, non voglio che trascuri gli studi per lavorare. Non voglio che si precluda nulla: la vita è stata già troppo ingiusta con lei". Strinse con forza un lembo della vestaglia tra le mani. "Per fortuna le è rimasta la casa alla Corte d'Inverno, quella in cui viveva con i nonni. Oddio, scusami... Non so perché ti sto raccontando tutte queste cose, non le avevo mai dette a nessuno. Forse perché nessuno è mai venuto a chiedermi niente o si è mai interessato a lei. Sai, nonostante le bugie mi sei sembrata da subito una brava ragazza".

Sarah le aveva parlato senza fermarsi; un fiume di dolore, che aveva appena travalicato gli argini del silenzio.

Eryn la fissava senza dire nulla.

Non aveva mai saputo che Lauren avesse una sorella. Nonostante la tragicità di quella confessione, era felice che si fosse aperta con lei.

Ora che le aveva raccontato tutte quelle cose, Sarah sembrava un'altra persona. L'espressione del viso era cambiata rispetto a quando l'aveva accolta, e anche negli occhi adesso c'era una luce diversa.

La donna invitò Eryn ad accomodarsi, poi aprì i tendoni per far entrare un po' di luce e andò in cucina a preparare il caffè.

Si sedettero intorno al tavolo e chiacchierarono ancora un po' per conoscersi meglio; Eryn scoprì che Sarah aveva una quindicina di anni in più rispetto a lei ma, nonostante la differenza di età e qualche chilo di troppo, non era esteticamente molto diversa dalla sorella. Aveva anche lei i capelli rossi, una pelle molto chiara e due grandi occhi color miele. Ora che la guardava meglio e la vedeva più rilassata, notò che era molto più solare ed estroversa; probabilmente lei non aveva dovuto subire umiliazioni e oppressioni.

Le mostrò diverse sue foto da giovane insieme a Lauren e una di Emily di qualche anno prima che le avevano inviato i nonni prima di morire.

Eryn non si era sbagliata quando aveva visto quella ragazza in libreria: era proprio lei, la figlia della *ragazza strana*.

Sarah viveva da sola, non era sposata e non aveva figli, e lavorava per il distretto di polizia della città; anni prima era stata una detective ma, dopo la morte della sorella e la perdita della nipote, a causa della depressione era caduta preda dell'alcol, e così era stata destituita da quel ruolo e declassata, senza però perdere del tutto il lavoro.

La conoscevano, sapevano che era una brava donna e avevano avuto compassione di lei. Non era più una detective ma era pur sempre una poliziotta, una delle migliori dello Stato.

Dopo un'oretta di conversazione, squillò il telefono di Eryn: era Archie.

Si era completamente dimenticata di controllare l'ora. Doveva ritornare dal marito e dalla figlia.

Mentre parlavano, tra lei e Sarah si era creata una forte alchimia. Eryn sentiva che tra loro c'era una buona sintonia; sembrava che si conoscessero da anni, da come si capivano al volo e dalla confidenza che si era stabilita nei pochi istanti trascorsi insieme. Fu davvero un incontro strano, ma piacevole.

Si salutarono abbracciandosi e Sarah la invitò a tornare a trovarla. Le chiese anche, qualora avesse incontrato nuovamente Emily, di provare ad avvicinarla portandole i saluti della zia. Quando lo disse, gli occhi le si inumidirono e Eryn provò una profonda tenerezza. Le promise che l'avrebbe fatto, con tutto il cuore.

Uscì dalla *casa maledetta* con un animo più leggero rispetto a quando era entrata e, abbandonato ogni nervosismo, si incamminò per andare incontro alla sua famiglia, felice di quel nuovo e inatteso incontro, senza sapere quanto sarebbe diventata importante nella sua vita quella sconosciuta.

*

Con maggio arrivarono le belle giornate e finalmente la copiosa pioggia dei mesi precedenti lasciò il posto al sole. Era il periodo ideale per vivere la città, perché le temperature erano miti e non vi era ancora la calca soffocante dei turisti che l'avrebbero invasa in massa durante l'estate. Inoltre era il mese del suo compleanno, un motivo in più per averlo sempre considerato un mese perfetto, pensò Eryn mentre camminava in centro con le altre mamme, gustandosi un frullato alla fragola e panna e guardando le vetrine colorate con i nuovi capi di stagione.

Non sapeva ancora se quell'anno sarebbe andata di nuovo qualche settimana con Archie e la figlia al mare nella stessa struttura alberghiera dell'anno precedente, o se avrebbero cercato un posto diverso, ma con gli stessi servizi. Con Zena così piccola non si sarebbero potuti di certo permettere un viaggio avventuroso com'erano abituati a fare prima; cercavano solamente un posto comodo per rilassarsi.

Però una cosa l'aveva decisa e riguardava la sua carriera professionale; terminato l'anno della maternità, non sarebbe più rientrata al lavoro e si sarebbe presa del tempo per stare con la figlia e godersela di più. Magari si sarebbe ributtata nel mondo del business più avanti, con nuove condizioni e tempistiche, non lo sapeva ancora. Ma di sicuro al momento non voleva farlo.

Archie aveva accolto la sua decisione con entusiasmo. Non gli era mai piaciuto il lavoro della moglie per le troppe ore che la portavano a stare fuori casa e l'alto stress; a livello economico inoltre non ci sarebbero stati nemmeno grossi problemi, in quanto lui guadagnava abbastanza per garantire alla famiglia un buon tenore di vita. E comunque, in caso di emergenza, avevano da parte alcuni risparmi accumulati negli anni.

Eryn aveva riflettuto molto sulla decisione da prendere e aveva ponderato bene la sua scelta. Si era chiesta come fosse possibile che, solo un anno prima, fosse stata una donna in carriera totalmente dedita al lavoro, mentre adesso era l'esatto opposto.

Aveva già dato la comunicazione al direttore, suo diretto responsabile, e presto sarebbe passata in ufficio a salutare tutti e a firmare i fogli delle dimissioni volontarie; aveva ancora due mesi di tempo per farlo prima della scadenza della maternità.

Le sue amiche mamme l'avevano appoggiata in pieno e non passava giorno che non le ricordassero quanto fosse stata lungimirante nel prendere quella decisione e intraprendere quella strada; vedendosi tutti i giorni erano diventate quasi come sorelle, e si confidavano a vicenda ogni dubbio o problema.

Oltre a loro, l'aveva comunicato solo alla madre.

A Val non aveva ancora detto nulla. Era da un po' che non la sentiva e non la vedeva; l'amica era sempre offesa e seccata per il suo allontanamento e si sentivano ormai solo tramite qualche messaggio. Eryn si riprometteva tutti i giorni di chiamarla o passare a trovarla, ma non era mai riuscita a farlo perché impegnata in mille attività con le altre mamme, che la tenevano occupata tutto il giorno; così si ricordava di sentirla solo la sera, quando ormai era troppo tardi. E non la chiamava più.

Rose era rimasta sconcertata dalla sua decisione e le aveva chiesto più volte se fosse sicura della scelta o se fosse stata influenzata da qualcosa che era accaduto o da qualcuno; non si capacitava del fatto che la sua determinata e ambiziosa figlia, che aveva sacrificato anni di studio e di lavoro per arrivare dov'era arrivata, avesse deciso di colpo di lasciare tutto ciò per cui aveva tanto lottato.

Pensava che la maternità la stesse cambiando troppo e temeva che un giorno si sarebbe pentita di una decisione presa d'impulso.

Le consigliò di aspettare qualche settimana per pensarci ancora, oppure provare a ritornare al lavoro e vedere come andava, ma ormai Eryn aveva fatto la sua scelta e l'aveva comunicata ufficialmente alla Refer.

La madre aveva addirittura dato la colpa alle sue nuove amicizie, dicendo che non erano sane, e le aveva consigliato di staccarsi un po' e provare a frequentare altra gente. Ma la figlia era irremovibile. Le aveva ripetuto più volte che la decisione era stata maturata da lei soltanto, senza alcuna influenza esterna, ed era ciò che la rendeva felice e la faceva sentire appagata.

Nonostante lo scetticismo iniziale, Rose però sapeva che Eryn non era mai stata una persona impulsiva: quando si trattava di prendere una decisione importante, analizzava la questione in maniera molto razionale e pragmatica, per lungo tempo; per questo, dopo l'ennesimo scontro, capì che era davvero ciò che desiderava fare e lasciò perdere l'argomento.

Se Eryn era felice, lo era anche lei e capì che la figlia non era mai stata così sicura e contenta in tutta la sua vita.

*

"Torno presto".
"Ok".

"Per qualunque cosa, chiamami. Tengo il cellulare con il volume al massimo, così non c'è pericolo che non lo senta".
"Tranquillo, ce la caveremo benissimo da sole".
"Sicura?"
"Sicurissima. Ora va' e goditi la serata".
"Va bene". Ma non sembrava del tutto convinto.
Era giovedì sera e Archie aveva organizzato un'uscita con gli amici, la prima da quando era diventato papà.
Eryn lo rassicurò dicendogli che avrebbe giocato un po' con Zena e poi l'avrebbe messa a letto. E se non si fosse addormentata tardi, avrebbe chiamato qualche sua amica per avere compagnia oppure avrebbe letto un libro o visto qualche film; insomma, di cose da fare ne aveva e la serata sarebbe passata velocemente.
Quando Archie uscì, Eryn rimase a casa da sola con la piccola; quel giorno compiva dieci mesi e stava iniziando a imparare a stare seduta anche se, dopo pochi minuti, si chiudeva a libro sulle gambe oppure cadeva all'indietro.
I medici l'avevano rassicurata dicendole che era normale dal momento che il suo fisico e l'apprendimento erano quelli di una neonata di otto mesi e comunque, essendo prematura, avrebbe impiegato più tempo a mettersi al pari con i suoi coetanei.
"Patatina, guarda qui che bel pappagallino", disse sorridendo Eryn mentre metteva davanti al viso della figlia un piccolo pappagallo colorato.
Era uno dei suoi giocattoli preferiti perché, appena lo muoveva e lo scuoteva, partiva una musichetta allegra che la faceva divertire.
Erano sedute per terra sul tappetone vicino al divano e Eryn stava cercando di distrarla con il gioco per sforzarla a stare seduta e a rafforzare i muscoli della schiena; era uno degli esercizi che le avevano consigliato di fare.
Appena Zena vide il pappagallino, agitò energicamente le manine per prenderlo, roteò i piedini come faceva sempre quando era felice e sorrise tutta contenta, mettendo in bella mostra i due dentini di sotto che le erano spuntati da poco.
Lo prese con la mano destra e lo scosse più volte in aria facendo partire la musichetta.

Com'è bella quando ride! pensò Eryn guardandola, innamorata.
E la loro serata trascorse così, avvolta da quella dolce e allegra musica che si diffondeva per tutta la casa.

Non si era accorta di essersi addormentata.
Aveva messo Zena nel lettino verso le dicci e si era coricata nel letto a leggere, ma era crollata dopo poche pagine. Quella sera aveva spostato il lettino nella cameretta per evitare di svegliare la figlia con qualche rumore o con la luce accesa, senza immaginare che si sarebbe addormentata così in fretta. L'abat-jour sul comodino era ancora accesa e l'e-reader le era scivolato sulle gambe.
Si voltò, ma dalla parte di Archie il letto era ancora vuoto; guardò sul soffitto per vedere l'ora proiettata dalla sveglia satellitare e vide che era mezzanotte.
Aveva dormito un paio d'ore.
Strano che si fosse svegliata così velocemente; in genere, appena le si chiudevano gli occhi e crollava addormentata, non si svegliava quasi mai da sola, a meno che non ci fosse un valido motivo.
Si alzò e andò a controllare se per caso fosse stata Zena a svegliarla con qualche lamento; magari aveva fatto un brutto sogno o si era scoperta.
Lentamente, uscì dalla stanza.
Il corridoio e la camera della figlia erano immersi nel buio perché si era dimenticata di accenderle la lucina.
A ogni passo, si sentiva solo lo scricchiolio del parquet.
Entrò nella cameretta e guardò verso il lettino per scorgere qualche movimento, ma sembrava tutto fermo e immobile; grazie al debole riflesso della luce che arrivava dalla sua camera, intravide la sagoma della figlia sdraiata sotto le lenzuola attorcigliate e si tranquillizzò.
Si voltò per andare in bagno prima di ritornare a letto.
Stava per oltrepassare la porta, quando sentì un suono che le raggelò il sangue e la bloccò all'istante, impedendole di muoversi.
Dalla sala in fondo al corridoio era partita l'inconfondibile musichetta del pappagallino che riecheggiava in tutta la casa immersa nel buio e nel silenzio; il suono era smorzato per la distanza, ma Eryn lo riconobbe subito.

Per alcuni secondi smise di respirare e rimase immobile dov'era, senza nemmeno riuscire a girarsi per guardare dietro di lei; sapeva che la musica si attivava solo se il gioco veniva mosso da qualcuno e in casa, oltre a lei e alla figlia, non c'era nessun altro. O così credeva.

La musica continuò per alcuni secondi, poi cessò; in quel momento non sembrava più la dolce e allegra melodia di qualche ora prima, ma solo un suono sinistro e inquietante.

Era terrorizzata.

Cercò di calmarsi, respirando a fondo. Forse il giocattolino era rotolato da solo per uno spostamento d'aria, anche se sapeva bene che le finestre erano tutte chiuse.

Cercava una risposta valida che la potesse tranquillizzare, ma non le veniva in mente nulla.

Se fosse stata da sola, si sarebbe fiondata a chiudersi a chiave in camera sua; ma non poteva comportarsi come una bambina. Ora aveva una figlia e doveva fare l'adulta. Doveva proteggere Zena e assicurarsi che non le venisse fatto del male.

Con il cuore che le martellava forte nel petto, voltò lo sguardo verso il corridoio buio, ma non riuscì a vedere niente.

Nella sua testa presero vita gli scenari più raccapriccianti; si aspettava da un momento all'altro di vedere qualcuno o qualcosa venirle incontro, ma non accadeva nulla. Tutto era immobile, avvolto dall'oscurità della notte.

Avanti, Eryn. Coraggio! Continuava a ripetersi mentalmente. Non poteva permettersi di avere paura e di essere così codarda.

Inspirando a fondo, si diresse furtivamente verso il salone, cercando di fare meno rumore che poteva.

Non sapeva cosa avrebbe fatto e come avrebbe reagito se si fosse trovata davanti qualcuno.

I piedi erano pesanti come zavorre e impiegò un minuto per percorrere tutto il corridoio, sebbene fossero pochi metri.

Quando arrivò davanti al salone le sue speranze di aver racimolato un po' di coraggio svanirono perché le era venuta più paura di prima e il cuore le martellava ancora più forte nel petto. Cercò con la mano l'interruttore.

Il click riecheggiò come l'esplosione di una bomba e le sembrò squarciasse il pesante silenzio in cui era piombata la casa.

Di colpo fu accecata dal bagliore delle luci e non riuscì a vedere per qualche secondo.

Quando fu in grado di mettere a fuoco l'immagine, vide che il salone era come l'aveva lasciato e, soprattutto, non vi era traccia di malintenzionati; i giochi erano tutti dove li aveva posati e tra essi c'era anche il pappagallo. Sembrava tutto tranquillo e non c'era anima viva oltre a lei.

Riuscì a tranquillizzarsi.

Meno agitata di prima, andò a controllare anche la cucina accendendo tutte le luci possibili per vederci meglio e sentirsi al sicuro, e anche lì era tutto in ordine; probabilmente la musica era partita davvero per un semplice spostamento d'aria.

Si assicurò che le finestre e le porte finestre fossero tutte chiuse, spense le luci della cucina e del salone, e si diresse verso il corridoio; sorridendo tra sé, si vergognò per essersi spaventata come una bambina.

Stava per aprire la porta del bagno, quando quella musica tornò a riecheggiare per tutta la casa.

Questa volta però non si spaventò e, incuriosita di capire cosa facesse muovere il gioco, ritornò indietro per dare un'occhiata.

Accese di nuovo la luce del salone e guardò verso il tappetone per capire cosa potesse averlo mosso, ma non lo vide. Si avvicinò per guardare meglio.

Si inginocchiò per osservare più da vicino i giochi; eppure era lì che l'aveva visto pochi istanti prima. Si guardò intorno per vedere se fosse rotolato via, cercandolo sul pavimento.

Ma non c'era.

Si avvicinò al seggiolone contro il muro, pochi metri più in là, per vedere se fosse finito dietro una delle gambe, e di colpo lo vide appoggiato sopra il vassoio.

"Non è possibile", esclamò Eryn sgranando gli occhi; era sicura di averlo visto poco prima per terra. Cercò di ripercorrere mentalmente la scena, e fu certa: quando era entrata in quella stanza, aveva visto il pappagallino ed era sicura che fosse per terra, sul tappetone.

Scosse la testa.

"L'avrò appoggiato sul seggiolone prima e non me lo ricordo". Titubante, lo osservò ancora per qualche secondo. Probabilmente la stanchezza iniziava a giocare brutti scherzi, pensò. Prese il pappagallo e spense l'interruttore on/off posizionato sulla schiena. "Così non potrà più suonare", disse tra sé mentre lo rimetteva dove l'aveva trovato.

Ancora sovrappensiero riguardo agli avvenimenti della nottata, si diresse per la terza volta verso il bagno; accese la luce dello specchio e chiuse la porta per non disturbare troppo la figlia. Poi tornò in camera, si coricò nel letto e spense la luce della abat-jour.

Era ancora intenta a pensare e a cercare di ricordarsi dove avesse visto il pappagallo la prima volta, quando sentì di nuovo partire la musichetta.

"Non è possibile, di nuovo. Allora è rotto", sbuffò Eryn tirando via le lenzuola per alzarsi e andare nel salone. Era sicura di aver messo su *off* l'interruttore; probabilmente il chip interno non funzionava più o era andato in crash e suonava da solo.

Ritornò in salone un po' meno silenziosamente di prima, stufa di essersi dovuta alzare ancora e, dopo aver acceso la luce, andò verso il seggiolone. Ma il pappagallo non era più lì.

Senza pensarci due volte, si girò verso il tappetone e lo vide di nuovo in mezzo agli altri giochi.

Non era possibile.

Iniziò ad agitarsi di nuovo.

Era sicurissima di averlo spento e lasciato sul vassoio del seggiolone.

Qualcuno l'aveva spostato.

E non era stata lei.

Si sentì improvvisamente a disagio in casa sua e una sensazione di paura le si insinuò tra la pelle e le ossa, provocandole dei brividi freddi sulla schiena e sul collo.

Era troppo terrorizzata per andare di nuovo a controllare in cucina e corse verso le camere da letto per andare a chiamare il marito.

Prima di tornare in camera sua, si girò istintivamente verso la porta della camera di Zena per vedere se stesse ancora dormendo; questa volta, avendo lasciato accesa la luce del salone, riuscì a vedere meglio la cameretta e il lettino.

Vide che le coperte erano tutte arrotolate male, così si avvicinò per sistemarle. Capitava spesso che Zena si agitasse molto mentre dormiva.

Appena provò a tastare il materasso per vedere dove fosse sua figlia, avvertì una strana sensazione perché non toccò nulla, solo il letto; fece passare piano la mano da una parte all'altra del lettino, ma non riusciva a trovarla.

Spaventata, iniziò ad agitare freneticamente le mani.

Accese la luce, illuminando a giorno la stanza, ma Zena non era nel lettino.

Con il cuore in gola guardò per terra per vedere se fosse caduta giù, ma della figlia non vi era traccia.

Zena non c'era più.

Incominciò a girarle la testa e a vedere appannato; il cuore le batteva talmente forte nel petto che lo sentiva in gola e faticava a respirare.

Sentì che stava per avere un mancamento, ma riuscì a riprendersi in tempo per andare in camera sua a prendere il cellulare e chiamare il marito.

Non riusciva più a pensare e a ragionare lucidamente, aveva bisogno di aiuto.

Andò verso il letto dove, vicino all'abat-jour e alla sveglia, aveva appoggiato il cellulare.

Lo prese con le mani tremanti e, mentre cercava di sbloccarlo inserendo il pin, le scivolò sul piano di vetro del comodino e le finì per terra.

Si abbassò per prenderlo, ma quando si alzò, due mani forti e vigorose le cinsero le spalle e la spinsero leggermente all'indietro.

Un urlo, inizialmente smorzato poi sempre più forte, le uscì dalla bocca. Terrorizzata dalle sue stesse grida, cercò di girarsi per vedere in faccia il suo aggressore, ma una mano le si materializzò davanti al viso tappandole la bocca per farla stare zitta. O per soffocarla.

Si dimenò con tutta la forza che aveva in corpo, ma l'uomo che la teneva era più alto e molto più forte di lei, e riusciva a contrastare i suoi sforzi senza grossi problemi.

"Ssshh... Amore, sono io... Cosa stai facendo? Calmati. Non urlare, o sveglierai Zena", sentì sussurrare di colpo vicino all'orecchio.

Era Archie.

Si fermò all'istante e si girò per guardarlo in faccia: era proprio lui.

"Archie, Zena non c'è più", urlò Eryn prima di scoppiare in singhiozzi. La tensione era al massimo, come la paura che stava provando, unita al senso di impotenza.

"Ma cosa dici? È di là nel lettino che dorme. Sono appena andato a vederla. Stai tranquilla, come mai sei così agitata? Cos'è successo?".

Ma Eryn non rispose.

Si precipitò nella camera della figlia per controllare lei stessa, con i suoi occhi, se fosse davvero lì.

La luce del corridoio era accesa e illuminava in parte il lettino.

Zena era sdraiata con le manine alzate vicino alla testa e dormiva profondamente, ignara di tutto. Nemmeno le grida della madre parevano aver disturbato quel sonno quieto.

Eryn si tranquillizzò all'istante nel vederla, ma rimase ancora scossa. Come aveva fatto a non vederla?

Turbata da mille pensieri, e soprattutto dall'incredulità per quanto accaduto, avvicinò la porta della cameretta e si diresse in camera, spegnendo prima la luce del corridoio.

"Amore, che cos'hai? Mi dici cos'è successo?", le domandò preoccupato Archie avvicinandosi a lei.

"Non lo so, ma prima sono andata in camera sua per controllare che stesse bene, e non c'era. Ho acceso anche la luce, e toccato le coperte e il materasso, ma lei non era lì. Per questo stavo provando a chiamarti. Poi ho sentito qualcuno che mi toccava, e mi sono spaventata. Non pensavo fossi tu. Non ti ho sentito entrare e pensavo fosse un ladro o un malintenzionato. Ho temuto che qualcuno avesse rapito la nostra bambina".

Nonostante il nodo in gola, riuscì a controllarsi. Non voleva piangere; non era da lei crollare, ma era molto turbata per quello che era successo.

"Cosa mi sta succedendo? Mi sta venendo un esaurimento?" aggiunse, rivolgendosi al marito.

"Amore, non ti agitare. Non sei esaurita. Sei solo stanca. Ti sarai addormentata prima e sarai entrata in camera di Zena ancora assonnata, per questo non l'hai vista. Può capitare. Ora stai tranquilla; domani torno presto a casa, e poi avremo tutto il weekend per noi e ti potrai rilassare. Ti darò io una mano con lei. E poi te l'ho già detto: se ti serve una mano in casa e con la bimba, possiamo chiamare qualcuno che ti aiuti, senza alcun problema. Ora andiamo a dormire". Baciò la moglie sulla guancia e si avvicinò al letto. "E non pensarci più", aggiunse mentre si infilava il pigiama.

Eryn non sapeva se raccontargli anche del pappagallo, ma lasciò perdere. Avrebbe rischiato di apparire ancora più esaurita. Probabilmente Archie aveva ragione: aveva bisogno di un aiuto. Stare tutto il giorno da sola con lei la stancava più di quanto si rendesse conto.

Sicuramente non si sentiva ancora pronta a far entrare in casa un'estranea, tantomeno a darle Zena in custodia, ma si ripromise che ci avrebbe pensato il giorno dopo, a mente fresca, anche se sapeva già quale sarebbe stata la sua decisione finale.

*

Non sapeva come mai ma, girando intorno al parco, aveva deciso di uscire da uno dei cancelli dalla parte ovest, al posto di quella est come invece era solita fare, e si era ritrovata a pochi passi dal quartiere della Corte d'Inverno.

Aveva accompagnato la sua amica Julia, la mamma di Myriama, alla fermata della metro e aveva deciso di proseguire ancora un po' in quella direzione, senza rendersi bene conto di dove fosse. Non conosceva quella zona, non ci andava mai.

Era un quartiere di periferia con le case popolari, ma non era pericoloso o mal frequentato; era famoso per i mercati che venivano organizzati ogni giorno nel grosso cortile di un'antica residenza nobiliare, donata alla città dopo la guerra.

Il quartiere si chiamava così in ricordo del primo e unico mercato che veniva organizzato lì ogni fine estate nei tempi passati, ed era un punto di ritrovo per tutti gli abitanti della città e dei dintorni. Il mercato durava una settimana intera e serviva per aiutare le persone a prepararsi al lungo e freddo inverno che sarebbe arrivato poco dopo; si poteva trovare, infatti, tutto il necessario per proteggersi dal gelo come il pellame e le pellicce, i tessuti di vari colori e materiali, la legna da ardere, il cibo da mettere sottovuoto, oltre a liquori e vini.

Adesso, invece, vi era un mercato diverso ogni giorno dove si poteva trovare ogni cosa; la settimana iniziava con il mercatino delle pulci e la vendita di frutta e verdura, poi si passava al commercio di roba usata e vestiti, per concludersi nel mondo dell'elettronica e della bigiotteria.

Data la varietà, c'era sempre tanta gente che curiosava tra i banchi, non solo durante i weekend.

Eryn decise di farci un salto per vedere cosa vendessero; era il giorno dedicato all'elettronica e le bancarelle erano piene di computer, televisori, strumenti musicali, luci e ogni altro tipo di oggetto elettrico, luminoso o sonoro.

Fece un giro veloce tra i banchi dato che non era molto interessata a quel genere e uscì dal cortile per fare una passeggiata nella piazza lì davanti, chiamata proprio Corte d'Inverno.

Le case basse, bianche e ben curate si affacciavano su un piccolo ma grazioso parco posto al centro dove, in quel momento, una decina di bambini si alternavano sull'altalena e sullo scivolo.

La piazza era ben tenuta probabilmente perché, insieme al mercato, era una meta turistica, e Eryn decise di fare un giro lì intorno prima di ritornare a casa.

Ogni abitazione era curata nei minimi dettagli e si potevano scorgere degli affreschi su molte facciate; anche i portoni d'ingresso e i balconi erano splendidi ed erano stati costruiti secondo lo stile floreale dell'art nouveau.

Ammirò affascinata quella parte della città che non conosceva, ritrovandosi a camminare con il naso all'insù.

Anche se aveva intrapreso un percorso di studi diverso, l'arte le era sempre piaciuta: studiare come essa era cambiata e si era trasformata nel corso della storia, accompagnando l'uomo nella vita e nella quotidianità, l'aveva sempre affascinata.

Quando andava con Archie a visitare qualche città o Paese nuovo, non perdeva mai l'occasione di fare un salto nei musei principali per scoprire i segreti che contenevano.

Stava concludendo il giro della piazza, quando si ritrovò a fissare due grandi occhi chiari color miele che la stavano guardando da un piccolo balcone sopra di lei, da cui spuntavano alti vasi con dei grossi fiori rosa e viola.

Ebbe un déjà-vu e di colpo si ritrovò di nuovo indietro nel tempo, ai tempi del liceo.

Era la seconda volta che le succedeva nel giro di poco tempo.

Ma questa volta era sicura di chi aveva davanti.

Si ricordò in quel momento che Sarah le aveva accennato quel quartiere quando le aveva parlato della nipote, e tutto ritornò.

Si trovava di nuovo di fronte alla figlia di Lauren Mann. Emily.

*

"Ciao! Ti ricordi di me?".

La ragazza rimase qualche istante in silenzio, scrutando quel volto familiare.

Eryn proseguì decisa. Questa volta non si sarebbe fatta trovare impreparata davanti a un membro della famiglia Mann e, prima che Emily rientrasse in casa, la bloccò.

"Mi chiamo Eryn. Sono una compagna di classe di tua mamma e un'amica di tua zia Sarah. E tu devi essere Emily".

La giovane la guardò incuriosita. Non aveva lo sguardo schivo e spaventato della madre, seppur le assomigliasse davvero tanto; in alcuni momenti le sembrava di rivedere lei.

"Ciao", rispose educatamente.

"Ci siamo incontrate in libreria al Wholethings quando tu hai fatto cadere quella pila di libri, ricordi? Io ti ho aiutato a risistemarli, ma non mi hai dato il tempo di presentarmi e salutarti perché sei scappata subito via", le spiegò Eryn.

"Sì, mi ricordo. Eri la signora strana che mi fissava senza dire niente". Emily rise al ricordo. "Per caso mi stai seguendo?".

Eryn non sapeva se fosse per la sfacciataggine adolescenziale o perché la situazione si era ribaltata ed era diventata lei la persona strana, ma la ragazza le piacque subito e scoppiò a ridere di gusto prima di risponderle.

"No, certo che no. Stavo facendo una passeggiata qui prima di tornare a casa, e alzando gli occhi ti ho vista". Decise poi di tentare il tutto per tutto. "Senti, perché non vieni a fare una passeggiata con noi nel parco? Così ci conosciamo meglio". Eryn la vide titubante, così provò a insistere. "Ci incontriamo sempre per caso. Credo che il destino ci voglia far conoscere, non trovi?".

Dopo un attimo di esitazione, Emily rispose.

"D'accordo. Scendo subito".

Mentre la aspettava, Eryn rifletté sugli avvenimenti delle ultime settimane.

Sembrava tutto così assurdo.

Dopo tutte le congetture e i pensieri che si era fatta, era strano trovarsi di fronte alla figlia di Lauren, soprattutto in un momento in cui non se lo sarebbe mai aspettato. Era capitata lì per caso e sempre per caso si era imbattuta in lei; iniziava a credere che davvero il destino stesse facendo di tutto per farle incontrare e per farle conoscere i membri rimasti della famiglia Mann.

Era emozionata all'idea di parlarle, perché le sembrava quasi di avere di fronte sua madre. Con la zia, dopo il brusco inizio, la conversazione era stata piacevole e aveva scoperto tante cose su di loro. Ma con Emily avrebbe dovuto prestare maggiore attenzione; era un'adolescente e avrebbe dovuto soppesare attentamente ogni parola, vista la delicatezza della situazione. Se non avesse utilizzato l'approccio giusto, probabilmente si sarebbe allontanata per sempre.

Prima regola: non farle domande troppo dirette. Eryn se lo appuntò a chiare lettere nella mente. Il resto sarebbe venuto da sé, o almeno così sperava.

Zena per fortuna dormiva nel passeggino. Avrebbe avuto più tempo per concentrarsi su cosa dire alla ragazza, e su come dirlo.

Pochi minuti dopo, Emily uscì dal portone e le andò incontro sorridendo.

Indossava un paio di jeans chiari e una maglietta a maniche corte bianca; ai piedi, un paio di sneakers rosse. Gli orecchini e un piccolo foulard richiamavano il colore delle scarpe.

Sembrava la versione felice della madre o, almeno, era quello che dava a vedere.

"Eryn, giusto?"

"Sì". Si strinsero la mano.

Dopo un primo attimo di imbarazzo, si avviarono insieme lungo la strada.

"Sai, sono felice di conoscerti". Eryn rimase sorpresa. "Non mi capita spesso di avere occasione di parlare con qualcuno che abbia conosciuto mia madre".

"Oh, be'... Eravamo compagne di scuola al liceo".

Emily la guardò, sorridendo. Un sorriso dolce e malinconico allo stesso tempo. "Probabilmente lo saprai già, ma... io non l'ho mai conosciuta perché è morta poco dopo la mia nascita e i miei nonni paterni, con i quali sono cresciuta, non mi hanno mai parlato molto di lei o del suo passato. Mi hanno soltanto detto che non aveva amici, ma solo una sorella più grande che non è sana di mente, e con cui è meglio che io non abbia nulla a che fare. Ma non so nient'altro. Ora però non ci sono più nemmeno loro. Forse tu puoi raccontarmi qualcosa di più su di lei...".

Eryn tutto si sarebbe aspettata, tranne che affrontasse in modo così diretto quella conversazione. La sua franchezza la spiazzò.

Ebbe la sensazione che la ragazza aspettasse da tempo quel momento.

Sarah le aveva accennato che, dopo la morte dei nonni, era rimasta completamente sola, salvo eventuali amicizie o un possibile fidanzato.

Non si aspettava nemmeno che avrebbe menzionato subito la zia, né tantomeno che la considerasse pazza; Eryn non comprendeva il motivo per cui i nonni le avessero detto una cosa simile. Sarah non le era sembrata pazza, l'aveva conosciuta e vista con i suoi stessi occhi. Per il momento, però, preferì non contraddirla.

"Sai una cosa? Mi piaci. Sei una ragazza molto diretta che sa quello che vuole. Anche io ero come te alla tua età. Certo, ti racconterò tutto quello che so su tua madre", le rispose Eryn tutto d'un fiato.

Ma sapeva che era una bugia.

Non avrebbe potuto dipingere un quadro reale della situazione in cui Lauren si era trovata a vivere gli anni del liceo. Avrebbe aggiunto dolore al dolore.

Decise di raccontare alcuni degli avvenimenti di quegli anni, apportando alcune sostanziali modifiche.

Cercò di ricordarsi tutte le vicende più interessanti che erano successe a cui aveva preso parte Lauren o, dove non c'era, la inserì comunque; le raccontò dei ragazzi più "in" della scuola e della città in quel periodo, i party di fine anno, i gossip più piccanti... e soprattutto cercò di far apparire la madre come una persona normale, seppur un po' timida e introversa.

Non se la sentì di raccontarle che era la famosa *ragazza strana* bullizzata e derisa da tutti; ormai era morta, non aveva senso darne un'immagine negativa. Era importante avesse un'opinione positiva della donna che l'aveva messa al mondo.

A Emily piacevano le storie che le stava raccontando e la tempestò di domande per apprendere ogni dettaglio possibile.

"Hai conosciuto anche mio papà? Di lui ho qualche ricordo vago perché è morto quando avevo due anni e mezzo".

Eryn provò una profonda tenerezza per lei.

"Purtroppo no. Dopo il liceo, io ho lasciato la città per andare a studiare all'università e ho perso i contatti con quasi tutti i miei compagni, compresa tua madre. Non ho saputo più niente di nessuno di loro fino a qualche mese fa, quando ho deciso di organizzare una rimpatriata". La scusa del ritrovo le ritornò utile anche questa volta e Eryn la utilizzò per motivare la sua curiosità in merito al passato di Lauren.

"Scusa se te lo chiedo. Se non vorrai rispondere, lo capisco. Come sono morti i tuoi genitori? Tuo padre non l'ho mai conosciuto, ma tua madre me la ricordo. È sempre stata in forma e in buona salute. Sono rimasta sconvolta quando ho saputo della sua morte".

Subito la ragazza non rispose, continuando a camminare con gli occhi fissi a terra.

Eryn si pentì di quella domanda; forse si era spinta troppo oltre. Stava per chiederle scusa per la sua invadenza, quando Emily si decise a parlare.

"In realtà non ho mai saputo bene il come e il perché. I miei nonni non toccavano volentieri quell'argomento, e non avevo nessun altro a cui poter chiedere. So solo che mia mamma, poco dopo la mia nascita, è entrata in depressione e a poco a poco si è lasciata andare, fino a morire. Non so se sia stato proprio quello o se sia stata colpita da qualche malattia. So solo che ha smesso di mangiare e si è indebolita fino a non avere più le forze per fare nulla, e si è spenta. Da alcuni discorsi che ho sentito fare tra i miei nonni, ho capito che ha passato le ultime settimane di vita in un ospedale vicino alla città in cui è nata e veniva nutrita solo più attraverso delle pillole". Una cosa terribile, pensò Eryn. "Mio padre, invece, è annegato qualche anno dopo in un lago dove andava a pescare tutti gli anni con gli amici, ma quella volta era solo; probabilmente ha avuto un malore ed è affogato. La nonna mi diceva che sicuramente era talmente ubriaco da non rendersi conto di essere caduto in acqua ed è morto così. Dopo la morte di mia mamma aveva iniziato a bere, penso per annegare il dolore".

"Hai qualche ricordo di lui?", azzardò Eryn.

"Pochi, in realtà, ma sono tutti dolci e felici. Con me è sempre stato un bravo padre". Si fermò un istante, poi riprese a parlare. "Da allora ho sempre vissuto con i nonni. Sono state loro le mie figure di riferimento. E quando qualche anno fa li ho persi, per vecchiaia, mi sono sentita davvero sola. Non avevo più nessuno".

"Mi spiace tanto...". Con gli occhi velati di lacrime, Eryn le accarezzò un braccio.

"Ora sto meglio. Diciamo che vado avanti, giorno dopo giorno. Per fortuna ho tanti amici che mi sono stati e mi stanno tuttora vicino".

In quel momento, Zena iniziò a muoversi nel passeggino.

Emily si abbassò per vederla meglio.

"Che bella bimba! Come si chiama?"

"Si chiama Zena". Eryn sorrise, orgogliosa.

La piccola si era appena svegliata e aveva iniziato a emettere, tutta allegra, i suoi versetti e il suo solito strano suono; certe volte sembrava parlasse una lingua tutta sua.

Eryn le raccontò della sua bambina e dei suoi primi mesi di vita, a partire da quando era nata in anticipo.

"Davvero è nata al settimo mese? Anch'io sono una settimina".
Eryn la guardò sorridendo.
Lungo il tragitto che le aveva portate davanti alla fermata della metropolitana, Emily aveva tenuto stretta la manina della bimba.
Prima di salutarsi, si ripromisero di tenersi in contatto.
"Grazie per avermi raccontato quelle cose su mia madre, mi ha fatto piacere".
"Anche a me. Spero tanto di rivederti presto".
Si abbracciarono. Fu un abbraccio spontaneo e profondo.
Mentre si allontanava, Eryn la guardò ancora per qualche istante.
Impresse nella sua mente quel sorriso sincero e radioso, prima di vederla scomparire in lontananza.

*

Arrivò l'estate con i primi caldi e Zelma si preparava ad accogliere l'ondata di turisti che nelle settimane successive l'avrebbe invasa.
Eryn quell'anno era contenta di essere rimasta in città perché con le altre amiche organizzavano ogni giorno qualche attività all'aria aperta, pranzi in piscina, aperitivi a casa di una di loro o giri in qualche centro commerciale negli orari più afosi.
Il mese successivo Zena avrebbe compiuto un anno, e Eryn aveva in mente di organizzarle una bella festa al centro ludico che c'era al parco Greny.
Era ancora piccola per potersi divertire sugli scivoli, sui castelli gonfiabili o sui tappeti elastici, ma in quel centro erano specializzati nell'organizzazione di feste per tutte le età e mettevano a disposizione maghi, pagliacci, trasformisti e perfino dei pony per intrattenere grandi e piccini.
Anche se lei e Archie si vedevano di meno con i vecchi amici, aveva già sentito tutti per invitarli alla festa; sarebbe stata un'ottima scusa per vedersi e chiacchierare un po'. Avevano dato la loro conferma, entusiasti. Tutti, tranne Val. Lei non le aveva ancora risposto.
Eryn sapeva che l'amica ce l'aveva con lei perché era sparita e non si faceva sentire molto, anche ora che le aveva parlato di un nuovo

ragazzo con cui stava uscendo; di solito Eryn lo vedeva subito per capire che tipo fosse e se potesse essere *quello giusto* per lei, ma questa volta non aveva trovato il tempo per organizzare un'uscita tutti insieme.

Doveva ammetterlo: continuava a dimenticarsi della sua vecchia amica. Non lo faceva con cattiveria, ma era completamente assorbita dalla sua nuova vita da mamma. Riconosceva che era cambiata e che non aveva più né il tempo né la voglia di fare ciò che faceva prima.

Evidentemente Val non era riuscita a comprendere del tutto quel cambiamento. Più volte le aveva detto che non la riconosceva più, che sembrava una persona diversa da quella che aveva conosciuto e frequentato sino a poco tempo prima. In un'occasione le aveva persino detto che sembrava fosse stata drogata o ipnotizzata da qualcuno.

A Eryn a volte sembrava che Val fosse davvero gelosa di Zena; come se la piccolina le avesse sottratto il tempo e lo spazio che l'amica riteneva suo di diritto. E puntualmente, tutte le volte che Eryn spariva o non si faceva sentire per un po', si offendeva e rimaneva arrabbiata per settimane.

Ma Eryn non si preoccupava più di tanto.

Erano legate da una vita, e niente e nessuno le avrebbe separate.

Con quel pensiero, compose il numero di Rose, che rispose al primo squillo.

"Tesoro, sono così contenta! Non vedo l'ora di vedervi! Vi aspetto tutti qui sabato prossimo. E non dimenticarti di dare un grosso bacio alla mia principessa", e riattaccò.

Eryn aveva chiesto di organizzare un pranzo con le nonne per festeggiare in famiglia il compleanno della piccola. Per l'occasione era riuscita a bloccare la madre per un weekend a casa; con l'arrivo dei primi caldi Rose era solita partire per il mare, dove rimaneva per qualche mese, oppure raggiungeva qualche meta più fresca, onde evitare di soffocare per l'afa in città.

Madre e figlia si erano ripromesse di organizzare, per la fine dell'estate o l'inizio dell'autunno, una gita a Sals per andare a trovare la nonna e farle conoscere la pronipote; adesso che era più impegnata con la piccola le scriveva meno, ma aveva sempre sue notizie.

L'età si faceva sentire, ma la nonna non mollava un colpo e non cedeva nessun minuto della giornata alla stanchezza o alla pigrizia; era ancora una donna in gamba e molto forte. Diceva sempre che si viveva solo una volta e pertanto bisognava farlo al massimo, ogni giorno.

"Hai sentito, piccola? Sabato saremo tutti insieme a festeggiarti perché sei una bimba tanto, tanto speciale", esclamò Eryn mentre baciava teneramente la figlia sulla testolina, sedute sul tappetone in sala.

"Mam-ma". Zena la guardò sorridendo, mentre pronunciava la prima parolina che aveva imparato. Lo disse a modo suo, certo, come tutto suo fu il discorsetto che iniziò a fare subito dopo, emettendo i versetti che le piacevano tanto e che ripeteva ormai da qualche settimana, intervallati da piccoli acuti a prova di timpano.

Eryn si era confrontata con le altre mamme e aveva scoperto che anche i loro figli emettevano quegli strani suoni, fin dalla nascita.

Il sabato successivo, tutto trascorse serenamente. Il pranzo risultò essere squisito e la compagnia delle nonne molto piacevole.

Rose, come sempre, si era sbizzarrita ai fornelli e quell'anno anche la madre di Archie si era rivelata una cuoca provetta, dando il proprio contributo in cucina; in realtà a lei non piaceva cucinare e, tutte le volte che poteva, cercava di delegare a qualcun altro quel compito ingrato. Ma Rose non aveva voluto sentir ragioni; le aveva detto che il suo rifiuto era soltanto legato al fatto che si annoiava a farlo a casa da sola e l'aveva invitata a casa sua già dal mattino presto per farsi aiutare e cucinare insieme.

E, in effetti, ebbe ragione; insieme si divertirono molto a impastare, sfornare, tritare e sminuzzare gli ingredienti che avevano comprato, e il pranzo che prepararono non aveva nulla da invidiare ai tanto blasonati ristoranti stellati.

Dopo il taglio della torta e la foto di rito, erano tutti talmente pieni che facevano quasi fatica a stare seduti e parlare.

"Archie, se vuoi andarti a coricare un po' nel letto di Eryn vai pure su, non farti problemi. Fa' come se fosse casa tua" disse Rose rivolta al genero, ancora seduto a tavola.

"Sì, quasi quasi mi corico un'oretta. Mi è venuto un sonno... Amore, vuoi riposarti anche tu?". Archie guardò la moglie che era in piedi, intenta ad aiutare la madre a sparecchiare.

"No, non mi va di dormire. Magari vado a fare due passi per sgranchire un po' le gambe, visto che Zena si è appena addormentata".

"Ok, a dopo", e la baciò teneramente sulla nuca prima di salire le scale.

"Tesoro, vai a rilassarti un po'. Fatti una passeggiata, tanto ci siamo noi due qua, se Zena dovesse svegliarsi", disse Rose alla figlia.

"Fuori c'è una bella arietta e non fa nemmeno troppo caldo".

Rassicurata dalla madre, Eryn uscì subito di casa, felice di sentire il tepore dei raggi del sole sul viso, con il vento caldo che soffiava e le solleticava la pelle, scompigliandole i capelli. Eryn socchiuse gli occhi e per un istante si rivide bambina, quando giocava a fare le ruote sul lungomare.

Le piaceva tanto camminare all'aperto, da sola e in silenzio, perché quelli erano i momenti in cui riusciva a riflettere meglio sui problemi e sulle questioni che la turbavano, e in cui prendevano vita i suoi pensieri più intimi e le riflessioni più profonde.

Quel pomeriggio, però, decise di non dare spazio alle voci che si insinuavano nella sua mente, e scelse di approfittare di quei momenti di tranquillità per fare un giro nel suo vecchio quartiere, ritornando a sentirsi l'adolescente di un tempo.

Si guardò intorno. Le vie e le case non erano cambiate di una virgola, neppure le piante e i fiori che crescevano nei giardini e nelle aiuole; c'erano ancora lo stesso vecchio albero a ombrello all'angolo della via dove viveva Val e la vecchia buca delle lettere dalla parte opposta della strada che avevano usato per nascondere le prime sigarette fumate da adolescenti o i biglietti per scambiarsi messaggi privati quando erano piccole.

Vivere in un paesino dava proprio la sensazione che le cose rimanessero sempre immutate nel tempo, bloccate a un punto preciso della loro esistenza da secoli, cristallizzando i ricordi. Lì il tempo sembrava essersi fermato, congelando i segni del cambiamento che non aveva ancora intaccato quel piccolo angolo di mondo.

Eryn aveva sempre odiato tutta quella tranquillità e lentezza quando viveva lì; aveva detestato vivere in quel piccolo paese lontano da

126

ogni forma di progresso e avulso a ogni tipo di cambiamento. Lei non aveva mai voluto quello. Non avrebbe voluto, un giorno, essere considerata inferiore o non all'altezza di coloro che erano nati e cresciuti nelle grandi città.

La sua forte determinazione e le grandi ambizioni che nutriva sin da piccola, l'avevano portata lontana e l'avevano vista vittoriosa negli studi e nel mondo del lavoro, permettendole di raggiungere traguardi importanti e pretenziosi.

Fino a quando non aveva deciso di avere Zena.

Ora il suo mondo girava intorno a lei e tutti i suoi sforzi erano incentrati sul come farla crescere nel migliore dei modi. Ma non si sentiva meno appagata per questo, anzi.

Mentre pensava a tutte quelle cose, a come era cambiata lei stessa così tanto nell'ultimo anno in contrapposizione a come la sua città natale era rimasta uguale da oltre trent'anni, si ritrovò davanti al giardinetto vicino alla scuola.

Non c'era nessuno dentro.

All'ombra, coperta da un grosso albero sempreverde, c'era una vecchia altalena e a Eryn venne voglia di lasciarsi dondolare un po'.

Adorava andarci. Era sempre stato uno dei suoi giochi preferiti, fin da quando era bambina; e anche adesso che era adulta, ogni volta che ne vedeva una in un giardino le veniva voglia di salirci, ma poi non lo faceva mai.

Ma questa volta decise di cedere alla tentazione. Sorrise tra sé, mentre si avvicinava al suo oggetto del desiderio. Appoggiò le mani sulle fredde e arrugginite catene al fondo delle quali era attaccato il sellino, costituito da una semplice asse di legno.

In un attimo riaffiorarono alla mente i ricordi d'infanzia. Quante gare di velocità e salto in lungo aveva fatto da piccola con i suoi amici... Ricordò la prima volta che si era lanciata da un'altalena in corsa e si era quasi rotta il naso; da allora aveva imparato la lezione che non bisognava mai girarsi all'indietro una volta che si saltava giù.

Poche spinte con le gambe e si ritrovò sospesa in aria, felice come un bambino la mattina di Natale, con l'aria che le solleticava ancora di più il viso e i capelli.

Non sapeva spiegarne il motivo, ma quella sensazione di libertà che provava quando si librava in aria, la faceva impazzire; le sembrava di volare e di riuscire a toccare il cielo con le dita.

"Non lo sai che quei giochi sono per i bambini?".

Una voce decisa si levò dal fondo del giardino, mentre Eryn prendeva il volo con un'altra bella spinta.

Ormai a mezz'aria, le fu impossibile fermarsi.

Immaginò la persona che la stava guardando con aria riprovevole, e si sentì morire di vergogna. Non si aspettava quella ramanzina e iniziò ad agitarsi. Sarà stata sicuramente un'anziana ficcanaso. Immaginò il suo volto rosso accendersi sempre di più e le gambe diventare più molli.

Stupida! Si disse.

Puntò i piedi per bloccare l'altalena e scendere. Avrebbe preferito sprofondare nel terreno, ma sapeva che non era possibile. Chi l'aveva ripresa aveva ragione: non avrebbe dovuto essere lì.

Si sarebbe scusata. Non aveva altra scelta.

Quando si voltò verso l'ingresso del parco da cui era arrivata la voce, si ritrovò a fissare un volto familiare che la guardava, sorridendo. La tensione di Eryn si sciolse in un istante e sentì tutti i muscoli rilassarsi.

"Sarah! Sei tu!".

La donna le andò incontro.

"Non ti sembra di essere un po' troppo cresciuta per quella?"

"Scusa, hai ragione. È che adoro le altalene e quando...".

Sarah scoppiò in una sonora risata.

"Tranquilla, stavo scherzando. Volevo prenderti un po' in giro. Se solo alcuni adulti avessero il coraggio di tornare bambini ogni tanto, il mondo sarebbe un posto migliore".

"Lo penso anch'io".

Le due donne si avviarono insieme verso una delle panchine.

"È bello rivederti, Eryn".

Si sedettero vicine e si ritrovarono a parlare come due vecchie amiche.

Chiacchierarono per una ventina di minuti prima che Eryn trovasse il coraggio di dirle che aveva visto Emily.

"Sul serio? Come sta?". Sarah aveva gli occhi lucidi.

"L'ho trovata molto bene. Mi ha dato l'impressione di essere una ragazza in gamba".

Le raccontò di come era avvenuto l'incontro e cosa si erano dette. Sarah ascoltò tutto il racconto prestando la massima attenzione a ogni particolare. Quando Eryn smise di parlare, rimase in silenzio. Sembrava stesse riflettendo su qualcosa.

"Ho detto qualcosa che non va?". Ma Sarah non rispose. "Ci sei rimasta male per quello che ti ho detto? Se mi sono intromessa troppo, ti chiedo scusa. Se non vuoi, non le dirò più nulla la prossima volta che la vedrò. Sempre se avremo modo di incontrarci di nuovo".

Eryn guardava la donna, in attesa di una reazione.

Dopo alcuni minuti, Sarah si voltò verso di lei.

"C'è qualcosa che non torna in quello che mi hai detto".

"In che senso?"

"Sapevo che Henri, il padre di Emily, era morto in un incidente".

"Sì, è quello che mi ha detto lei".

"Lei ti ha detto che è annegato, probabilmente perché era poco lucido a causa dell'alcol".

Eryn non capiva dove volesse arrivare. "Si è trattato comunque di un incidente. Emily ha detto che quel giorno non c'era nessuno con lui al lago".

"È proprio questo il punto". Eryn continuava a non capire. "Henri è sempre stato completamente astemio perché intollerante a metabolizzare qualsiasi sostanza alcolica e, per il suo importante passato da atleta, era contrario a qualsiasi altro vizio. Grazie a questo e alla sua forma fisica pressoché perfetta, da giovane aveva vinto quasi tutti gli eventi sportivi dello Stato e, se non fosse diventato padre e vedovo così presto, sono sicura che avrebbe continuato, diventando probabilmente un campione mondiale".

"Questo Emily non me l'ha detto, probabilmente i nonni non gliel'hanno mai raccontato".

Poi fu assalita da una strana sensazione, come se non le avesse ancora detto tutto.

Si voltò verso l'amica.

"Sarah, quale disciplina praticava Henri?"

"Il nuoto".

CAPITOLO SESTO

Eryn non riusciva a smettere di pensare a quello che le aveva detto Sarah.

Era davvero possibile che Emily le avesse mentito? O erano stati i nonni a raccontarle una bugia sulla morte del padre? Se fosse stato così, le avrebbero potuto mentire anche sulla madre e su tante altre cose del suo passato. Ma a quale scopo?

Ne aveva discusso anche con Archie, raccontandogli l'accaduto, ma lui non vi aveva trovato nulla di strano o misterioso; sosteneva che la storia della pazzia di Sarah potesse essere vera, dal momento che era tutta la famiglia a sostenerlo.

Eryn rifletté su quel punto.

In effetti Lauren aveva lasciato scritto nel testamento che si opponeva al fatto che la sorella potesse avere in custodia la figlia e crescerla come sua.

Ma lei non riusciva a crederci.

Sarah non le era sembrata affatto pazza; forse qualcuno avrebbe obiettato che non era possibile giudicare una persona in così poco tempo – in fondo si erano viste e parlate solo due volte –, ma lei sentiva in cuor suo di avere ragione.

Sarà stato per l'istinto femminile che l'aveva sempre guidata o per la forte empatia che aveva provato da subito nei confronti di quella donna, ma nessuno sarebbe riuscito a convincerla del fatto che potesse essere pazza, o bugiarda.

Decise che sarebbe passata da Emily per parlarle di ciò che aveva saputo, per vedere la sua reazione. Era abbastanza grande per conoscere la verità, o parte di essa.

Di lì a pochi giorni ci sarebbe stata la festa di Zena e, non appena gli invitati se ne fossero andati, avrebbe fatto un salto alla Corte d'Inverno.

Quel pomeriggio un coro di voci si levò alto e festoso nell'aria.

"Auguri!".

"Auguri, piccola!".

"Tanti auguri!".

Era il dieci luglio e Zena era arrivata a festeggiare il suo primo traguardo nella conta degli anni; il tempo era volato e lei stava diventando grande.

Aveva iniziato a gattonare e, anche se faticava ancora un po', era bravissima a strisciare a terra come i marines durante le esercitazioni.

Per fortuna la giornata era calda e soleggiata ma non troppo afosa, e il centro ludico aveva riservato loro un angolo del parco per allestire la festa.

Avevano arredato la zona con diversi materassoni colorati per i bimbi, cuscini, palloncini e giochi colorati e, tutto intorno, avevano sistemato diversi tavolini e divani per gli adulti.

Erano venuti tutti a salutare Zena e l'avevano riempita di baci, abbracci e tanti regali; anche Val si era palesata con il suo nuovo fidanzato, sebbene fosse arrivata con un'ora di ritardo e con l'aria imbronciata.

Eryn tentò un primo approccio. Non appena la vide, la abbracciò stretta e la chiamò sottovoce con il soprannome che usavano quando erano piccole, Alev, come se volesse tornare indietro nel tempo cancellando quei mesi di incomprensioni. Avrebbe voluto riappacificarsi, ma evidentemente non era la stessa cosa che desiderava Val dato che rimase fredda tutto il tempo. Ma Eryn non si lasciò intimidire e continuò a essere gentile e cordiale, anche con il suo nuovo fidanzato, e non lo sottopose al terzo grado come faceva di solito.

Val era ancora arrabbiata con lei; un occhio attento avrebbe visto che tra le due c'era qualcosa in sospeso, un rancore latente, parole non dette che avevano eretto un muro che doveva essere abbattuto. Eryn sentiva che quella situazione andava definita una volta per tutte. Aveva bisogno di parlarle, ma non era quello il luogo né il momento appropriato.

Si ripromise che l'avrebbe fatto presto, prima che fosse troppo tardi.

La festa fu comunque perfetta e il pomeriggio trascorse sereno; Sebastian riuscì a far cadere per terra solo un piatto con la torta, senza sporcare nessuno o fare altri danni. Un vero miracolo, pensò Eryn mentre sorrideva abbracciata al marito, circondata dai vecchi amici.

Le sue amiche mamme regalarono a Zena un corso di acquaticità che sarebbe iniziato in autunno, al quale avevano iscritto anche i loro figli, e un set completo per il mare che comprendeva costumini, pannolini, creme solari e i giochi per la sabbia, così avrebbe avuto tutto il necessario per le vacanze.

Gli ultimi invitati andarono via verso le sei e mezza.

Dopo aver caricato l'auto con tutti i regali e la roba da portare via, Eryn prese al volo l'occasione per rimanere sola e portare a termine la sua missione: andare da Emily. Disse al marito che Julia aveva dimenticato gli occhiali da sole e sarebbe passata da casa a portarglieli.

"Ma amore, la vedi praticamente tutti i giorni. Non glieli puoi dare domani o appena la vedi? Così andiamo a casa a sistemare e a riposarci", le disse Archie stringendola a sé.

"Non posso perché sono occhiali anche da vista, le potrebbero servire subito. E non so quando ci rivedremo, visto che dovrebbe partire in questi giorni per il mare. Abita qui vicino, faccio un salto e torno a casa a piedi. Tu intanto incomincia ad andare, così se Zena ha sonno la metti a dormire prima di cena".

Le dispiaceva dire al marito quella piccola bugia, ma non voleva dirgli che sarebbe andata a parlare con Emily perché sapeva che non avrebbe approvato; le avrebbe detto di non ficcare il naso in questioni che non la riguardavano e di non ingigantire ogni cosa che vedeva o sentiva.

Ma ormai lei si sentiva coinvolta nella storia di quella famiglia; inoltre, si sentiva in dovere di dirle la verità su suo padre.

Salutò con un bacio sulle labbra il marito e baciò sulla fronte la figlia, prima di incamminarsi verso la sua meta.

Per fortuna non era lontana e le ci vollero poco meno di dieci minuti di camminata veloce per arrivarci.

Impiegò qualche minuto per orientarsi e riconoscere il balcone, perché lo trovò diverso dall'ultima volta in cui l'aveva visto: subito non capì come mai, ma poi si ricordò dei grossi vasi colorati con i bei fiori rosa e lilla che lo abbellivano. Non c'erano più.

Probabilmente Emily li aveva spostati all'interno o sistemati da un'altra parte.

Suonò il campanello, in attesa di sentire la voce della ragazza attraverso il citofono.

Ma nessuno rispose.

Magari era ancora in giro con gli amici e chissà quando sarebbe rientrata.

Riprovò a suonare più forte per essere sicura di essere sentita e attese ancora un po'.

Ma anche questa volta nessuno rispose.

Si voltò sconsolata per andarsene quando sentì una voce provenire dalla casa vicina.

"Signora!".

Una donna anziana bassa di statura, con i capelli grigi raccolti in uno chignon e un grembiule blu sporco di farina allacciato intorno alla vita, cercava di attirare la sua attenzione.

"Se è venuta a cercare Emily, sta perdendo tempo. Quella ragazza se n'è andata".

Gli occhi di Eryn rimasero per qualche istante fissi sui due grossi orecchini dorati che le pendevano dai lobi. Probabilmente era una di quelle vecchiette a cui piaceva ficcare il naso nella vita dei vicini. Magari si sentiva sola e annoiata, pensò Eryn.

"In che senso *se n'è andata*?".

"Sparita. Andata. Scappata. Ha portato via tutto, non c'è più niente in casa". Eryn si chiese come facesse a saperlo. Non le credeva. "L'altra notte hanno fatto un tale rumore per il trasloco che non so proprio come abbiano fatto a non svegliare tutto il quartiere".

"*Hanno*? Significa che non era sola?".

"No, c'era il suo ragazzo con lei. Sono andati avanti un paio d'ore senza fermarsi. Emily era talmente stanca che lui l'ha dovuta portare via in braccio". Eryn rimase in silenzio. "E dopo tutto quello che ho fatto per lei, non è nemmeno venuta a salutarmi. Ingrata. Pensavo fosse diversa dai suoi coetanei, ma evidentemente mi sbagliavo. Tutta colpa di quel ragazzo, ci scommetto. Avrà perso la testa per lui e se ne saranno andati a vivere insieme da qualche parte. Magari è anche incinta".

Sul volto, una smorfia di disappunto che infastidì Eryn.

Sorvolò sulle supposizioni e sui pettegolezzi privi di fondamento dell'anziana. Tutto ciò che le interessava ora era sapere dove fosse Emily. "È proprio sicura che abbiano portato via tutto?"

"Certo che sono sicura, li ho visti con i miei occhi, anche se era buio. Hanno portato via tutto. La mattina dopo sono andata a controllare e non c'era più nulla. Avevano addirittura lasciato la porta aperta. Può andare a controllare anche lei, se vuole".

Quel particolare insospettì Eryn. "Conosce il suo fidanzato o qualche amico a cui poter chiedere informazioni?"

"No, non conosco nessuno, mi dispiace. So solo che se ci fossero stati ancora i nonni in vita, non sarebbe mai successo". E borbottando qualcosa sui giovani e la loro maleducazione, rientrò in casa lasciando Eryn imbambolata ed esterrefatta.

Non ci credeva che Emily fosse sparita così di colpo nel cuore della notte per una semplice sbandata d'amore portando via tutto ciò che c'era in casa; non le sembrava il tipo, e quello che le aveva raccontato la zia su di lei gliel'aveva confermato.

Le sembrava tutto così assurdo. Quegli incontri casuali, i racconti del passato che non collimavano. E adesso la sparizione di Emily.

Quella strana storia l'aveva catturata e stava diventando sempre più ambigua e misteriosa.

La famiglia Mann l'aveva trascinata in un dedalo da cui non si sarebbe districata facilmente, imprigionandola in una rete invisibile dalla quale sarebbe stato impossibile liberarsi. Eryn lo sapeva bene.

Ormai c'era dentro fino al collo. E doveva andare fino in fondo, a qualunque costo, per scoprire la verità.

*

Doveva chiamare Sarah.

Sapeva che avrebbe voluto essere informata. Compose il numero e premette il tasto verde per avviare la chiamata.

Squillava.

Quando sentì partire la segreteria telefonica, riattaccò.

Probabilmente era in ufficio e non poteva rispondere; l'avrebbe ri-

chiamata più tardi, se non avesse ricevuto una sua chiamata prima.
Dopo meno di mezz'ora, sentì suonare il telefono.
"Ciao, Eryn! Scusami se non ti ho risposto prima ma stavo aiutando
un collega a fotocopiare un dossier che deve portare in tribunale per
un caso. Queste beghe burocratiche portano via un sacco di tempo.
Sei qui da tua madre?"
"No, siamo tornati a Zelma".
"Va tutto bene?"
"Sì, in realtà ti ho chiamata per una cosa che è accaduta dopo la festa
di Zena".
"È successo qualcosa?". Sarah si mise in allerta.
Nel raccontare la storia ad alta voce, Eryn capì di essersi spinta trop-
po in là. Di nuovo. Stava oltrepassando il limite, andando a invadere
la privacy della loro famiglia; in fondo erano persone conosciute da
poco, e si rese improvvisamente conto di non conoscerle affatto.
Non sapeva come avrebbero potuto reagire. Soprattutto, non sapeva
più se fosse la cosa giusta.
Eryn aveva scoperchiato il loro vaso di Pandora, intimo e personale,
che avevano sigillato e custodito in segreto per tutti quegli anni lontano dalla luce, dagli altri e, forse, dalla verità.
Magari davvero Emily aveva deciso di andare a vivere con il suo ragazzo in un'altra città; ormai niente e nessuno la teneva più legata lì,
alla Corte d'Inverno.
"Sarah, mi dispiace... Io...". Si vergognò nel confessarle che ci era
andata apposta.
"Non devi scusarti".
"Ho notato subito che c'era qualcosa di diverso. I vasi sul balcone
erano spariti. Ho provato a citofonare, ma non mi ha risposto nessuno. Poi si è affacciata quella signora anziana, e mi ha raccontato
quello che già sai".
"Hai detto che lui l'ha portata via in braccio?"
"Sì".
Entrambe rimasero per qualche istante in silenzio, ognuna immersa
nelle proprie riflessioni. Poi fu Sarah a parlare.
"Questa storia non mi piace per niente. Mi metto subito in moto per
saperne qualcosa di più. Contatterò una mia vecchia conoscenza che

ha contatti in città per chiederle di fare delle ricerche".
Il vecchio lato da detective di Sarah aveva preso il sopravvento. Non poteva avvicinarsi alla nipote, ma nulla le impediva di indagare a distanza.
Doveva assicurarsi che stesse bene.
"Posso chiederti un favore?"
"Certo".
"Se ti dico dove andava a scuola, puoi fare un salto lì e chiedere qualche informazione?".

*

Le lezioni erano finite, ma nel cortile c'era un gran fermento per la festa di fine anno. Le scuole finivano quasi tutte verso la metà di luglio per riaprire le porte ai giovani studenti agli inizi di ottobre.
Sarah le aveva detto che Emily frequentava i corsi di moda e arte all'interno del liceo World West, situato nella zona ovest della città.
Era un enorme edificio pubblico a forma di grossa stella che raggruppava al suo interno i corsi di arte, moda, letteratura, psicologia e architettura; all'entrata principale c'era un grosso cortile dal quale partivano cinque corridoi indipendenti che portavano ad altrettante aree – dove c'erano le aule, le stanze e i laboratori, oltre a dormitori, palestre e piscine – dedicate alle specializzazioni.
Era davvero maestoso.
Ogni corridoio era caratterizzato da uno stile e da un colore diverso per differenziare le varie discipline, e anche sui muri si potevano scorgere annunci e poster inerenti alla propria materia di studio.
Per la sua forma, la scuola era nota come "la stella".
Eryn diede un'occhiata alla mappa posta all'ingresso, vicino alla portineria, per orientarsi. Lì accanto, una grossa teca di vetro con l'immagine del sindaco Tyler riportava una pergamena con tanto di ringraziamenti e dediche in suo onore per aver migliorato e reso così bella la scuola; era la stessa immagine che si poteva scorgere in molti punti della città, appesa sui cartelloni agli angoli delle strade o sulle facciate degli edifici. Ormai era entrata a far parte della visuale

collettiva degli abitanti, e nessuno ci faceva più caso. Il volto del primo cittadino era ovunque.

Si incamminò verso il secondo braccio della stella, quello alla sua sinistra, che l'avrebbe portata dove si tenevano i corsi di arte; avrebbe iniziato lì la sua ricerca, da quelle aule.

Entrando, notò subito che le pareti erano rivestite da una serie di piccole tessere di mosaico incastrate tra di loro; il nero alternato alle sfumature dell'oro dava vita a un potente contrasto visivo che donava una notevole luminosità all'ambiente, grazie anche ai grossi finestroni laterali che permettevano alla luce di penetrare dall'esterno, riflettendosi sulle tessere dorate.

Tra una classe e l'altra, vi erano delle rientranze delimitate da grosse colonne, dov'erano state inserite delle panchine o delle sedie; ogni coppia di colonne era diversa dalle altre per forma, altezza e gradazione di colore, ma ognuna di esse tendeva all'oro. Un chiaro emblema di opulenza, pensò Eryn tra sé.

Era talmente affascinata dall'osservare i muri e lo stile architettonico dell'ambiente in cui si trovava, che non si accorse subito di essere arrivata davanti alla sala professori dove, in quel momento, tre docenti stavano chiacchierando davanti a una tazza di caffè.

Decise di chiedere a loro.

Si presentò come la madre di un'amica di Emily, dicendo che era passata di lì per portare alla ragazza il portafoglio che aveva dimenticato la sera prima a casa loro. Aggiunse che si erano date appuntamento all'entrata della *stella* venti minuti prima, ma la ragazza non si era presentata.

"Sarà sicuramente nell'aula 5E, tre classi dopo questa stanza, sulla destra, per finire di dipingere la scenografia per la festa. Sa, Emily è bravissima a disegnare. Si sarà dimenticata o non si sarà accorta del trascorrere del tempo. Capita spesso agli artisti, anche a noi dilettanti". Una signora sulla cinquantina – lo sguardo giovanile e cordiale nascosto dietro a un paio di grossi occhiali dalla montatura rossa e i capelli color biondo cenere, ricci e spettinati, che le incorniciavano il viso come la corolla di un fiore – le sorrise ammiccando. "Sono la sua insegnante di disegno", aggiunse.

E aveva tutta l'aria di esserlo. Sembrava una brava donna. Buffa, ma brava.

Eryn la ringraziò e si diresse verso l'aula che le aveva indicato. Prima non ci aveva fatto caso, ma ogni stanza era contrassegnata da un numero e da una lettera, poste in alto a destra dello stipite.

La porta era aperta.

Dentro c'erano diversi ragazzi divisi in piccoli gruppi che stavano dipingendo o lavorando per terra su alcuni materiali per la festa; i banchi e le sedie erano stati tutti accatastati lungo i muri, lasciando uno spazio vuoto al centro della stanza.

C'era della musica in sottofondo, che si confondeva con il vociare degli alunni.

Nessuno si era accorto di lei.

Si avvicinò al gruppo più vicino, formato da tre ragazze intente a stendere della vernice trasparente su dei grossi paraventi bianchi a tre pannelli su cui erano stati disegnati degli alberi neri con sopra dei fiori rossi stilizzati. Davano l'idea di essere piante orientali.

Si presentò e ripeté quanto aveva già detto agli insegnanti. Questa volta ebbe successo perché le ragazze conoscevano Emily ed erano sue amiche.

"È tutta la mattina che la aspettiamo. Abbiamo provato a contattarla, ma non risponde né ai messaggi né alle chiamate; probabilmente avrà fatto tardi ieri sera e sarà rimasta addormentata. Peccato, perché ci teneva a ultimare lei questi pannelli, sono stati una sua creazione".

Eryn guardò la ragazza che aveva di fronte. Era la più minuta ed era seduta in mezzo alle altre; il caschetto corto ramato metteva in risalto due grandi occhi verdi evidenziati da uno spesso strato di trucco.

"Conoscete il suo ragazzo? Una vicina di casa mi ha detto che l'ha vista con lui ieri sera".

Eryn gettò l'amo nello stagno per capire se questo fantomatico fidanzato esistesse realmente.

Le ragazze si guardarono tra di loro, prima di rispondere.

"Emily non è fidanzata con nessuno. Ce l'avrebbe detto se si fosse vista con qualcuno. Probabilmente si trattava di un amico o un compagno di scuola. Però è strano, conoscendola".

Emily scattò sull'attenti.

"Non avete idea di chi potesse essere la persona con cui si trovava?".

Le ragazze scossero il capo, continuando a scrutare Eryn con aria sospettosa.

"La vicina mi ha anche detto che li ha visti caricare della roba in macchina e poi se ne sono andati lasciando la casa completamente vuota. Hanno portato via tutto".

"Emily se n'è andata?". La ragazza bionda seduta più a destra aveva sgranato gli occhi.

"Così sembra". Non voleva mollare. Era una persona ostinata. Probabilmente stavano solo proteggendo la loro amica. "Siete proprio sicure di non saperne niente? Non voglio farmi gli affari suoi, ma solo assicurarmi che stia bene e che non le sia successo nulla di grave".

"Di sicuro è così. Starà benissimo. Avrà fatto baldoria e sarà andata a dormire fuori da qualcuno portandosi dietro la roba che le serviva. La vicina avrà ingigantito un po' i fatti". Aveva risposto sempre la ragazza al centro, guardando prima le amiche.

"Come fate a esserne così certe?". Le parole dell'anziana vicina continuavano a risuonarle nella testa.

"Ha lavorato duramente dopo la scuola per preparare questa festa, era diventata un po' la nostra missione. Avevamo in mente di andare al ballo con i ragazzi che ci piacevano per divertirci e... be', fare le nostre prime esperienze".

"Emily è innamorata da due anni del capitano della squadra di pallavolo e ha fatto carte false per farsi notare. Finalmente qualche giorno fa lui l'ha invitata. Per questo le dico che è impossibile".

"Non si perderebbe questa serata per niente al mondo".

"Non vi ha mai detto di voler andare via? O parlato di qualche altro ragazzo?"

"No. Se ci fosse stato qualcun altro, l'avremmo sicuramente saputo".

"Avevamo anche intenzione di organizzare una vacanza insieme ai ragazzi, se la serata fosse andata bene".

Eryn decise che non era il caso di insistere. Se Emily avesse voluto nascondere qualcosa, era sicura che le amiche avrebbero continuato a reggerle il gioco. Aveva avuto anche lei quell'età.

"Bene, allora posso stare tranquilla. Magari si è portata avanti e ieri sera era con il suo cavaliere", disse sorridendo maliziosamente alle

139

tre ragazze.

Si ricordava come fossero forti i sentimenti a quell'età e cosa volesse dire innamorarsi per la prima volta; in fondo le sembrava la cosa più logica e ovvia dopo quanto le avevano appena raccontato.

Fece per voltarsi e andare via, quando una delle ragazze la fermò.

"Aspetti. No, impossibile. Ieri sera c'è stata la finale della pallavolo maschile a Kensi; hanno vinto ma hanno dovuto giocare tutti i set e, tenendo conto della distanza, tutta la squadra è rimasta a dormire là. Capitano compreso".

"Cosa ne pensi?"

"Penso che ci sia sotto dell'altro".

Dopo aver lasciato la scuola, Eryn aveva contattato Sarah per raccontarle gli ultimi sviluppi.

"Anch'io lo penso. Una ragazzina non sparisce così nel cuore della notte portandosi via tutti i mobili. È assurdo".

"Ho chiesto alla mia conoscenza di controllare la casa e mi ha confermato che non c'è più nulla. Sta facendo alcune ricerche per scoprire qualcosa di più. Purtroppo, però, non possiamo denunciare la sua scomparsa, per cui continuerò a indagare per conto mio. Voglio assicurarmi che mia nipote stia bene". La donna sospirò, sconfortata dalle notizie negative che aveva ricevuto.

"Perché non facciamo un salto alla festa di fine anno? Magari riappare improvvisamente. Le amiche hanno detto che non se la perderebbe per nulla al mondo. Ci sarà un sacco di gente, nessuno si accorgerà di noi. Tranquilla. Ci inventeremo qualche scusa nel caso ci fermassero per chiederci qualcosa. Davvero. Ma non accadrà, ne sono sicura. Dai, sarà divertente". Eryn aveva ragione, dovevano andare a verificare con i loro occhi.

E a malincuore, Sarah si preparò mentalmente a ritornare nella città che tanto odiava.

*

Le luci erano tutte spente, mentre una musica dolce e calda proveniva dall'interno.

Il tema della serata doveva essere l'Oriente, dal momento che le due professoresse all'ingresso indossavano il classico kimono giapponese ed erano pettinate e truccate in linea con le usanze e i canoni del Paese del Sol Levante.

Stavano controllando che nessun esterno si intrufolasse nella scuola.

"E adesso cosa facciamo?". Eryn guardò preoccupata l'amica.

Si era vestita nella maniera più casual possibile, con una maglietta, un jeans strappato e un paio di scarpe da ginnastica. Non si era nemmeno truccata.

Avrebbero potuto scambiarla anche per una ragazzina, in effetti.

"Tranquilla, ci penso io". La voce di Sarah era calma.

Indossava una gonna lunga nera e un top dello stesso colore; un fermaglio raccoglieva i capelli nel tentativo di ammaestrare i folti riccioli rossi.

A differenza di Eryn, Sarah era una persona che manteneva sempre il sangue freddo e non mostrava mai ansia o paura, anche quando tutto avrebbe fatto presagire il contrario – probabilmente per la personalità forte e determinata, e per il passato da detective che ne aveva forgiato il carattere.

Si avvicinò alle due donne estraendo dalla tasca destra qualcosa che Eryn non riuscì a vedere; dopo pochi istanti, si voltò e le fece segno di entrare.

Le due donne sorrisero cordialmente e si inchinarono al loro ingresso, proprio come avrebbero fatto due giapponesi per salutare e ringraziare qualcuno.

"Si può sapere come diavolo hai fatto?", le chiese Eryn sottovoce.

Sarah si mise a ridere. "Ho solo detto che siamo della sicurezza e siamo state ingaggiate dal preside per garantire l'ordine durante la serata. Siamo qui con il compito di controllare che i ragazzi non portino dentro alcol o sostanze illegali".

"Stai scherzando?"

"Assolutamente no".

"E ti hanno creduto?"

"Certo. Le ho convinte dicendo che hanno preferito mandare noi perché due donne passano più inosservate, mentre due uomini si sarebbero subito fatti scoprire". Eryn scosse la testa, incredula. "Erano tutte contente per questa iniziativa".

"Sei un genio".

Arrivarono nel cortile centrale e rimasero affascinate da quello che gli studenti erano riusciti a fare: sulla destra avevano ricostruito ed eretto un'alta pagoda marrone con a lato un'imponente torii arancione, mentre al centro e sul lato opposto avevano riprodotto un vero canale pieno d'acqua di dimensioni ridotte sul quale galleggiavano delle imbarcazioni fluviali tipiche orientali e tantissime lanterne cinesi accese. Anche lungo la sponda ne avevano messe diverse per illuminare la zona e creare degli eccellenti effetti di luce e ombra.

Dietro i tavoli sui quali erano disposte le vivande, c'erano i paraventi a tre pannelli che Eryn aveva già visto la mattina in cui era andata a scuola.

Tutto era stato realizzato e curato nei minimi dettagli a tal punto da sembrare reale.

Vista nell'insieme, era una scenografia pazzesca.

Anche se la festa non era ancora incominciata, molti ragazzi erano già arrivati. Ma di Emily, al momento, nessuna traccia.

Eryn scorse da lontano le sue amiche e si avvicinò per salutarle e vedere se avessero delle novità. Le tre ragazze sembravano stupite nel vederla di nuovo lì. Si giustificò dicendo che era riuscita a entrare solo perché la festa non era ancora iniziata e doveva consegnare urgentemente il portafoglio a Emily; non era ancora riuscita a mettersi in contatto con lei e aveva pensato di fare un salto lì prima di partire per le vacanze con la famiglia. Cercò di apparire naturale, ma non le riuscì facile.

Purtroppo le ragazze non avevano più avuto sue notizie e sembravano anche loro in ansia per l'amica; la bionda per poco non si mise a piangere quando la salutò.

Anche la ragazza con il caschetto – che Eryn aveva scoperto chiamarsi Violet – sembrava preoccupata, ma nascose il suo turbamento con il modo di fare sicuro e distaccato di sempre.

"Peggio per lei se ha deciso di non venire e bidonarci per chissà quale altra serata o ragazzo. Noi siamo venute qui per divertirci, e ci divertiremo. Tanto il capitano si è già scelto un'altra", le rispose men-

142

tre guardava un ragazzo alto con i capelli castani, vestito con un elegante abito nero e una camicia bianca; si distingueva dagli altri per il cappellino a visiera dai colori azzurro e blu della squadra di pallavolo del liceo sul quale svettava la scritta gialla *capitano*.

Eryn lo squadrò da capo a piedi.

Era un bel ragazzo e sapeva di esserlo; si vedeva dal modo in cui parlava e sorrideva ai suoi compagni, e dalle ragazze che gli stavano intorno. Di sicuro non era uno a cui piaceva apparire inosservato.

Con una scusa, salutò le tre ragazze e si diresse verso Sarah. Era certa che anche lei avrebbe voluto sapere chi fosse.

Non la vide subito tra la folla ma poi riuscì a scorgerla vicino al tavolo delle bevande, intenta a chiacchierare con un professore. A vedere la scena così, dal modo in cui lui si atteggiava sembrava quasi ci stesse provando; lo si capiva da come rideva e da come le teneva la mano appoggiata sul braccio. Eryn era sempre molto attenta a cogliere quei particolari, che ai più sarebbero sembrati insignificanti.

Si diresse verso di loro e, quando Sarah la vide, le sorrise. Salutò il professore mentre parlava ancora e le andò incontro.

"Per fortuna sei arrivata, così me lo sono scrollato di dosso".

Eryn rise. "Hai trovato un corteggiatore?".

Sarah alzò gli occhi al cielo, ma un attimo dopo tornò seria. "Scoperto qualcosa?".

"Qualcosa no, ma qualcuno. Forse". Indicò un punto dall'altra parte del salone. Dopodiché la aggiornò sugli ultimi fatti.

"Perfetto, allora dopo andrò a parlare con *mister capitano sorridente*. Direi che possiamo andarcene verso le dieci. Va bene?".

Per Eryn non c'erano problemi.

Era una delle prime serate di libera uscita da quando era nata Zena – che era rimasta a casa col papà – e sebbene si sentisse un po' in colpa, era contenta di essersi presa del tempo per sé. Ne aveva bisogno. E soprattutto era contenta di essere lì con Sarah. Avevano una missione da portare a termine.

Mentre gustava una pallina di riso ripiena di verdure, accompagnata da un bicchierino di sakè bollente alla prugna, venne riconosciuta dalla pazza insegnante di disegno che le andò incontro raggiante, felice di aver trovato un'altra preda su cui sfogare la sua irrefrenabile voglia di parlare, incurante del fatto che fosse un'estranea alla festa studentesca.

Una tunica floreale le stringeva i fianchi, messi in risalto da una cintura bianca; una fascia dello stesso colore raccoglieva i ricci biondi in una corolla. Più che un'orientale, dava l'idea di essere una hippie, ma tanto lo sarebbe sembrata anche con indosso una tuta militare, pensò Eryn sorridendo mentre ascoltava divertita le sue storie.

La serata intanto si animò con il flusso di ragazzi che aumentava di minuto in minuto, e la musica alzava i bassi accompagnando il movimento delle luci soffuse delle lanterne galleggianti e quelle più forti e abbaglianti dei flash.

Tutti sembravano divertirsi e a poco a poco iniziarono a formarsi le prime coppie che si esibirono nei balli lenti sul palco montato a lato della pagoda e del torii.

Eryn trascorse la serata a parlare con gli altri docenti che le aveva presentato l'insegnante di disegno, senza staccare mai lo sguardo dagli studenti, alla ricerca di Emily.

Ma lei continuava a non apparire.

Aveva intravisto Sarah scambiare qualche parola con il capitano – *mister capitano sorridente*, come l'aveva chiamato lei –, vicino al canale d'acqua; e ogni tanto la vedeva apparire in qualche angolo del cortile mentre parlava con alcuni studenti o docenti; era brava a mimetizzarsi tra loro e integrarsi nelle conversazioni. Ci sapeva fare.

Alle dieci e mezza, ritornò verso di lei e le fece segno con lo sguardo di andarle incontro.

"Ci sono novità? Ti ha detto qualcosa?"

"Niente di più di quanto già non sapessimo. Le amiche avevano ragione: non era in città. Ha un alibi di ferro, confermato da compagni e insegnanti. Non era con Emily quella notte. Non è stato lui a portarla via". Entrambe sapevano che Emily non se n'era andata di sua spontanea volontà. Si guardò intorno, prima di continuare. "In compenso mi ha telefonato quella vecchia conoscenza di cui ti ho parlato". Eryn rimase in attesa di sapere cosa le avrebbe comunicato l'amica. "Ha analizzato i filmati delle telecamere a circuito chiuso della Corte d'Inverno, vicino alla casa di Emily".

"Ha trovato qualcosa?"

"Sì, il furgoncino utilizzato per il trasloco". Eryn sgranò gli occhi. "Purtroppo le immagini sono sfocate e non si riesce a leggere bene il numero di targa, ma è solo questione di tempo".

Quindi si trattava di un furgone e non di una semplice macchina come le aveva detto la vicina. Era poco, ma era pur sempre qualcosa. Anche se alla festa avevano fatto un buco nell'acqua, adesso c'era una pista da cui partire. Una pista reale.

Se ne potevano andare.

Quando Sarah fermò l'auto sotto casa sua, prima di scendere dalla macchina si abbracciarono.

"La troveremo. Sono sicura che troveremo mia nipote".

Contagiata dall'ottimismo e dall'entusiasmo dell'amica, Eryn entrò in casa sorridendo. Ma il sorriso le si spense sul volto quando vide la faccia del marito che la aspettava in piedi nel salone con gli occhi lucidi.

"Archie, cos'è successo?". Non rispose. "Dov'è Zena?". Un brivido le percorse tutto il corpo.

"Sta bene, tranquilla. Zena sta bene. Eryn... Non so come dirtelo, ma...". Fece un respiro profondo, prima di continuare. "Ha chiamato tua madre prima, ti cercava". Le si avvicinò e le prese le mani tra le sue. "Mi dispiace tanto, amore. Tua nonna è mancata".

CAPITOLO SETTIMO

Non le sembrava vero.

La donna che più di tutte considerava invincibile e imbattibile non c'era più. E lei non era riuscita nemmeno a dirle addio.

Era molto legata a sua nonna, le voleva davvero bene; per lei aveva sempre rappresentato un esempio da imitare con la tenacia e la costanza che l'avevano accompagnata per tutta la vita.

Si sentiva in colpa.

Negli ultimi anni non aveva trovato il tempo di andarla a trovare e non era riuscita a farle conoscere la sua bisnipote.

Com'era strana la vita, pensò Eryn.

Solo qualche giorno prima fantasticava di organizzare un viaggio a Sals, e ora era lì in aeroporto, pronta per imbarcarsi. Ma non ci sarebbe stato nessuno ad attenderla.

Il viaggio era lungo, ma aveva deciso comunque di andarci. Non poteva lasciare la madre da sola in quel momento. Inoltre aveva sentito che doveva farlo: per se stessa, per Rose, ma soprattutto per la nonna.

Per fortuna era morta nel sonno, senza soffrire, dopo una giornata trascorsa normalmente; dopo gli ultimi anni fatti di uscite in paese con gli amici, mangiate e risate. Dopo una vita trascorsa nel modo in cui aveva voluto. Era sempre stata lei a decidere per sé. Non si era lasciata imporre nulla dagli altri.

Era stata una delle prime donne della sua epoca ad aver voluto lavorare autonomamente per essere in grado di mantenersi da sola; a differenza delle sue coetanee, era andata all'università pagandosi gli studi con il lavoro da cameriera e si era laureata in medicina. Grazie alla sua professione aveva viaggiato in tutto il mondo a supporto delle persone più bisognose; aveva preferito aiutare il prossimo senza chiedere molto in cambio piuttosto che sfruttare la sua posizione privilegiata rimanendo in città. A quei tempi i medici non erano tanti e avrebbe potuto utilizzare la sua professione per arricchirsi e fare una vita agiata. Ma non era quello che voleva.

Nonostante provenisse da una famiglia molto religiosa, non aveva voluto sposarsi e aveva convissuto con il nonno felicemente per oltre sessant'anni, e insieme avevano cresciuto Rose, la mamma di Eryn. E adesso non c'era più.

Probabilmente non se n'era nemmeno accorta, come aveva supposto il dottore. Se n'era andata via nel sonno, serenamente, proprio come avrebbe voluto. La morte più bella, pensò Eryn. La morte di chi se ne andava davvero in pace con se stesso, e con il mondo.

Come da sue volontà riportate nel testamento, era stata subito cremata. Le sue ceneri erano poi state portate nella parrocchia di Sals, dove era stata allestita la camera ardente, in attesa del rito funebre.

Non aveva voluto che il suo corpo rimanesse in bella vista per giorni, in una buia e fredda bara, circondata da fiori strappati crudelmente al terreno che sarebbero appassiti dopo pochi giorni. Sarebbe stato troppo triste per gli amici giunti a darle l'ultimo saluto.

Era sempre stata una donna forte, avventurosa e positiva; per lei la vita era troppo breve per avere pensieri negativi, persino di fronte alla morte.

Anche il rito funebre non sarebbe stato quello tradizionale, considerate le sue idee e visioni alternative sulla vita, sebbene avesse chiesto all'amico parroco di presiedere la funzione e di conservare le ceneri fino all'arrivo della figlia.

Il prete sapeva già cosa fare, la nonna glielo aveva spiegato più volte negli ultimi anni: avrebbe dovuto attendere l'arrivo di Rose prima di radunare tutti gli amici nella piazza centrale del paese, ai piedi del vecchio ponte, e portarli verso la montagna prendendo il sentiero meno ripido per non far faticare troppo i più anziani.

Nel tragitto la nonna desiderava che le persone cantassero per ricreare un clima allegro; l'ultima cosa che avrebbe voluto era un funerale triste. Voleva che quell'ultima passeggiata celebrasse la sua vita appena trascorsa e non la morte, in ricordo dei bei momenti passati insieme.

Una volta raggiunto quello che era conosciuto come *picco panoramico* – uno slargo sulla cima del monte, a qualche chilometro dal paese, dal quale si poteva ammirare tutta la vallata sottostante –, avrebbero tirato fuori l'urna con le ceneri e le avrebbero sparse nell'aria, lasciandole libere di volare via.

Solo allora, per chi lo desiderava, ci sarebbe stata una – ma solo una, come si era raccomandata la nonna – preghiera religiosa per accompagnare la sua anima verso il mondo ultraterreno; una piccola concessione per far felici le sue amiche pie e credenti.

Perché lei era sempre stata una ribelle. Un'anticonformista, come amava definirsi. E non c'era da stupirsi che avesse voluto dare l'addio a questo mondo e alle persone più care nello stesso modo in cui aveva vissuto, fedele a se stessa e al suo credo.

Aveva pensato a tutto, senza lasciare nulla al caso.

I pochi risparmi che aveva accantonato sarebbero stati ripartiti tra la sua famiglia e la comunità di Sals, mentre la casa sarebbe andata a Rose.

Eryn era ancora assorta a ricordare alcuni momenti passati con lei, quando annunciarono l'inizio dell'imbarco sul loro volo.

Non si sentiva molto in forma, sia per la triste notizia sia perché era dovuta andare via di corsa, lasciando la figlia a casa. Anche se non voleva, alla fine si era lasciata convincere dai consigli rassicuranti di Archie e aveva lasciato Zena tranquilla a casa con lui: in quei giorni sarebbe stata troppo occupata a dare una mano alla madre e non avrebbe avuto il tempo per starle dietro.

Non avere la sua bambina lì con lei le creava un'ansia che a volte temeva di non riuscire a gestire. Le era costato tanto doverla lasciare. Non perché non si fidasse del marito: sapeva che non avrebbe potuto lasciarla in mani più sicure. Solo che provava una strana sensazione, un malessere che non riusciva a definire e comprendere, che sapeva sarebbe scomparso solo nel momento in cui sarebbe tornata da lei e l'avrebbe stretta forte al petto. Le era capitato altre volte di sentirsi così, ma non ne aveva parlato con nessuno, nemmeno con le altre mamme. Si vergognava. Pensava che prima o poi sarebbe passata, ma Eryn iniziò a domandarsi quando effettivamente sarebbe successo visto come si sentiva adesso.

Per il marito, ovviamente, non c'erano stati problemi e si era preso alcuni giorni di ferie dal lavoro per stare con sua figlia. Anche per loro sarebbe stata una bella prova, la loro prima volta completamente soli.

Si rasserenò in parte al pensiero che si trattava di stare via solo pochi

giorni; il tempo di assistere al funerale e sistemare le pratiche burocratiche per la successione, poi sarebbe rientrata.
Salirono sull'aereo e presero posto. Eryn ringraziò mentalmente che
il posto accanto al loro fosse libero. Aveva bisogno di tranquillità.
"Sono contenta che tu sia qui", le disse la madre accarezzandole la
mano.
"Anch'io. Non ti avrei mai lasciata andare da sola".
Poco dopo, l'aereo decollò. Si guardarono e si sorrisero. Un sorriso
velato di tristezza e malinconia.

*

Grazie al silenzio che regnava su quel volo, riuscirono a prendere
sonno velocemente.
Non appena Eryn si fu addormentata, i ricordi della sua infanzia riaffiorarono lentamente dal cassetto della memoria – che teneva chiuso
e custodiva gelosamente dentro di sé –, popolando il suo sonno agitato.
In quella strana dimensione onirica, le sembrò davvero di rivivere
quelle esperienze, ritornando bambina.
Si riaffacciarono i ricordi più belli, come quando d'estate correva felice ai giardini, dove la nonna la portava tutti i pomeriggi dopo la
nanna con la sua piccola bicicletta rosa con le rotelle. Com'era bello
sfrecciare tra i prati e i dossi asfaltati del parco... Si ritrovò a pedala-
re fortissimo intorno alla fontana rotonda che da piccola le sembrava
immensa – rigogliosa d'acqua e di pesci rossi in estate, ma spoglia
d'inverno, rivestita con uno strato sottile di melma verde e viscida
causato dall'acqua stagnante. La nonna le aveva sempre raccontato
che in quel periodo i pesciolini venivano presi e tenuti al caldo nel
negozio di animali in centro, fino all'arrivo della bella stagione. Non
ci aveva mai creduto fino in fondo, ma si era sempre augurata che
fosse vero.
Poi fece capolino un'altra scena. Sempre lì, in quel giardino.
Era un pomeriggio soleggiato d'inverno e c'era anche lui lì con lei, il
suo amico d'infanzia e di giochi. Erano entrati nella fontana per cor-

rere e giocare e, come due salami cotti, tutti e due contemporanea-
mente erano caduti e avevano battuto forte il sedere, scivolando sulla
melma. Rivisse tutto di quel giorno, dall'entusiasmo per ciò che stavano per fare al dolore per la caduta. E rivide la nonna che rideva. In
fondo era stato divertente.

D'improvviso lo scenario cambiò. E le immagini si succedettero una
dopo l'altra.

Camminava con lei mano nella mano, tra i banchi colorati del mercato, il venerdì mattina; era diventata una loro consuetudine.

Si rivide mentre coloravano insieme gli album da disegno che le
comprava tutte le settimane e sentì il cuore che batteva all'impazzata
mentre correva a perdifiato su e giù per i gradini della scala del grosso androne di casa dove viveva la nonna; le sembrò quasi di sentire
l'aria solleticarle le guance.

L'aereo ebbe una piccola turbolenza e la riportò alla realtà cancellando quelle nostalgiche immagini bucoliche del passato che aveva
ancora davanti agli occhi.

Nonostante tutto, sorrise.

Da piccola era un maschiaccio. Le piaceva tanto correre, e alla nonna piaceva guardarla così, felice. Quando pioveva forte e fuori faceva freddo, rimanevano in casa. Ma appena la pioggia cessava o di-
minuiva, andavano subito fuori all'aria aperta a saltare e a schizzarsi
tra le varie pozzanghere; Rose le aveva comprato dei lunghi stivali
rossi di gomma che Eryn aveva finito col consumare.

Era bello passare tutti i pomeriggi con lei; a quel tempo viveva ancora vicino a loro e non dall'altra parte del Paese.

In compagnia di quei ricordi, le ore di volo passarono in fretta nonostante fossero molte.

Atterrarono alle sei e mezza di pomeriggio, ora locale, cinque ore
avanti rispetto al fuso orario con Zelma.

Eryn calcolò che sarebbero arrivate a Sals per l'ora di cena; dovevano prendere il pullman, l'ultimo della giornata, che da Yulma le
avrebbe portate verso la montagna, e nel giro di un'oretta sarebbero
arrivate.

A quell'ora Zena doveva aver appena finito di mangiare ed essere
quasi pronta per il riposino. Decise di chiamare il marito per salutarli

e dirgli che era atterrata.

Le rispose dopo qualche squillo. In sottofondo sentì la vocina allegra della figlia che riempiva la casa con i suoi versetti.

"Ciao, amore. Com'è andato il volo? Qui tutto bene. Zena ha mangiato tutto. Ora ci prepariamo per la nanna; appena si sveglierà, andremo a fare un giretto al parco e quando torneremo le farò il bagnetto. Ci manchi tanto". Archie era sempre dolce e premuroso.

"Anche voi mi mancate. Tra poco partiremo per Sals, ma temo che lì la comunicazione non sarà ottima. Ti chiamerò io dalla cabina telefonica del paese. Comunque, nel caso ci fossero delle emergenze, ti ho lasciato i numeri della parrocchia, del Comune e di qualche amica di mia nonna che ha il telefono fisso in casa".

"Tranquilla, ce la caveremo benissimo. Ti amo".

"Ti amo anch'io".

Prima di riattaccare, Eryn sentì ancora la vocina della figlia, con i suoi strani e incomprensibili suoni.

L'autobus per Sals arrivò una decina di minuti dopo.

L'autista era un arzillo signore dai capelli folti e grigi che diede loro un caloroso benvenuto a bordo, dopo averle aiutate a sistemare i bagagli.

Doveva averle scambiate per turiste in visita lì per la prima volta, pensò Eryn, perché mentre risalivano lungo le strette e ripide stradine di montagna, iniziò a raccontare loro la storia della città, rallentando in alcuni punti per concedere il tempo di fare qualche foto. Ma nessuna delle due pareva interessata al paesaggio. Ascoltarono e risposero distrattamente alle sue domande e battute, così dopo un po' perse anche lui la voglia di chiacchierare e trascorsero tutti la parte restante del viaggio in silenzio, fino a quando arrivarono nella piazza centrale di Sals.

*

Quando scese dall'autobus, una sferzata di vento le colpì il viso. Le venne spontaneo coprirsi gli occhi. Sebbene fosse piena estate, l'aria era più pungente rispetto a Zelma. Era un altro clima, un'altra altitudine.

Eryn si guardò intorno.

Sals era situata sull'omonimo monte. La nonna aveva scelto di trasferirsi lì con il nonno – anche se si trovava dalla parte opposta rispetto al paese in cui avevano sempre abitato e dove risiedeva tuttora la famiglia –, dopo aver visto un documentario in tv.

Si erano innamorati di quella città nel primo istante in cui l'avevano vista, e la nonna aveva deciso di rimanerci anche dopo la morte del marito, avvenuta qualche anno prima.

Nella cittadina abitavano poco più di mille persone, quasi tutte over settanta; quelli più giovani che lavoravano lì avevano scelto di trasferirsi nella più moderna e dinamica Yulma, situata a qualche chilometro di distanza, ai piedi del monte.

Il paese aveva tutto ciò che serviva per coloro che ci abitavano con la speranza di poter trascorrere gli ultimi anni della propria vita in totale tranquillità: una piazzetta al centro sulla quale si affacciava il Comune, una piccola chiesa in mattoni rossi, un ristorante, un alimentare, un bar, la farmacia e l'ufficio postale.

Dietro la chiesa, un piccolo oratorio con un campo da calcio che veniva usato per il mercato del venerdì e per organizzare le feste del paese, o i compleanni. Durante i weekend l'oratorio si trasformava in un centro di divertimento diventando un cinema o un punto d'incontro per giocare a carte, tombola o scacchi. Sulla sinistra, un centro termale piccolo ma dotato di tutti i comfort, utile per rigenerare la mente e il fisico.

Alla fine del paese, un alto ponte antico in pietra, attraversabile solo a piedi, portava verso alcuni sentieri che si inerpicavano sulla montagna. Lì lo spettacolo della natura ti lasciava a bocca aperta, permettendoti di ammirare un quadro – o una fotografia perfetta della vita; oltre a sentirti completamente immerso nella montagna e in pace con il mondo e con te stesso, potevi ammirare una varietà di colori, a seconda delle stagioni, che in città avevi dimenticato esistesse: dal verde brillante dell'erba d'estate al verde petrolio durante l'inverno, dalle foglie gialle, rosse e arancioni in autunno alle sfumature di marrone della terra, dei tronchi e dei funghi durante l'intero anno. D'inverno il paesaggio si colorava di bianco donando un aspetto ancora più magico e brillante all'atmosfera.

Tutto trasmetteva vitalità e serenità; anche l'aria sembrava più viva e, se rimanevi in silenzio, riuscivi ad ascoltare la voce possente del vento che ti sussurrava nelle orecchie.

La perfezione paesaggistica veniva completata dagli abitanti a quattro zampe che si potevano incontrare uscendo di casa; non vi erano solo le mucche e le pecore del pastore Santi che pascolavano sui prati, ma anche animali selvatici come i cerbiatti e le marmotte – ormai entrati a far parte della quotidianità degli abitanti –, e non mancavano serpi e lupi. Ma non erano mai stati un pericolo per l'uomo; le persone erano amanti della natura e riguardose nei confronti delle altre specie, e ne rispettavano l'habitat senza invadere il loro territorio. E la stessa cosa la facevano gli animali.

Sals era il luogo ideale per ritrovare la quiete dentro e fuori di sé, lontano dalla tecnologia e dalla modernità; dopo anni passati tra lo stress, il traffico, le scadenze e gli impegni era proprio quello che cercava la nonna, e l'aveva trovato. E con lei tutti i suoi compaesani. Inoltre la città, trovandosi a un'altitudine elevata riparata in una conca tra le montagne, aveva una bassa ricezione dei segnali e le comunicazioni, quando si riusciva a trovare la linea, spesso venivano interrotte o erano disturbate. Il tutto per garantire ancora più privacy e un isolamento maggiore dalla frenetica vita reale.

Eryn rimase colpita da come la città fosse rimasta meravigliosamente uguale; se la ricordava esattamente così, anche se erano passati molti anni dall'ultima volta in cui ci era andata. Ogni volta che si trovava lì, le sembrava di trovarsi dentro a un presepe vivente, con le case di pietra e le stradine strette.

Per la prima volta sentì dentro di sé tutto il dolore per la perdita della nonna, e piccole e calde lacrime cominciarono a scenderle lungo le guance.

Si voltò di schiena per non farsi vedere da Rose – non voleva procurarle altro dolore –, ma la madre l'aveva già vista. Capiva cosa stesse provando, si sentiva lei stessa così. Si avvicinò e la cinse tra le sue braccia, come faceva quando era una bambina. Sperava che con quel gesto sarebbe riuscita a darle un po' di conforto, lo stesso di cui aveva bisogno lei.

Rimasero ferme immobili per qualche minuto, a piangere e a singhiozzare insieme, fino a quando non si calmarono entrambe e si staccarono.

"La nonna non vorrebbe vederci tristi. Ricordi? Ha sempre detto che i funerali servono a celebrare felicemente la vita terrena trascorsa, e non la morte". Prese le mani della figlia tra le sue. "Coraggio. Facciamoci forza e andiamo a darle un ultimo saluto. Senza più piangere" aggiunse, mentre le asciugava una lacrima.

La prese sottobraccio e insieme si diressero verso la parrocchia per andare a parlare con il prete e mettersi d'accordo sull'organizzazione del funerale; dopo sarebbero andate a casa per sistemarsi e riposarsi un po'.

C'erano tante cose da fare in quei pochi giorni, ma era una fortuna; in questo modo le giornate sarebbero passate veloci e si sarebbero tenute occupate fino al giorno della partenza. Eryn pensava – e soprattutto sperava – di rimanere lì solo due giorni, di più non sapeva se sarebbe riuscita a resistere senza Zena.

Il prete le stava aspettando e fu felice di accoglierle nella sagrestia, a lato dell'entrata principale.

"Se voi siete d'accordo, possiamo fare tutto domani pomeriggio alle quattro, in modo che ci sia ancora il sole, per poter tornare in paese prima che faccia buio. Il picco panoramico dista pochi chilometri da qui; camminando lentamente, si arriva in un'oretta. Al ritorno poi ognuno sarà libero di proseguire la camminata o scendere in paese, come preferisce".

"Per noi va bene", rispose Eryn guardando la madre che annuiva con la testa.

"Ottimo. L'unico problema potrebbe essere il tempo. Se dovesse fare brutto e piovere, purtroppo dovremmo rimandare il tutto al giorno dopo perché sarebbe pericoloso avventurarci per la montagna in quelle condizioni con il terreno scivoloso. Sapete, qui i più giovincelli hanno quasi una settantina di anni", scherzò il prete prima di salutarle e lasciarle andare. Doveva prepararsi per la messa serale.

Con l'urna delle ceneri tra le mani, Eryn si avviò con la madre verso la casa della nonna. Dovettero superare la piazza principale e incamminarsi verso la zona più tranquilla e romantica del paese, come

era solita dire la nonna quando parlava del posto in cui abitava.
Viveva in una bella casa su due piani: da una piccola passerella realizzata con grosse lastre di pietra, si entrava direttamente in un ampio soggiorno dalle cui finestre si poteva ammirare il vecchio ponte
di pietra in tutta la sua maestosità, sentire il suono confortante del
fiumicciatolo e lasciare che la vista si perdesse lungo la distesa illi-
mitata delle montagne che facevano da contorno al panorama. Sulla
destra, una piccola cucina e sulla sinistra, la camera da letto e un bagno.
Il soggiorno era arredato in maniera semplice con un grosso tavolo
al centro, quattro sedie intorno, un piccolo mobile e due comode poltrone; era molto luminoso perché uno dei lati della stanza era completamente vetrato e permetteva alla luce di entrare a tutte le ore del
giorno. Tra le due poltrone posizionate a filo muro, una scala a
chiocciola bianca conduceva in un'ampia mansarda dove erano stati
sistemati un grosso letto matrimoniale con davanti due letti singoli,
una cassapanca e un mobiletto; al fondo, nella parte spiovente del
tetto, si trovava infine un piccolo bagno. Anche lassù c'era molta luce perché avevano fatto installare due grossi lucernari sul tetto.
I nonni la usavano come studio artistico. Avevano deciso di intraprendere dei corsi di pittura e fotografia alcuni anni prima e avevano
sistemato tutto il materiale che serviva lì, dove trascorrevano ore e
ore lasciandosi ispirare dal panorama. Era il nonno a essere più portato per questo genere di cose e, una volta morto, la nonna aveva regalato tutto al nipote di una sua amica che era andato a studiare arte
a Yulma. Tenere tutta quella roba con sé le faceva venire solo nostalgia; le tornavano in mente tutti i bei momenti passati con il marito, compagno di una vita, a fissare su tela o su carta fotografica
qualche scorcio della loro amata montagna.
Aveva quindi deciso di rivoluzionare tutto, adibendo la mansarda a
stanza degli ospiti per quando la figlia fosse venuta a trovarla, o per
ospitare qualche amica quando si fermava fino a tardi a cena da lei e
non aveva voglia di ritornare a casa, soprattutto dopo qualche bicchierino di troppo.
Rose aprì la porta di casa prendendo la chiave d'ingresso che si trovava nell'incavo del tronco dell'albero posto a lato della passerella

d'ingresso; era un grosso cachi che la nonna aveva piantato quando si erano trasferiti lì, più di vent'anni prima. Non pensava che da quei semi seppelliti nel terreno, più per gioco che per conoscenza e sapere botanico, sarebbe nato un grosso e robusto albero che regalava ogni ottobre una trentina di succosi frutti. Eryn aveva diverse foto da piccola proprio davanti a quella pianta.

Appena entrarono in casa, furono investite dall'abituale odore che tutte e due ricordavano bene, una dolce fragranza montana data da un miscuglio di rose e violette.

Era tipico di Sals, lo si sentiva ovunque, e veniva realizzato in casa e venduto da una signora che tutte le mattine andava a raccogliere le violette nei boschi e utilizzava le rose che coltivava in giardino; la nonna lo adorava. Probabilmente tutte le case di Sals odoravano dello stesso profumo, ma per loro due ricordava e simboleggiava solamente casa sua.

Si guardarono intorno.

Era tutto al proprio posto: il tavolo sgombero dall'ultima cena consumata, le stoviglie usate la sera prima pulite e riordinate sullo scolapiatti, i centrini fatti a mano perfettamente posizionati sulle due poltrone, e non vi era traccia né di briciole né di polvere da nessuna parte. Alla nonna piaceva vivere nella pulizia e nell'ordine e ogni sera, prima di coricarsi, dava una ripulita alla casa.

Trattennero entrambe un'altra ondata di commozione e si fecero forza per non piangere.

Decisero di farsi una pasta veloce prima di coricarsi e, mentre l'acqua bolliva e Eryn si faceva una doccia, Rose preparò i letti in mansarda; non se la sentiva di coricarsi dove poche sere prima si era riposata, per l'ultima volta, sua madre.

La nonna non aveva la tv perché riteneva annebbiasse il cervello e così trascorsero la cena in silenzio, ognuna assorta nei propri pensieri, osservando dalla finestra aperta le bellissime montagne che si preparavano ad accogliere la notte.

"Tu va' pure a farti una doccia prima di riposarti, metto a posto io qua. Faccio solo un salto in paese per chiamare Archie e sapere se va tutto bene, poi vengo a dormire anch'io" disse Eryn alla madre, anticipandola nello sparecchiare la tavola.

"Ti ringrazio, tesoro. In effetti sono un po' stanca. Ci vediamo dopo". E prima di salire in mansarda, baciò la figlia sui capelli.

Eryn uscì di casa quando ormai era tutto buio. I rumori della notte la avvolsero come un manto lungo il tragitto, mentre il chiarore lunare illuminava il paesaggio circostante. Chiunque avrebbe preferito non uscire di casa la sera, ma non lei. Una folata di vento le scompigliò i capelli, accarezzandole la pelle lasciata scoperta dal cardigan leggero che indossava. Le piaceva quella sensazione. Si fermò e rimase in ascolto delle creature notturne che popolavano il bosco. Chiuse gli occhi. E per la prima volta dopo tanto tempo si sentì in pace con se stessa.

*

"No, accidenti!", esclamò Eryn la mattina dopo mentre rovistava nel suo beauty.
Si era trattenuta in tempo dal dire una parolaccia, sapeva che la madre non le sopportava.
Si era alzata nervosa e preoccupata per il tempo.
Diluviava da più di un'ora e non accennava a smettere, o diminuire; avevano già fatto colazione ed erano andate in paese a vedere il bollettino meteo appeso fuori dal Comune. Dava pioggia per tutto il giorno.
Questo voleva dire rimandare il funerale e rimanere ferme a Sals almeno un giorno in più.
"Cosa c'è, tesoro? Hai perso qualcosa?". Rose si avvicinò alla figlia. Sapeva che era arrabbiata per il tempo e che Zena le mancava molto.
"Ho dimenticato a casa le vitamine".
"Quali vitamine?"
"Quelle che mi ha prescritto il ginecologo. Devo prenderle tutti i giorni".
"Non mi sembra una cosa grave". Eryn la guardò, alzando un sopracciglio. "Qui non avrai bisogno di nulla. Respireremo aria pulita e mangeremo solo cibo del posto. Le vitamine qua non ti servono.

Guarda tua nonna e tutti gli abitanti di Sals. Si sono mantenuti bene fino ai novant'anni, senza bisogno di pillole". Poi aggiunse: "Stai tranquilla per il tempo. Domani si sistemerà e riusciremo a fare tutto".

Ma si sbagliava.

La pioggia cadde incessantemente per tre giorni consecutivi.

Eryn chiamava il marito ogni sera dalla cabina del paese. Il cellulare non dava alcun segno.

Archie l'aveva tranquillizzata: la piccola stava bene e loro due insieme se la cavavano alla grande. Si era preso tutta la settimana di ferie e, se ci fosse stato bisogno, avrebbe chiesto altri giorni per stare a casa con lei. Ogni volta la sentiva emettere i suoi buffi versetti; sembrava che volesse salutarla anche lei.

Nonostante l'avesse rassicurata, Eryn trascorse il primo giorno a Sals nell'angoscia più totale.

Trovarsi intrappolata in quel paesino rimasto fermo a decenni prima – senza la figlia, internet, le comodità della città e senza sapere fino a quando ci sarebbe dovuta stare – la mandò fuori di testa. Pensava che non sarebbe riuscita a resistere. Temeva che avrebbe perso la calma che la situazione richiedeva. Ma stranamente trascorse i giorni successivi riuscendo a godersi quei momenti tutti per lei, o quasi.

Iniziò ad apprezzare il tempo scandito dai piccoli gesti della quotidianità, che fino ad allora aveva considerato banali, e a valutare le differenze tra la vita frenetica della città e la profonda quiete che quell'angolo di mondo le stava regalando, con la calma e la pace che le infondeva. Iniziò a convincersi che si trattava del miracolo della rassegnazione; ma qualcosa era accaduto davvero. Il forte stress accumulato in tutti quei mesi e l'ansia che l'aveva attanagliata, sembravano averla abbandonata per lasciare il posto alla serenità che le era mancata.

Sentì che riusciva a vedere tutto con occhi diversi, dentro e fuori di lei.

Osservò meglio gli scorci di quel piccolo paesino arroccato sulla montagna e si ripromise di tornarci presto con la sua famiglia.

In quei giorni, aiutò Rose a impacchettare i vestiti della nonna e a riporli dentro grossi scatoloni che avrebbero consegnato al parroco, che a sua volta li avrebbe distribuiti tra i più bisognosi. Presero i pochi gioielli che trovarono e li tennero come ricordo. Tutto il resto lo lasciarono lì.

La madre non aveva ancora intenzione di vendere la casa. Diceva che magari un domani sarebbe andata lei a viverci e a trascorrere gli ultimi anni di vecchiaia in tranquillità; anche se stentava a crederci, Eryn non obiettò.

La aiutò a sistemare e pulire tutto.

Le piaceva trascorrere del tempo con lei e sentirsi utile; dopo tanto, le sembrò di essere ritornata padrona del suo tempo. Era sempre stata una persona organizzata, precisa e molto preparata in quello che faceva e in quei pochi giorni diede il meglio di sé anche nella gestione della situazione e nelle faccende casalinghe.

Alcune volte, quando ritornava dal paese per la spesa giornaliera, ripensava al lavoro che aveva lasciato e che iniziava a mancarle.

Cosa le stava succedendo?

Nell'ultimo anno non le era mai capitato.

Ma, appena rientrava a casa, liberava la mente da quei pensieri, con la stessa velocità con cui erano entrati.

Il giorno del funerale c'era tutto il paese radunato nella piazza centrale; c'erano anche alcune persone che erano arrivate da Yulma. C'era così tanta gente che non si riuscivano a distinguere chiaramente i visi di tutti.

Alle quattro del pomeriggio, erano pronti per partire.

Non vi era una nuvola in cielo e la temperatura era perfetta, con un venticello fresco che smorzava il caldo pomeridiano.

Eryn e Rose erano in prima fila, di fianco al prete, che per l'occasione si era tolto la formale tunica lunga per indossare abiti più sportivi – un paio di pantaloni color kiwi e un pullover marrone. Sapeva che la nonna avrebbe apprezzato di più.

Rose teneva stretta tra le mani l'urna con le ceneri.

Alle quattro e qualche minuto, dopo i rintocchi della campana, il prete si incamminò verso il ponte per dirigersi verso la montagna e il picco panoramico; prese il sentiero meno ripido, adottando un'andatura che andasse bene per tutto il gruppo.

Secondo quelle che erano le volontà della nonna, dopo pochi passi si levarono le prime voci, intonando un canto. All'inizio il suono era sommesso, ma pian piano tutti furono coinvolti e si fecero trasportare. I toni si animarono e crebbero esponenzialmente.

Non erano canti di chiesa, ma le canzoni che avevano accompagnato gli anni di gioventù della nonna – nel gruppo c'erano molti suoi coetanei. Eryn si voltò. Non c'era tristezza in quella strana cerimonia funebre, ma solo gioia e allegria. Non sembrava davvero di essere a un funerale; sembrava piuttosto una gita di paese.

Anche in quell'occasione la nonna era riuscita a celebrare la vita e a trasmettere positività negli altri; Eryn era davvero orgogliosa di lei e sperò di aver preso anche solo la metà della sua grinta e forza d'animo.

Alla quarta canzone, venne intonata *Bellezza, ciao* – una delle preferite dalla nonna.

Anche lei e la madre la conoscevano per tutte le volte che gliel'avevano sentita cantare, così si unirono al coro prendendosi per mano e guardandosi sorridendo, mentre camminavano.

La natura sembrò apprezzare; gli uccellini avevano preso a cinguettare e le chiome degli alberi, con il passare del vento, emettevano un dolce fruscìo.

Sembrava quasi che la nonna, dall'altra parte, li stesse osservando e facesse loro sentire la sua approvazione e la voglia di unirsi ai canti.

In realtà Eryn sapeva che lei non aveva mai creduto nell'aldilà, ma le aveva sempre detto che l'anima non muore mai e si trasforma in qualcos'altro; una volta lasciata un'abitazione temporanea, si incarnava in un'altra persona, un animale o una pianta ed era per questo che era indispensabile comportarsi sempre bene verso il prossimo perché non si poteva mai sapere chi si aveva di fronte.

Come previsto, alle cinque e dieci arrivarono al picco panoramico e si fermarono tutti nello slargo. Da lì si poteva ammirare tutta la vallata e le cime dei monti sulla destra che svettavano imponenti; sui picchi più alti si scorgevano i blocchi di neve perenne per le basse temperature che si mantenevano fisse durante tutto l'anno.

Il prete fu fedele alle richieste della nonna e la salutò con una semplice preghiera, dopodiché si girò verso Rose per farle segno che era arrivato il momento: doveva spargere le ceneri.

Se fino a quel momento era rimasta tranquilla e aveva cantato con gli altri le canzoni, all'improvviso si sentì spaesata e per un attimo Eryn riuscì a leggerle negli occhi l'ansia e la paura per quello che doveva fare. Non se la sentiva di separarsi dalla madre; nemmeno lei era mai stata religiosa, probabilmente per l'educazione ricevuta. Le ceneri erano l'unica cosa che le rimanevano; spargerle al vento significava dirle veramente addio.

Solo la figlia si accorse del suo turbamento interiore; le era vicina, e la conosceva e capiva perfettamente. "Lo facciamo insieme" le sussurrò, mettendo una mano sull'urna e guardandola affettuosamente negli occhi.

"Pensi davvero che sia giusto?", bisbigliò Rose.

"Certo, mamma. Ce l'ha chiesto lei, lasciamo la sua anima libera. È il suo ultimo desiderio". La nonna sarebbe rimasta sempre viva nei loro cuori.

Madre e figlia tolsero il coperchio rosso inciso e lavorato, e insieme girarono l'urna al rovescio verso il precipizio per far volare via tutta la cenere che c'era.

Una piccola nube scura prese a volteggiare nell'aria davanti ai presenti; come uno stormo di uccelli si levò in alto nel cielo e, velocemente, salì verso le cime delle montagne, spinta dalle correnti d'aria.

Tutto il gruppo rimase qualche secondo in silenzio a osservare la scena, ognuno perso nei propri pensieri con gli ultimi ricordi della nonna impressi nel cuore e nella mente.

Non passò troppo tempo che, dal fondo del gruppo, si levò una voce solitaria a intonare nuovamente *Bellezza, ciao*; ma non rimase sola per molto. Presto si unirono tutte le altre.

Fu un momento davvero emozionante e toccante.

Seppur avessero promesso di non piangere più, qualche lacrima scese ancora dagli occhi di Eryn e di Rose, e di qualche amica più intima della nonna; anche il prete era commosso e il suo volto lasciava trasparire un trasporto sincero. La nonna era stata una sua amica ed era stata una grande donna. Gli sarebbe mancata.

Sarebbe mancata a tutti.

Un po' alla volta le persone iniziarono a scendere con calma per ritornare a casa, prima che facesse buio; anche Eryn e la madre decisero di incamminarsi insieme al prete e a un gruppetto di persone.

Quella sera avevano organizzato una cena nell'oratorio del paese per ringraziare e salutare Sals e tutti i suoi abitanti, dal momento che non sapevano quando li avrebbero rivisti; si erano affezionate a loro per come le avevano accolte e sostenute in quel momento di dolore e, da un certo punto di vista, erano dispiaciute nel lasciarli.

L'indomani mattina sarebbero partite presto per prendere il volo di rientro da Yulma; erano state fortunate perché da quell'anno per il periodo estivo, solo in alcuni giorni durante la settimana, vi era un volo diretto per Zelma. Avrebbero fatto quasi otto ore di fila di aereo, ma almeno sarebbero tornate prima a casa senza dover fare scalo. Dopodiché avrebbero ripreso la loro vita di sempre. O almeno così pensava Eryn.

CAPITOLO OTTAVO

Una pesante cappa di afa e umidità le accolse quando atterrarono a Zelma, alle diciotto e quarantacinque. Dopo i giorni trascorsi a Sals, non erano più abituate a quel clima.

La sera prima Eryn aveva detto al marito di non andarle a prendere in aeroporto. Era meglio che si occupasse di Zena. Sarebbero tornate a casa da sole, in taxi.

Quando accese il cellulare per chiamarlo, fu sommersa da decine di messaggi di testo e vocali, di cui molti lasciati nella segreteria telefonica. Diede un'occhiata veloce ai primi: erano quasi tutti di Archie. Era preoccupato perché non l'aveva più sentita.

Solo in quel momento si ricordò di non avergli scritto prima di partire da Yulma. Se n'era completamente scordata.

Come mai? Si domandò subito preoccupata. Forse troppi giorni lontana dalle tecnologie le avevano fatto perdere il contatto con la realtà. Ma non era da lei...

In ansia che fosse successo qualcosa, compose il numero del marito. Al secondo squillo, rispose.

"Amore, tutto bene? Mi hai fatto preoccupare. Dove sei? Siete atterrate? Aspettavo un tuo messaggio". La interrogò senza quasi darle il tempo di rispondere.

"Scusami... Sì, tranquillo. Sto bene e siamo appena atterrate. Tra poco saremo a casa".

"Meno male. Ci sei mancata tanto. Non vedo l'ora di rivederti. Sicura che non ti serva un passaggio?".

"Anche voi mi siete mancati. No, tranquillo. Ci arrangiamo. Ci vediamo fra poco".

"Aspetta!".

Eryn stava per riattaccare, quando il marito le chiese se volesse salutare la figlia.

"Sì, certo. Passamela". Si portò una mano alla fronte. Per fortuna Archie non poteva vederla. Si era dimenticata di tartassarlo di domande su Zena. Non gli aveva nemmeno chiesto come stesse. Stava forse diventando una mamma negligente? Pensò mentre aspettava

che Archie avvicinasse il telefono all'orecchio della piccola.
"Amore mio, la mamma sarà presto da te, pronta a ricoprirti di baci...". Non appena sentì la vocina allegra della figlia, vide dissolversi tutti i dubbi che l'avevano assalita. Come le era mancata... Come aveva fatto a stare tutti quei giorni senza di lei?
Forse stava solo diventando normale. Forse l'ansia che l'aveva attanagliata in tutti quei mesi la stava abbandonando.
Quei giorni fuori dal mondo probabilmente le erano serviti. Rasserenata, cercò di rilassarsi, mentre i versetti di Zena attraverso il telefono accorciavano la distanza che le separava.

Dopo cena, avevano lasciato che Rose riposasse sul divano-letto in soggiorno ed erano andati in camera.
Zena dormiva accanto a loro. Il lettino si trovava al suo posto. Eryn era contenta di averla vicina; era stata lontana troppi giorni e adesso si rendeva conto di quanto le fosse mancata.
"Come ti senti?"
"Direi piuttosto bene". Era sdraiata su un fianco, mentre guardava il marito.
"È stato difficile, vero?"
"Se ti riferisci all'addio alla nonna, sì. Soprattutto per mia madre". Rivisse nella sua mente i momenti in cui avevano lasciato volare in aria le ceneri. "La nonna mi mancherà, ma porterò sempre i suoi ricordi con me; spero solo di assomigliarle almeno un po'".
Archie fece scorrere una mano lungo il braccio della moglie.
"Le assomigli moltissimo. Sono un uomo fortunato". Le diede un bacio. "Per il resto?"
"Per il resto è stata meno dura di quanto potessi immaginare". Si avvicinò un po' di più a lui, per accoccolarsi tra le sue braccia. "A parte il primo giorno, gli altri sono trascorsi velocemente e ci siamo abituate in fretta alla vita e ai ritmi di Sals".
Eryn gli raccontò del rito funebre, facendolo sorridere e commuovere allo stesso tempo quando gli descrisse il momento in cui tutti avevano intonato *Bellezza, ciao*.
"È una bella canzone. Anche a mio nonno piaceva. Mi dispiace tanto di non essere stato al tuo fianco".

"Tranquillo. È andata bene, davvero. E soprattutto non ti agitare così tanto appena mi dimentico di scriverti. Avrò ricevuto non so quanti tuoi sms e messaggi in segreteria. Mi sono spaventata perché ho pensato fosse successo qualcosa di grave", lo prese in giro Eryn.

"Lo so, ma ero preoccupato. E comunque io non ti ho lasciato nessun messaggio in segreteria".

"Davvero? Allora chi è stato?"

"Magari qualcuno che ha provato a chiamarti in questi giorni, senza riuscire a contattarti. Forse una delle tue amiche".

Eryn non li aveva ascoltati subito perché era convinta fossero del marito e una volta arrivata a casa se n'era scordata completamente.

Incuriosita, si alzò e si diresse verso il bagno col cellulare, per non svegliare Zena. Compose il numero della segreteria privata; ce n'erano cinque.

Strano. Nessuno le lasciava mai messaggi lì; in genere, quando non rispondeva, le mandavano un semplice sms.

Pazientò qualche secondo prima di poter ascoltare il primo.

"Ciao, sono Val... Lo so che non ci siamo più sentite, ma ho bisogno di parlarti urgentemente. Chiamami appena ascolti questo messaggio, ok?!".

Val! Chissà cosa le sarà successo, pensò Eryn. Probabilmente era di nuovo in rotta con il ragazzo. Premette il pulsante per ascoltare il secondo, aspettandosi di sentire nuovamente la voce sconsolata dell'amica. Si sbagliava.

"Ciao, Eryn. Sono Sarah. Come stai? Non so cosa tu abbia combinato col telefono, ma non riesco a chiamarti. Volevo dirti che ci sono novità. La mia conoscenza è riuscita a risalire alla targa del furgoncino e ora stiamo cercando di capire a chi appartenga. Ti farò sapere non appena avrò novità. Tu chiamami appena puoi. Un bacino alla piccola. Ciao!".

Il tono di Sarah era decisamente diverso da quello di Val. Molto più allegro, sebbene non avesse ancora nessuna novità su Emily.

Eryn non le aveva detto che sarebbe stata via qualche giorno per il funerale della nonna; era stata una notizia talmente improvvisa che non aveva avuto modo di avvisare nessuno.

L'avrebbe richiamata l'indomani.

Incuriosita da chi potesse averle lasciato gli altri messaggi, premette il pulsante per proseguire e rimase in ascolto. La voce metallica le annunciò che stava per ascoltare il terzo messaggio.

"Eryn, sono sempre io... Perché non mi hai chiamata? È davvero urgente, non mi sento al sicuro. Non posso parlare, penso mi controlli. Chiamami o passa in negozio in questi giorni. Mi fido solo di te".

Era di nuovo Val. Il tono era più angosciato rispetto a prima; sembrava davvero agitata e in ansia per qualcosa. Non era abituata a sentire l'amica così preoccupata. Non sembrava la solita voce postrottura, doveva esserci qualcos'altro. Ne era sicura, anche se la voce era un po' disturbata dai rumori in sottofondo; doveva averglielo lasciato mentre si trovava per strada.

Iniziò a preoccuparsi.

Ascoltò velocemente il quarto e il quinto messaggio, entrambi suoi, nei quali continuava a implorare il suo aiuto.

Si erano distaccate negli ultimi tempi e quindi non credeva si facesse sentire in quel modo per sciocchezze o banalità, tantomeno lasciandole tutti quei messaggi in segreteria con quel tono.

Chi la stava controllando? Il suo nuovo ragazzo? Per questo non le aveva scritto dei messaggi?

Non riusciva a ricordarne il nome.

Che amica schifosa era stata ultimamente...

Provò subito a chiamarla, ma partì la segreteria telefonica.

Sconsolata, tornò in camera.

"Chi era?"

"Erano quattro messaggi di Val e uno di Sarah". Poi aggiornò brevemente il marito sul contenuto.

Spensero la debole luce dell'abat-jour e continuarono a parlare a bassa voce.

"Sarà in crisi con il ragazzo, sai com'è Val. Le sue storie non durano mai tanto. Non preoccuparti. Domani proverai a chiamarla e vedrai che sarà così".

Archie le diede la buonanotte con un bacio sulle labbra e si girò dall'altra parte; pochi minuti dopo si era già addormentato e respirava pesantemente.

Eryn non riusciva a prendere sonno.

Continuava a pensare a tutte le cose accadute negli ultimi giorni: la nonna che non c'era più, la vita a Sals, i pensieri che aveva avuto sul lavoro e sulla figlia, le scoperte di Sarah e soprattutto i messaggi di Val. Probabilmente aveva ragione suo marito.

Eppure il suo istinto le diceva che non era così, che l'amica era davvero spaventata da qualcosa o qualcuno e aveva bisogno di lei.

Decise che il giorno dopo sarebbe andata a trovarla in negozio.

Si voltò verso il lettino di Zena, mentre i pensieri non le davano tregua.

Era stata lontana da casa pochi giorni, eppure le sembrava di essere stata via una vita; sentiva sensazioni ed emozioni diverse ora. Le pareva di essere ritornata un po' la Eryn di un tempo; e fu in quel momento che decise: avrebbe risolto la questione "Emily" e si sarebbe occupata di Val. Poi si sarebbe presa del tempo per se stessa per capire dove l'avrebbero portata queste nuove sensazioni.

Non aveva detto nulla ad Archie a proposito dei pensieri relativi al lavoro, era ancora presto.

Prima di parlarne con lui e prendere eventualmente nuove decisioni, voleva comprendere bene la loro natura e capire da cosa fossero stati scaturiti. Si erano palesati in un momento particolare della sua vita, lontano dalla sua routine e quotidianità, e magari erano nati da una forma di debolezza psicologica.

Non sapeva.

Si ripromise che ci avrebbe pensato con calma nei giorni successivi.

Si sistemò più comoda nel letto, tirandosi le lenzuola sopra le gambe; anche se faceva caldo, le piaceva sempre avere qualcosa che la copriva. La faceva sentire protetta e al sicuro. Nell'oscurità guardò la figlia addormentata al suo fianco e, ascoltando il respiro regolare e rassicurante del marito, si addormentò.

Alle tre e trentacinque del mattino, Eryn spalancò gli occhi e sul soffitto intravide l'ora in rosso proiettata dalla sveglia.

Impiegò pochi secondi per riprendersi e ricordarsi dove fosse.

Si tirò su rimanendo seduta sul letto, con lo sguardo rivolto verso il corridoio.

Era buio.

Era stata svegliata da un rumore, ne era certa.

Memore della volta precedente, i suoi sensi si erano messi subito in allerta; questa volta però non era sola perché di fianco a lei c'era Archie.

Si rilassò subito.

Dopo un attimo si ricordò che la madre dormiva da loro di là nel salone; magari si era appena alzata per andare in bagno o prendere un bicchiere d'acqua.

Rassicurata, ritornò a sdraiarsi.

Mentre si abbassava per coricarsi nel letto, spostò lo sguardo verso la parete opposta della camera dov'era appeso lo specchio rettangolare; era stato fissato un po' sporgente dal muro in modo tale che dal letto si potessero vedere l'altro angolo della stanza, l'armadio, il lettino e il suo comodino.

Fu un attimo. Una frazione di secondo. Un semplice colpo d'occhio che bastò a gelarle il sangue e fermarle di colpo il respiro.

Non riuscì a soffocare l'urlo che le si era formato in gola.

Archie si svegliò di colpo.

"Eryn! Che succede?".

Ma lei non rispose.

Continuava a guardarsi intorno.

Dalle finestre filtrava una luce tenue, che si irradiava nel buio della camera, attenuando l'oscurità della notte.

Riusciva benissimo a distinguere forme e oggetti.

Non stava sognando.

Era sveglia.

Dallo specchio in fondo alla stanza, due piccoli occhi rossi luminosi la fissavano con uno sguardo attento e penetrante, quasi spettrale.

Un bambino, dritto in piedi dentro al lettino, la guardava con il braccio destro alzato e il dito indice puntato verso di lei. Muoveva velocemente le labbra, emettendo strani versi.

Sembrava posseduto.

Si sentì pervadere dal terrore quando realizzò a chi appartenevano quegli occhi e quel dito accusatore.

Erano di sua figlia Zena.

*

"Amore, calmati. È stato solo un brutto sogno".

"Ti dico che l'ho vista in piedi nel lettino che mi fissava con quello sguardo spiritato e faceva segno verso di me, così". Eryn allungò il braccio, col dito puntato.

Archie la guardò, quasi con compassione. "Amore, stai passando un momento un po' difficile; è normale fare sogni strani. Sei appena tornata da un lungo viaggio, hai assistito al funerale di tua nonna... Chissà come il tuo cervello ha elaborato tutto ciò".

"Non capisci... Lo so che sembra strano, visto che non è in grado di tirarsi su in piedi... Però io l'ho vista".

Eryn iniziò a singhiozzare.

Dopo aver svegliato il marito e la madre con un urlo agghiacciante nel cuore della notte, nessuno era più riuscito a riaddormentarsi.

Archie l'aveva tenuta a lungo stretta fra le braccia, cercando di calmarla.

Avevano acceso anche l'abat-jour per controllare.

Zena era sdraiata nel lettino che dormiva beatamente e per fortuna non si era svegliata né per il rumore né per la luce. Eryn era rimasta a fissarla diversi minuti prima di riuscire a coricarsi nuovamente. Era spaventata. Continuava a vedere quell'immagine davanti agli occhi, ogni volta che provava a chiuderli.

Riuscì a prendere sonno solo alle prime luci del mattino.

Seduta al tavolo in cucina davanti alla colazione con il marito e la madre, cercava inutilmente di convincerli su quanto aveva visto qualche ora prima – anche se faticava perfino lei a credere alle sue parole, sentendosi raccontare quelle scene ad alta voce.

Con la luce del giorno, tutto sembrava diverso e anche la storia prendeva una piega diversa.

"Tesoro, Archie ha ragione. L'hai detto tu stessa: Zena non è ancora in grado di stare in piedi da sola. È impossibile che l'abbia fatto proprio questa notte. Magari ti è sembrato di vederla in quella posizione per uno strano gioco di luci e ombre che si sono create in camera; anche a me certe volte capita di scambiare degli oggetti per altri di notte. Sei ancora un po' stanca e scossa. Cosa ne dici se mi fermo qualche giorno qui per farti compagnia? Se siete d'accordo, ovviamente. Così non ti dovrai preoccupare di niente e mi prenderò cura io di voi".

Rose era molto turbata. Non aveva mai visto la figlia così spaventata.

Sapeva che era molto legata alla nonna, e la sua morte l'aveva di sicuro destabilizzata; aveva tenuto duro per lei i giorni prima a Sals e ora, arrivata a casa, era crollata.

"No, ti ringrazio. Sto bene. Anche tu hai bisogno di andare a casa a riposarti. Forse avete ragione, sono solo un po' provata e la testa mi ha giocato un brutto scherzo. Eppure sembrava tutto così reale...".

Eryn era ancora convinta di non aver sognato o immaginato la scena seppur si rendesse conto di quanto fosse completamente surreale; ma decise di non insistere. Sarebbe passata per una pazza esaurita e non voleva che sua madre e Archie si preoccupassero ancora di più.

Quella mattina, prima di alzarsi, era rimasta per diversi minuti ferma a fissare il volto della figlia; era lo stesso visino dolce e angelico che le aveva sempre visto, quello di tutti i bimbi della sua età quando dormono. Era ancora addormentata, sdraiata a pancia in su con le manine dietro la testa.

Non poteva avere paura di lei: era sua figlia e la conosceva meglio di se stessa e di chiunque altro. Quella notte, però, qualcosa era cambiato. E per la prima volta le era sembrato di non conoscerla affatto.

Più tardi, con la sua bambina stretta fra le braccia, cercò di non pensare più a quanto accaduto. Una lunga giornata le attendeva, avevano tante cose da fare insieme. Non avrebbe perso altro tempo a rimuginare su quello che, con tutta probabilità, era stato soltanto uno stupido scherzo dovuto alla sua fervida immaginazione.

"Ma come sei bella questa mattina, amore mio" disse alla piccola mentre la riempiva di baci. Erano appena uscite di casa per la loro passeggiata mattutina; le temperature erano alte, ma un leggero venticello mitigava l'afa e la calura cittadina.

Zena era felice, seduta nel suo passeggino rosso, con indosso una t-shirt e un paio di pantaloncini bianchi; si divertiva a spostare con le manine un mazzo di chiavi di plastica colorata che dondolava appeso alla barra del passeggino, e ogni volta che muoveva la testa avanti e indietro, sventolava i suoi bei riccioli biondo scuro.

Era cambiata tanto da quando era nata, soprattutto i capelli che si erano schiariti ed erano diventati più mossi; sembrava una bambola, anche grazie ai grandi occhi dalla forma allungata, incorniciati da folte ciglia nere e dal colore ancora indefinito.

Tanti la fermavano per strada ad ammirarla e complimentarsi per la singolare bellezza.

Eryn quella mattina aveva chiamato le sue amiche mamme: aveva spiegato loro il motivo della sua assenza e le aveva aggiornate sugli ultimi avvenimenti. Si era scusata per l'improvvisa scomparsa e perché quel giorno non si sarebbe unita a loro.

Aveva intenzione di passare da Val.

Aveva provato a chiamarla, ma aveva sempre il cellulare spento.

Non era da lei, visto che lo teneva acceso anche di notte.

Era alla fermata della metro quando il telefono squillò.

Lo cercò velocemente nella borsa e premette il tasto verde per avviare la chiamata senza nemmeno guardare il nome che era comparso sullo schermo. "Val!".

"No, mi spiace. Sono Sarah".

Delusa, Eryn si affrettò a raccontare all'amica tutti gli avvenimenti degli ultimi giorni.

"Ti faccio le mie condoglianze per tua nonna. Per quanto riguarda la tua amica, stai tranquilla. Vedrai che non è niente, solo qualche pena d'amore. Se ti va di fare una chiacchierata, vieni a trovarmi. Oppure posso fare un salto io, se preferisci. Non ci sono problemi. Lo sai che mi fa piacere vederti".

Sarah era sempre molto premurosa.

"Ti ringrazio tanto, ma sto bene. Davvero. Ti avrei chiamata io più tardi; ho sentito ieri sera il tuo messaggio. Allora? Ci sono novità?".

"Abbiamo scoperto a chi è intestato il furgoncino". Eryn si mise sull'attenti, mentre Sarah proseguiva con il resoconto. "In realtà non è intestato a una persona in particolare, ma a una piccola società farmaceutica, la I.T.O. – Innovazioni & Terapie Organiche. Non è stato facile trovare i contatti, dal momento che non ci sono tante informazioni sull'azienda su internet. Ma siamo riusciti ad avere l'indirizzo della sede principale. Si trova a Zelma, in Strada Tal 16.

Pare che questa società abbia anche diverse sedi distaccate".

Era esattamente a tre isolati rispetto a dove si trovava adesso, pensò Eryn, poco oltre la fine dell'area centrale.

"Conosco quella zona. È la vecchia area industriale della città, non lontana da dove mi trovo ora. So che sono nate tante aziende lì nei primi anni del secolo scorso, ma la maggior parte di esse è fallita con l'avvento delle nuove tecnologie; le poche ancora esistenti sono state spostate nel nuovo polo, in centro. Non pensavo ci fosse ancora qualcosa di attivo; se vuoi posso andare a dare un'occhiata, anche subito".

Non era lontano; avrebbe potuto fare due passi e andare poi da Val verso l'ora di pranzo o subito dopo.

"Sarebbe fantastico. Prova a vedere se la sede che c'è lì è ancora operativa. Magari c'è anche il furgone. Ti giro la targa via sms".

Mentre si salutavano, Eryn si era già incamminata verso la sua destinazione. Avrebbe impiegato quasi mezz'ora per arrivarci a piedi.

Rilesse più volte il numero di targa che le aveva mandato Sarah, per memorizzarlo.

MRLE69.

Zena nel frattempo aveva perso l'interesse per le chiavi e si era sistemata comoda nel passeggino, probabilmente per dormire un po', visto che lo faceva tutte le volte che uscivano la mattina.

Man mano che si allontanavano dal centro, le vie cominciavano ad assumere un altro aspetto: i negozi raffinati e curati con un certo stile avevano lasciato il posto ai piccoli discount che vendevano cibi e casalinghi a buon mercato, e ai ristoranti orientali che emanavano forti odori speziati – con scritte incomprensibili sui cartelli esposti all'entrata.

Quella zona era ormai diventata il quartiere mediorientale della città, popolata principalmente dagli stranieri che arrivavano dall'Oriente e che non si erano voluti integrare troppo con il resto della popolazione. Avevano ricreato lì il loro ambiente, le loro case, le loro scuole, tenendo vive le loro usanze, e spesso quello che succedeva là dentro rimaneva là e non veniva comunicato all'esterno, quasi come se vigesse una segreta legge interna e ci fosse una barriera invisibile a separarli dal resto della città.

Non era mai stato un quartiere pericoloso ma, con il passare del tempo, il numero di persone appartenenti a certe etnie era aumentato molto più velocemente rispetto agli abitanti nativi di Zelma e, non essendosi integrate con il resto della popolazione, avevano dato vita a una vera e propria piccola città dentro la città.

Non tutti gli Zelmesi apprezzavano la presenza degli stranieri, e spesso vi erano contrasti e tafferugli, scatenati soprattutto dalle frange più estremiste; le discordanze erano aumentate soprattutto negli ultimi anni, sotto la spinta dei venti politici e propagandistici del momento. Il sindaco Tyler a riguardo non aveva ancora attuato nessuna riforma, ma dai suoi discorsi era sempre trapelata un'indole poco propensa all'integrazione e più in linea con un maggior controllo e limitazione dei diritti e benefit per gli stranieri.

E anche se nessuno lo diceva apertamente, tanti a Zelma avrebbero preferito che quella parte della città non esistesse più.

Eryn non era mai stata d'accordo su questi punti. Era sempre stata una persona di larghe vedute e non tollerava che si discriminasse una persona per le proprie origini, la famiglia o il Paese da cui proveniva; per lei tutti avevano uguali diritti e uguali doveri.

Ma in quel momento, nel trovarsi da sola in quelle vie quasi deserte, completamente diverse da quelle del centro, iniziava a sentirsi a disagio. Si mise in allerta. Per strada c'erano solo uomini dalle folte barbe, con indosso lunghe tuniche scure, che la guardavano. Nessuno le sorrideva. Tutti la fissavano come se fosse un'intrusa o un'ospite indesiderata.

Più volte aveva pensato di tornare indietro e lasciar perdere tutto, oppure andarci in metro; ma poi si era detta di non essere sciocca. Non doveva essere codarda, perché era proprio con la paura che si alimentava l'odio tra le persone e lei non voleva odiare nessuno senza un valido motivo.

Strinse forte i manici del passeggino e proseguì velocemente.

Dopo venticinque minuti arrivò in Strada Tal, sudata e con il fiatone. Si guardò intorno.

Era un'ampia via dove, ai lati, si potevano ancora scorgere i grossi edifici – un tempo cuore industriale e pulsante della città – ormai in completo stato di abbandono.

Doveva essere stata una zona imponente e dinamica, piena di persone e di traffico, ma in quel momento non si scorgeva anima viva.

Eryn non si sarebbe stupita se si fosse ritrovata davanti una palla di fieno arrivata da chissà dove – come capita nei film in cui il protagonista si ritrova catapultato in una vecchia città deserta – o se le si fosse affiancato un cowboy a cavallo, perché le pareva di essere stata sbalzata di colpo in una Zelma che apparteneva a un'altra era.

Non era mai stata lì, non aveva mai avuto un motivo per andarci.

Scorse velocemente i numeri appesi ai cancelli dei fabbricati e scoprì di essere al numero quattro; doveva camminare ancora un po' per raggiungere la sua meta.

In fondo alla strada, vide qualche macchina parcheggiata – probabilmente di qualche dipendente della I.T.O. – e si tranquillizzò. Almeno non era sola in quel luogo dimenticato da Dio.

Rifletté in quel momento che Sarah non le aveva detto cosa avrebbe dovuto dire se avesse incontrato qualcuno, e lei non era brava a inventare scuse plausibili su due piedi. Doveva farsi venire in mente qualcosa, e in fretta.

Decise che, non appena avesse visto il furgoncino che cercava, sarebbe tornata subito indietro e avrebbe avvisato l'amica.

Dopo pochi minuti, si trovò al numero sedici. Era arrivata.

L'edificio che si presentava davanti a lei era un piccolo fabbricato bianco, ingrigito in alcuni punti per le polveri e lo smog; alto tre piani, con grossi finestroni a specchio che riflettevano la luce impedendo di vedere all'interno.

Eryn si stupì nel constatare che non vi erano cartelli che indicassero il nome dell'azienda o di qualche responsabile in carica. Probabilmente la sede era stata spostata, nonostante il cancello elettrico esterno sembrasse essere stato riverniciato da poco. Attaccata alle sbarre c'era una pulsantiera che non riportava alcuna scritta. Sebbene l'edificio dall'esterno apparisse in buono stato, sembrava inattivo. Eryn non notò alcun movimento in tutto il tempo in cui rimase lì. C'era un silenzio assoluto e il tempo sembrava come sospeso sul sottile filo che collegava la vita reale alla dimensione parallela in cui sentiva di essere stata scaraventata.

Provare a suonare era fuori discussione. Cosa avrebbe potuto dire?

Come si sarebbe giustificata?

Decise di fare un giro intorno alla struttura, per osservarla da un'altra prospettiva. Forse sarebbe riuscita a scoprire qualcosa di più.

Essendo stato costruito in prossimità di un incrocio tra Strada Tal e una via laterale più piccola, dal punto in cui si trovava ora poteva vedere bene anche gli altri lati dell'edificio, e Eryn notò che erano identici a quello principale.

In posizione nascosta rispetto agli altri fabbricati, notò un lungo capannone chiuso che non si vedeva dalla facciata anteriore, e che probabilmente veniva utilizzato – o era stato utilizzato in passato – come magazzino o garage per le auto; era tutto chiuso e non si vedeva nulla di ciò che c'era all'interno. Non notando nessun movimento – segno di presenza umana –, né tantomeno furgoni sospetti, ritornò nuovamente davanti all'ingresso principale per osservare nuovamente la struttura e provare a scorgere qualche indizio che poteva esserle sfuggito prima.

Cercò di esaminare ogni dettaglio come avrebbe fatto un poliziotto. O Sarah.

Ma nemmeno dopo la seconda osservazione riuscì a capire qualcosa di più in merito all'attività dell'azienda. Non trapelava nessun particolare interessante.

Tirò fuori il cellulare e scattò qualche foto, che avrebbe mostrato più tardi all'amica.

Zena iniziò a muoversi, segno che si stava svegliando. Era ora di ritornare a casa per il pranzo. Sarebbe andata da Val nel pomeriggio.

Mentre si avviava verso casa, chiamò Sarah – dopo averle inoltrato le foto che aveva scattato – e le fece un rapido resoconto.

"Sembrava abbandonata come tutte le altre fabbriche intorno, probabilmente hanno cambiato sede anche loro".

"Può essere. Ho provato a fare ancora qualche ricerca, ma su internet non ho trovato nulla, solo questo indirizzo che però era su un articolo di diversi anni fa. Ho parlato di questo con la mia vecchia conoscenza. Sono sicura che saprà aiutarci", le rispose Sarah fiduciosa.

"Sicuramente un poliziotto ha qualche strumento in più, rispetto a una detective improvvisata come me". Eryn rise, mentre con una mano teneva il telefono e con l'altra spingeva il passeggino.

"In realtà non è un poliziotto, ma un giornalista in pensione piuttosto... anticonformista. Di tempo ne ha da vendere e di lui mi posso fidare ciecamente, più che dei miei colleghi in centrale. È un mio carissimo amico di vecchia data e ha conoscenze ovunque".

Eryn non si era accorta che, mentre parlava al telefono, un mezzo la seguiva a passo d'uomo a pochi metri di distanza.

Fu questione di pochi istanti.

Mentre chiudeva la chiamata e si accingeva ad attraversare la strada sulle strisce pedonali, con la coda dell'occhio vide una grossa ombra.

Si girò appena in tempo per vedere un furgone bianco che andava verso di loro a tutta velocità, e non sembrava intenzionato a fermarsi.

Istintivamente lanciò Zena verso il marciapiede con tutta la forza che aveva, cercando di raggiungerla di corsa. Ma inciampò con la gamba sinistra nei manici della borsa che aveva appeso dietro al passeggino e perse l'equilibrio, iniziando a rotolare per terra.

Mentre cercava riparo dietro ai cassonetti dell'immondizia lì davanti, il furgone rallentò di colpo e sterzò verso di lei, sfiorandole un piede, dopodiché ripartì spedito.

Il cuore batteva a un ritmo forsennato. Aveva il fiato corto.

Sdraiata a terra, Eryn non riuscì a vedere chi ci fosse alla guida perché i vetri erano oscurati.

Ma una cosa riuscì a distinguere bene.

La targa.

La lesse ad alta voce.

Era MRLE69.

*

"Lo sapevo che eravamo sulla strada giusta", esordì Sarah quando Eryn terminò il suo racconto. "Ti avranno vista curiosare e fare delle foto, e si saranno spaventati. Devo trovare il modo di entrare con un pretesto per verificare cosa stiano facendo lì dentro. Sono sicura che abbiano qualcosa da nascondere, altrimenti non si spiegherebbe la reazione di chi era alla guida del furgoncino. È anche probabile che sia stato mandato da qualcuno. Di solito chi è a capo di qualche organizzazione non si sporca personalmente le mani".

Nonostante la gravità di quanto accaduto, Sarah era entusiasta. Sentiva che avevano fatto un passo in più per scoprire qualcosa su chi potesse aver rapito la nipote.

"Eryn? Sei ancora in linea?". Non udì nessuna risposta. Si rese conto in quel momento che stava ragionando da perfetta poliziotta, fredda e concentrata solo sugli eventi, senza considerare il lato umano della questione. "Sono stata una sciocca, scusami tanto. Non ti ho nemmeno chiesto come stai. Ho dato per scontato che stessi bene, dal momento che mi hai chiamato. Ti sarai spaventata da morire, soprattutto per Zena". Poi aggiunse: "Sono davvero mortificata. In fondo è colpa mia. Sono stata io a mandarti lì. Mi spiace tanto. Non avrei dovuto coinvolgerti in questa faccenda".

Di tutta la vicenda, Zena non si era accorta di niente, tranne di qualche scossone un po' più brusco quando era stata lanciata verso il marciapiede. Nulla di più.

Ma nonostante ora fossero a casa al sicuro, Eryn si sentiva ancora agitata.

E molto turbata.

Gli avvenimenti dei giorni precedenti avevano messo a dura prova i suoi nervi già tesi e improvvisamente sentì crollare tutta la sicurezza e la forza che aveva dovuto dimostrare di avere.

Scoppiò a piangere.

"Scusa...". Iniziò a singhiozzare.

Fu un pianto liberatorio che la aiutò a dare sfogo alla tensione e alla paura accumulate nelle ultime ore.

Tranquillizzò l'amica dicendole di non preoccuparsi; non era niente di grave. Aveva solo bisogno di sfogarsi. E in effetti funzionò.

"Sei sicura di stare meglio? Ti ripeto che non ci metto molto a venire da te se hai bisogno. Mi fa piacere, davvero".

Eryn si asciugò gli occhi e il naso con un fazzoletto.

"Sì, sto molto meglio. Davvero. Avevo solo bisogno di scaricare lo stress accumulato nell'ultimo periodo. Ora è tutto a posto".

"Come preferisci, ma se dovessi cambiare idea, chiamami pure a qualsiasi ora. Sono un poliziotto, dormo sempre con un occhio aperto; quindi non avere timore di disturbarmi. Ora promettimi che ti riposerai e che per un po' non giocherai più a fare Sherlock Holmes. Nemmeno se te lo chiedo io".

"Tranquilla, davvero. Lo sai che mi piace curiosare e investigare". Le sue parole furono accompagnate da una sonora risata. "Comunque, adesso metto a nanna Zena e poi mi riposerò un po' anche io; oggi pomeriggio ho intenzione di fare un salto in negozio da Val per capire cosa le sia successo. Ti aggiornerò il prima possibile", promise all'amica. "E... Sarah?"

"Sì?"

"Grazie per avermi ascoltata".

La dormita la ricaricò completamente.

Era da tanto che non faceva un riposino dopo pranzo insieme alla figlia, ma quel giorno ne aveva proprio bisogno. Quando si svegliò, era rilassata. Non si sentiva nemmeno più spaventata, anzi, era infuriata per come era stata trattata e aveva tutta l'intenzione di scoprire chi fosse stato.

Ancora una volta si soffermò a riflettere: stava finalmente ritornando a essere la Eryn di un tempo, quella decisa a non farsi mettere i piedi in testa da nessuno. Lo doveva prima di tutto a sua figlia: c'era anche lei quella mattina e avevano rischiato di farle del male. Molto male. Pensandoci meglio, si rese conto che il furgone non aveva voluto davvero investirle ma solo spaventarle.

Sarah aveva ragione: nascondevano qualcosa e, molto probabilmente, quel qualcosa doveva avere a che fare con la scomparsa di Emily.

Con la scena di quanto accaduto quella mattina ancora davanti agli occhi, si incamminò con Zena, cercando di ricordare più dettagli e informazioni possibili. Anche un piccolo particolare in apparenza insignificante poteva ritornare utile.

Eryn prese la metro comodamente sotto casa. Il mobilificio in cui lavorava Val non era lontano dalla fermata Wek della linea gialla. La zona si trovava poco più a sud rispetto al centro, in un'area residenziale ricca di verde e famosa per un laghetto artificiale in cui d'estate la gente andava a fare il bagno e a prendere il sole.

Quando entrò in negozio, vide la testa di David alzarsi automaticamente al suono del campanello appeso alla porta, con un largo sorriso stampato sul volto; era seduto dietro una grossa scrivania nera lucida, a pochi metri dall'entrata. Ma il sorriso si spense non appena la riconobbe e, puntandole il dito contro, si alzò dalla sedia andandole incontro con aria minacciosa.

"TU!"

"Buon pomeriggio anche a te, David". Decise di ignorare il tono dell'uomo e quel dito ancora puntato verso di lei, e gli sorrise. Sapeva che era un tipo molto teatrale. "Come stai? Sono passata a farvi un saluto. Dov'è Val?". Usò il tono più indifferente che poté.

"Dov'è Val?! Veramente TU dovresti dirmi dov'è dato che non si è presentata al lavoro".

"Dai, David. Non te la prendere. Si sarà beccata un'influenza e sarà a letto intontita dall'aspirina. Non succede niente se per un giorno non viene in negozio. Non si prende praticamente mai ferie e permessi durante tutto l'anno". Eryn cercò di giustificarla e difenderla.

"Un giorno?! Un giorno?! È una settimana che non viene senza avvisare e lo sai qual è la cosa più folle di tutta la faccenda?"

"No. Quale?". Eryn attese la risposta mentre una strana inquietudine iniziava a farsi strada dentro di lei, fermandosi all'altezza dello stomaco. Non era da Val. Non si sarebbe mai assentata dal lavoro giornate intere senza avvisare.

"Sono passato da casa sua per sapere che fine avesse fatto e ho scoperto che se n'è andata. Ha portato via tutto: mobili, vestiti. Tutto quanto. Ha lasciato la casa completamente vuota. E aperta. Con dentro più nulla".

*

Non ci credeva. Non ci voleva credere.

Val non era potuta andare via da Zelma senza un motivo valido e, soprattutto, così in fretta e furia senza dirle niente. Era vero che la settimana prima aveva provato invano a cercarla, ma stentava a pensare che fosse per dirle addio.

Non voleva chiamare la madre per sapere se avesse sue notizie; non voleva allarmarla prima di capire la gravità della situazione.

Decise che sarebbe prima passata a casa sua per verificare con i suoi occhi la situazione.

Val abitava tra l'area Wek e il centro, in una zona più modesta, ma ben organizzata e curata; qui le case erano mediamente più basse, molto vicine tra loro e quasi tutte unifamiliari, con un giardino privato sul retro – niente a che vedere con i sontuosi grattacieli del centro che ti accompagnavano nelle passeggiate pomeridiane e ti riparavano dal sole nelle torride giornate estive. Tutto sommato era un quartiere tranquillo, e le strade pullulavano di bambini che giocavano all'aria aperta e di ragazzini che ascoltavano la musica a tutto volume, seduti sui marciapiedi o sulle panchine.

L'amica però aveva scelto di vivere in uno dei pochi condomini che erano stati costruiti: un alto edificio di mattoni rossi a dieci piani, eretto in una tranquilla piazza alberata, lontano dai rumori e dal traffico. Aveva acquistato l'appartamento al quarto piano ancora prima di vederlo di persona, basandosi esclusivamente sulle foto postate sul sito internet dall'agenzia che si occupava della compravendita.

Si era innamorata subito di quella grossa terrazza circolare con vista sul fiume Jang e dei mattoni a vista che caratterizzavano gli alti soffitti a volta del salone e della cucina.

L'aveva arredato enfatizzando i punti di forza, rendendo l'ambiente intimo e romantico. I pochi mobili che c'erano, erano bassi e dai colori chiari, così come le pareti e i tappeti che aveva sistemato su ogni superficie libera; in ogni stanza, numerosi specchi di varie dimensioni erano stati posizionati sui muri e regalavano all'ambiente grande luminosità e un maggior senso di profondità.

Anche se la casa era provvista del riscaldamento autonomo a pavimento, nel salone e nella camera da letto aveva fatto installare due moderni caminetti, ideali per scaldarsi nelle lunghe serate d'inverno o per creare l'atmosfera giusta per una notte di passione.

Val era una romantica. Adorava cenare in terrazza sul lungo tavolo di vetro mentre ammirava il panorama, sorseggiando un buon bicchiere di vino. Spesso capitava che si soffermasse per ore a contemplare il paesaggio che la circondava e ad ascoltare lo scorrere del fiume – chiudendo gli occhi, spesso fantasticava di trovarsi in un famoso ristorante stellato di una qualche località di mare.

Un'estate, con uno dei suoi fidanzati, avevano appeso fuori una lunga amaca bianca e avevano trascorso tante sere a godersi il fresco, a coccolarsi e a dondolarsi, immaginando di essere su un lussuoso yacht o su una nave da crociera, circondati dal mare cristallino, o su una grossa gondola in un canale. Alcune notti, complice un bicchiere di troppo, avevano fatto anche l'amore lì, spavaldi e incuranti che qualcuno potesse scoprire i loro corpi nudi illuminati soltanto dalla luce delle stelle.

Ma la parentesi romantica era durata solo un'estate – il tempo in cui il fidanzamento con quel ragazzo aveva retto –, e alla fine anche l'amaca se n'era andata via con lui.

Eryn arrivò a Wek poco prima delle sette di sera; aveva aspettato che Archie tornasse dal lavoro per lasciargli Zena. Voleva andare da sola a controllare la casa.

David le aveva detto che, nonostante non ci fosse più nulla dentro, aveva chiuso comunque la porta. Non se la sentiva di lasciarla aperta, come l'aveva trovata.

La piazza era tranquilla, avvolta dal silenzio, e si riusciva a sentire il rumore del fiume dall'altro lato dell'edificio.

Entrò nell'androne senza incontrare nessuno e si infilò subito nell'ascensore. Purtroppo sapeva che l'amica non aveva stretto legami con nessuno in quel condominio, per cui sarebbe stato inutile chiedere informazioni ai vicini.

Arrivata al quarto piano, girò verso la porta alla sua destra e infilò le chiavi nella serratura – aveva portato con sé quelle che Val le aveva lasciato per sicurezza –, dopo aver provato a suonare senza ricevere risposta.

"Val!". Quando aveva aperto la porta, aveva urlato il suo nome per annunciarsi. Si era illusa fino all'ultimo di trovare l'amica lì, dove sarebbe dovuta essere. Fu invece un profondo senso di desolazione e di vuoto ad accoglierla. David aveva ragione: non c'era più nulla. Il salone era completamente vuoto; erano rimasti soltanto il lampadario, lo specchio rettangolare ancorato alla parete opposta rispetto all'entrata e un tappeto beige al centro della stanza. I mobili, il divano e persino le tende non c'erano più.

Fece un giro veloce nelle altre stanze per vedere in che stato fossero e non si meravigliò di trovarle nelle stesse condizioni: totalmente spoglie o svuotate degli accessori principali. La camera da letto era la stanza che trasmetteva l'immagine più triste e spenta, e la struttura del letto senza i materassi sopra rendeva un'idea chiara della situazione.

Fece un altro giro della casa, ma non c'era nulla che potesse aiutare a capire cosa fosse successo a Val. Nessuna traccia. Nessun indizio. Nessun particolare che facesse presumere dove fosse andata.

Eryn cercò di non agitarsi, ma non poteva fare a meno di pensare che le fosse davvero successo qualcosa.

Andò sul terrazzo, ma non trovò nulla neanche lì. Sconsolata, uscì di casa chiudendo la porta a chiave, dopo aver guardato per l'ultima volta quelle stanze in cui avevano trascorso tanti momenti felici.

Mentre aspettava l'ascensore, si accorse che due piccoli occhi azzurri nascosti dietro a un paio di lenti spesse la fissavano dalla porta che si era aperta sulla sua destra.

"Buonasera. Mi scusi... Non l'avevo vista". La donna che le stava di fronte la guardava, senza dire nulla. "Sono un'amica di Val. La stavo cercando. Ho bisogno di parlarle. Sa dove sia?", la buttò lì Eryn.

"Val? È lei Val?", gracchiò l'anziana.

Eryn capì che aveva problemi di udito, e con molta probabilità non vedeva nemmeno bene.

Si avvicinò un po' di più alla porta perché la vedesse meglio – nonostante il catenaccio contribuisse a limitare ulteriormente il campo visivo – e dovette ripetere altre due volte quello che le aveva già detto, urlando sempre più forte, prima di riuscire a farsi capire.

Di bassa statura e corporatura piccola, la signora aveva anche difficoltà a stare ferma in piedi e a tenere alzata la testa per troppo tempo; ma dallo sguardo sembrava una persona curiosa e ricca di vitalità.

"Mi scusi tanto, pensavo fosse la signorina Val. Volevo solo sapere se stesse meglio".

Che vecchietta dolce, pensò Eryn. Non era da tutti i vicini preoccuparsi per la salute del proprio dirimpettaio, soprattutto in questi ultimi tempi dove a malapena ti rivolgevi un saluto. Non sapeva che si conoscessero.

Nemmeno lei e Archie conoscevano i loro; facendo orari diversi, li avevano visti sì e no tre o quattro volte, e in ognuna di quelle occasioni si erano scambiati un semplice e formale saluto di cortesia. Ma sapeva che le persone di una certa età prediligevano ancora il contatto umano e diretto, come si faceva una volta.

Eryn la ringraziò per l'interessamento. Stava per congedarsi, quando la sua mente catturò un dettaglio su cui poco prima non si era soffermata.

Si rese conto solo in quell'istante che la signora aveva detto "meglio" e non "bene".

"Val è stata male? Non ne sapevo nulla".

"Oh, sì. A quanto pare".

"Si ricorda quando l'ha vista l'ultima volta?".

La donna parve riflettere qualche momento, prima di rispondere.

"Doveva essere... mercoledì della scorsa settimana. Sì, ne sono sicura. Era proprio mercoledì. Me lo ricordo bene perché è venuto mio nipote a trovarmi e si è fermato per cena".

"Sa cosa le sia successo?"

"Di preciso no, ma ricordo che mentre chiudevo la porta dopo che è andato via, ho sentito un gran baccano provenire dall'appartamento della signorina Val. Allora sono rimasta qui a guardare", mimò la posizione in cui si trovava quella sera, "e ho visto la sua amica con il fidanzato. Poverina... doveva stare proprio male".

"È proprio sicura che fosse Val?"

"Certo che sono sicura".

"Ma come fa a sapere che stava male?"

"L'ho vista coi miei occhi". Indicò con orgoglio quei due piccoli puntini azzurri che avevano da subito attirato l'attenzione di Eryn. "Di notte lungo le scale si accendono delle luci fortissime che permettono di vedere anche a una talpa come me. Era proprio la signorina Val. Si vedeva che non stava bene perché gemeva e faceva fatica a stare in piedi. E lui era il suo fidanzato. Lo conosco bene. Abita qui con lei, ormai. La teneva stretta tra le braccia e l'ha portata giù per tutte le scale, di peso".

CAPITOLO NONO

"Anche lei portata via di peso, di notte, come Emily. E tutte e due sparite nel nulla".

Assorta nei propri pensieri, Sarah rimuginava sulle ultime informazioni appena ricevute cercando di mettere in relazione tutti gli elementi di cui era in possesso. Continuava a chiedersi se i due eventi fossero collegati, anche se pensava di conoscere già la risposta.

"Riesci a sentire il suo fidanzato?", le chiese. Sapeva che Val era la sua migliore amica e dava per scontato che conoscesse bene anche il suo ragazzo.

Eryn le rispose dopo qualche secondo di silenzio, un po' in imbarazzo.

"In realtà no. Ultimamente io e lei non ci siamo frequentate più tanto. L'ho visto solo una volta al compleanno di Zena e non mi ricordo neanche il nome. Se devo essere sincera, non so nemmeno se lo riconoscerei per strada; non sono molto fisionomista. Quel giorno c'erano tante persone e non ho avuto modo di parlare molto con lui", o voglia, pensò Eryn, ma lo tenne per sé. "Cavoli, mi sento una merda come amica. Non ci siamo mai allontanate in tutta la nostra vita e ora è come se non sapessi più nulla di lei".

Si sentiva davvero in colpa. Le veniva da piangere. Ripensò a tutte le volte in cui Val l'aveva chiamata chiedendole di vederla, ma lei l'aveva sempre respinta con la scusa della figlia.

Era stata così immersa nell'esistenza di Zena da dimenticarsi di se stessa e della sua vita per un intero anno, snobbando le sue vecchie amicizie accusandole inconsciamente di non capire i veri problemi della vita perché non avevano figli.

Le sembrava fosse passato un secolo dall'ultima volta in cui era uscita da sola, libera e spensierata; ma soprattutto le sembrava di non sapere più chi fosse Val, la sua migliore amica – la sua "diversa sorella", come amavano definirsi da ragazzine.

"Stai tranquilla. Prova a chiedere a tuo marito o a qualcun altro che era alla festa; di sicuro qualcuno si ricorderà il suo nome".

"No, non credo. Archie ci avrà parlato ancora meno di me. Sentirò gli altri, ma sarà difficile".

"Hai tenuto i messaggi che Val ti ha lasciato in segreteria?"

"Sì".

"Prova a riascoltarli, magari ti ha detto qualcosa di importante che ora ti sfugge".

Eryn le disse che l'avrebbe fatto.

"Perfetto. Io intanto aggiorno il mio amico sulla sua presunta scomparsa. Ma... tua figlia conosce il *seneci*?".

Mentre parlava al telefono, Eryn si era avvicinata al tappetone sul quale era seduta Zena, intenta a giocare e a fare i suoi soliti strani versi.

"Magari! Almeno conoscerebbe una lingua. Sono i versetti che fa sempre, si diverte un sacco" le rispose, ridendo.

"Strano, mi era sembrato di sentire qualche parola in seneci. Probabilmente starà solo facendo pratica con i movimenti della lingua e delle labbra per imparare a parlare".

Il seneci era l'antica lingua parlata dai primi abitanti della Union millenni prima; ormai quasi nessuno la conosceva più, se non qualche parola, e coloro che la studiavano e la sapevano parlare si potevano contare sulle dita di una mano.

Certo che Sarah era proprio fantasiosa, pensò Eryn dopo aver riattaccato. Aveva sempre trovato buffi quei suoni incomprensibili che la figlia faceva fin da quando era nata, ma non aveva mai pensato potesse essere un'altra lingua.

Rise per il pensiero e la battuta dell'amica.

Mentre camminava su e giù per il salone, prese di nuovo il cellulare in mano. Voleva riascoltare i messaggi. Le tornarono in mente le parole di Sarah. "Sai, da piccole io e Lauren usavamo un nostro linguaggio segreto quando volevamo dirci qualcosa di privato senza farci capire dai nostri genitori". Lei e Val non avevano mai avuto un alfabeto o linguaggio segreto, ma poteva avere ragione. Magari le aveva detto qualcosa che solo lei poteva capire. Ci sperava tanto.

I primi tre messaggi erano abbastanza corti e concisi; non le sembrava contenessero frasi in codice o nascondessero qualcosa fra le righe. Stava per ascoltare il quarto, quando il telefono le vibrò forte sull'orecchio, e pochi secondi dopo partì la suoneria.

Era un numero sconosciuto.

"Buonasera, signora. La chiamo dallo studio del dottor Ladder. Le volevo ricordare il suo appuntamento di lunedì prossimo alle diciotto".

Era la solita voce squillante della segretaria del ginecologo che le ricordava la visita di controllo. Erano passati già diversi mesi dall'ultima.

"La ringrazio, ma temo ci sia qualche problema. Sarebbe possibile spostarlo verso fine estate? Sa, in questo periodo sono un po' impegnata e il prossimo mese sarò via".

"Un attimo, verifico. Resti in linea, per favore".

La musica classica che partì subito dopo arrivò alla quarta battuta, prima di essere interrotta.

"La ringrazio per l'attesa. Dunque, dai dati caricati nel sistema risulta che fine estate sarebbe troppo tardi per la prescrizione delle vitamine, perché per quella data le avrà già finite. Inoltre, non risulta nemmeno che le abbia acquistate recentemente in altri posti, per cui sarebbe meglio che facesse un salto in studio per il controllo di routine e per prendere le confezioni che le serviranno. Stia tranquilla. È una cosa veloce, non le porterà via molto tempo".

Ma Eryn attese qualche istante prima di rispondere.

Le vitamine. Cavoli, non le aveva più prese da quando era tornata da Sals. Se n'era proprio scordata.

Cosa poteva dirle?

Inizialmente se n'era dimenticata, ma dopo aveva deciso di seguire i consigli della madre: tutte le mattine preparava e beveva gustosi centrifugati di frutta e verdura naturali, ricchi di tutto ciò che le serviva.

Non se la sentiva di dirglielo, così confermò la visita e riattaccò la telefonata. Un controllo in più non le avrebbe fatto male e si ripromise che dal giorno dopo si sarebbe impegnata e avrebbe ricominciato a prenderle, così sarebbe stata davvero sicura di assumere tutto ciò che un corpo sano richiedeva, e di cui magari era carente.

Si ricollegò alla segreteria telefonica; diede l'ok per ascoltare il quarto messaggio e dall'auricolare si materializzò la voce di Val.

"Eryn, non è uno scherzo o una mia solita paranoia amorosa. Ti devo vedere assolutamente. È una cosa importante. Fai presto, ti prego".

La voce era poco udibile perché stava quasi bisbigliando, anche se in sottofondo non si sentiva alcun rumore. Magari gliel'aveva lasciato quando era al lavoro e non voleva farsi sentire dai clienti.

Nemmeno qui trovò nulla che potesse farle capire quale problema avesse o dove si trovasse; speranzosa di scoprire qualcosa con l'ultimo messaggio, premette il tasto per farlo partire.

Questa volta la voce era più alta, quasi squillante.

Una Val totalmente diversa rispetto ai messaggi precedenti.

"Be'? Hai perso il mio numero? Non ti ho ancora sentita, nonostante le mie chiamate. Forza, richiamami! Così ci vediamo. Non rovinare sempre tutto come facevi ai vecchi tempi quando mandavi in fumo i nostri incontri per il tuo ritardo. Ore e ore ad aspettarti sotto casa mia. Fossi stata una fumatrice, mi sarei finita un pacchetto al giorno per colpa tua. Dai, chiamami subito".

Perplessa, decise di riascoltarlo.

Non ci aveva fatto caso prima, ma questo messaggio era decisamente diverso dagli altri. Qui Val non sembrava più spaventata o preoccupata, anzi, sembrava allegra. Troppo allegra, quasi finta. Aveva perfino terminato la registrazione con una risata.

Lo riascoltò per la terza volta.

Nonostante in quest'ultimo sembrasse più normale per il tono di voce, c'era qualcosa che non tornava in quello che le aveva detto. Lo riascoltò ancora e ancora. Quelle parole... non avevano senso. Eryn non era mai stata una ritardataria e non l'aveva mai fatta aspettare ore e ore sotto casa per i loro appuntamenti; era sempre stata una persona precisa, fin da piccola. Anzi, era Val che puntualmente si ricordava all'ultimo momento di avere qualche faccenda da sistemare e arrivava in ritardo. Anche la questione del fumo e delle sigarette c'entrava poco con loro. Non erano mai state delle fumatrici; solo i primi anni del liceo, ogni tanto, avevano provato a fumare qualche sigaretta per sentirsi più grandi e fare le trasgressive, ma nulla di più. E per fortuna da grandi non si erano più lasciate tentare da quel vizio malsano.

Rimase qualche minuto in silenzio a pensare.

Fu quando tolse gli auricolari e posò il cellulare sul tavolo che le immagini iniziarono ad accavallarsi nella sua mente, le une sulle altre.

Istantanee di lei e Val tanti anni prima. Insieme. Felici. Complici.

Con i loro segreti e le fughe in quel luogo che era soltanto loro. Privato, nascosto.

Parole inaccessibili e indecifrabili. Quasi dimenticate.

E in quel preciso istante capì cosa avesse voluto dirle l'amica.

*

"Mamma, vado a salutare Francis e a riportarle un contenitore che mi ha lasciato Val", urlò Eryn a Rose che si era nascosta con Zena in cucina per preparare dei biscotti.

Nonna e nipote sembravano due pupazzi di neve, tutte sporche in faccia e sui capelli di farina bianca. Ogni volta che andavano a trovarla, Rose cercava sempre di intrattenere la nipotina in modo diverso e insieme si divertivano un mondo. Seppur Zena fosse seduta sul seggiolone che giocava, ignara di cosa le stesse succedendo intorno, non era stata risparmiata dalle nuvole bianche che si creavano ogni volta che Rose tirava la pasta, spostava le teglie da una parte all'altra oppure sbatteva le mani sul grembiule per pulirsele.

Dispiaciuta di non poter far parte di quel bel quadretto familiare – non ora, per lo meno –, salutò la madre e la figlia con un bacio e uscì di corsa di casa.

Francis era la mamma di Val ed era rimasta a vivere nella casa dov'era cresciuta l'amica, a un isolato da loro.

Il padre, invece, dopo la separazione si era trasferito in un'altra città a qualche chilometro di distanza da Zelma.

Ovviamente non aveva nessun contenitore da portarle, ma aveva deciso di passare a salutarla per scoprire se sapesse qualcosa in più sulla figlia, prima di andare a verificare se la sua intuizione fosse esatta.

La differenza di temperatura tra l'interno e l'esterno fece arrossare subito il viso di Eryn, che inspirò profondamente per prendere aria e abituarsi a quel caldo torrido.

La casa di Francis non era lontana – pochi minuti a piedi –, ma ci arrivò tutta sudata e accaldata; quel giorno l'afa e l'umidità avevano deciso di non concedere sconti e i rinfrescanti venti che avrebbero contribuito a portare un po' di sollievo erano andati a rincorrersi in altre zone. Sembrava di essere chiusi dentro un forno a legna e Eryn fu grata alla madre dell'amica quando la accolse.

"Eryn! Ma che bella sorpresa! Accomodati".

All'interno il condizionatore era acceso, tarato su temperature ancora più basse rispetto a quello di Rose, che temeva sempre facesse troppo freddo per la nipote.

"Come stai? Sei sempre più bella. E la tua piccola come sta? Vedo sempre tua madre al mercato che mi racconta tutte le novità, soprattutto di quanto è bella e brava".

Si abbracciarono. Francis era sempre stata molto affettuosa con lei.

Si considerava un po' la sua seconda mamma per via di tutto il tempo che aveva trascorso insieme a Val e le aveva sempre voluto davvero bene. Era la seconda figlia che avrebbe sempre desiderato ma che, per una serie di circostanze, non aveva mai avuto.

Erano anni che non la vedeva, ma notò che non era cambiata molto; forse era apparsa qualche ruga in più intorno agli occhi, che le conferiva un'aria più colta senza sciupare la bellezza di quel volto abbronzato – incorniciato da una folta chioma bionda raccolta in una treccia che le ricadeva sulla spalla destra –, su cui risaltavano gli occhi azzurri. E anche se non era tanto alta, era ben proporzionata nelle forme.

Era sempre perfetta. Non l'aveva mai vista senza trucco o trasandata, e Eryn aveva sempre pensato che andasse anche a dormire così, come si mostrava di giorno.

Ovviamente anche quella mattina era perfettamente in ordine, senza un capello o una piega dell'abito – un corto vestito celeste con grosse margherite bianche disegnate sulla gonna – fuori posto, e anche la sua casa era pulita e profumata.

"Ciao, Francis. Sei uno splendore. In tutti questi anni non sei cambiata di una virgola. Prima o poi mi dovrai svelare il tuo segreto", scherzò Eryn con le mani ancora strette nelle sue. "Sono passata a salutare mia madre e, visto che stavo facendo una passeggiata per andare a comprare due cose al supermercato, ho pensato di fermarmi per farti un saluto e vedere come stessi".

"Tesoro, hai fatto benissimo. Lo sai che qui sei sempre la benvenuta".

Trascorsero una buona mezz'ora a sintetizzarsi le novità degli anni in cui non si erano più viste; Eryn notò che Val non le aveva accennato del loro distacco, così decise di non toccare l'argomento.

"Peccato che questa settimana sia in vacanza a Twenter con Luke, altrimenti avremmo potuto organizzare una bella cena tutti insieme".

Ecco come si chiamava il fidanzato.

Che strana meta, pensò Eryn; lei odiava la montagna.

"Già, è vero. Me ne aveva parlato ma me ne sono completamente dimenticata. Sai quando torneranno? Oppure come posso rintracciarla? Non riesco a chiamarla sul cellulare, ci dev'essere poco campo lassù".

"Mi ha mandato un messaggio la scorsa settimana dicendomi che avrebbero passato lì le ferie. Magari si fermeranno tutto il mese, non so bene. Sì, mi ha detto che ci sono problemi di ricezione. Ogni tanto mi manda qualche messaggio da un altro numero per farmi sapere che sta bene perché non può chiamarmi".

Francis non era una di quelle madri chioccia a cui serviva sentire continuamente la figlia e sapere cosa facesse ogni minuto della sua vita; le bastava un messaggio ogni tanto per stare tranquilla e serena.

"Sai il nome dell'hotel in cui alloggiano e il cognome di Luke? Magari hanno prenotato a nome suo. Potrei provare a chiamarla lì. Ho bisogno di parlarle".

"Non credo siano in un hotel, sai? Mi pare avesse parlato di un cottage. Lì è pieno. Li affittano tutto l'anno alle famiglie o alle coppie che vanno a rilassarsi".

Non le aveva detto nulla sul cognome di Luke. Era l'informazione a cui teneva di più.

Cercando di non sembrare troppo insistente, Eryn provò a richiederglielo, dicendo che per sbaglio aveva cancellato il suo contatto sul cellulare e non se lo ricordava proprio.

"Sai che non lo so nemmeno io? Non ricordo nemmeno se Val me l'abbia mai detto. Si vede che non pensa sia quello giusto" scherzò

190

Francis, senza rendersi conto dello sguardo deluso di Eryn.

C'era qualcosa di strano: il posto scelto per quella vacanza, la totale mancanza di connessione, l'assenza di chiamate e il fatto che non si conoscesse l'identità completa di questo suo ultimo fidanzato.

Si sentiva come Sarah, scettica e pronta a mettere in discussione tutto ciò di cui era venuta a conoscenza negli ultimi minuti, e desiderosa di scoprire la verità.

Capì che Francis non l'avrebbe aiutata a scoprire nuovi dettagli e, dopo gli ultimi saluti, gli abbracci e le promesse di farsi sentire presto, si diresse a passo spedito verso il luogo a cui pensava da tutto il giorno, con il cuore che le martellava, colmo di speranza. Non dovette camminare molto.

Quando arrivò, la vide. La buca delle lettere rossa era ancora là attaccata al muro, all'angolo tra la via in cui viveva Val e Strada Copis.

Era piena di ragnatele e polvere, probabilmente perché nessuno la usava più da anni. Era contenta che l'avessero comunque lasciata dov'era da sempre – un simbolo del passato. Del suo passato e di quello di Val.

Si guardò intorno un paio di volte prima di far passare le mani dietro per vedere se ci fosse infilato qualcosa tra i tubi di ferro che la sostenevano; in un attimo iniziarono a riaffiorare i ricordi di tutte le volte in cui, come una ladra, vi aveva nascosto la "refurtiva" – le lettere che lei e Val si scambiavano o le sigarette che avevano fumato qualche volta in segreto, senza farsi vedere da nessuno.

Inizialmente non trovò nulla.

Si sollevò allora sulle punte dei piedi e allungò il braccio destro per spingere più in profondità la mano e controllare meglio tutto lo spazio tra i tubi e il muro.

Quando le parve di toccare qualcosa, si fermò.

Con la speranza che non si trattasse di immondizia, lo prese tra le dita e lo tirò fuori.

Lo rigirò un paio di volte fra le mani. Non pesava molto, sembrava vuoto.

Era un pacchetto da dieci delle Oro. Eryn non le aveva mai provate, ma sapeva che erano tra le più economiche dato che avevano un minor dosaggio di nicotina.

Venivano chiamate le "signore sigarette" perché fumate spesso dalle donne.

La scatola era aperta e intatta.

Guardando con più attenzione, notò alcuni fogli bianchi ripiegati più volte su se stessi con precisione. Li tirò fuori.

Attraverso la carta si intravedeva una fitta scrittura nera. Il suo cuore accelerò improvvisamente.

Scartò le lettere come si scartano i regali di Natale con la speranza di trovare l'oggetto tanto desiderato durante tutto l'anno e, dopo aver armeggiato per qualche secondo, riuscì ad aprirli – la persona che li aveva infilati lì dentro aveva dovuto rimpicciolirli notevolmente per farli stare tutti nel pacchetto.

Non poteva sbagliarsi. Non c'erano dubbi. Quella calligrafia l'aveva vista milioni di volte nel corso della sua vita e la conosceva a memoria, al pari della sua.

Era la scrittura piccola, precisa e regolare di Val.

*

"Mercoledì 20 luglio

Eryn, se stai leggendo queste parole è perché hai trovato la mia lettera; ciò significa che non siamo riuscite a vederci prima e, con molta probabilità, mi sarà successo qualcosa. Spero solo tu non sia arrivata troppo tardi.

Perdonami, ma dopo che l'avrai letta, capirai tutto.

Come ai vecchi tempi, l'ho nascosta nel nostro nascondiglio segreto, con la speranza che non cadesse in mani sbagliate e tu fossi il solo destinatario. Sei l'unica persona di cui mi fidi, e sei anche l'unica che possa aiutarmi.

Ho tanta paura che tu non riesca a trovarla o non lo faccia in tempo, ma devo comunque provarci; dovrò anche trovare il modo di farti venire qui, senza lasciare indizi troppo espliciti per non farlo capire anche ad altri. Prego tanto che tu ci riuscirai.

All'inizio pensavo di essere paranoica, pazza... e di inventarmi le cose, ma adesso so che non è così.
Lui non è quello che dice di essere.
L'ho conosciuto con il nome di Luke Oiler, ma quel nome non esiste."

Eryn strinse il foglio fra le mani, divorando una frase dopo l'altra. I suoi iniziali sospetti erano fondati. Parola dopo parola, l'amica le stava raccontando tutto ciò che non era riuscita a dirle a voce.

"Una sera sono rimasta a casa da sola perché lui era uscito con degli amici e sono andata in bagno per cercare qualcosa che mi facesse passare il mal di testa. Non trovando nulla, ho provato a guardare nel comodino dal lato in cui dormiva lui. Ma anche lì non ho trovato niente. Stavo per richiudere il cassetto quando ho notato un piccolo foro sul fondo e nel toccarlo mi sono accorta che tutto il piano si muoveva. Era un piccolo asse messo come doppio fondo, e non ce l'avevo messo io. Subito non ho immaginato fosse stato infilato da Luke. Ho pensato a Tommy visto che aveva vissuto in quella casa molto più tempo. Poi ho considerato che potesse esserci nascosta qualche sorpresa per me, così l'ho tolto per guardare dentro. Non è stato semplicissimo, ma dopo varie imprecazioni e qualche taglietto sulle dita ci sono riuscita".

Eryn si lasciò scappare un sorriso. Conosceva bene la manualità dell'amica in quel genere di cose.

La lettera proseguiva con un racconto preciso e dettagliato di ciò che vi aveva trovato dentro: soldi in diverse valute, biro, fogli e una piccola cartellina blu, che aveva aperto.

"Dentro c'erano dei ritagli di un vecchio giornale ingiallito, scritto in una strana lingua; non sono riuscita nemmeno a riconoscere l'alfabeto. Al centro c'era la foto di un signore in camice bianco, probabilmente un medico o uno scienziato.
Non so chi fosse, ma aveva qualcosa di familiare.
Sotto i ritagli c'era una piccola busta trasparente con dentro una serie di fotografie di giovani ragazze e un foglio su cui erano stati riportati i loro nomi. Erano davvero tanti.
Alcuni erano stati cancellati con una riga nera tirata sopra. È in quel momento che ho iniziato a preoccuparmi.

Era un elenco di donne e non sapevo cosa avessero in comune tra loro.

Subito ho pensato a una lista di ex ragazze, ma mano a mano che sfogliavo le fotografie, ho notato che le donne erano troppo diverse tra loro per etnia, età, aspetto e mi sembrava che alcune di loro appartenessero ad altri tempi, da come erano vestite e dalla qualità della foto.

Però, Eryn... Ascoltami bene... Non so come dirtelo, ma... Sfogliando velocemente le foto, ho riconosciuto uno dei volti: Lauren Mann. E, subito dopo, quello di una ragazzina identica a lei. Ho letto tutta la lista e ad un certo punto è spuntato il nome di Emily Mann. E poi... E poi l'ultimo nome... Eryn, era il mio!!! Allora ho ripreso in mano le foto e... l'ultima... nell'ultima c'ero io! A quel punto non ho capito più nulla. D'un tratto mi sono ritrovata a guardare me stessa; ero stata congelata in quello scatto mentre mi trovavo in ufficio, seduta dietro la scrivania. La foto è stata presa dalla strada perché si vedeva il riflesso della vetrina e mi ritraeva mentre lavoravo al computer, ignara di tutto. Qualcuno mi ha spiato e magari lo sta ancora facendo. D'istinto l'ho messa in tasca; non so perché ho reagito così, ma ero spaventata. Ho fatto una cosa stupida, lo so".

Dal tono si capiva che era ancora agitata e stava disperatamente lottando per rimanere lucida. Ogni indizio era prezioso.

Cosa ci faceva lì quella roba? A chi apparteneva? A Tommy? A Luke? Perché si trovava a casa sua? E perché lei non si era mai accorta di nulla? Cosa diavolo significava quella lista? Ma soprattutto, perché c'erano anche il suo nome e la sua foto?

"Se ci fossimo parlate ancora come prima, saresti venuta da me. E sicuramente ora non mi troverei in questa situazione".

Eryn sentì una fitta al cuore. Il senso di colpa che si era insinuato dentro di lei, iniziava a stringere come una morsa.

"Non so per quanto tempo sono rimasta lì, a sfogliare quelle fotografie. Ogni tanto mi sembrava di riconoscere qualche volto, ma poi scorrevo di nuovo la lista. Non c'era nessun altro nome che suonasse familiare. Solo quel cognome: Mann".

Saranno state un centinaio, forse di più. Val non sapeva dire quante fossero con certezza. Le erano passati davanti visi tondi, squadrati, magri e grassi dalle espressioni più disparate, occhi neri e blu che la osservavano con sguardo accusatore, e aveva iniziato a provare una sensazione spiacevole. Come se stesse spiando qualcosa di proibito e stesse oltrepassando la soglia privata della loro anima.

"Lo so che penserai che sono la solita esagerata, ma è quello che ho provato".

Eryn socchiuse gli occhi per un istante. Sentì salire un nodo che si fermò all'altezza della gola. Sapeva bene quanto fosse suscettibile la sua Val, e impulsiva. Con gli occhi lucidi, continuò a leggere.

"Quando ho deciso di smettere di guardarle e stavo per rimettere tutto in ordine, lo sguardo mi è caduto su un nome in particolare. Non so perché proprio su quello, forse perché era vicino a quello di Emily Mann. Eryn, ascoltami bene. Si tratta di Tanya Iman. Capisci?!? Proprio lei."

Eryn ebbe un sussulto. Strinse forte la lettera, mentre rileggeva le ultime righe. Tanya Iman, la ex proprietaria della casa in cui abitavano loro. Ricevevano ancora la sua posta.

"Devi stare attenta, Eryn. Non so cosa stia accadendo, ma so che è qualcosa di brutto. E ho paura. Sono tanto spaventata. Sono terrorizzata dall'idea che possa succedere qualcosa anche a te, ad Archie e a Zena. Non è solo un sospetto, devi credermi. C'è qualcosa di più, ne sono sicura. Mi sembra di vivere in un incubo e di non riuscire a uscirne. Aiutami, ti prego. Devi fare presto".

Da quelle parole trapelava tutta l'angoscia che Val provava. Le aveva scritto che in quel momento si era accorta che Luke stava rientrando. Mentre cercava di rimettere velocemente tutto dentro il cassetto come l'aveva trovato, aveva sentito che sul fondo c'era ancora qualcosa. Con il cuore in gola e un occhio verso la porta, aveva estratto un passaporto dalla copertina rossa: era di Luke.

Sbigottita, Eryn divorò le ultime righe.

"Eryn, mi ha mentito... Non si chiama Oiler. Ma non mi ricordo quale sia il suo vero cognome. È accaduto tutto così in fretta... Non sono riuscita a memorizzarlo. Però c'era scritto qualcosa che ha a che fare con un certo Luke Palovuk... Pablovuk... Padlukuk... o qualcosa del genere. Ricordo solo che era un nome straniero. Ero scioccata, mi capisci?".

Certo che la capiva.

Val aveva richiuso in fretta il cassetto mentre lui apriva la porta d'ingresso e si era fatta trovare sdraiata sul letto prima che entrasse in camera. Gli aveva detto che non si sentiva bene e che si stava riposando.

"Penso che in quel momento non si sia accorto di nulla."

Eryn era rimasta a leggere lì davanti alla buca delle lettere, incapace di staccare gli occhi da quella grafia fitta e piccola.

Dietro di lei un uomo di passaggio tossì, riportandola nel mondo reale.

Si guardò intorno allarmata, con il timore che qualcuno la stesse osservando. Ebbe un capogiro. Rimise la lettera dentro il pacchetto e si avviò verso casa, dove sapeva che sarebbe stata più al sicuro.

Anche se durò solo qualche minuto, il tragitto le sembrò eterno.

Per fortuna la madre stava intrattenendo Zena con qualche canzoncina nella sua vecchia camera al piano di sopra.

Non disse che era arrivata, e loro non se ne accorsero.

Si sedette su una sedia in cucina e ritornò da Val.

"Ho passato i due giorni successivi a tormentarmi su cosa dovessi fare, se affrontare Luke e dirgli qualcosa oppure far finta di niente. Ho cercato il suo nome, o almeno quello che ricordavo, ma non ho trovato nulla; non conosco la sua famiglia, i suoi amici e mi sto rendendo conto di non conoscerlo affatto. Ho paura, Eryn. Ma devo comportarmi come se niente fosse successo, se voglio capire chi sia realmente e perché tenesse quelle foto nascoste nel comodino.

Da quel giorno non ho più avuto occasione di rimanere da sola per andare di nuovo a dare un'occhiata nel cassetto del comodino. È come se si fosse accorto di qualcosa... Non so... Magari è solo la mia impressione. Ma è come se mi sentissi sempre sorvegliata. Cerco di comportarmi come sempre, ma mi sembra di vederlo... cambiato. Nei miei confronti, sì. Ma forse sono solo io a vederlo con occhi diversi. Ogni volta che cammino per strada mi volto indietro perché mi sento osservata. Eryn... sono sicura che qualcuno mi stia seguendo. E poi succedono cose strane. Ho iniziato a ricevere telefonate anonime a qualunque ora del giorno e della notte, e quando faccio delle chiamate sento dei suoni strani attraverso il cellulare. E trovo sempre le cose spostate, in casa e in ufficio. "

Chiunque, nel leggere quella lettera, avrebbe dubitato della sanità mentale di Val. Ma non lei. Eryn le credeva. Voleva crederle. Qualcosa le diceva che doveva farlo. Non poteva essersi inventata tutto. C'erano troppe cose che combaciavano, e lei e Emily erano davvero scomparse.

"Alla fine ho pensato che fosse meglio rimettere la mia fotografia di nuovo al suo posto dove l'avevo trovata per evitare che si accorgesse di qualcosa. Ieri, mentre si faceva la doccia, sono andata in camera, ma quando ho aperto il cassetto... non c'era più nulla!!! E adesso sono quasi certa che sappia. Non so più cosa fare. Sto impazzendo. Ho davvero tanta paura che mi faccia del male. E che ne faccia a te e alla tua famiglia. Ho bisogno di te, Eryn. Scriverti in qualche modo mi fa sentire più sicura. Adesso, anche se mi dovesse succedere qualcosa, almeno sei a conoscenza di quello che è accaduto. Almeno fino a questo momento. Non so cosa succederà, ma ti prometto che continuerò a scrivere fin quando potrò, nella speranza di vederti presto. "

Le aveva scritto quelle pagine di nascosto mentre era in palestra, dentro la doccia, l'unico momento in cui riusciva a sottrarsi a occhi indiscreti ed era sicura che non ci fosse nessuno a spiarla. L'aveva scritta giorno dopo giorno, un pezzo alla volta. Era l'unico mezzo non rintracciabile che le fosse venuto in mente, l'unico modo per riuscire a parlarle liberamente. Teneva i fogli nascosti dentro le scarpe da ginnastica che tutte le sere lasciava chiuse con un lucchetto in una sacca nel baule della macchina, anch'essa chiusa in garage. Eryn aveva divorato quella lettera tutta d'un fiato e dovette rileggerla altre due volte per assicurarsi di non aver tralasciato nulla di importante.

Doveva farla assolutamente vedere a Sarah.

Si alzò di scatto dalla sedia per andare da lei. Era talmente assorta nei suoi pensieri che non aveva sentito la madre scendere dalle scale e non l'aveva vista avvicinarsi.

"Mamma! Mi hai spaventata, non ti avevo sentito. Zena dorme? Devo andare a fare un salto da un'amica. Non tarderò molto".

"Sì, tesoro. Stai tranquilla. Si è appena addormentata. Resto io con

lei. Da...".
Ma la frase rimase sospesa a metà, perché Eryn era già corsa via.

*

Iniziò a correre velocemente verso casa di Sarah, ma dopo alcuni metri dovette rallentare il passo perché aveva iniziato ad avvertire un fastidio alla milza.

Non era mai stata una sportiva, ma le era sempre piaciuto mantenersi in forma – solo che l'ultima volta che aveva fatto una lezione di pilates o yoga era stato prima della nascita della figlia. Si ripromise che presto avrebbe ripreso.

Quando arrivò ai giardinetti e girò nella via dove viveva l'amica, non trovò nessuno – come sempre – e il silenzio che le diede il benvenuto la accompagnò fino al cancello.

Quella casa non le metteva più ansia e tutto sommato, ora che la guardava da vicino, ne riconosceva la bellezza e i dettagli finemente curati dello stile che la mettevano in risalto.

Si attaccò al campanello sperando di trovarla a casa e, soprattutto, che fosse ben disposta ad accogliere visite; non capiva il perché, ma non sempre Sarah rispondeva.

Dall'interno, nessun segno.

Le finestre erano chiuse, ma Eryn sapeva che le lasciava sempre così.

Continuò a suonare per qualche minuto – il tempo di assicurarsi di aver disturbato tutto il vicinato –, dopodiché staccò il dito dal pulsante.

Evidentemente non era in casa, anche se avrebbe dovuto esserci.

La sua routine lavorativa era metodica e regolare; dopo la mattinata trascorsa in ufficio, ritornava sempre a casa all'ora di pranzo per rimanerci fino alle tre, prima di ritornare in centrale a consegnare le ultime pratiche. Aveva chiesto di poter avere tre ore a cavallo del pranzo per poter lavorare da casa, perché diceva che solo così riusciva a concentrarsi, lontano dalla confusione. Data la sua pregressa situazione familiare e la flessibilità lavorativa più facile da ottenere in un piccolo paese dove tutti ti conoscono, aveva ottenuto subito il permesso senza problemi.

Eryn prese il cellulare per provare a chiamarla.

Lo trovò libero e sentì partire i primi squilli, ma al terzo la chiamata si interruppe.

Provò a richiamarla ma, prima che iniziasse a squillare, sentì un colpo di clacson dietro di sé che la spaventò.

Era lei.

"Ehi, straniera. Cosa ci fai qui? Non mi avevi detto che saresti venuta, altrimenti mi sarei fatta trovare prima. Avevamo la stampante rotta e ho impiegato una vita per stampare due miseri fogli". Come sempre era un'esplosione di energia che traspariva da ogni cosa, anche dal modo in cui gesticolava mentre parlava.

A Eryn piaceva quel suo modo di essere.

"Ho delle grosse novità. Ti devo parlare". Tagliò corto sui saluti. E dallo sguardo deciso, Sarah capì che non era il caso di perdere altro tempo. Bisognava entrare subito.

La casa era pulita e in ordine, avvolta nella penombra.

Sarah tirò i tendoni del salone per far entrare la luce.

Sedute sul divano l'una accanto all'altra, aspettò che Eryn iniziasse a parlare. La guardò mentre tirava fuori dalla borsa il pacchetto delle sigarette ma non disse nulla, aspettando in silenzio.

"Ecco qua".

Le porse la lettera di Val.

Dopo una quindicina di minuti, in cui lesse e rilesse le parti più importanti o significative memorizzando attentamente tutte le informazioni contenute, alzò lo sguardo – Eryn aveva capito l'esatto momento in cui stava leggendo la parte che riguardava la sorella e la nipote, perché l'aveva vista stringere più forte il foglio tra le mani, con gli occhi sgranati; ma non capì se per la sorpresa o per la rabbia.

Sarah appoggiò il foglio di fianco a sé e guardò fuori dalla finestra, assorta; come sempre, aveva bisogno di qualche momento per pensare. In genere lo faceva ad alta voce, ma quella volta preferì assaporare i primi attimi di riflessione in solitudine.

"La data sulla lettera è di pochi giorni fa. Dobbiamo metterci subito sulle sue tracce, potrebbe portarci anche da Emily. Potrebbero essere nello stesso posto".

Non stava parlando direttamente con Eryn; aveva solo iniziato a ragionare a voce alta. Esprimere i suoi pensieri in quel modo la aiutava a mettere chiarezza e ordine tra loro. "Dobbiamo subito cercare di risalire al vero nome di Luke. Non sarà facile, ma ci possiamo provare", continuò.

"Come pensi di fare?".

La voce di Eryn la fece risvegliare e si girò a guardarla.

"Cerchiamo il colore" le rispose dopo un attimo, sorridendo. Sembrava convinta di ciò che stava dicendo, anche se Eryn non capiva a cosa si riferisse. A volte l'atteggiamento di Sarah la innervosiva – quel suo pronunciare frasi scollegate e parole senza senso, frutto dei suoi ragionamenti contorti che capiva solo lei.

"Quale colore?".

"Il colore del passaporto. Val ha scritto che era rosso; di sicuro non è stato rilasciato nel nostro Paese, altrimenti sarebbe blu. Se riusciamo a risalire allo Stato di provenienza, possiamo restringere il campo delle ricerche. Da quello che ha riportato nella lettera, sembra si tratti di un nome della Unioner dell'Est, ma potrebbe essere anche di un altro continente. Questo però lo possiamo verificare subito".

Si alzò velocemente per andare a prendere il computer che aveva lasciato nella borsa.

Dopo qualche minuto sul monitor apparve l'elenco di tutti gli Stati che avevano il passaporto di quel colore. Non erano tanti e, soprattutto, appartenenti alla Unioner era solo tre: Poria, Spair e Croax.

"Iniziamo a vedere come sono strutturati i loro cognomi e vediamo se terminano con il suffisso *uk*. Val lo ha scritto in tutti e tre i cognomi che ha riportato, non penso sia un caso".

Eryn era rimasta in silenzio. Sarah aveva ragione. Come aveva fatto a non pensarci? Era abituata a viaggiare e sapeva che ogni Stato aveva un passaporto diverso.

Si avvicinò all'amica e si sporse per vedere meglio lo schermo del computer. Esclusero subito il primo Stato; qui la maggior parte dei cognomi finiva con "lao" che significava "figlio"; dopodiché passarono ad analizzare Spair. Impiegarono molto più tempo, perché qui i nomi non avevano suffissi tipici o lettere ripetute; analizzarono pagine e pagine fitte di cognomi, ma nessuno di essi terminava con "uk".

Tutte le speranze vennero riposte su Croax.

Dopo alcuni secondi, il sito si ricaricò con i nuovi risultati.

Entrambe sussultarono, avvicinandosi ulteriormente al pc appoggiato sulle gambe di Sarah.

Avevano fatto bingo.

I primi nomi riportati finivano tutti con il suffisso "uk".

"Bene, ma adesso come facciamo a capire chi è? Anche se abbiamo trovato lo Stato, come facciamo a trovare il nome?".

Eryn era sempre stata pragmatica. Non si faceva mai prendere troppo dall'entusiasmo, preferendo rimanere con i piedi per terra. Guardava subito all'ostacolo successivo, in ogni cosa che faceva, per prepararsi ad abbatterlo. Se le fosse piaciuto lo sport, sarebbe stata un'ottima atleta.

Anche se sentiva che avevano fatto un enorme passo avanti, non riusciva a essere felice. Val era scomparsa, e forse anche a causa sua. Ora che sapeva com'erano andate le cose, si sentiva ancora più responsabile.

"Stai tranquilla, ci vorrà un po' ma conosco la persona che ci può aiutare. Incroceremo i nomi di tutti i cittadini aventi nazionalità Croaxi con il nome di Luke e ognuno dei cognomi che ci sono sulla lista. Se non riusciremo a trovare niente, prenderemo tutti i Luke che possano avere all'incirca quell'età e vedremo se tra di loro ce n'è uno con il cognome simile a quelli che ci ha indicato Val. Dopodiché risaliremo alle foto e tu confermerai se è lui oppure no. Un po' lungo, lo so, ma è semplice. Non ti preoccupare".

Se non ci fosse stata Sarah, tutto questo sarebbe stato impossibile.

"Ma... è legale?" le chiese, ben sapendo che avrebbe fatto qualunque cosa pur di ritrovare l'amica.

"No, ma non ci interessa. Non facciamo del male a nessuno, leggiamo solo una lista di nomi. Ora che ci penso, il mio amico adesso non abita nemmeno lontano da qua perché in questo periodo dell'anno si trasferisce a Collie, in campagna. Andiamo subito a parlargli; queste cose è meglio farle a voce che al telefono. Tu puoi venire?".

"Certo. Chiamo solo mia madre per dirglielo e organizzarmi con Zena".

Dieci minuti dopo erano sulla macchina di Sarah, una piccola decappottabile blu chiara a due posti con i sedili beige in pelle. Eryn notò che non vi era la minima traccia di polvere o oggetti sparsi nell'abitacolo com'era solito trovare nelle macchine delle donne.

"Accidenti, che ordine! E che pulizia! Nemmeno Archie riesce a tenere la sua così", esclamò Eryn seduta al suo fianco con i capelli che ondeggiavano mentre la macchina prendeva velocità, diretta verso la campagna.

"È la mia bimba. Non avendo figli o mariti da accudire, mi sono concentrata su alcuni hobby oltre al lavoro; e i motori sono uno di quelli".

Sarah aveva indossato dei grossi occhiali da sole neri e guidava sicura.

"Possiamo prendere la Montagna, ha un po' più di curve ma ci permetterà di arrivare prima. Che ne dici?".

La Montagna era una strada stretta e ripida che si inerpicava lungo l'altura situata a pochi chilometri dal paese; in realtà più che una montagna era una collina, ma i primi abitanti che si erano trasferiti lì, non avendo mai visto prima un promontorio, l'avevano sempre chiamata così e da allora il nome era rimasto.

Per arrivare a Collie si poteva scollinare su quella strada oppure procedere lungo quella a valle – più larga e sicura, ma in questo modo si allungava il tragitto di una buona mezz'ora perché girava tutto intorno alla piana e passava dentro i paesini.

A Eryn non piaceva molto fare quella strada, la trovava pericolosa; in alcuni tratti, anche se era a doppio senso, ci passava a malapena una macchina e vi erano pochi punti dove potersi fermare e fare manovre. E poi lei odiava fare percorsi in salita con troppe curve.

Ma non voleva perdere tempo e con Sarah alla guida si sentiva sicura.

"Ok. Da chi stiamo andando?". Il rumore del vento copriva gran parte delle parole e dovette urlare per farsi sentire.

"Andiamo da Frank". Come se l'amica lo conoscesse... Ridendo, aggiunse che era un amico di vecchia data, un giornalista. "Ormai si è ritirato dalle scene, ma ha ancora una mente brillante. È un tipo molto attivo e gli piace documentarsi su ogni tipo di argomento. Ogni tanto scrive ancora saggi e recensioni. Dovresti leggerle, sai?". Eryn era incuriosita.

Sarah le spiegò che conosceva molte persone in ogni campo, e non c'era cosa che non sapesse o potesse sapere in poco tempo. Ecco perché aveva subito pensato a lui per farsi aiutare. Era anche una persona molto discreta. Ci si poteva fidare.

L'aveva conosciuto da giovane quando, prima di diventare un volto noto del giornalismo internazionale, era un semplice inviato della zona e andava spesso a intervistare la polizia su fatti di cronaca che avevano tenuto la popolazione col fiato sospeso. Si trattava per lo più di casi legati alla criminalità, di cui lasciavano che si occupasse lui. Era davvero in gamba, l'aveva subito notato. Al contrario di molti suoi colleghi, era sempre stata una persona educata, ligia alle regole e mai invadente, tutte caratteristiche che lei aveva apprezzato.

"Nel corso degli anni si è creato un bel legame tra di noi. Avevamo tanti hobby e passioni in comune che ci hanno portato a trascorrere molto tempo insieme, anche fuori dal lavoro. Ci vedevamo praticamente tutti i giorni". Sarah si voltò e vide che Eryn la guardava con malizia. "Ti stai domandando se ci fosse qualcosa in più di una semplice amicizia, non è vero?"

"In effetti..." rispose, imbarazzata.

"No, nessuna relazione amorosa. E nessun retroscena piccante". Le fece l'occhiolino. Le disse che, sebbene nessuno dei due avesse avuto altre storie importanti, tra loro non ci fu mai nulla di più di una semplice frequentazione tra persone che hanno tante cose in comune. E forse era proprio quello il motivo per cui, nonostante fossero entrambi due belle persone e la differenza di età non fosse eccessiva, non erano mai andati oltre la semplice amicizia: erano troppo simili e un rapporto stabile avrebbe probabilmente determinato la fine della loro intesa intellettuale.

"Oh, no! Ci mancava questo adesso". Sarah frenò bruscamente. Dietro una curva si ritrovò davanti un furgoncino che avanzava lentamente. Sembrava quasi fermo. "E non posso nemmeno superarlo. La gente che ha paura di guidare dovrebbe stare a casa, o per lo meno dovrebbe evitare di fare certe strade".

Nei minuti che seguirono, procedettero quasi a passo d'uomo; Sarah aveva il piede più sul freno che sull'acceleratore. A quell'ora il sole iniziava a bruciare e Eryn cominciò a sudare. Le mancava l'aria.

Quasi in cima al promontorio, trovarono uno slargo nella strada che dava loro la possibilità di superare. Ma bisognava farlo velocemente perché il tratto non era lungo e subito dopo si restringeva per lasciare spazio a un'altra curva a destra.

Sarah controllò gli specchietti per verificare che non ci fossero macchine dietro.

Poteva farcela.

Senza perdere tempo, sfruttò l'occasione, spostandosi sulla corsia di sinistra. Accelerò di colpo e in pochi secondi furono di fianco al mezzo, nella corsia opposta.

Pochi metri e l'avrebbero superato.

Eryn si voltò alla sua destra per vedere chi ci fosse alla guida, ma i vetri erano oscurati. Ebbe un déjà-vu. In un attimo riaffiorarono i ricordi di quanto aveva vissuto quella mattina in Strada Tal, quando lei e Zena avevano rischiato di essere investite. Un brivido le percorse la schiena. Provò paura. Stava per dirlo a Sarah, quando vide lo sportello bianco del furgoncino avvicinarsi velocemente verso di lei. Per istinto chiuse gli occhi e si mise le mani davanti al viso per proteggersi.

Il colpo fu immediato, nello stesso istante in cui lei iniziò a gridare. "Ma che diavolo?!?".

Sarah perse il controllo dell'auto che sbandò sulla sinistra, andando a finire contro le protezioni a bordo strada. Se così non fosse stato, sarebbero finite nel burrone.

"Non riesco a frenare!". Il rumore della carrozzeria che raschiava lungo le barre protettrici superava in intensità le grida di Sarah mentre cercava di tenere le mani salde sul volante.

Il furgoncino non mostrava la minima intenzione di spostarsi. Aveva agganciato la loro auto con lo specchietto o con qualche parte del cofano, impedendole di rallentare e fermare l'auto; le gomme stridevano, lasciando una scia di fumo dietro di loro e una striscia nera sull'asfalto.

"Bastardo, ci ha bloccate".

Eryn non riusciva a emettere alcun suono. Si teneva alla portiera dell'auto e guardava fisso davanti a lei; non sapeva se avesse più paura di cadere nel dirupo o di scontrarsi frontalmente con qualunque macchina fosse sopraggiunta in quel momento nel senso opposto. Avevano entrambe le cinture di sicurezza, ma questo non avrebbe impedito un terribile scontro frontale.

Pochi metri più in là, il rettilineo sarebbe finito e con esso le protezioni; un'altra curva a gomito ostruiva la visuale di chi saliva dall'altra parte.

"Fai qualcosa, ti prego", riuscì infine a gridare.

Non voleva morire in quel modo e, soprattutto, non in quel momento.

Sarah non riusciva a riprendere il controllo dell'auto.

D'istinto, provò a cambiare strategia e accelerò di colpo; la sua decappottabile era più leggera e veloce del furgoncino, e riuscì a spingerla qualche metro più avanti, disincastrandosi e liberandosi del tutto prima di arrivare alla curva.

Riuscì subito a riprendere il controllo dell'auto, rimettendosi sulla carreggiata; sterzò di colpo a destra per farlo sbandare, mandandolo a sbattere contro il fianco della montagna.

L'autista riprese prontamente il controllo, ma Sarah ebbe il tempo di inchiodare bruscamente. In pochi secondi riuscì a spostarsi nuovamente dietro di lui, rientrando nella corsia corretta.

Fu in quegli istanti che accadde tutto.

Da dietro la curva videro sbucare un pulmino giallo carico di ragazzini in gita che, vedendosi venire addosso l'auto blu di Sarah, aveva frenato bruscamente per evitare l'impatto. Aveva perso il controllo e iniziato a sbandare, andando a invadere l'altra corsia. Si fermò di traverso tra le due corsie di marcia, bloccando completamente il passaggio.

Sarah riuscì a fermare la sua auto a pochissimi metri, evitando un impatto che sarebbe potuto essere fatale; erano rimaste bloccate, ma almeno erano vive.

Si guardarono intorno.

Il furgoncino bianco non c'era più. Era riuscito a passare un attimo prima che il pulmino bloccasse completamente le carreggiate, per scomparire dietro la curva.

CAPITOLO DECIMO

"Credo proprio che voi due abbiate pestato i piedi a qualcuno di grosso".

Frank era in casa e le aveva accolte con una tazza di tè nero e un vassoio di biscotti freschi, comprati la mattina stessa nella pasticceria del paese.

Diceva sempre che per avere intuito e uno spirito di osservazione più acuto bisognasse accontentare i piaceri della vita, e i dolci erano tra quelli.

Aveva intuito che era successo qualcosa di grave da come Sarah l'aveva salutato e guardato nel momento in cui gli aveva presentato Eryn; nell'osservare la faccia pallida di quest'ultima mentre le stringeva la mano tremolante, ne aveva avuto la conferma.

Era un ottimo osservatore, gli piaceva notare i dettagli a cui la maggior parte delle persone non dava importanza, o che trascurava.

Le aveva fatte accomodare sul divano in soggiorno, ricoperto da un telo rosso che aveva messo sopra per proteggerlo dalle grinfie dei suoi due gatti siamesi, Zara e Sasha. L'ambiente era molto intimo, colorato e ben arredato. Al fondo della stanza, uno splendido caminetto antico – da cui usciva ancora l'odore della legna da ardere, sebbene non fosse in uso dall'inverno precedente – era incastonato in un grosso mobile a ripiani, anch'esso in legno, che occupava tutta una parete e arricchiva l'arredamento della stanza.

Al primo sguardo, spiccavano tre lunghe candele arancioni di diversa forma e dimensione, appoggiate su uno dei ripiani, che si abbinavano perfettamente alle tende e rafforzavano la sensazione di calore che tutta la stanza emanava.

Anche le pareti erano una macchia di energia e vitalità; sulla tappezzeria erano appese diverse cornici con le fotografie di Frank in giro per il mondo, e quadri in cui erano stati incorniciati articoli che tessevano le sue lodi e osannavano le sue opere.

Tutto l'ambiente parlava del suo lavoro e delle sue passioni.

L'unica nota disordinata era il basso e lungo mobile in legno davanti al divano, colmo di libri, riviste, penne e fogli buttati senza un rigore logico che, però, evidenziava il quadro di una vita perfetta per un giornalista in pensione.

Prima di accomodarsi, erano passate davanti a una piccola cucina dalle pareti giallo limone, coloratissima e piena di utensili, attrezzi culinari e oggetti sparsi ovunque, ma con una disposizione ben studiata; c'erano anche dei grossi piatti dalle tinte vivaci appesi alle pareti.

La casa con il suo arredamento ti faceva subito sentire a tuo agio con la voglia di non uscire più da lì. Ti metteva allegria e ti faceva tornare il buonumore.

Era proprio quello che serviva alle due donne, ancora scosse dall'incidente.

Gli raccontarono tutta la storia dall'inizio e a poco a poco si ripresero; il colorito sulle guance di Eryn riapparve, donandole l'aspetto sano e naturale di sempre.

Anche Sarah, nonostante la sua tempra, si era spaventata ma il suo sangue freddo aveva permesso di evitare conseguenze peggiori; sentiva ancora l'adrenalina scendere e tutto lo stress venir fuori. Parlare con Frank era la cosa di cui aveva in assoluto più bisogno.

"Tu chi pensi ci sia dietro?", gli chiese addentando un pasticcino con la panna montata.

Zara le si era avvicinata alle gambe e la fissava con uno sguardo supplicante; era una gatta molto golosa e andava matta per la panna.

"Non lo so ancora, ma penso qualcuno di davvero grosso; questo spiegherebbe il comportamento dell'autista del furgone. È probabile che Eryn sia stata vista mentre si aggirava intorno alla sede e scattava le foto. Vogliono spaventarla e dissuaderla dall'andare a ficcare il naso in cose che non la riguardano. Però, per rispondere in maniera esauriente alla tua domanda, ho bisogno di avere qualche informazione in più. Se siete d'accordo, partirei col fare alcune ricerche sulla sede della I.T.O., e dalla lettera che ha lasciato Val. Ci vorrà un po', ma sono sicuro di poter trovare qualcosa. Ovviamente, perdonatemi se non ve l'ho detto subito, mi dispiace molto sia per lei sia per tua nipote. Sembra di essere ritornati a inizio secolo scorso".

Eryn scattò sull'attenti e guardò Sarah, in attesa che le spiegasse a cosa si stesse riferendo Frank. Fu però lui a continuare. "Diversi anni fa improvvisamente sparirono molte ragazze in questa zona. Nessuno le ha più ritrovate e il responsabile non è mai stato scoperto. Ma sicuramente i fatti non hanno nulla a che vedere tra di loro". Non sembrava del tutto convinto, ma si era reso conto all'ultimo di aver parlato troppo e aveva cercato di tamponare. Ne ebbe la conferma dallo sguardo e dalla postura di Eryn. Non ne aveva mai sentito parlare, e la notizia la fece ripiombare nell'agitazione e nell'ansia più totale.

Sarah aveva un'ottima memoria: si ricordava bene i casi di quelle sparizioni, sebbene le prime risalissero a molti anni prima, quando era molto giovane e non prestava ancora servizio nella polizia. Non li aveva mai menzionati per non spaventarla più del dovuto. Di quelle ragazze nessuno aveva più avuto notizie, nonostante le ricerche fossero durate anni. Ormai si presumeva fossero morte. Per Eryn fu una nuova scoperta sebbene fosse cresciuta in quelle zone. All'epoca dei fatti, lei non era ancora nata e la gente, per paura o scaramanzia, aveva smesso di parlarne, come se ciò servisse a placare l'angoscia o esorcizzare l'orrore. Per questo era sempre rimasta all'oscuro di tutto e la notizia le piombò addosso come un fulmine a ciel sereno.

Rimase impietrita e dovette concentrarsi per non far cadere la tazza che teneva in mano. Sarah le lanciò un'occhiata preoccupata. Doveva ancora riprendersi dallo shock e quella notizia aveva contribuito ad aumentare ulteriormente il suo turbamento. Vide che tremava, ma preferì rimanere in silenzio. Eryn cercò di recuperare subito la calma e non crollare, e nel giro di poco tempo riuscì a riprendersi.

Si rivolse a Frank.

"Se ti serve, ti lascio la lettera di Val. Io ho già fatto delle foto. Dimmi cosa posso fare per dare una mano nelle ricerche. Ormai sono coinvolta e vorrei dare il mio contributo". Il turbamento di pochi istanti prima sembrava scomparso. Aveva ripreso il pieno controllo di sé e della situazione.

Frank ammirò la sua grinta. Nonostante lo spavento e la paura che aveva provato, vedeva in lei una donna forte e combattiva; non era sicuramente abituata a quel genere di eventi, ma sembrava reagire bene e reggere le conseguenze.

Sapeva anche che non poteva tenerla fuori, ma avrebbe dovuto stare attento in futuro a cosa le diceva perché non era del mestiere e, come lei stessa gli aveva detto, era troppo coinvolta emotivamente. Anche Sarah lo era ma, a differenza sua, quando la situazione lo richiedeva, riusciva a spegnere le emozioni e mantenere sempre il dovuto distacco.

"Ti ringrazio. Lasciamela pure. Qualcosa mi dice che la leggerò così tante volte che la imparerò a memoria", le rispose sorridendo.

Nonostante l'età e i capelli grigi, aveva un sorriso affascinante che stuzzicava ancora qualche appetito femminile.

"Invio subito le informazioni che mi avete dato a un amico che lavora negli affari interni; gli chiederò di incrociare il nome di Luke con tutti i cognomi simili a quelli riportati. Se esiste una combinazione, la troveremo".

"Molto bene".

"Direi che abbiamo dell'ottimo materiale da cui partire; quando l'avremo trovato, dovrai riconoscerlo dalle foto che mi manderà, così avremo una conferma. A quel punto, una volta appurato che è lui, cercheremo di capire chi sia davvero e per chi lavori. Nel frattempo farò qualche ricerca sulla I.T.O., e vedremo se uscirà qualcosa".

Soddisfatta, Eryn volse lo sguardo verso Sasha che si stiracchiava sul tappeto, con la schiena inarcata e la bocca spalancata in uno sbadiglio. Essendo un maschio, era più grosso di Zara; aveva anche lui due grandi occhi azzurri ma, a differenza della sorella, i suoi erano strabici, tipici della razza. Anche la coda era a uncino, un'altra particolarità dei siamesi; la parte finale si ripiegava su stessa formando una piccola "u". Era molto buffo, di sicuro era un gatto che non passava inosservato.

Anche Sarah lo stava osservando quando incominciò a parlare.

"Perfetto, Frank. Ci riaggiorneremo non appena ci saranno novità. Direi che possiamo andare. Ho avvertito la centrale di quello che è successo e devo passare da loro per finire alcune pratiche. E poi devo riportare sana e salva questa bella mamma dalla sua bambina".

Si alzò dal divano e prese gli occhiali da sole che aveva lasciato sul ripiano del mobile davanti a loro. Anche Sasha si mosse insieme a lei e la seguì strusciando il muso sulle sue scarpe.

"Vieni qui, Sasha. Non è ancora ora di cena. Andate pure, ragazze.

Ma state attente. Vi consiglio di prendere l'altra strada, è meno pericolosa. Non penso che vi daranno ancora fastidio, almeno per un po', ma è meglio essere prudenti. Ti chiamerò non appena avrò avuto un riscontro", disse Frank. Dopodiché, le accompagnò alla porta.

Se fosse stato per Sarah, avrebbero rifatto la Montagna. Ma non voleva mettere in agitazione l'amica.

Una volta in strada, con il vento che le accarezzava di nuovo i capelli e il rumore del motore che la cullava, Eryn si sentì di nuovo al sicuro e riuscì ad addormentarsi, esausta e sfinita per le emozioni vissute in quella lunga giornata.

*

Eryn decise di non raccontare nulla dell'incidente a sua madre e ad Archie per non farli preoccupare; sapeva che se l'avesse detto al marito, si sarebbe infuriato terribilmente e le avrebbe impedito di continuare a investigare in giro con Sarah. E non avrebbe avuto torto.

Anche lei si sentiva un'incosciente alcune volte, soprattutto perché adesso aveva una figlia a cui badare, ma non riusciva a smettere di sentirsi in colpa per Val e di pensare che le fosse successo qualcosa di brutto.

Erano passati ormai diversi giorni da quando era sparita e le aveva lasciato la lettera.

Ora dovevano aspettare Frank; le avrebbe contattate lui non appena avesse scoperto qualcosa.

Lei odiava attendere senza poter fare nulla, si sentiva impotente e inutile.

Per passare il tempo, provò a riprendere la solita routine e uscire con le altre mamme che erano rimaste in città, ma anche quando era con loro non faceva altro che pensare a tutta la vicenda.

Non riusciva più a interessarsi ai loro discorsi, pressoché incentrati sui figli e sui loro bisogni; anzi, continuava a domandarsi come fosse riuscita a sopportare un anno di conversazioni basate principalmente su gossip, pappe, pipì e pupù senza perdere la ragione. Adesso le davano noia. Quasi la nausea.

Val aveva ragione quando le diceva che era cambiata e che era diventata una persona diversa, ma lei non le aveva mai creduto. Riteneva che fosse solo gelosa di Zena e non capisse i suoi nuovi bisogni di madre.

Cercò di fingersi comunque interessata ai discorsi delle altre e ogni tanto provava a intervenire dicendo la sua, ma le amiche si accorsero subito che era più assente e meno coinvolta del solito.

"Eryn, tutto bene? Sembri un po' strana oggi".

"Sei stanca, vero?".

"Forse hai bisogno di una vacanza...".

"Ci andrete, non è vero?".

"Se vuoi, possiamo andare tutte a casa mia a rilassarci in piscina... Sempre che i bambini ce lo permettano", aggiunse Julia.

Viveva con il marito e la figlia in un'enorme villa poco lontana dal centro, con tanto di piscina e campo da tennis.

Il marito lavorava nella finanza e viaggiava per tutto il Paese; non era quasi mai a casa e lei riempiva la sua assenza organizzando feste e party.

Eryn sospettava che, qualche anno prima, le feste fossero molto più trasgressive e non escludeva che anche il letto dove dormiva non venisse lasciato vuoto la notte; adesso di sicuro si era calmata perché alle feste che organizzava partecipavano prevalentemente le altre mamme con i loro pargoli.

Non che le servisse realmente rilassarsi o staccare dalla quotidianità e dalle incombenze di casa – aveva un esercito di collaboratori al suo servizio pronti a esaudire ogni suo desiderio o a svolgere qualunque mansione venisse loro richiesta –, ma le piaceva organizzarle per avere gente in casa che le facesse compagnia.

"Scusatemi... Questa notte non ho dormito bene e sono un po' stanca. Forse è meglio che vada a riposarmi".

Salutò le amiche e si avviò verso casa con Zena. Più tardi avrebbe dovuto presentarsi dal dottor Ladder per l'appuntamento. In fondo era vero, non era una scusa. Ma sapeva che la vera ragione per cui si era voluta staccare dal gruppo era perché aveva intenzione di fare alcune ricerche su internet, prima di recarsi dal medico.

Se avesse trovato qualcosa, avrebbe subito chiamato Sarah, così non avrebbero perso altro tempo.

"Prego, signora. Si accomodi pure. Il dottore la sta aspettando".
Non c'era più la solita segretaria ad attenderla nello studio.
La giovane ragazza dalla voce squillante era stata sostituita da una signora di mezza età dai toni più bassi e dai modi di fare più lenti, ma anche lei era molto gentile e cordiale.
Ladder la stava aspettando seduto dietro la scrivania, intento a scrivere qualcosa; era talmente assorto che non la sentì entrare.
"Buon pomeriggio, dottore". Eryn lo salutò ad alta voce per attirare la sua attenzione.
"Oh, Eryn. Mi scusi, stavo finendo di compilare alcune scartoffie. La solita burocrazia. Come sta?"
"Molto bene, grazie".
"Mi fa piacere. Si prepari e si metta comoda sul lettino. Sarò da lei in un attimo".
Ripose tutto in un cassetto e si alzò per andare a prendere qualcosa nel bagno interno allo studio.
La visita durò meno di mezz'ora.
Eryn era in forma e aveva un fisico ancora perfettamente sano.
"Fossero tutte come lei le mie pazienti! Sta divinamente. Pronta per il secondo figlio", scherzò il dottore mentre si toglieva i guanti monouso e li buttava nel cestino.
Eryn non se la prese come faceva prima. Quelle allusioni a una eventuale gravidanza non le davano più fastidio. Era il suo modo di scherzare e, considerato che era un ginecologo, una battuta del genere ci stava.
"Continua a prendere le vitamine, vero? Le consegno il nuovo dosaggio visto che le altre le avrà quasi terminate. E noi ci rivedremo il prossimo anno, sempre se non avrà bisogno di me prima".
Le vitamine! Continuava a dimenticarsele.
Però non se la sentì di dirgli che era da un po' che non le prendeva; in fondo l'aveva trovata in forma. Le stava comunque assumendo quotidianamente, anche se in maniera diversa, e la sua alimentazione era sana e controllata.
"Sì, certamente. Grazie mille, dottore. Le auguro una buona serata",

e uscì.

Fuori era ancora chiaro e finalmente si riusciva a camminare per la strada senza l'umidità e l'afa che avevano caratterizzato le settimane precedenti.

Decise di ritornare a casa a piedi per godersi una passeggiata tranquilla in solitaria e lasciare libera la mente dai pensieri e dalle preoccupazioni.

Rincasò verso le otto.

Il suo impeccabile marito aveva preparato la cena e aspettava il suo rientro per servirla in tavola, mentre Zena era sul tappetone intenta a giocare.

"Sono tornata!".

"Ciao, amore. Com'è andata la visita?". Archie spuntò con la testa dalla cucina e si affacciò sorridendo.

"Benissimo. Sono sana come un pesce. Ladder sta tastando il terreno per farmi avere un secondo figlio, ma direi che per adesso ci possiamo godere la nostra piccola".

"Direi proprio di sì".

La baciò dolcemente sulle labbra, mentre la avvolgeva tra le braccia.

"Vai a cambiarti e a metterti comoda. La cena è pronta".

La serata trascorse tranquilla; chiacchierarono un po' e poi si rilassarono sul divano davanti alla tv, in silenzio. Erano quelli i momenti che amavano di più.

Si conoscevano da una vita e riuscivano a dirsi tutto anche stando in silenzio. Erano una coppia fortunata e sapevano di esserlo.

Più tardi, mentre si lavava i denti, Eryn si ricordò delle vitamine che le aveva dato il dottore; di solito le prendeva la sera prima di andare a letto.

Le aveva lasciate nella borsa nel salone. Fu tentata di andarle a prendere – più per sentirsi in pace con la coscienza –, ma era troppo stanca. L'indomani avrebbe ricominciato. Si consolò pensando che, se pur non prendendole si era mantenuta in ottima forma, un giorno in più senza non avrebbe fatto alcuna differenza. E poi magari sua madre aveva ragione: doveva imparare a bilanciare l'apporto di tutto ciò che le serviva mediante l'assunzione di cibo. Da quel lato assomigliava alla nonna, un'anticonformista che ragionava con la propria testa senza seguire il gregge.

E tutti i torti non li aveva, si disse Eryn mentre si coricava e chiudeva finalmente gli occhi, avvicinandosi al marito per abbracciarlo.

*

Passò una settimana prima che Frank si facesse vivo.

Non era molto, considerando le ricerche che doveva fare, ma a Eryn sembrò un'eternità.

Anche Sarah fremeva, impaziente di rimettersi in pista; ogni nuovo giorno era un altro giorno perso in cui non aveva avuto notizie della nipote. Nemmeno lei era riuscita ad avere qualche nuova informazione.

Eryn ricevette la telefonata il lunedì mattina. Stava per uscire con Zena a fare due passi al parco, quando il telefono squillò. Quasi tutte le sue amiche mamme erano partite per le vacanze e per fortuna era da sola. In quel momento aveva bisogno di tenere la testa libera per ciò che più aveva a cuore. Rispose alla chiamata con un timbro più alto di quanto avrebbe voluto.

"Eccoti! Ci sono novità?"

"Sì, Frank ha qualcosa tra le mani. Ci aspetta a casa sua oggi pomeriggio. Riesci a venire da me per l'ora di pranzo?". Il tono di voce di Sarah era fermo, ma deciso.

"Sì, certamente. Passo da mia madre a lasciare Zena e ti raggiungo".

Preparò velocemente la borsa della piccola con tutto l'occorrente e partì subito dopo; chiamò la madre in macchina attraverso il bluetooth impostato in automatico con il suo cellulare, per avvisarla che sarebbero arrivate dopo un'oretta.

Era eccitata, ma allo stesso tempo agitata. Sarah non le aveva anticipato nulla; forse nemmeno lei sapeva cosa avesse scoperto Frank. Forse era qualcosa di cui non si poteva – o doveva – parlare al telefono. Sperava solo fossero buone notizie. Le sembrava di aver perso già troppo tempo, e ogni giorno che passava senza avere notizie di Val era un pugno nello stomaco. Aveva passato tutta la settimana a provare a contattarla, ma il telefono era sempre spento. Per scrupolo aveva sentito tutte le strutture alberghiere e le agenzie che affittavano case a Twenter, ma non aveva avuto fortuna. Anche David non l'aveva più vista al lavoro. Sembrava sparita nel nulla.

Il viaggio fu tranquillo, anche se ogni volta che vedeva un furgoncino bianco dallo specchietto retrovisore rallentava, immettendosi nella corsia a lento scorrimento con il volante stretto tra le mani. Tratteneva il respiro, fino a quando non lo vedeva sparire dalla sua visuale. Aveva scelto di fare la superstrada, più trafficata ma anche più sicura; con Zena in macchina e memore delle ultime esperienze, preferiva essere prudente. Doveva fare attenzione.

La madre le accolse con entusiasmo, felice di averle lì con lei; sebbene non fosse ancora mezzogiorno, a tavola era già tutto pronto per il pranzo.

"Mi hai detto che saresti dovuta uscire presto, così ho preparato qualcosa di veloce, mentre per Zena ho fatto una bella pastasciutta con il sugo di pomodoro fresco".

"Grazie, mamma. Lo adorerà. È il suo piatto preferito".

"Tu inizia a mangiare, se hai fretta. Io mi occupo di lei".

Rose prese in braccio la nipote e salì di sopra, in camera, per cambiarla prima di darle da mangiare; ormai la stanza di Eryn era diventata l'appoggio per quando Zena veniva a trovare la nonna, e Rose l'aveva un po' risistemata per renderla più agevole e pratica per una bimba di un anno.

Eryn non aveva molto appetito, ma per non contraddire la madre e per evitare di farsi fare la predica sul cibo e su quanto fosse magra, si sedette a tavola e iniziò a mangiare.

Rose aveva cucinato tutte cose che le piacevano e che le stuzzicarono subito la fame; si riempì il piatto con qualche fetta di prosciutto crudo che accompagnò con il melone tagliato e pulito, due fette di torta salata alle verdure, due cucchiai di insalata di farro e riso, e un po' di mozzarelline con i pomodorini. Era tutto buono, semplice e fresco come piaceva a lei.

Terminò il suo pasto nel giro di quindici minuti; aveva appena finito quando la madre e la figlia scesero per iniziare anche loro a pranzare.

"Hai mangiato abbastanza, tesoro? Portati dietro un frutto nel caso ti venisse fame dopo. È tutta roba coltivata dai contadini. Genuina".

"Sì, va bene. Grazie, mamma. Ci vediamo più tardi".

Diede a entrambe un bacio sulla guancia e uscì di casa.

Una volta si sarebbe sentita in colpa a lasciare Zena per tutte quelle ore da sola con qualcun altro senza che lei fosse presente, invece adesso lo faceva con tranquillità e senza pesi sulla coscienza. Forse l'allontanamento forzato per il funerale della nonna l'aveva aiutata a superare quella fase, oppure semplicemente ora vedeva la figlia più grande e si sentiva più sicura; non sapeva il motivo, ma era contenta di essere cambiata. Si sentiva meglio. Ed era giusto che ogni tanto si prendesse del tempo da dedicare a se stessa.

Quando arrivò davanti a casa di Sarah, trovò la decappottabile parcheggiata fuori e piazzò la sua dietro.

Per la prima volta, le bastò suonare solo una volta il campanello e il cancello si aprì immediatamente emettendo il solito cigolio metallico.

Mentre saliva gli scalini sotto il portico, la porta d'ingresso si spalancò e si trovò a guardare due occhi chiari e sorridenti coperti, da un lato, da due ciuffi grigi sbarazzini: era Frank.

"Buongiorno, Eryn. Prego, accomodati. Ho deciso di fare il cavaliere e sono venuto a trovarvi io; non volevo farvi scomodare e che faceste di nuovo quella brutta strada".

Sarah era seduta in cucina intenta a finire un panino. La raggiunsero.

"Ciao, straniera. Hai fatto in fretta. Vuoi mangiare qualcosa? Hai visto che gentiluomo abbiamo qui?! E poi dicono che non ci sono più gli uomini di una volta... anche se lui appartiene ancora al gruppo di *quelli di una volta*" scherzò Sarah, prendendo in giro Frank.

"No, grazie mille. Ho già mangiato da mia madre. Ho fatto prima che ho potuto perché volevo sapere cosa aveste scoperto".

Eryn guardò con trepidazione prima Sarah e poi Frank; non voleva essere scortese, ma era impaziente di essere aggiornata sulle ultime novità.

"Hai fatto bene. Andiamo a sederci sul divano, così siamo più comodi. Prendo il pc e vi raggiungo".

Mentre Eryn e Frank si accomodavano, scambiarono due parole di circostanza sul tempo e su come stava Zena, nell'attesa che arrivasse Sarah per poter incominciare.

Insieme al computer, arrivò un vassoio pieno di frutta e acqua da bere.

"Sulla base di quello che mi avete detto, penso di aver trovato il vostro uomo". Entrambe lo guardavano in silenzio, in attesa che proseguisse. "Si chiama Luke Pabluduc ed è un cittadino Croaxi di trentotto anni". Girò un foglio su cui era stampato il volto di un uomo e lo mostrò alle due donne.

"È lui", confermò Eryn.

Frank annuì con la testa, sicuro del suo risultato. Poi continuò a parlare.

"Vive da dieci anni nel nostro Paese ma non ha mai richiesto la cittadinanza. Non è sposato e, da quello che sappiamo, non ha nessun legame in Croax, dove ha interrotto tutti i rapporti con la sua famiglia d'origine, nella Union e nemmeno qui. Fino a cinque anni fa ha lavorato nell'ambasciata del suo Paese, dove si occupava dell'ambito amministrativo. Era a contatto con burocrati e politici. Dopodiché non ci sono altre informazioni. È come se fosse scomparso, anche se ufficialmente non risulta morto. Praticamente un fantasma".

"In carne e ossa, però".

"Esatto. A quanto pare assume diverse identità a seconda delle circostanze, e una di queste è proprio Luke Oiler, il nome con cui si è presentato a Val. Ovviamente le generalità che lascia di volta in volta sono fittizie, ma gli permettono di continuare a vivere nel nostro Paese e a fare quello per cui verrà pagato, presumo". Frank bevve un sorso d'acqua prima di riprendere il discorso. "Ho provato a vedere se ci fosse qualche collegamento tra lui e la I.T.O. ma non risulta nulla, o almeno, niente che sia visibile alla luce del sole. Siamo riusciti, però, a risalire ai filmati di una delle poche aziende rimaste aperte e ancora attive, all'inizio di Strada Tal; le sue telecamere, oltre al cortile aziendale, riprendono anche un pezzo della strada. E indovinate... C'è un'immagine che risale a circa due mesi fa in cui si vede proprio Luke alla guida di un furgoncino bianco e...".

"E la targa è MRLE69", terminò Sarah. Non sembrava stupita.

"Esatto".

Sorrise a Frank e si complimentò per il risultato delle ricerche.

Eryn li guardava, indecisa se gioire o meno. La sua ansia non era diminuita e non riuscì a mascherarla.

"Ok, adesso sappiamo chi è Luke e sappiamo anche che c'era lui alla guida del furgoncino. Ma questo cosa significa? Come facciamo a capire dove si trovano le ragazze?".

Frank riprese il discorso e proseguì con un timbro caldo e pacato.

"Purtroppo non sappiamo ancora dove si trovino esattamente, ma sicuramente le informazioni che abbiamo ci aiuteranno a capire qualcosa di più che forse, e dico forse, ci porterà da loro. Purtroppo investigare su casi come questo non è semplice e richiede molto tempo, soprattutto se ci sono dietro uomini e aziende potenti, cosa che ritengo probabile. Ma bisogna essere cauti. Hai visto cosa vi è successo solo l'altra settimana? Dobbiamo stare attenti ed essere pazienti. Al momento abbiamo solo un piccolo tassello, ma è già qualcosa. Conosciamo la vera identità di Luke, e continueremo a investigare per capire quali legami ci siano tra lui e la I.T.O.; da lì potremo partire per cercare di scoprire dove potrebbero essere le ragazze. Stiamo facendo alcune ricerche sull'azienda in questione per capire come siano strutturati, dove abbiano le sedi, chi ci lavori e chi sia il responsabile... Insomma, su tutto. Non appena ne sapremo qualcosa di più, sarete le prime a saperlo". Frank aveva cercato di rassicurare il più possibile Eryn.

"Vi chiedo scusa. Probabilmente vi sono sembrata un'irriconoscente, ma sono solo preoccupata. Apprezzo tutto ciò che state facendo e vi ringrazio, ma... sono solo in ansia per Val, e più passano i giorni senza avere sue notizie, più temo di non rivederla più".

Sarah le porse un bicchiere d'acqua, che prese con le mani che tremavano.

"Eryn, ti chiedo solo di avere pazienza".

"Sì, lo so. Forse partecipando direttamente alle ricerche mi calmerei un po'. Mi sentirei più utile. Se vuoi, puoi mettermi in contatto con i tuoi amici o collaboratori. Magari hanno delle domande da farmi e magari...".

"Lascia perdere, straniera. Frank non ti dirà mai i loro nomi, sono top secret. Nemmeno io, dopo tutti questi anni, li conosco. Non sprecare il fiato. Non servirebbe a niente. Su questo punto è irremovibile".

Sarah si alzò dal divano per andare a prendere un'altra bottiglia d'acqua in cucina.

Eryn non insistette. Guardò l'ora. "Va bene. Ma se hai bisogno di me, per qualsiasi cosa, chiamami subito. Ora è meglio che vada", disse. "Non vorrei rientrare a casa troppo tardi". Li ringraziò per gli aggiornamenti.

Frank le promise che si sarebbe fatto sentire presto.

"E dammi retta: non preoccuparti. La troveremo. Troveremo entrambe".

Eryn voleva credergli, ma non riuscì comunque a liberarsi da quella sensazione di ansia e angoscia perenne che provava.

*

I giorni passavano lentamente e Eryn non riuscì a trovare una scusa plausibile per non andare in vacanza con il marito e la figlia.

Era agosto inoltrato e a Zelma l'aria era talmente pesante che la potevi quasi vedere; anche respirare era diventato faticoso e alcune volte, soprattutto in certi orari, uscire di casa non era per niente piacevole.

Sapeva che Archie aveva bisogno di staccare dal lavoro e ci teneva a trascorrere dei momenti tranquilli solo tra di loro; glielo ripeteva sempre. Anche a Zena avrebbe fatto bene respirare un po' d'aria pulita, ma le dispiaceva lasciare la città e non voleva allontanarsi troppo da Sarah e Frank.

Se avessero scoperto qualcosa di importante durante la sua assenza? Se avessero avuto bisogno del suo contributo per andare avanti nelle ricerche? E se i collaboratori di Frank fossero riusciti a trovare Val e Emily, lei come avrebbe fatto a tornare? Non avrebbe potuto farlo velocemente e questo la metteva in agitazione ancora di più.

In realtà erano tutte domande nate da una paura inconscia perché, razionalmente, sapeva che a loro non serviva la sua presenza, e molto probabilmente non le avrebbero trovate subito o comunque non tutte e due insieme. Era solo in ansia e quando si trovava in quello stato pensava a tutti gli scenari possibili e immaginabili, soprattutto a quelli più catastrofici.

Archie era all'oscuro di tutto: non poteva immaginare che lei continuasse a investigare con Sarah dal momento che non aveva nemmeno mai creduto che Val fosse sparita contro la sua volontà, tantomeno aveva ritenuto possibile un eventuale rapimento. Aveva continuato a dire a Eryn di stare tranquilla, che non le era successo niente di grave. Con tutta probabilità era semplicemente andata da qualche parte in vacanza con Luke e non aveva voglia di sentire nessuno. Ormai non ci pensava nemmeno più.

Eryn non l'aveva messo al corrente degli eventi accaduti – le ultime cose che gli aveva detto erano relative ai messaggi lasciati in segreteria, che gli aveva fatto sentire subito dopo il funerale della nonna – , per non farlo preoccupare.

Avevano deciso così di ritornare a Cadora e alloggiare nella stessa struttura dell'anno prima; si erano trovati bene e avevano prenotato all'ultimo momento, senza cercare altro. Inoltre, Cadora non era troppo lontana da Zelma e sarebbero stati lì una decina di giorni.

Prima di partire, Eryn chiamò Sarah per salutarla e assicurarsi che non ci fossero novità.

"Fai bene a farti un po' di mare, straniera. Qua si muore dal caldo. No, Frank non mi ha più fatto sapere niente. Ci siamo sentiti qualche giorno fa e mi ha detto che occorrerà più tempo del previsto. Dice che qualcosa non gli torna e vuole fare chiarezza. È un gran pignolo, ma è il migliore nello scoprire le cose; io gliel'ho sempre detto che ha sbagliato lavoro. Ti aggiornerò non appena avrò novità".

Sarah riusciva sempre a tranquillizzarla e a rassicurarla; come le aveva appena detto, aspettare a casa a Zelma o in spiaggia da un'altra parte non avrebbe cambiato nulla né a lei né a loro. Aveva ragione.

Chissà su cosa stava facendo le ricerche Frank e perché aveva detto che qualcosa non gli quadrava, pensò Eryn quando chiuse la telefonata. Si era chiesta come una persona potesse avere tutti quei contatti e quelle informazioni; nemmeno Sarah aveva quegli assi nella manica.

L'amica aveva sempre pensato fosse grazie al suo precedente lavoro di inviato, che l'aveva portato a trascorrere parecchio tempo a diretto contatto con l'entourage del Presidente della Congleration; probabilmente questo gli aveva permesso di creare una fitta rete di relazioni in ogni ambito – oltre ad avere accesso a informazioni e dati altamente sensibili e riservati.

Prima di diventare un giornalista freelance professionista, Frank aveva infatti lavorato per l'ufficio stampa della presidenza dove si era fatto le ossa da giovane. Era sicura che avesse mantenuto i contatti con qualcuno all'interno.

Con quei pensieri ancora in testa, Eryn entrò nella cameretta di Zena per controllare di aver preso tutto quello che le serviva. Aprì gli armadi, i cassetti, controllò per terra e anche sotto le lenzuola per accertarsi di non aver dimenticato nulla. Fu quando spinse di poco il lettino in avanti – aveva delle piccole ruote per agevolarne lo spostamento – che toccò qualcosa con la punta del piede sinistro.

Si chinò per vedere cosa fosse, e trovò un libro dalla copertina nera con raffigurate, al centro, delle statue antiche in stile orientale.

Non l'aveva mai visto.

Che strano fosse finito per terra in camera di Zena, pensò.

Era scritto con dei caratteri particolari che appartenevano a un alfabeto che non riconosceva.

Lo portò di là e lo mostrò ad Archie.

"Ne sai qualcosa?"

"Oh, eccolo! Era da un sacco che non lo vedevo più, pensavo di averlo perso".

"È tuo?"

"Sì, me l'ha regalato Leonard, il tipo coi capelli lunghi e neri che portava quegli strani occhiali spessi blu. L'ho conosciuto al club di bowling quando vivevamo a Beryl. È venuto a mangiare da noi qualche volta".

Eryn ci pensò su un attimo.

"Sì, me lo ricordo. Chissà che fine avrà fatto. Era proprio uno strano personaggio".

"Secondo me è ancora in quel buco di paese".

"Può darsi. Ma mi spieghi di cosa si tratta?" gli domandò, incuriosita.

"È un libro scritto in seneci. Abbiamo passato una lunga nottata a bere nel pub in centro. Come si chiamava? Non me lo ricordo nemmeno più, anche se era l'unico della città e andavamo sempre lì. Comunque, quella sera eravamo un po' sbronzi e ci siamo divertiti un sacco a fare gli scemi. Fermavamo le persone fingendo di essere venuti dal passato e parlando quella vecchia lingua. Ovviamente non la parlavamo realmente, ma inventavamo le parole. Avresti dovuto vedere le facce della gente che cercava di decifrare quello che stavamo dicendo per aiutarci. Avevamo fatto credere di essere in difficoltà. Alla fine eravamo piegati in due dalle risate. Quanto eravamo scemi!". Archie scoppiò a ridere.

"Come mai ce l'hai tu?"

"Me l'ha regalato lui, come ricordo".

"E perché l'hai messo in camera di Zena? Glielo volevi leggere come fiaba della buonanotte in memoria dei vecchi tempi?", domandò sarcastica Eryn.

"In camera di Zena? Sinceramente non so come mai sia finito lì. Non ricordo proprio di averlo mai preso da quando siamo in questa casa; non ricordavo nemmeno di averlo portato qui. Pensavo di averlo perso".

"Strano. Magari l'hai messo nello scatolone con gli altri libri quando abbiamo fatto trasloco e non te lo ricordi", gli disse mentre riponeva il libro accanto agli altri, nella parte bassa del mobile che avevano in soggiorno.

"Amore, qualcosa non va?".

Archie aveva notato un repentino cambiamento nel tono della moglie.

"No, niente di particolare. È solo che non sei il primo che mi parla del seneci".

"Davvero? E chi altro te ne avrebbe parlato?". Alzò un sopracciglio.

"Non ricordo esattamente, ma qualcuno ultimamente mi ha detto qualcosa a riguardo" concluse Eryn, pensierosa.

"Magari anche tu quando ti vedi con le tue amiche mamme ti sbronzi e provi a parlarlo", scherzò lui dandole un bacio sulla bocca e posandole le mani sul sedere.

Ogni volta che la baciava, le toccava sempre le gambe o i glutei con la mano; sapeva che le piaceva e che, se lo faceva in pubblico, lo mandava via fingendosi pudica e scioccata.

"Smettila! Tua figlia ci sta guardando. Dai, inizia a scendere con le valigie; il taxi sarà qui tra poco".

Gli diede un piccolo schiaffo sulla mano e si allontanò ridendo.

Era bello riuscire a ridere e ad avere tutta quella complicità con il proprio compagno dopo tanti anni di relazione, pensò sorridendo ancora per il tocco intimo, mentre prendeva in braccio Zena. Le diede dei giochini per farla stare tranquilla e iniziò a prepararla. Mentre la cambiava, la bimba iniziò a ridere, felice di avere il suo pappagallo preferito tra le mani. E in quel momento Eryn pensò che non ci fosse suono più bello al mondo.

Solo mentre chiudeva la porta di casa, prima di scendere in strada e raggiungere il marito, si ricordò dove avesse già sentito parlare del seneci e guardò la figlia stupita.

Gliene aveva parlato Sarah, scherzando, quando aveva paragonato i versi che faceva Zena proprio a quell'antica lingua.

Che strana coincidenza, pensò, guardando ancora la piccola, perplessa per i pensieri che iniziavano a vorticarle in testa; ma erano troppo assurdi per essere veri. Non poteva essere stata lei a prendere il libro in soggiorno e portarselo in camera, né tantomeno aveva potuto leggerlo. Scacciò idealmente con una mano a mezz'aria quelle bizzarre idee mentre inseriva l'allarme.

"Ho proprio bisogno di una vacanza anche io, amore mio piccolo. Dai, andiamo. Papà ci aspetta", ed entrò in ascensore proprio mentre Zena iniziava a emettere quei buffi e strani suoni.

CAPITOLO UNDICESIMO

Quell'anno Cadora riuscì a superare le loro aspettative – soprattutto quelle di Eryn, all'inizio titubante e un po' restia ad andarci.

Fu una vacanza completamente diversa da quella precedente, con Zena più grande di un anno e molto più indipendente.

Le mattinate – trascorse sulla spiaggia privata dell'hotel con la sabbia bianca che solleticava i piedi – volavano via senza che se ne rendessero conto; a differenza delle altre coppie senza figli che trascorrevano le vacanze nel loro stesso lido, non riuscivano a stendersi molto per prendere il sole perché erano impegnati a portare la figlia sull'altalena del piccolo parco-giochi vicino al bar o a farle fare il bagno con il salvagente in riva al mare, ma si divertirono comunque un mondo, inventando sempre giochi nuovi per intrattenere Zena. A guardarli sembravano loro, i bambini.

Verso l'ora di pranzo ritornavano in hotel per evitare di stare fuori nelle ore più calde e permettere alla piccola di fare il suo sonnellino pomeridiano; dopodiché uscivano di nuovo e andavano a farsi un giro da qualche parte, se avevano voglia di camminare, oppure tornavano in spiaggia a rilassarsi.

Zena adorava appoggiare i piccoli piedi abbronzati dal sole sulla sabbia e amava ancora di più fare il bagno in mare tra la spuma delle onde; sprizzava gioia ogni volta che arrivavano in spiaggia e si svegliava tutte le mattine felice, con il sorriso sulle labbra, pronta per una nuova avventura.

Durante quella vacanza usufruirono poche volte del servizio di babysitting, solo nelle occasioni in cui avevano voluto concedersi qualche ora da soli per degustare una cena a lume di candela in uno dei ristoranti raffinati sul lungomare della baia. Dopo cena, prima di rientrare in hotel, di solito passeggiavano mano nella mano, al chiar di luna e, come due ragazzini adolescenti, si ritrovavano a scambiarsi effusioni sulle panchine nascoste dalla visuale.

L'ultima volta in cui erano usciti, più brilli del solito per un bicchiere di troppo di vino bianco ordinato per accompagnare il pesce, erano scesi in spiaggia dove avevano fatto l'amore appassionatamente, appoggiati ai pilastri del pontile di legno. Quando erano rientrati in hotel, la baby-sitter che li attendeva seduta sulla poltrona, aveva subito notato la sabbia che era rimasta appiccicata sulle loro gambe e aveva intuito quello che avevano fatto. Era una ragazza giovane e non era riuscita a nascondere il suo imbarazzo. Come se fosse stata lei a doverne provare... Era uscita dalla stanza col volto in fiamme, salutandoli a testa bassa, e Eryn e Archie si erano messi a ridere. In silenzio, si erano diretti verso il divano della piccola stanza che fungeva da sala, attigua alla camera da letto dove dormiva Zena, ignara di tutto, e avevano fatto di nuovo l'amore, questa volta con infinita lentezza. Si erano addormentati solo a notte fonda, sudati e appagati.

I dieci giorni volarono via leggeri e veloci come il vento nelle sere d'estate e presto si ritrovarono nuovamente seduti sul treno che li avrebbe riportati a casa.

Eryn era stata talmente bene che era riuscita a rilassarsi completamente e non aveva quasi più pensato ossessivamente a Sarah, a Frank e alle ricerche in corso; solo quando si ritrovò seduta in carrozza le venne in mente che non aveva sentito più nessuno e non aveva ricevuto notizie.

Non poteva chiamare l'amica in quel momento, con Archie vicino; avrebbe dovuto aspettare di essere a casa per avere un po' di privacy e trovare un momento per lei. Le mandò però un messaggio e riprovò a chiamare Val sul cellulare, ma lo trovò sempre spento.

Venne assalita di colpo dall'ansia e dai sensi di colpa che l'avevano abbandonata negli ultimi giorni.

Mentre riponeva il cellulare nella borsa, le vibrò tra le mani.

Era un messaggio di Sarah; le diceva di richiamarla non appena avesse potuto.

Archie la vide sbiancare.

"Tutto bene, amore?"

"Sì, tutto ok. Ho solo avuto un abbassamento di pressione. Magari adesso mangio qualcosa".

Le credette. Sapeva che pativa gli sbalzi di temperatura, e la differenza tra il caldo esterno e la temperatura fredda prodotta dall'impianto di condizionamento era notevole.

"Chi era al telefono?" le chiese, premuroso.

"Era Sarah, mi ha mandato un messaggio per chiedermi se stessimo bene. La chiamerò poi con calma non appena arriveremo a casa".

Eryn cercò di nascondere il senso di disagio che aveva provato leggendo l'sms, ma non era sicura di esserci riuscita.

Chissà cosa le doveva dire. Era stata di poche parole. Un messaggio breve e conciso. Probabilmente era ancora al lavoro e non poteva dilungarsi a scrivere, si disse cercando di rassicurarsi. Ma una vocina nella sua mente continuava a dirle che era successo qualcosa di grave, o di importante.

Si arrabbiò quasi con lei. L'amica la conosceva abbastanza bene da sapere che avrebbe dovuto scriverle qualcosa in più per non gettarla nell'ansia; sapeva che avrebbe continuato a rimuginarci per ore immaginandosi scenari tetri e raccapriccianti.

Cercò di far passare quelle ore tenendo la mente impegnata, nel tentativo di non far trasparire la sua preoccupazione e impazienza. Giocò con Zena, le diede da mangiare e la fece addormentare. Poi mangiò qualcosa nel vagone ristorante col marito, fece due passi sul treno per sgranchirsi le gambe e ascoltò un po' di musica.

Arrivarono a Zelma alle due e mezza, dopo quattro ore di viaggio.

Il caldo che li accolse al loro arrivo era soffocante. Sembrava che una cappa rovente avesse avvolto la città.

Non c'era nessuno per strada e il ricordo della brezza marina era ormai lontano. Per fortuna non abitavano lontano – una decina di minuti a piedi – ma arrivarono stanchi e accaldati, nonostante le poche centinaia di metri percorsi a piedi sotto il sole.

Per fortuna Zena continuava a dormire e non si accorse di nulla; sembrava che quel caldo torrido non la infastidisse per niente. Archie riuscì a metterla nel suo lettino senza che si svegliasse, e loro poterono sistemare le valigie.

Dopo aver messo la roba in lavatrice e aver fatto l'ordine online per la spesa, Eryn si coricò un momento a letto per riposarsi e rilassare le gambe. "Amore, mi vado a fare una doccia. Poi ti raggiungo a letto". Archie sbucò solo con la testa e le mandò un bacio, prima di scomparire dietro la porta del bagno.

Appena sentì l'acqua aperta scrosciare, Eryn prese subito il cellulare che aveva nascosto sotto il cuscino e chiamò Sarah. Non poteva perdere tempo.

Le rispose al quinto squillo. "Ciao, straniera. Sono appena rientrata in centrale. Ti chiamo stasera appena esco".

"Aspetta! Dimmi solo...", ma Sarah aveva già riattaccato.

"No!".

Aveva resistito tanto per chiamarla; ora avrebbe dovuto attendere almeno altre tre o quattro ore prima di risentirla e sapere qualcosa.

Si era dimenticata di farsi lasciare il numero di Frank, altrimenti avrebbe chiamato lui.

Mandò velocemente un messaggio chiedendole solo di farle sapere se le novità fossero positive o negative, ma l'amica non rispose.

Archie la raggiunse poco dopo nel letto con i capelli ancora umidi e con indosso solo un paio di boxer. Profumava di pulito, un misto tra il bagnoschiuma al muschio bianco che usavano entrambi per lavarsi e il suo dopobarba preferito.

"Si sta proprio meglio dopo una bella doccia" esclamò, stiracchiando tutti i muscoli mentre si sdraiava accanto a lei.

La baciò nell'incavo del collo, provocandole un brivido che le attraversò tutta la schiena.

"Adesso vado a farmela anch'io".

"La farai dopo. Ora rimani con me".

Fece scorrere le dita sulla sua pelle nuda.

"Non riesco ad alzarmi... Ho tutti i muscoli che si stanno rilassando... Mi mancava tanto il nostro letto".

Archie la strinse tra le braccia, intrappolandola sotto di sé in un caldo abbraccio.

*

Si svegliarono dopo qualche ora, sentendo la voce di Zena nell'altra stanza. Non stava piangendo, stava parlottando mentre si guardava le manine e scalciava i piedini in aria. Le piaceva tanto muoversi e non perdeva mai l'occasione per scatenare gambe e braccia.

Erano passate le cinque, ma il sole fuori era ancora alto e faceva caldo.

"Vado a lavarmi. Dai tu la merenda a Zena?", chiese Eryn al marito con uno sbadiglio mentre si alzava per andare in bagno. Non pensava che sarebbe rimasta a letto per tutto quel tempo.

Si infilò nella doccia, lasciando che l'acqua fresca le togliesse di dosso l'umidità appiccicata sulla pelle e la risvegliasse dal torpore.

Non si asciugò i capelli con il phon per evitare di sudare di nuovo, ma si limitò a frizionarli con l'asciugamano; con la temperatura che c'era, nel giro di mezz'ora sarebbero stati completamente asciutti.

Quando tornò in camera per vestirsi, vide che il cellulare lampeggiava. Qualcuno le aveva mandato un messaggio.

Doveva essere Sarah, pensò subito.

Quando lo lesse, rimase delusa. Era la madre che le chiedeva come fosse andato il viaggio; le rispose velocemente per rassicurarla, dicendole che l'avrebbe richiamata il giorno dopo. Guardò l'ora. Segnava le cinque e quarantatré. Avrebbe dovuto aspettare ancora un po' prima di provare a chiamare l'amica.

Ci provò ugualmente. Aveva aspettato troppo.

Poco prima che partisse la segreteria telefonica, Sarah rispose.

"Ehilà, straniera. Eccomi, sto uscendo proprio in questo istante. Ti avrei chiamata appena arrivata a casa. Com'è andata la vacanza? Siete a casa?".

"Sì, siamo arrivati oggi. La vacanza è stata perfetta. Tu come stai? Avete scoperto qualcosa di nuovo sul caso? Frank si è fatto sentire?".

Eryn non riuscì a trattenersi e la subissò di domande, arrivando dritta al punto.

"A parte un forte dolore alla mano sinistra, per il resto sto bene. Ti avevo cercata perché ti volevo parlare. Frank mi ha scritto dicendo che ha delle novità grosse da comunicarci. Voleva sapere quando saresti tornata per organizzare un incontro. Devono essere informazioni davvero scottanti dal momento che mi ha mandato un messaggio criptato. Mi ha detto di rispondergli tramite una persona di fiducia, una sua conoscente. Mi farà poi sapere lui dove ci vedremo. Immagino in qualche hotel o motel sulla strada per essere sicuri che nessuno ci segua e ci spii".

"Davvero?! Allora, magari...", ma Eryn fu subito interrotta dalla voce dell'amica.

"No, non ha trovato le ragazze, altrimenti me l'avrebbe detto. Forse ha scoperto chi ci sia dietro a tutto questo oppure immagina il luogo in cui potrebbero essere state nascoste. Ma di sicuro non le ha viste".

Sarah aveva intuito i suoi pensieri.

"Ok, va bene. Quando volete, io mi tengo libera e vengo da te. Ma avresti potuto chiamarmi prima. Magari si tratta di qualcosa di urgente e abbiamo già perso molto tempo prezioso".

"Mi ha scritto solamente ieri, tranquilla. Ti avrei chiamata io questa sera se non mi avessi cercata. Non mi sono dimenticata di te. Ora vado a casa e lo avverto, ok? Ti farò sapere non appena avrò una sua risposta. Se non mi faccio sentire stasera o domani mattina, non ti agitare. Ci vorrà un po' di tempo per organizzare l'incontro, dato che non potrò contattarlo direttamente".

Sapeva che Sarah si sarebbe messa subito all'opera. Anche lei aveva a cuore la situazione. Le aveva parlato cercando di rassicurarla, anche se probabilmente era più agitata di quanto non desse a vedere. Lei stessa stava lottando per ritrovare una persona cara scomparsa; Emily rimaneva pur sempre sua nipote ed era l'unico legame rimasto con la famiglia e la sorella.

"Scusami, hai ragione. È solo che mi sento in colpa per essere stata in vacanza e non essermi fatta sentire fino ad oggi. Comunque... adesso cercherò di rilassarmi e non ti stresserò più almeno fino a domani", scherzò Eryn.

Mentre chiudeva la telefonata, Archie spuntò dalla porta con in braccio Zena che aveva appena fatto merenda e aveva ancora le labbra sporche di latte.

"Mi stavi dicendo qualcosa?", le chiese il marito sedendosi sul letto.

"No, stavo parlando al telefono con Sarah; le stavo raccontando delle nostre vacanze. Magari uno di questi giorni passo da lei così la saluto e intanto vado a trovare mia madre".

Riusciva sempre a giustificarsi e a informare Archie sui suoi spostamenti senza però dirgli proprio tutto.

"Perché non facciamo una passeggiata prima di cena?", gli propose alzandosi in piedi. "Abbiamo fatto i pigri in questi giorni; è ora di rimetterci in moto e smaltire tutto quello che abbiamo ingurgitato, a meno che tu non voglia che Zena si ritrovi con due genitori obesi", lo punzecchiò.

"Scema. Comunque... Perché no? Ho voglia anche io di fare due passi. Vado a cambiarla e andiamo".

"Perfetto, io intanto mi preparo. Che ne dici se questa sera invitiamo gli altri per un caffè? È da tanto che non li vediamo".

Non voleva continuare a non farsi sentire con i suoi vecchi amici e perdere le persone a cui era più legata, com'era successo con Val.

Sul treno si era ripromessa di riallacciare i rapporti con loro e, non appena avesse ritrovato Val, di ritornare a essere l'amica che era sempre stata. Le mancava tanto e si era accorta dei suoi sbagli.

"Ottima idea", le urlò lui dalla cameretta mentre si destreggiava tra pannolini e creme.

Tornarono a casa all'ora di cena per far mangiare la figlia; per loro avevano preso del sushi per fare più in fretta. Gli altri sarebbero arrivati per le nove.

Il vantaggio di avere ospiti a casa appena arrivati dalle vacanze era che non c'era nulla da sistemare; dopo dieci giorni di assenza, l'ordine e la pulizia regnavano sovrani.

Fu una bella serata. Perfetta.

Solo mentre si trovava in mezzo a loro, Eryn pensò che era passato più di un anno da quando si erano riuniti e ritrovati tutti insieme e si rese conto di quanto avesse sentito la loro mancanza; nonostante il lungo distacco, nessuno si sentì però a disagio.

Sembrava che fosse passato solo un giorno dalla loro ultima rimpatriata; era quello il dono e il segreto delle vere amicizie.

Come sempre, dopo un po' si ritrovarono divisi: i maschi seduti sul divano e le femmine intorno al tavolo in cucina. Era normale, considerati i discorsi e gli interessi diversi. Nessuna delle ragazze la rimproverò per non essersi fatta più sentire molto negli ultimi mesi; avevano capito il suo stato d'animo e, da brave amiche, non dissero nulla. Mancava solo Val a completare il cerchio perfetto dell'amicizia.

La mattina dopo, Eryn si svegliò rilassata e si meravigliò nel trovare un messaggio di Sarah; a quanto pareva, aveva fatto più in fretta del previsto.

Le disse che sarebbe andata da lei subito dopo pranzo e si alzò velocemente per incominciare a prepararsi prima di svegliare la figlia.

Dopodiché, mandò un messaggio ad Archie e alla madre per avvisarli sui suoi spostamenti nella giornata.

Alle nove in punto, dopo una colazione a base di muesli, kefir e frutta, era pronta e aveva già preparato la borsa con tutto l'occorrente che le sarebbe servito per quella giornata; non le restava che dare il latte alla figlia e cambiarla.

Impiegò un po' a toglierla dalle braccia di Hypnos. Era una gran dormigliona, proprio come lei e anche se dormiva tutta la notte, aveva difficoltà a svegliarsi la mattina. Si stiracchiava sempre un po' e si rigirava nel lettino un paio di volte prima di aprire gli occhi.

Eryn ormai conosceva il suo rito e la coccolava prima di tirarla su, per non farla svegliare bruscamente.

Alle dieci erano tutte e due sedute in macchina, pronte per partire e andare da Rose che a quell'ora era già attiva davanti ai fornelli per preparare il pranzo.

Come l'ultima volta, Eryn fece l'autostrada per essere più sicura e, dopo un'oretta, la macchina imboccò il vialetto della madre.

Entrando in casa, sorrise nel sentire l'odore di cibo pronto e nel vedere la madre venire loro incontro con il suo solito grembiule da lavoro, quello da cucina, tutto infarinato e sporco di macchie rosse e verdi. Aveva le guance arrossate, sicuramente per il calore del forno acceso, e un grosso sorriso stampato in viso.

"Ecco i miei tesori. Come mi siete mancate! Ma che belle, siete tutte abbronzate. E tu, signorina... come sei cresciuta! Non ti riconoscevo quasi più".

Rose prese in braccio Zena dopo aver dato un abbraccio e un bacio alla figlia.

"Vado a cambiarla. Tu inizia pure a mangiare, se hai fretta. Ho appena messo in forno a riscaldare l'arrosto con le patate; sul tavolo trovi anche dell'insalata con la verdura cruda lavata se la vuoi mangiare con un po' d'olio e sale. Ah, tira fuori il cesto della frutta dal frigo, così non sarà troppo fredda".

Anche questa volta, l'efficienza e la preparazione della madre erano state impeccabili e Eryn si sedette a tavola per incominciare a mangiare.

Avendo fatto colazione già da qualche ora, aveva fame; gustò con piacere la carne e le patate, rese ancora più saporite dalla crosticina che si era formata con la cottura in forno.

Ogni tanto aveva nostalgia della sua vecchia casa, anche se erano molti anni che non ci viveva più; suo padre le mancava terribilmente, così come quella sensazione di sentirsi protetta tra le mura di un ambiente amorevole e affettuoso dove tutto funzionava alla perfezione. Le mancava non dover pensare agli impegni e ai doveri perché era qualcun altro a occuparsene.

Non ne aveva mai parlato con la madre, perché sapeva che l'avrebbe rattristata; per lei non era stato facile rimanere sola così presto e aveva faticato a colmare l'assenza del marito nella sua vita e in quella di Eryn.

Lei non era mai stata una persona nostalgica e aveva sempre desiderato andarsene di casa e volare con le proprie ali, ma da quando c'era Zena, dentro di lei erano nati sentimenti che prima non sapeva esistessero e aveva iniziato a provare nuove emozioni.

Voleva che anche la figlia si sentisse al sicuro in casa sua crescendo in un ambiente protetto, circondata da tanto affetto e tanto calore. Voleva che considerasse i suoi genitori come un rifugio d'amore in cui tornare ogni volta che ne avrebbe sentito il bisogno. Lei aveva avuto un'infanzia spensierata e un'adolescenza meravigliosa, e sapeva quanto fossero importanti queste fasi per mettere le basi e plasmare la vita adulta.

Era assorta in questi pensieri, sospesi a metà tra il passato che aveva vissuto e il futuro che immaginava per la figlia, quando sentì la vocina allegra di Zena provenire dalle scale. Tornò alla realtà. Il cambio pannolino era finito, e nonna e nipote stavano scendendo per raggiungerla in cucina.

"Ti sono piaciute le patate, tesoro? Ne ho fatte anche un po' per Zena. Provo a darglele con un pezzo di carne tenera. Tu a che ora esci? Vai da Val? È anche lei qui?". Rose iniziò a sistemare la piccola nel seggiolone; ne aveva comprato uno piccolo da tenere a casa sua per quando veniva a trovarla.

"No, mamma. Val è ancora in vacanza con il suo ragazzo. Passo a salutare Sarah e a farle un po' di compagnia".

La madre la guardò sorridendo. Era una donna molto sensibile. Si era sempre sentita molto vicina alle persone che rimanevano sole, soprattutto alle donne che vivevano senza un compagno e non avevano figli; era convinta che fossero perennemente tristi e, anche se Eryn il più delle volte le aveva spiegato che per alcune di loro erano scelte di vita e stavano bene, non era riuscita a farle cambiare idea. Rose provava sempre una grande pena per loro.

Eryn le aveva raccontato un po' la storia dei Mann – non tutta, ovviamente, solo una parte.

Rose sapeva che Sarah era rimasta l'unica della famiglia ed era contenta, quasi sollevata, quando Eryn passava a trovarla.

"Brava, tesoro. Ricordati di prendere la torta alle mele che ho messo in frigo, così la mangiate come merenda; tanto ne ho fatte due".

Dopo aver terminato il suo pasto, Eryn sparecchiò quello che aveva sporcato, andò in bagno a prepararsi e uscì di casa, non prima di aver dato a tutte e due un grosso bacio; Zena aveva iniziato a mangiare e aveva la bocca e il viso già tutti sporchi di cibo. Era davvero buffa. Era diventata una mangiona e non si tirava mai indietro quando si trattava di assaggiare cibi nuovi; non aveva proprio preso dalla madre.

Fuori l'aria era calda, ma sopportabile. Quel giorno l'afa opprimente aveva lasciato il posto a un caldo più temperato e piacevole.

Decise comunque di andare da Sarah in macchina per fare prima. Anche se le sarebbe piaciuto fare due passi, aveva troppa fretta di arrivare.

Alle due e cinque suonò il campanello dell'amica e, dopo nemmeno due minuti, era seduta nella sua decappottabile, lato passeggero, pronta ad andare all'appuntamento con Frank. Anche Sarah aveva mangiato di corsa; a malapena era riuscita a cambiarsi e al collo aveva ancora il badge del lavoro, quello che serviva per far attivare le stampanti in ufficio o prendere il caffè alle macchinette. Si era dimenticata di toglierselo.

Come la volta precedente, uscì dalla via a gran velocità e imboccò la superstrada; questa volta verso Zelma, in direzione opposta rispetto a Collie.

"Dove siamo dirette?", urlò Eryn per farsi sentire.

"Frank vuole incontrarci in un grosso hotel a Venri. Ho guardato su internet: pare sia un importante club di golf, molto frequentato dai ricchi della zona che ci vanno per svagarsi. Organizzano anche meeting ed eventi per le aziende. Se ha scelto un posto così affollato, è perché ci deve dire qualcosa di molto riservato e la cosa non mi piace affatto".

Sarah era molto seria. Non aggiunse altro. Durante il viaggio non parlò molto; rimase concentrata sulla guida e sui suoi pensieri. Per la prima volta Eryn vide che era davvero preoccupata e in ansia per cose che ancora le sfuggivano.

"Pensi sia successo qualcosa alle ragazze?", le domandò dopo un po'.

"Non lo so, ma mi auguro di no. Come ti ho accennato, immagino abbia scoperto chi ci sia dietro la I.T.O., e vuole informarci. Se fosse accaduto qualcosa a loro, avrebbe potuto dircelo a casa mia o sua. Almeno così credo". Aveva ragione.

I venti minuti restanti del viaggio trascorsero in completo silenzio, ognuna impegnata in un proprio discorso e ragionamento interiore; la loro mente era come una pentola scoppiettante di popcorn, piena di dubbi e domande a cui solo Frank poteva dare una risposta. O almeno così speravano.

All'uscita di Venri, il maestoso club hotel si materializzò davanti ai loro occhi; era davvero imponente, dalla facciata dipinta a tinte pastello con le sfumature che andavano dal giallo al rosso.

Tutto intorno era circondato da un bel prato verde scuro perfettamente tagliato e curato; dietro la struttura, i campi da golf con annesse le piscine per gli ospiti. Parcheggiarono nei posti riservati ai clienti dell'hotel ed entrarono.

"Abbiamo un appuntamento con il signor Venri", disse Sarah alla receptionist.

Eryn la guardò con aria interrogativa, ma non disse nulla. L'amica le sorrise, facendole capire che era tutto ok.

Frank non aveva usato il suo vero nome per registrarsi, le confermò quando la ragazza si allontanò per andare a verificare al computer.

Quanti misteri per un semplice incontro, pensò Eryn stupita. Tutte quelle precauzioni le sembravano un po' esagerate, ma era Frank l'esperto e si fidava di lui.

"Il signor Venri vi aspetta".

La ragazza disse che avrebbero dovuto raggiungerlo in una sala privata del ristorante, dove le attendeva. Un cameriere si materializzò silenziosamente davanti a loro e, dopo un piccolo inchino con il capo, fece cenno di seguirlo.

Attraversarono la grande entrata luminosa arredata finemente con materiali di prestigio ed entrarono in un'altra sala ricca di lunghi specchi, tavoli e divani neri tutto intorno, oltre a un grosso tavolo da biliardo al centro. Ai lati c'erano due lunghi banconi di legno da bar dove dei camerieri, uno per postazione, erano impegnati a sistemare, pulire e servire i clienti, mentre il basso vociare delle persone immerse in qualche conversazione era accompagnato da una dolce musica classica in sottofondo.

Dalla parte opposta, dietro una grossa porta lucida nera, c'era il ristorante. Non attraversarono tutto il locale. Il cameriere fece segno di entrare in una piccola stanza sulla destra; tenne aperta la porta per farle passare, ma non le seguì. Quando furono dentro, sparì.

A differenza delle altre stanze, questa era meno illuminata, molto più semplice e meno arredata; al centro c'era solo un piccolo tavolo nero rotondo, con intorno quattro sedie bianche imbottite e a lato un carrello di vetro, pieno di bottiglie di acqua, vini e liquori. Un divano nero di pelle a due posti, posizionato lungo la parete a destra della porta d'entrata, completava l'arredamento.

L'atmosfera, resa raffinatamente elegante dai quadri appesi lungo le pareti e dalle candele accese, era rilassante, probabilmente grazie alle piante collocate negli angoli; anche lì si sentiva la musica classica che si diffondeva dagli altoparlanti.

Seduto sul divano, Frank le aspettava sorseggiando un bicchiere che Eryn riconobbe essere di liquore, dall'odore che emanava quando si avvicinò a lui per salutarlo.

"Benvenute, ragazze. Scusate se vi ho fatto venire fin qui, ma non era prudente incontrarci in una delle nostre case. Qualcuno avrebbe potuto sentirci. Conosco il proprietario di questo club e so che tute-

lerà in tutto e per tutto la nostra privacy. Qui dentro siamo al sicuro".
Frank sembrava più teso rispetto alle altre volte, più freddo, quasi arrabbiato. Anche il tono di voce era diverso.
Ma era soltanto spaventato per quello che aveva scoperto e stava per rivelare.

*

"Acqua tonica per le signore e un altro Baileys senza ghiaccio per me, grazie".
Frank fece le ordinazioni a uno dei camerieri che aveva chiamato. Si chiamava Phil, come si poteva leggere dalla targhetta che portava sull'elegante giacca nera. Aspettarono che uscisse, prima di incominciare a parlare.
"Allora, cos'hai scoperto? Sai dove siano le ragazze? Le hai viste? Non tenerci sulle spine. Abbiamo aspettato già troppo".
Fu Eryn a rompere il ghiaccio.
Sarah, stranamente, era rimasta tranquilla e in silenzio, in attesa che l'amico iniziasse a parlare. Non riusciva a capire cosa si sarebbe dovuta aspettare, ma sapeva che si trattava di qualcosa di grosso, solo che temeva fosse *troppo grosso*; non volendo mettere ancora più pressione a Frank, gli aveva lasciato il tempo di radunare le idee, senza assillarlo di domande come aveva fatto Eryn.
"Hai ragione. Non era mia intenzione farvi attendere così tanto tempo prima di vederci né tantomeno farvi venire qui, ma le ricerche hanno preso una piega diversa da quello che mi aspettavo. Vi anticipo che non ho notizie di Val e Emily, ma abbiamo scoperto dove potrebbero essere tenute, o almeno, siamo sicuri al novanta per cento che siano lì.
Abbiamo appreso, seppur poco pubblicizzata ai nostri occhi, che la I.T.O. è un'azienda farmaceutica nata nel secolo scorso nel nostro Paese con la missione di progettare, costruire e vendere bioreattori per la coltura cellulare dinamica. Mi sono documentato riguardo al prodotto e vi posso dire che si tratta di strumentazioni all'avanguardia in grado di coltivare e ricreare tessuto molecolare ed

236

epiteliale umano partendo dal prelievo di poche cellule dei pazienti. Questi macchinari ad alta tecnologia servono a rigenerare parti dei nostri organi malati o danneggiati e sostituirle con i nuovi "pezzi" sani, creati ad hoc artificialmente in laboratorio, dopo una particolare coltura di qualche giorno in questi bioreattori che simulano le caratteristiche del corpo umano.

Ne avrete già sentito parlare, immagino, poiché sono i nuovi dispositivi presenti nelle cliniche e negli istituti medici privati, utilizzati per sconfiggere molte delle attuali malattie.

Oltre alla loro progettazione e vendita, la I.T.O. si occupa anche della fase di sperimentazione genetica per garantire un'alta efficienza e perfezione del prodotto venduto; oltre alle sale e agli impianti di costruzione, l'azienda è dotata di grossi laboratori in cui scienziati, chimici e biologi provenienti da tutto il mondo lavorano e portano avanti le loro ricerche.

La sede principale si trova nella capitale dove, oltre ai laboratori, ci sono gli uffici amministrativi; ed è qui che vengono ultimati i dispositivi. La fase iniziale di montaggio e acquisto pezzi ha luogo, invece, in due Stati minori, a sud della Congleration, dove la manodopera costa decisamente meno".

Eryn e Sarah fissavano rapite Frank, aspettando di capire dove volesse andare a parare.

"Quindi Val e Emily sono a Zelma? O in una di queste due sedi al Sud?", chiese Eryn dopo un attimo di pausa scuotendo la testa, perplessa.

"No, non crediamo siano lì; sono sedi troppo controllate e frequentate. Sarebbe troppo rischioso. Anche se non stavamo trovando nulla di sospetto sulla I.T.O., abbiamo continuato a indagare effettuando ricerche più approfondite sul loro lavoro. Abbiamo purtroppo capito di essere sulla buona strada quando le richieste sono state respinte per mancanza di autorizzazione; si trattava di dati e informazioni classificate. Stiamo camminando su un terreno pericoloso, e non poco".

"In che senso *purtroppo*? Frank, ci devi dare qualche brutta notizia? Ti prego, cerca di essere chiaro perché non riesco più a seguirti".

Eryn aveva alzato di un tono la voce, che era diventata più acuta e stridula.

Le capitava ogni volta che era agitata.

Si girò e vide che anche l'amica aveva uno sguardo meravigliato, come se la notizia l'avesse più sorpresa che spaventata. Si rese conto che Sarah, al contrario di lei, aveva capito.

"Stai calma, straniera. Va tutto bene. Le brutte notizie riguardano l'organizzazione che c'è dietro, non le ragazze. Ho ragione, Frank?".

Finalmente Sarah aveva parlato.

Frank le rivolse uno sguardo di approvazione, prima di continuare.

"Sì, esatto. Le persone che mi aiutano nelle ricerche sono molto in alto nella nostra amministrazione politica e hanno pressoché accesso a tutti i dati e le informazioni di ogni cittadino, turista, animale o anima vivente che risieda o passi per il nostro Paese. La risposta che mi hanno dato significa solo una cosa".

Eryn lo guardò di nuovo con lo sguardo perso in cerca di un riscontro diretto. Non era ancora arrivata alla conclusione sottintesa, rimasta tra le righe.

Anche se restio a pronunciare quelle parole ad alta voce, Frank dovette farlo.

"Significa che dietro la I.T.O. si nasconde un altro tipo di attività gestita o controllata direttamente da...". Inalò una boccata d'aria, prima di terminare la frase. "Da persone a stretto contatto con il Presidente".

*

Rimasero quasi un minuto in silenzio, incapaci di dire qualunque cosa. Frank non aveva finito di aggiornarle sulle notizie scoperte, ma voleva lasciare loro un po' di tempo per assimilare l'informazione appena ricevuta.

Anche Sarah, che aveva capito per prima l'entità della scoperta, era assorta nei suoi pensieri e sembrava stesse facendo un discorso silenzioso all'interno della sua mente, tra sé e sé.

Eryn invece ogni tanto emetteva qualche suono, quasi come se volesse iniziare a dire qualcosa, ma poi lo troncava per mancanza della parola giusta e rimaneva in silenzio fino al gemito successivo.

"Sei riuscito a intuire quale altra attività ci potrebbe essere dietro?" chiese Sarah, spezzando la pesante attesa. Dal suo tono sembrava avesse un'idea sulla risposta. Frank la guardò seriamente.

"Sì. Per fortuna alcune delle mie fonti non si sono fermate davanti alla mancanza di autorizzazione e sono riuscite a scoprire qualcosa in più. Sappiamo che, oltre alle sedi ufficiali che si trovano nella capitale e in altre grosse città, è rimasto attivo il primo centro creato il secolo scorso, costruito proprio poco fuori dove abiti tu, ed è lì che presumiamo operino con le attività secondarie. Non siamo ancora andati a perlustrare, ma abbiamo una mappa dettagliata della zona. Più tardi ve la mostrerò".

Frank toccò la borsa nera che aveva vicino a sé, appoggiata a una gamba del tavolo.

"È una piccola sede anonima, poco conosciuta e isolata, dove sarebbe facile nascondere attività clandestine. Per quanto riguarda il lavoro che compiono lì, siamo ancora un po' incerti e non siamo riusciti a trovare prove concrete che possano rivelarne la vera natura".

"Però un'idea sicuramente ve la sarete fatta", insistette Sarah.

Frank sospirò di nuovo. Lo faceva ogni volta che doveva dire qualcosa che non gli garbava.

"Sì, un'idea ce la siamo fatta in effetti, anche se attualmente non siamo in possesso di prove concrete o testimonianze dirette. Riteniamo però che tutte le sparizioni di ragazze, dalle prime avvenute molti anni fa in quella zona alle ultime, tu Sarah ricorderai i casi, siano legate ai loro studi e agli esperimenti sul corpo umano svolti dall'azienda, per costruire e ottimizzare i macchinari.

Negli ultimi anni, per fortuna, le sparizioni sono diminuite drasticamente, per tornare ad aumentare in questi mesi. Si tratta sempre di giovani donne, tutte di età compresa tra i venti e i quarant'anni; probabilmente perché il corpo femminile è più robusto e si presta meglio a questo genere di studi. Si era sempre puntato il dito contro un ipotetico serial killer ossessionato dalle donne, o a uno stupratore seriale, ma non sono mai state trovate prove a riguardo né tantomeno i corpi. Ad oggi tutti i casi sono ancora aperti. Ma nessuno sa se siano state ferite o, peggio ancora, uccise".

"Quindi credi che abbiano ricominciato a rapire le donne per nuovi esperimenti? Ma se pensi che le tengano chiuse là dentro, perché non chiediamo alla polizia di entrare e controllare? Dobbiamo pur fare qualcosa".

Eryn quasi gridò, spaventata. Le sembrava inconcepibile che, se Val e le altre erano chiuse in qualche laboratorio o centro, nessuno andasse a liberarle.

Stava cercando di non immaginare quale tipo di esperimento e ricerca potessero fare sui loro corpi.

"Purtroppo senza prove concrete non si può chiedere nessun controllo o mandato. La sede in cui crediamo tengano le ragazze ora è stata dichiarata chiusa, ma noi abbiamo rilevato dei movimenti e delle presenze umane con la strumentazione in nostro possesso. Sapendo poi chi e cosa ci potrebbe essere dietro, vedo ancora più difficile, se non impossibile, avanzare richieste senza avere prove schiaccianti e qualcuno di grosso dietro che ci possa appoggiare e coprire le spalle. Mi dispiace, Eryn, ma per adesso siamo soli e dobbiamo andare avanti con i nostri mezzi".

Lo sconforto e l'amarezza erano dipinti sui volti di tutti e tre; sembrava così assurdo pensare di essere a un passo dalle ragazze e, allo stesso tempo, così lontani dalla speranza di poterle aiutare in qualche modo.

"Non dobbiamo disperare. Anche se sarà dura, noi continueremo ad andare avanti nelle ricerche fino a quando non riusciremo a fare chiarezza. Costi quel che costi. Dai rilevatori di movimento, abbiamo constatato una massiccia presenza di persone soprattutto in un punto della struttura. Penso che le ragazze siano lì e siano ancora vive. Se le usano per fare esperimenti sui loro bioreattori, servirà che le tengano vive e sane. Su questo punto sono fiducioso. Adesso però dobbiamo capire come avvicinarci per studiare le loro mosse e acquisire delle prove senza farci vedere. Io intanto mi metterò in contatto con alcune testate giornalistiche non ancora controllate dalla nostra politica per averle dalla nostra parte in modo da aiutarci a divulgare la notizia nel caso in cui le nostre supposizioni si rivelassero vere. Rendendo il caso di dominio pubblico, potremo trascinare la gente dalla nostra parte. È la nostra unica arma".

Grazie all'entusiasmo e al carisma che aveva tirato fuori Frank, Eryn e Sarah si ripresero dal loro stato di trance. Sembrava contento ed entusiasta di poter fare pulizia nel marciume del Paese e pestare i piedi ai pezzi grossi.

Lui era sempre stato un anticonformista, scettico sulle politiche e giurisdizioni dello Stato in cui vivevano; forse perché le aveva conosciute dall'interno e sapeva che non sempre lavoravano correttamente.

Era la persona più indicata per fare guerra al sistema.

Eryn temeva per la vita della sua amica ma, se erano state rilevate tante presenze umane, probabilmente le donne rapite erano vive, soprattutto le ultime, e c'era la concreta probabilità che Val fosse tra loro.

Era stata portata via da poco; la possibilità che non l'avessero ancora uccisa era alta.

Sapeva che non doveva cadere in preda all'ansia e al pessimismo proprio ora; doveva andare avanti e continuare a essere combattiva e fiduciosa.

Avevano fatto tanti progressi, mollare adesso sarebbe stato da sciocchi.

"Hai perfettamente ragione, Frank. Dobbiamo cercare di capire come procedere, soprattutto come tenerli d'occhio senza essere visti. Perché non prendi le mappe che hai portato con te?".

Per quasi due ore, studiarono accuratamente la zona in cui sorgeva la struttura e i suoi dintorni, senza essere disturbati da nessuno; anche Phil, se non veniva chiamato dall'interno mediante un apposito pulsante che comunicava con la sala esterna e la cucina, non era autorizzato a entrare.

Era una sala riservata e l'hotel ci teneva a garantire la totale privacy agli ospiti che la richiedevano.

Impiegarono parecchio tempo a capire quali possibilità avessero per osservare i movimenti della struttura perché si trovava in una zona completamente scoperta.

Sorgeva infatti su una grossa piana isolata, formata da sabbia, basse dune e da piccole rocce, senza barriere architettoniche o naturali intorno che avrebbero potuto fornire loro un nascondiglio da utilizzare come punto di osservazione.

La struttura aveva mantenuto sia lo spesso muro di cinta che era stato eretto in origine, che la proteggeva lungo tutto il perimetro, sia le reti in ferro poste a qualche chilometro di distanza, che la recintavano anch'esse tutt'intorno.

Dentro le reti di cinta, ai lati del cortile, sorgevano quattro torrette di controllo; non escludevano che lì sopra fossero presenti militari o armi a rilevazione, pronti a sparare al primo movimento sospetto.

Purtroppo non potevano saperlo con certezza, in quanto la parte alta della torre era costituita da una specie di grossa scatola dai vetri oscurati che impedivano di vedere all'interno.

Sembrava impossibile avvicinarsi senza essere visti.

"Potrei farmi catturare in qualche modo. Così, una volta dentro, potrò vedere tutto. Nasconderò dei ricevitori per il segnale GPS, un microfono e una mini telecamera. Se mi considereranno una loro vittima, non sospetteranno nulla".

Dopo il tempo passato a cercare una soluzione che sembrava non esserci, questa fu l'idea migliore che venne in mente a Sarah.

Lei l'avrebbe fatto, lo sapevano, non era una codarda che si tirava indietro davanti all'ignoto o al pericolo e sapeva mantenere i nervi saldi quando doveva. Sarebbe stata anche brava nel farlo.

"Escluso, per entrambe. Nel modo più assoluto. Vi conosceranno bene, ormai, visto che vi hanno seguito e provato a buttare fuori strada. Inoltre, credo che controllino tutte le donne, perquisendole da cima a fondo, e non possiamo escludere che, una volta lì dentro, rimangano nude o indossino dei vestiti forniti da loro. Se quei tizi trovassero tutta quella roba, non ti metterebbero insieme alle altre e rischieresti di fare una brutta fine.

Prima di avvicinarci, dobbiamo osservarli e capire se abbiano una routine che rispettano e, se non troviamo delle prove, vedere se ci siano degli accessi attraverso cui poter entrare. Penso che l'unica soluzione sia, come ho già detto, posizionarci dietro questa piccola collinetta di sabbia e osservarli per qualche giorno".

Frank aveva ragione; c'erano grosse probabilità che venissero riconosciute e avrebbero soltanto rischiato di rovinare il piano mandando a monte tutto.

"Ma è distante. Sarà a più di un chilometro dall'entrata della sede. Non riusciremo mai a vedere bene da lì", esclamò Eryn osservando il punto che aveva indicato Frank sulla mappa.

"La distanza non è un problema. Useremo dei cannocchiali speciali che ci permetteranno di zoomare quanto serve; sarà come trovarsi davanti al cancello, fidati. Conosco chi ce li può prestare".

Sembrava che avesse una soluzione a tutto. Di sicuro aveva già studiato bene il piano.

"Sì, forse questa collina è l'unico punto in cui poterci posizionare. È distante dalla strada e non troppo lontana dall'ingresso. Converrà arrivare appena cala il sole e andare via alle prime luci dell'alba. Dovremo fare i turni, però; non possiamo andare lì in molti, altrimenti avremmo più possibilità di essere visti. Direi due alla volta. Frank, hai qualcuno disposto ad aiutarci? Non credo che Eryn potrà fare troppe notti fuori casa per la bimba, giusto?", chiese Sarah rivolgendosi a entrambi.

"Qualche notte potrò farla. Lascerò Zena da mia madre. Sarà felicissima di passare più tempo con la sua nipotina. Le dirò che vengo a farti compagnia perché hai la depressione post-relazione, visto che sei appena stata scaricata. Lei ama questo genere di storie. E dirò la stessa cosa anche ad Archie, così da dare la stessa versione a entrambi", rispose prontamente Eryn.

Frank non poté aiutarle su quel punto. Tutte le sue conoscenze erano top secret e impossibilitate a mostrarsi, soprattutto adesso che si sospettava la presenza di un membro stretto della cerchia presidenziale. Avrebbero rischiato di far trapelare informazioni importanti che dovevano rimanere segrete e di mettere a repentaglio la propria vita.

"Va bene, lo faremo noi tre. Prima di separarci, organizziamo i turni. Dobbiamo iniziare a controllarli già da questa notte".

CAPITOLO DODICESIMO

I primi due turni di guardia toccarono a Sarah e Frank.

Eryn ebbe così il tempo di andare a casa per organizzarsi con il marito e prendere tutto l'occorrente che le serviva per far dormire fuori Zena.

Come aveva detto agli altri, raccontò sia ad Archie sia alla madre che sarebbe rimasta a dormire qualche notte a casa di Sarah per consolarla; l'amica, infatti, aveva bisogno di una spalla su cui piangere poiché era stata appena tristemente scaricata da un ragazzo con cui si vedeva.

La descrisse come un'anima in pena dal cuore spezzato, già indebolito per il fatto che non riusciva mai a trovare nessuno di stabile con cui stare bene e che si prendesse cura di lei; per evitare che cadesse in depressione e ricominciasse a bere com'era successo dopo la morte della sorella, le aveva promesso che sarebbe stata con lei qualche sera per aiutarla a superare i primi momenti difficili e tenerle compagnia. Solo chi non la conosceva bene avrebbe potuto credere a una tale storia poiché Sarah era tutto tranne che una donna in grado di disperarsi per un uomo.

Ma Eryn era riuscita a raccontare una storia talmente plausibile – con tanto di fatti veri sulla sua vita privata passata – che né Archie né la madre avevano dubitato minimamente della veridicità delle sue parole e non avevano obiettato. Rose si era addirittura commossa e le aveva offerto anche il suo supporto; si era proposta di cucinarle le cene durante la settimana anche quando Eryn non era da lei, per assicurarsi che mangiasse regolarmente e correttamente.

Per fortuna la figlia era riuscita a dissuaderla dal farlo e le aveva impedito di andarla a trovare per qualsiasi altra cosa le fosse passata per la mente; per farla contenta, però, le aveva concesso di prepararle un pasto veloce per le serate in cui ci sarebbe stata anche lei.

"Non sapevo si vedesse con qualcuno, non me l'avevi detto", le disse Archie dopo che gli aveva dato la notizia. Aveva un'espressione dispiaciuta sul viso. "Poverina, non dev'essere facile per lei andare avanti. Certo che non mi dispiace se vai due notti a farle compagnia;

anche se mi mancherai, so che lo stai facendo per una buona causa. Sei sempre stata sensibile ed è anche per questo che ti amo. Non ti preoccupare per me. Magari sento gli altri e organizziamo un'altra serata delle nostre. Potrei invitarli qua da noi, così non sono nemmeno io solo" scherzò alla fine il marito, abbracciandola teneramente.

Erano in cucina e avevano appena finito di mettere a posto tutto e pulire il tavolo; presto avrebbero messo Zena a letto e si sarebbero rilassati.

Eryn era ancora un po' in ansia per i suoi compagni, appena arrivati sul posto d'osservazione.

Quella era la prima notte di guardia.

Come da piano, avevano preso un taxi fino all'ultima zona abitata lì vicino per non destare sospetti e poi si erano fatti quasi mezz'ora a piedi per arrivare a posizionarsi dietro la piccola collina di sabbia, camminando in parte tra i campi erbosi, bui e deserti, e in parte nella zona sabbiosa; non vi era illuminazione lungo tutto il tratto e l'ultimo pezzo lo si doveva fare quasi strisciando per evitare di essere visti dato che non c'erano protezioni o punti per nascondersi.

Sapeva che erano arrivati sul posto d'osservazione perché le avevano mandato un messaggio per avvisarla.

La spaventava l'idea di pensarli completamente soli e isolati, davanti a una struttura che probabilmente teneva prigioniere diverse donne – centinaia se si contavano tutte le sparizioni misteriose degli ultimi anni in quel territorio –, e sorvegliata da uomini poco raccomandabili e addestrati a tutto.

Loro non sarebbero stati in grado di difendersi in caso di attacco; si erano portati il minimo indispensabile per osservare, mangiare e difendersi dal freddo. Avevano qualche coltello e la pistola di Sarah, ma non erano di sicuro pronti a battersi contro un gruppo di uomini armati se li avessero scoperti.

Nel caso fosse successo qualcosa di grave e avessero avuto bisogno di aiuto, le avrebbero inviato un messaggio preimpostato di allerta sul telefonino e lei avrebbe dovuto chiamare un numero che le avevano lasciato; era una conoscenza di Frank che era al corrente della storia e che sarebbe intervenuta in loro difesa. O almeno era quello che si sperava.

Eryn avrebbe tenuto il cellulare acceso con la vibrazione sotto il cuscino tutta la notte, per sentirlo senza svegliare il marito; sapeva che non faceva bene alla salute, ma per poche sere non sarebbe successo nulla.

Mise a letto Zena dopo cena e decise di provare a rilassarsi sul divano.

Non sarebbe andata a dormire tardi perché aveva bisogno di riposare a fondo in quelle due notti prima del suo turno.

Si sistemò sul divano. Archie le fece dei massaggi e coccole sulla testa, e questo le servì per abbandonare completamente tutto lo stress accumulato per la preoccupazione; il più delle volte si addormentava qualche oretta così, prima di svegliarsi e andare a letto per riprendere a dormire.

Sperava di riuscire a resistere sveglia tutte quelle ore quando sarebbe toccato a lei, perché era sempre stata una gran dormigliona e riusciva ad abbioccarsi in ogni posto in cui si appoggiasse; non stentava a pensare che, sdraiata sulla sabbia, avrebbe potuto cedere al sonno.

Avrebbe dovuto farcela, a costo di bersi un litro di caffè.

Per fortuna avrebbe fatto la prima notte con Sarah, così avrebbero potuto chiacchierare; con Frank non si trovava male ma, conoscendolo meno ed essendo un uomo, avevano sicuramente meno argomenti in comune. Inoltre si sentiva sempre in soggezione quando parlava con lui perché temeva la considerasse una persona poco intelligente.

Con il pensiero dei suoi compagni di avventura e con un pizzico d'ansia per ciò che avrebbe affrontato dopo due sere, si sdraiò rilassata sulle gambe di Archie e si appisolò, mentre lui la accarezzava. Quasi non si accorse quando la svegliò un'ora dopo per andare a dormire e, quando aprì coscientemente gli occhi, era già mattina inoltrata.

Non trovò il marito al suo fianco e dopo pochi secondi capì che era in cucina con Zena a fare colazione.

Sentiva il loro vociare attraverso le porte, e il rumore di tazze e piatti che si toccavano tra loro.

Guardò il soffitto e vide che la sveglia proiettava le nove e trentasette. Era ora di alzarsi, anche se aveva ancora sonno e sarebbe rimasta volentieri a letto.

Mentre spostava le lenzuola, toccò il telefonino che era finito in mezzo al letto; lo prese subito per controllare se le avessero scritto. Pensò che se non aveva ricevuto nessuna chiamata di allarme, era perché era andato tutto bene. Toccò il display per accenderlo e vide che aveva ricevuto un messaggio da Sarah qualche ora prima. Aveva scritto solo due parole, "tutto ok", ma bastarono per farla sorridere e tranquillizzare. Per un attimo fu tentata di scriverle, ma resistette all'impulso. Per il momento, si sarebbe accontentata di sapere che erano arrivati sani e salvi a casa. L'avrebbe richiamata nel tardo pomeriggio per evitare di disturbarla. Era curiosa di sapere come fosse andata la prima nottata d'osservazione.

Si alzò ancora assonnata e raggiunse la sua famiglia in cucina.

"Buongiorno, bella addormentata. Finalmente ti sei decisa ad alzarti", la salutò Archie dandole un bacio in fronte e avvicinandole il piatto con i muffin al cioccolato e il bicchiere pieno di spremuta d'arancia. Di solito la sua colazione era più salutare, ma si lasciò coccolare dal gusto peccaminoso del cioccolato.

"Come mai non mi hai svegliata? Ma soprattutto, come mai sei a casa? Non è ancora il weekend".

Lo guardò stupita con la bocca aperta piena di pezzi di muffin.

"E poi dici che sono io lo smemorato della coppia. Oggi e domani dovrò lavorare da casa perché stanno ristrutturando gli uffici. Te l'avevo detto. La mia dolce mogliettina sta invecchiando e perdendo colpi?", la prese in giro lui mentre si alzava per sparecchiare.

Ora che glielo aveva ricordato, le venne in mente qualcosa a riguardo; in quei giorni aveva avuto così tanti pensieri per la testa che se n'era completamente dimenticata.

"Ti lasciamo subito tranquillo, allora. Cambio Zena e andiamo a farci due passi fuori; per fortuna è una bella giornata e si sta bene in giro", gli rispose mentre beveva velocemente il succo e iniziava a ritirare la roba rimasta sul tavolo.

"Tranquille, se volete rimanere a casa non è un problema. Ho già avviato il pc per estrarre dal sistema dei dati che mi servono. Non appena avrà finito, inizierò ad analizzarli".

La giornata passò velocemente e Eryn fu felice di avere il marito in casa a farle un po' di compagnia; stare tutto il giorno da sola con una bimba di poco più di un anno non era sempre facile – alcune volte anche demotivante e stancante, soprattutto nelle giornate segnate da pianti e urla per il male ai denti o alla pancia –, e con lui lì riuscì almeno a scambiare due parole di senso compiuto con un'altra persona e non si sentì sola.

Intorno alle cinque, decise di uscire di nuovo per fare un'altra passeggiata con la figlia prima di cena e, approfittando di quel momento di privacy, chiamò Sarah.

Il cellulare era acceso e iniziò a squillare dopo qualche secondo di attesa per rintracciare la linea.

La voce che le rispose era squillante e allegra.

"Allora, com'è andata la nottata? Cosa avete visto? È stata tanto dura?", le chiese curiosa.

"Bene, dai. Non abbiamo patito il freddo e tutto sommato è passata in fretta. Sono abituata a fare le notti sveglia e non è stato un grosso problema per me; anche Frank ha retto bene ma lui ha meno bisogno di dormire, sai?". Rise per l'allusione all'età dell'amico. La divertiva sempre prenderlo in giro anche quando non era presente. "In realtà non abbiamo visto entrare o uscire nessuno, ma abbiamo rilevato grossi movimenti all'interno e tante presenze umane. Non solo nella zona in fondo alla struttura, dove riteniamo possano essere tenute le ragazze, ma anche al piano di sotto dove presumiamo ci siano i laboratori per le ricerche. Magari le persone entrano prima la sera oppure non sono autorizzate ad andare e venire liberamente e rimangono sempre chiuse là dentro. Non sappiamo; ci faremo un'idea più chiara le prossime notti".

Sarah sembrava contenta di com'era andato il primo turno e, di conseguenza, anche Eryn si sentiva più serena e tranquilla sebbene non avessero fatto grosse scoperte o visto qualcuno.

"Bene, avete capito come poter entrare? Ci sono zone poco controllate?".

"Forse da una porta laterale, ma dobbiamo capire se sia allarmata o no. Non c'è nessuno dentro le torrette intorno al cortile, probabilmente nemmeno armi. Credo servano solo per riprendere la zona. Nei prossimi turni capiremo meglio se coloro che operano all'interno seguano una routine particolare, così potremo capire come agire. Tu rilassati e dormi più che puoi, la tua notte sta per arrivare".

*

Avrebbe passato tutta la notte sdraiata su una collina di sabbia a osservare, al buio, un edificio che probabilmente teneva prigioniera Val; solo pochi spessi muri a dividerle.

Le sembrava quasi di averla ritrovata, sebbene non avessero ancora capito come entrare.

Quel pensiero accompagnò Eryn per tutto il tragitto in macchina mentre guidava per andare a casa della madre.

Erano passate le prime due notti di guardia e la situazione non era mutata molto, ma adesso toccava a lei. Non avevano notato nessun movimento in ingresso o in uscita ma avevano scoperto che all'entrata principale, nella parte interna, vi era un quartetto di persone che veniva sostituito alle due in punto da un altro quartetto; si presupponeva fossero le guardie.

Intorno agli altri lati dell'edificio, ogni tanto avevano visto passare qualcuno ma nessuno era rimasto lì a lungo per far pensare che si trattasse di un posto sorvegliato continuamente; potevano essere state anch'esse delle guardie, così come scienziati di passaggio.

Ci sarebbero potute essere telecamere lungo tutto il perimetro, ma sicuramente pochi sorveglianti a monitorare.

Frank aveva scattato delle particolari foto e fatto registrazioni che aveva inviato a un altro suo contatto perché le analizzasse e capisse quali sistemi di allarme e videocamere potessero esserci e dove. Ormai nulla poteva passare inosservato alle strumentazioni attualmente in commercio; bastava avere quelle giuste e conoscere chi fosse in grado di usarle e decifrarle.

Eryn, certe volte, pensava che Frank lavorasse per qualche agenzia investigativa o svolgesse ancora qualche mansione per l'entourage presidenziale perché le sembrava impossibile potesse avere dispositivi così sofisticati e avere contatti con persone tanto potenti.

Era un mondo completamente lontano dal suo, che faticava a capire; non si rendeva nemmeno bene conto della pericolosità della situazione e che, oltre alle donne rapite, stavano rischiando molto anche loro. In parte, era per questa sua incoscienza che non si era mai tirata indietro.

La loro idea sul motivo dei rapimenti rimaneva sempre legata alla sperimentazione sui trapianti e allo studio sulla reazione dei corpi umani attraverso l'utilizzo dei bioreattori; ormai i dispositivi erano presenti nelle cliniche e nelle strutture sanitarie di tutto il mondo e facevano girare l'economia di molte case farmaceutiche e ospedali di molti milioni, se non miliardi. Era sicuramente un business con un proficuo margine di sviluppo.

Le sparizioni riguardavano solo donne giovani in genere sole perché più facili da far scomparire e perché il corpo femminile si prestava di più alle sperimentazioni; Sarah aveva avanzato l'idea che potessero usarle non solo per testare i farmaci e le reazioni del corpo umano a trasfusioni e trapianti, ma anche per i test nel campo della cosmetica. Di sicuro anche quello era un settore di ampio raggio nonché molto redditizio, legato alle ricerche scientifiche.

In effetti non era un'idea tanto assurda; Eryn preferiva crederle sedute su una sedia intente a testare trucchi e creme, piuttosto che immaginarle sdraiate nude su un lettino d'ospedale mentre venivano studiate, aperte e operate. Non riusciva e non voleva pensarci perché ogni volta che lo faceva, l'agitazione le causava un forte senso di nausea e giramenti di testa.

Per fortuna, poco prima che i pensieri prendessero di nuovo quella direzione, arrivò a casa della madre e parcheggiò l'auto nel vialetto al solito posto.

Le luci di casa erano tutte accese e, mentre prendeva Zena dal seggiolino dietro, Rose uscì per aiutarla.

"Ciao, amore. Ti ho sentita arrivare. Stavo sistemando la tua camera e facendoti il letto nel caso tornassi a dormire qui. Il suo lettino l'ho invece spostato in camera mia, almeno la tengo vicino a me e se si sveglia di notte la sento subito. Com'è andato il viaggio? Mangi qui o dalla tua amica?".

Il pensiero del cibo era sempre ai primi posti nella scala *preoccupa-*

zione-salute figlia di Rose.

"È stato tranquillo. No, mangio con te; vado da lei subito dopo. Ti va se non mangiamo troppo tardi? Intanto porto la roba dentro" le rispose Eryn, ansimando per il peso delle valigie. Aveva portato tutto l'occorrente per la figlia e anche alcuni suoi giochi per farla sentire a casa.

"Sì, certo. È tutto pronto. Ti aiuto a sistemare e possiamo mangiare".

Un'ora dopo, Eryn era pronta per andare a casa di Sarah; aveva lasciato lo zaino con tutti i vestiti più pesanti e l'occorrente per la notte in macchina, per non che la madre lo vedesse.

Erano le otto. Essendo ancora chiaro, non potevano partire troppo presto; sarebbero arrivate intorno alle nove, nove e un quarto, quando il sole era già calato da un po' e non vi erano più strascichi di luce. Tenendo conto però della distanza dalla I.T.O. e del tratto che avrebbero dovuto fare a piedi, anzi a carponi, doveva raggiungere l'amica a quell'ora, per non arrivare lì troppo tardi e perdersi eventualmente qualche movimento.

Salutò la madre e la figlia con un velo di tristezza e un nodo in gola, in parte dovuto al fatto che lasciava per la prima volta Zena a dormire di notte con qualcun altro senza che ci fossero lei o Archie, in parte per l'agitazione che le era venuta per quello che doveva andare a fare.

Prima che le venissero ripensamenti, salì in macchina e con la voce calda dello speaker alla radio arrivò dall'amica.

Sarah l'aspettava seduta sui gradini del patio e, quando la vide parcheggiare, si alzò e uscì dal cortile per andarle incontro.

Indossava una tuta lunga e nera, probabilmente impermeabile, delle scarpe da ginnastica scure e portava un piccolo zaino sulla schiena, anch'esso nero; avevano stilato un dress code prima di incominciare e Eryn era vestita nella stessa maniera.

"Ciao, straniera. Sei pronta? Vedrai che passeremo una bella nottata insieme. Per fortuna non c'è aria, non dovremmo patire il freddo. Non c'è nemmeno una nuvola in cielo, però, dobbiamo stare attente a nasconderci bene".

Mentre Sarah parlava, arrivò il taxi che aveva chiamato poco prima e partirono per la spedizione.

"Stai tranquilla. Andrà tutto bene. Ho portato anche della cioccolata per tirarci un po' su e darci energia" le disse sorridendo, toccando lo zaino che aveva appoggiato sulle gambe.

Nonostante avesse fatto i turni nelle prime due notti appena trascorse, sembrava fresca come un fiore mentre a Eryn – che si era riposata e aveva dormito qualche ora anche nel pomeriggio – veniva già da sbadigliare. Cercò di soffocare il sonno e lo sbadiglio che le si stava formando in gola trattenendo il respiro, ma le uscì un suono gutturale accompagnato da una strana smorfia che fece scoppiare a ridere Sarah.

"Iniziamo bene", commentò.

Venti minuti dopo, il tassista si fermò davanti all'indirizzo indicato e comunicò alle due donne che erano arrivati.

Si erano fatte lasciare in una piccola strada di campagna dove c'era solo qualche casa costruita qua e là, tra campi e prati; al di là dell'ultimo abbaino illuminato, si vedeva solo una distesa in cui non c'era più nulla. Erano a pochi chilometri dalla collinetta. Poco più avanti c'era un pub – una zona insolita per quel genere di attività –, e l'avrebbero usato come scusa per non destare sospetti nel caso in cui qualcuno avesse chiesto loro qualcosa.

Si incamminarono con passo spedito e in pochi minuti furono in mezzo al prato dove l'erba, scomparso anche l'ultimo alone di luce, pareva colorata di nero. Eryn si sentì risucchiata dall'oscurità della notte ed ebbe un fremito. Era tutto buio. L'ultima casa, con le luci accese, l'avevano oltrepassata da un po'.

Le venne in mente quando da piccola nelle sere d'estate giocava nei giardinetti o nei prati a Sals con qualche bambino che come lei era andato a trovare i nonni. Correvano senza paura tra i sassi, le rocce e le grosse radici degli alberi che uscivano dal terreno, senza preoccuparsi di farsi guidare solamente dal chiarore della luna.

Adesso che aveva la consapevolezza di cosa potesse nascondersi nel buio, la sensazione che provava era completamente diversa. Respirò profondamente, mentre ripensava con rimpianto a quella spensieratezza fanciullesca.

Sarah era davanti a lei e le faceva strada; non vi erano punti di riferimento e si vedeva a soli pochi metri di distanza, ma l'amica sembrava orientarsi perfettamente, e con sicurezza la guidava sempre più lontana dalla civiltà.

Dopo una quindicina di minuti di camminata avvolta nel silenzio più assoluto, Sarah si fermò di colpo e per poco non venne tamponata dalle gambe di Eryn, che camminava a pochi centimetri di distanza da lei per paura di perderla. Assorta nei suoi pensieri e ipnotizzata dalla sua falcata, non si era subito resa conto che si era fermata. Rimasero ferme e in silenzio, l'una davanti all'altra.

Eryn non osava parlare e chiedere il motivo per cui si fosse bloccata; temeva avesse visto o sentito qualcuno.

Invece dopo qualche secondo Sarah si girò verso di lei e a bassa voce le disse che da quel momento avrebbero dovuto camminare a quattro zampe e, non appena avessero raggiunto la zona sabbiosa, avrebbero strisciato come militari fino alla collina. Diede un'occhiata al dispositivo che aveva portato con sé per orientarsi, dopodiché si abbassò e iniziò a camminare accovacciata.

A Eryn sembrò di essere ritornata ai primi anni del liceo quando, durante l'ora di ginnastica, per punizione l'insegnante li faceva camminare in fila indiana lungo la pista di atletica, alternando i passi a piegamenti e squat. Adesso sembrava ancora più difficile a causa dell'età e dello zaino pesante che portava sulla schiena; inoltre il terreno non era omogeneo, ma intervallato da pietre e sassi che pizzicavano e pungevano la pelle e le ossa a ogni tocco.

Per fortuna era ancora una donna agile e in forma grazie a tutte le passeggiate che faceva e presto trovò il suo ritmo.

Non impiegarono molto ad arrivare dietro la collinetta.

"Brava, straniera. Eccoci in quella che sarà la nostra *tana* per questa notte. Rilassati un momento mentre io invio il segnale a Frank e tiro fuori l'attrezzatura. La I.T.O. è laggiù, anche se con questo buio non si riesce a distinguere bene", le disse Sarah indicando con la mano sinistra un punto lontano di fronte a loro mentre con la destra perlustrava lo zaino in cerca della strumentazione necessaria.

Eryn fissò la zona che le aveva indicato e, sforzando un po' la vista, intravide in lontananza una grossa struttura con davanti le famose torri di controllo; sembrava che tutte le luci fossero spente. O, anche qualora fossero state accese, erano talmente basse che dal punto in cui si erano fermate non riusciva a scorgerle.

Pochi minuti dopo, Sarah le fu accanto e le passò un piccolo cannocchiale nero per permetterle di vedere meglio; sembrava un'imitazione di quelli veri, uno di quelli che si comprano ai bambini per gioco, talmente era piccolo.

"Non è finto. È uno degli ultimi modelli più avanzati in commercio. Be'... Non proprio in commercio per il pubblico che intendiamo noi, a dire la verità. Sono disponibili solo per una cerchia ristretta di militari e forze dell'ordine".

Sarah aveva intuito i pensieri dell'amica da come lo aveva osservato. Eryn alcune volte era un libro aperto sul quale si potevano leggere tutte le emozioni che provava o quello che pensava, e che non cercava mai di nascondere.

"Davvero? Come mai? Non è solo un cannocchiale?", le chiese ancora scettica mentre si rigirava lo strumento tra le mani per osservarlo meglio da tutte le angolazioni.

"Per noi sarà solo un cannocchiale, ma in realtà è molto di più. Te l'ho acceso, prova un po' a usarlo". Detto questo, Sarah si coricò a pancia in giù sulla sabbia per iniziare a osservare. A Eryn non restò che imitarla. "Accidenti!", esclamò di colpo. L'aveva avvicinato agli occhi e davanti a lei era apparsa un'immagine così vicina, nitida e chiara della struttura che sembrava di averla a pochi metri, anziché a diversi chilometri di distanza. La vide illuminata come fosse giorno, anche se era immersa nel buio.

Spostando una piccola leva sulla destra, si accorse che poteva modificare anche l'intensità della luminosità e, con un altro pulsante, riusciva a individuare la presenza di fonti di calore attraverso le pareti e seguirne gli spostamenti.

"Vedi? Te l'ho detto che non era finto", la prese in giro Sarah.

"E ora, straniera, non ci resta che osservare".

Non si era accorta di essersi addormentata.

Fu svegliata dal grido dell'amica. La stava chiamando. Impiegò qualche secondo a ricordarsi dove fosse e a riportare la mente agli ultimi eventi. Anche aprire gli occhi non fu un'operazione facile. Era completamente intontita.

Quando ci riuscì, fu subito investita da un forte lampo di luce che la accecò completamente e la costrinse di nuovo a richiuderli.

"Sarah, ma cosa stai..." urlò, coprendosi d'istinto il viso con le mani e spostando lo sguardo da un'altra parte. Ma non riuscì a terminare la frase. Subito dopo, il fascio luminoso traballò e si mosse leggermente verso l'alto, permettendole di ritornare a vedere.

Davanti a lei, vide tre sagome nere accerchiare l'amica, che cercava con tutte le sue forze di difendersi. Sembravano tre spiriti della notte – completamente coperti dalla testa ai piedi che non si riusciva a vedere nemmeno i loro occhi –, tre demoni della morte senza un volto, aventi come unico obiettivo quello di catturare anime e vite umane. Sarah provava a rialzarsi mentre urlava e tirava calci e pugni in tutte le direzioni. Invano.

Eryn non riusciva a parlare. A muoversi. A respirare.

Le succedeva sempre così quando era spaventata; la paura si impadroniva di ogni singola cellula e tessuto del suo corpo fino a penetrare nelle ossa, congelandola e impedendole di riprenderne il controllo.

Uno di loro piantò qualcosa nel collo di Sarah, che nel giro di pochi secondi la bloccò e la fece stramazzare al suolo, priva di sensi.

Fu tutto talmente veloce che Eryn fece fatica a rendersi conto di ciò che i suoi occhi avevano visto. Impiegò del tempo per metabolizzare la scena.

L'avevano uccisa.

"È morta". Fu l'unico pensiero che si materializzò nella sua mente.

Iniziò a sentire male alla gola, al petto e ad avere difficoltà nel respirare; le si annebbiò la vista e le prime lacrime incominciarono a scendere copiose, impedendole di vedere.

Un rumore metallico le fece girare d'istinto il viso alla sua sinistra dove fu investita nuovamente dal fascio di luce.

Pensò che fosse arrivato il suo turno.

Il volto di Zena le si palesò davanti e le diede la forza per provare ad alzarsi. Doveva andare via da lì. Doveva scappare. Subito. Tirò su il piede destro, ma non appena lo appoggiò a terra sulla sabbia scivolosa, sentì un pizzicotto sul collo che le procurò un forte bruciore; immediatamente il dolore si diffuse in tutto il corpo come una scin-

tilla che divampa e da cui scaturisce un incendio, senza poterlo fermare in alcun modo. Le sembrava di essere stata punta da un grosso animale velenoso che le aveva appena iniettato del fuoco.
Ma il dolore durò pochi istanti.
Di colpo si sentì scivolare fuori dal proprio corpo e lo vide cadere privo di vita come una marionetta senza fili, sbattere la testa e le braccia per terra e rimanere così immobile. Poi tutto si spense.

*

Sapeva di essere morta.
Si sentiva galleggiare priva di peso in uno spazio non ben definito, dove le immagini e i suoni erano confusi e indefiniti; le sembrava di non appartenere più al suo corpo, anzi di non averne proprio più uno.
Avrebbe dovuto dar retta a suo marito e lasciar perdere tutto quanto, ma l'aveva fatto per Val e per il suo stupido senso di colpa. Adesso non l'avrebbe più rivista e soprattutto non avrebbe più rivisto lui e la sua ragione di vita, Zena. Chissà come sarebbe cresciuta, a chi sarebbe assomigliata, cosa avrebbe fatto da grande, se si sarebbe sposata, se avrebbe avuto dei figli... Non avrebbe visto e vissuto più nulla di lei.
Le si stava spezzando letteralmente il cuore nel pensare a quanto dolore le avrebbe causato, tutto per la sua cocciutaggine e il suo dannato comportamento immaturo.
Non aveva mai creduto di poter mettere a rischio la propria vita ma così era stato.
Le era piaciuto fare la detective, le era sembrato di essere la protagonista di uno dei tanti libri polizieschi che aveva letto, dove erano i cattivi a perdere.
Ma la realtà era una cosa diversa.
Avrebbe dovuto dirlo ad Archie e fargli sapere dove si trovava; così avrebbe potuto almeno trovare il suo corpo e riportarlo a casa per farla riposare in pace per sempre, vicino a loro.
Che triste fine le aveva riservato il destino.

Non era ancora pronta a dire addio al mondo, alla sua esistenza, alle persone che amava.

Intorno a sé vedeva tutto nero e sentiva il freddo oltrepassarle i vestiti ed entrarle nella pelle, però non avvertiva dolore; aveva sempre immaginato facesse più male morire. Ma a lei pareva di essere come anestetizzata. Non provava più nulla, immune a qualsiasi sensazione esterna.

Non le erano nemmeno passati davanti agli occhi tutti gli istanti più importanti della sua vita come aveva sempre visto accadere nei libri che aveva letto o nei film che aveva guardato.

Pensava capitasse davvero così, ma in fondo nessuno era mai tornato indietro per raccontare come avvenisse.

Tutto si era invece spento di colpo, in una frazione di secondo.

"Chissà se rivedrò mio padre e mia nonna qui". Era l'unico spiraglio positivo a cui riusciva ad aggrapparsi. Ma non la aiutò a stare meglio. Si sentiva terribilmente male, in colpa e tanto sola.

Incominciò a percepire l'affanno nel suo respiro che aumentava sempre di più; rimanere calma le richiedeva grossi sforzi. Sentì salire dai piedi e dalle gambe un forte formicolio che le pizzicava e tormentava tutti i muscoli e le cavità ossee fino ad arrivare alla testa.

Non capiva il perché, ma sentiva ancora il bisogno di inalare aria e avvertiva una pugnalata ai polmoni ogni volta che ci provava.

"Forse non sono ancora del tutto morta", ipotizzò con un filo di speranza. "O forse manca poco".

I pensieri le rimbombavano in testa talmente forte che le sembrava stessero uscendo dalla bocca di qualcuno che le urlava a squarciagola nelle orecchie.

La testa iniziò a pulsare fortissimo e faceva fatica a rimanere lucida e cosciente; il dolore si propagò come un fiume in piena in tutto il corpo e, con l'aumentare dell'intensità, riuscì a sentire di nuovo ogni parte del suo corpo.

Ogni cellula e molecola avevano iniziato a vibrare a causa del male atroce che provava; non poteva più resistere. Capì di trovarsi appoggiata su una superficie dura, priva di calore, probabilmente in un posto al chiuso e non più all'esterno sulla sabbia calda.

Pian piano ricominciava ad acquisire consapevolezza del suo corpo e adesso riusciva a sentire i muscoli del viso; una fitta lancinante alla testa la lasciò per un attimo senza fiato, incapace di respirare e pensare. Vedeva tutto nero. Era avvolta dal buio più totale, ma solo perché aveva gli occhi ancora chiusi. Provò ad aprirli, ma avvertì un dolore insopportabile; era come se le palpebre fossero incollate.

Le sembrò persino di aver emesso un suono gutturale proveniente dalla gola, come un urlo morente.

Non capiva se tutto quello che faceva fosse solo un sogno o lo stesse vivendo davvero.

Continuava a vedere sempre nero, ma meno di prima.

Le prime immagini che le si presentarono davanti erano annebbiate, appannate, sbiadite... un po' come quando apri gli occhi per vedere sott'acqua e provi a mettere a fuoco la visuale.

Cercare di tenere gli occhi aperti richiedeva uno sforzo enorme. Le lacrimavano a ogni tentativo, ma man mano che ci provava riusciva a resistere sempre di più e a poco a poco fu in grado di recuperare il pieno possesso della propria vista e sul controllo dei propri occhi.

Si guardò intorno.

Si trovava in una stanza buia ed era appoggiata per terra, sul pavimento. Si toccò.

Non era morta.

Inspirò profondamente, mentre il cuore prendeva a battere all'impazzata.

Doveva assolutamente riprendersi.

Aprì e chiuse gli occhi diverse volte per assicurarsi di vederci bene e mosse tutti i muscoli del corpo per risvegliarli e riscaldarli dopo la pausa forzata.

Si sentiva tanto stanca e intontita, ma i dolori che aveva provato prima erano spariti quasi del tutto.

Le ci volle un ultimo grande sforzo per provare a tirarsi su da terra e mettersi seduta; una fitta inaspettata allo stomaco le causò un conato di vomito. Dovette rimanere ferma qualche minuto con la testa fra le mani, appoggiata sulle ginocchia, per far passare il senso di nausea che l'aveva assalita. Probabilmente si era alzata più in fretta di quanto il suo corpo non fosse ancora pronto a fare.

Erano anni che non vomitava, forse decenni; era una cosa che non le capitava abitualmente, non le era successo nemmeno durante i mesi di gravidanza.

Ferma in quella posizione, riuscì a far cessare i giramenti e, questa volta con molta calma, tirò nuovamente su la testa per riabituarla a stare dritta.

Per fortuna non si era sporcata, solo qualche goccia sulla maglia; il grosso era finito sul pavimento.

Anche se aveva paura di venire assalita da un'altra ondata di nausea, con molta lentezza cercò nuovamente di tirarsi su, aiutandosi con la parete che aveva dietro.

Le sembrava di non essere più in grado di camminare autonomamente e dovette fare cinque lunghi ed estenuanti tentativi prima di riuscire a ritrovare l'equilibrio e stare in piedi sulle sue gambe senza doversi appoggiare. Pensò a quanta fatica dovessero fare i bambini per imparare a deambulare con le proprie gambe da soli e si disse che sarebbe stata tanto paziente con Zena quando sarebbe arrivato il suo turno; soprattutto, si ripromise che ci sarebbe stata per aiutare la figlia in ogni importante traguardo della sua vita. Glielo doveva. Doveva uscire viva da lì.

Rimase ferma qualche minuto per assicurarsi di essere davvero stabile.

Si voltò a destra e a sinistra per studiare la stanza in cui si trovava. Sembrava un magazzino; nella parete davanti a lei c'era un tavolo rettangolare con sotto diversi stracci, coperte e altri oggetti buttati alla rinfusa, e di fianco ad esso molte sedie di legno impilate disordinatamente. Alla sua sinistra, invece, vi era una finestra con le serrande completamente abbassate per non far entrare la luce e, dalla parte opposta, una porta con sopra un orologio che segnava le due e quaranta.

Da sotto la porta filtrava un po' di luce dall'esterno, sebbene non sembrasse ci fossero le luci accese. Ora si ricordava perfettamente gli ultimi istanti prima del suo black-out mentale, e quelle figure incappucciate che avevano sparato a lei e a Sarah qualcosa per stordirle e metterle ko. Chissà dove avevano messo lei e come stava ora.

Doveva provare ad andare verso la porta e controllare se l'avessero chiusa a chiave; sarebbe passata lungo la parete opposta per appoggiarsi al tavolo e alle sedie.

I primi passi sarebbero stati sicuramente difficoltosi, aveva bisogno di tutto il supporto possibile. Per fortuna la stanza era stretta e con due falcate incerte raggiunse il tavolo e si appoggiò con entrambe le braccia. Non voleva rischiare di cadere per terra.

Rimase ferma per riprendere fiato, poi provò a muoversi lateralmente senza mai lasciare l'appoggio delle mani e strisciò i piedi di qualche centimetro dirigendosi verso la sua destra.

Il tavolo era lungo e, quando arrivò a metà, riusciva già a spostarsi senza l'utilizzo delle braccia come sostegno e a camminare più autonomamente; decise allora di girarsi con il busto per mettersi in direzione della porta e provare ad avanzare frontalmente, attraversando la stanza lungo la sua diagonale.

Mentre girava il piede sinistro per portarselo davanti a sé, toccò qualcosa sotto il tavolo e sentì un rumore simile a un grugnito.

Per un attimo si bloccò, spaventata. Non sapeva cosa fare. Decise di controllare cosa ci fosse là sotto e si abbassò lentamente per non rischiare di perdere l'equilibrio. Si sedette per terra per verificare chi o cosa avesse emesso quel suono; allungò una mano verso la grossa coperta di lana che spuntava da sotto il tavolo e la tirò su.

Una scarpa da ginnastica!

Era nera. La riconobbe all'istante.

"Sarah!".

Era lì. Era lì con lei. Non le sembrava vero.

Le toccò energicamente il piede per farla riprendere e la sentì emettere quel gemito gutturale di poco prima. Ma l'amica non si mosse.

Eryn si mise sulle ginocchia e si allungò per toglierle tutta la roba che aveva addosso e liberarla dai pesi. La guardò in viso. Aveva gli occhi chiusi e sembrava ancora smarrita nello stato delirante in cui si era trovata lei qualche minuto prima.

Le parlò a bassa voce per trasmetterle calma e sicurezza e farla ritornare alla realtà; le spostò i capelli dalla faccia e le massaggiò il viso dandole ogni tanto dei piccoli colpetti sulle guance. Funzionò.

Pian piano Sarah si riprese e aprì con fatica gli occhi.

Eryn non capì subito se l'avesse riconosciuta e se fosse riuscita a metterla a fuoco, perché aveva uno sguardo strano che sembrava lontano, perso in un'altra dimensione; probabilmente in quel momento stava provando tutto il dolore e la fatica che aveva provato lei quando si era svegliata.

La aiutò con calma a muovere i muscoli delle mani, delle braccia, delle gambe e, quando la vide pronta, la sostenne con delicatezza per posizionarla seduta. Aveva timore che le venisse da vomitare.

"Ciao, straniera", riuscì finalmente a bisbigliare con un debole sorriso mentre la guardava negli occhi.

Era ancora stordita e confusa, ma stava ritornando alla realtà.

"Sarah... Che bello rivederti. Mi sono svegliata pochi minuti prima di te dall'altra parte". Eryn indicò il punto in cui si trovava pochi istanti prima. "Anch'io sono stata male. Ho pure vomitato. Ora sto meglio e vedrai che tra pochissimo riuscirai ad alzarti anche tu e a ritornare come prima. Penso che ci abbiano drogate e messo in una specie di ripostiglio o magazzino dentro la loro sede. Stavo per andare a controllare se siamo bloccate qui. Te la senti di alzarti e venire alla porta con me?".

Sarah le fece segno di sì con la testa e provò a uscire da sotto il tavolo per alzarsi; trovò abbastanza in fretta l'equilibrio e, pochi minuti dopo, si incamminarono insieme molto lentamente verso la porta.

*

"Non si apre. Non ci riesco", esclamò Eryn con voce affaticata mentre cercava di abbassare la maniglia della porta. Iniziò a sudare. "Ci hanno chiuse dentro, è sigillata", concluse con sguardo disperato togliendo le mani dalla porta. Erano tutte rosse per lo sforzo.

"Aspetta, provo io". Sarah le passò davanti e tentò di abbassare a sua volta la maniglia.

Adesso che aveva quasi recuperato del tutto le forze, si sentiva meno impacciata e sapeva di essere la più energica tra le due; premette con grinta, cercando di accompagnare il colpo per non fare troppo baccano e, dopo due tentativi, la porta si aprì.

Il rumore non fu forte, ma rimasero per un momento immobili e in silenzio in attesa di vedere se qualcuno le avesse sentite.

Furono attimi di tensione e paura.

Temevano di ritrovarsi di nuovo davanti le figure nere e incappucciate che le avevano catturate. Ma non arrivò nessuno e non sentirono strani rumori provenire dall'esterno.

Aprirono lentamente la porta, sbirciarono attraverso la fessura tra i cardini per guardare fuori prima di spalancarla del tutto e uscire. Non si riusciva a vedere molto. Intravidero solo un lungo corridoio buio che si estendeva in entrambe le direzioni, rischiarato dal debole riflesso chiaro della luna che entrava dai grossi finestroni collocati in alto sul muro.

Sulla loro sinistra, a qualche metro di distanza, spuntava un bagliore proveniente da un neon o una luce artificiale.

"Adesso cosa facciamo? Dove andiamo?", domandò Eryn.

Nonostante avesse bisbigliato per fare meno rumore possibile, il tono che aveva usato lasciò trapelare tutta la paura che provava.

Anche Sarah era preoccupata. Non avevano più con loro l'attrezzatura per orientarsi, difendersi e, soprattutto, comunicare con Frank.

Inoltre non si sentiva ancora al cento per cento delle prestazioni.

"Proviamo a uscire di qui, così mi oriento meglio. Se non sbaglio ci troviamo sul lato sinistro della sede, quello in cui non abbiamo registrato una massiccia presenza di persone o movimenti. La zona in cui sono tenute le donne dovrebbe essere al fondo di questo corridoio, alla nostra destra, mentre i laboratori sono sotto di noi. Andiamo a controllare".

Prima che Sarah si muovesse per uscire, Eryn la bloccò toccandole un braccio.

"Come fai a essere così sicura di dove siamo?". Sembrava perplessa.

"Dalla posizione della luna. È davanti alle finestre che ci sono là fuori".

Da come le aveva risposto, sembrava una cosa ovvia sapersi orientare in base alla posizione degli astri nella volta celeste.

"Va bene, ma anche se tu avessi ragione su dove siamo, non conosciamo la struttura e non sappiamo chi potremmo incontrare. Dobbiamo uscire, non siamo al sicuro. Chiederemo aiuto a Frank e faremo un'incursione un'altra volta. Io non voglio più stare qui".

La paura si leggeva chiaramente negli occhi e nella voce tremolante di Eryn.

"Ascolta. Io non me ne vado di qui senza mia nipote. Sono troppo vicina a trovarla e non scapperò. Me ne pentirei per tutta la vita. Però ti capisco, tu sei in una situazione diversa e devi pensare prima a tuo marito e a tua figlia. Forse non ti sei mai resa conto della complessità e pericolosità che c'era dietro a tutto questo. Cercherò di farti uscire da qui, così potrai andare a chiedere aiuto mentre io proverò a cercare le nostre ragazze".

"Sei sicura? Non sarebbe meglio ritornare con più persone? Saperti qui da sola non mi farà stare tranquilla lo stesso. Vieni via con me, ti prego".

"Stai serena, andrà tutto bene. Adesso proviamo a uscire di qua. Mi ricordo che c'erano delle uscite lungo il corridoio; dobbiamo solo controllare che siano aperte e non allarmate. Purtroppo i finestroni sono troppo alti, altrimenti sarebbero stati perfetti".

Con molta delicatezza, Sarah aprì ancora di più la porta della stanza e sbirciò all'esterno con la testa completamente fuori. Non si vedeva nessuno.

La zona in cui ricordava esserci delle porte d'uscita era alla loro sinistra, verso l'area in cui si intravedevano al fondo le luci; dovevano muoversi in quella direzione per provare a uscire.

Fece segno a Eryn di spostarsi dall'altra parte del corridoio, sotto i finestroni, per essere più riparate dal chiarore, nonostante non ci fosse illuminazione in quel tratto.

Sarah si mosse silenziosamente camminando tutta accovacciata a terra e Eryn la seguì imitandola; le batteva forte il cuore e a ogni passo sentiva l'adrenalina e la paura percorrerle ogni centimetro della pelle. I muscoli della pancia e dell'inguine erano tutti contratti per la tensione e un rivolo di sudore iniziò a cadere lungo il petto.

Avrebbe voluto mettersi a scappare urlando per sfogare tutta la paura che aveva dentro, troppa e troppo intensa per un solo corpo umano; non le era mai successo di provare una sensazione simile e pregò in cuor suo di riuscire a uscire da quell'incubo sana e salva. Non era mai stata devota e credente, ma in quel momento cercò aiuto appellandosi a qualunque spirito ultraterreno l'avesse protetta da ogni tipo di dolore e guaio. Si ripromise che non avrebbe mai più messo in pericolo la sua vita. Non l'avrebbe più fatto per sua figlia.

Iniziava ad avvertire dolore ai muscoli delle gambe. Sarah si fermò e girò la testa indietro per guardarla; le fece segno di non parlare.

Dopo un attimo, Eryn comprese perché si fosse bloccata.

Da lontano sentì sopraggiungere delle voci che sembrava si stessero avvicinando.

D'istinto si alzò, ma Sarah la tirò subito giù.

"Ferma", le intimò.

Eryn non capiva perché volesse rischiare di essere vista, ma fece come le aveva detto.

Anche se non lo pensava possibile, il cuore iniziò a batterle ancora più forte. Appoggiò sul pavimento le mani sudate, che scivolarono.

Due figure vestite di bianco sbucarono al fondo del corridoio da una stanza o da un passaggio illuminato e si diressero verso di loro; parlavano una lingua incomprensibile, mentre esaminavano alcuni fogli che uno dei due teneva in mano.

Scienziati, pensò Eryn.

Non guardavano davanti a loro o, se l'avevano fatto, non si erano accorti delle due donne rannicchiate al buio a qualche metro di distanza; vestite di nero e ferme nell'ombra, passavano inosservate a un occhio poco attento. Ma erano ancora lontani; le avrebbero potute notare una volta che si fossero trovati al loro fianco. Mancavano pochi metri.

Una donna, anche lei con indosso un camice bianco, spuntò dal punto in cui erano usciti pochi minuti prima e li chiamò a gran voce per comunicare qualcosa. I due uomini scambiarono con lei qualche frase a distanza in quella lingua sconosciuta, dopodiché fecero dietrofront e andarono verso di lei, continuando a parlare tra loro.

Sarah si lasciò sfuggire un sospiro liberatorio ed entrambe ripresero a respirare normalmente; si guardarono sorridendo e Sarah toccò la mano di Eryn, prima di riprendere a muoversi rannicchiata nell'ombra appena le tre figure bianche scomparvero dalla loro vista.

Eryn non sentiva più le gambe, ma si sforzò di muoverle lo stesso per seguire l'amica che era già andata avanti. La testa ricominciò a farle male e tutti i muscoli del corpo erano tesi allo spasimo dalla paura.

Non credeva che il suo fisico potesse reggere un livello simile di tensione e temeva che non avrebbe resistito a lungo. Doveva uscire di lì al più presto.

Se solo non si fosse addormentata mentre erano di guardia, la sera prima, magari avrebbe potuto aiutare Sarah; chissà cos'era successo, pensò mentre la raggiungeva senza fare troppo rumore.

Arrivarono nel punto in cui si apriva un corridoio perpendicolare a quello in cui si trovavano, dove i tre sconosciuti erano spariti dalla loro visuale.

Quel tratto era illuminato e non sarebbe bastato camminare piegate; se avessero voluto attraversarlo, avrebbero dovuto farlo velocemente, col rischio di essere viste.

"Cosa facciamo?". Eryn cercò di farsi capire a gesti per non parlare. Sarah le indicò un punto oltre l'incrocio dei corridoi, dove proseguiva quello in cui erano adesso; era immerso nell'ombra perché lì le luci erano spente e, dove aveva indicato lei, si vedeva il bagliore della luce esterna proiettata sul pavimento.

Era una porta.

Capì che Sarah voleva provare a vedere se fosse aperta per farla uscire.

Nonostante quel breve tratto illuminato, la porta non era troppo lontana; solo pochi passi da loro.

Dovevano rischiare.

In quel momento non si sentiva nessun rumore. Sarah si alzò da terra e incominciò a scrutare da entrambe le parti per controllare la situazione; rimase qualche minuto così, dopodiché fece segno a Eryn di avvicinarsi e, con passo sicuro, iniziò a camminare e ad attraversare l'incrocio.

L'aveva afferrata per un braccio per tenerla vicino a sé ed evitare che si mettesse a correre o, peggio ancora, rimanesse bloccata dov'era; e in effetti il primo pensiero di Eryn fu proprio quello di mettersi a correre per oltrepassare il più velocemente possibile la zona sotto i neon. Ma Sarah aveva voluto rischiare; se qualcuno le avesse viste in lontananza camminare normalmente, avrebbe potuto scambiarle per due interni. Dovevano mantenere ancora il sangue freddo.

Eryn seguì ciecamente le istruzioni dell'amica. Percorse la zona a occhi chiusi; era l'unico modo per tenere a freno l'agitazione e impedirle di sgusciare via velocemente o, peggio ancora, urlare.

Non le importava di sembrare una bambina che si nascondeva e fingeva di essere invisibile. Era sempre stata una fifona, fin da piccola, e non sarebbe cambiata adesso. Non in una situazione simile.

Si lasciò guidare dall'aiuto di Sarah e, dopo nemmeno una decina di passi, si ritrovarono dall'altra parte del corridoio, di nuovo nella zona più buia.

Non sentirono grida o allarmi attivati.

Nessuno le aveva viste.

L'amica le toccò la spalla. Quando Eryn riaprì gli occhi, vide i pollici di Sarah alzati. Ce l'avevano fatta. Avevano superato indenni l'area illuminata.

Ritornarono subito ad accovacciarsi per terra, contro il muro, per mimetizzarsi nuovamente nell'ombra.

La porta era a pochi passi da loro e la raggiunsero senza difficoltà.

Era un'uscita di sicurezza vetrata con l'apertura a spinta. Fuori si vedevano il cortile, il cancello con il muro di cinta che fungeva da protezione alla struttura e, infine, la libertà.

Mancava poco.

Sarah iniziò a scrutare ogni centimetro della porta.

"Che strano", commentò.

"Cosa?"

"No, niente. È solo che non sembra allarmata. Qui dentro pare che non ci sia nulla sotto controllo".

"Meglio, no? Possiamo uscire. Apriamo?"

"Aspetta".

Sarah la studiò ancora un po'. Alla fine si decise a toccare i maniglioni e, facendo un po' di pressione, li schiacciò e aprì.

Il rumore non si poté attutire troppo, ma uscirono velocemente e la accostarono piano; non la chiusero completamente – avvicinata in quel modo, a una prima occhiata sarebbe sembrata chiusa –, perché sarebbe servita a Sarah dopo per rientrare.

Rimasero ferme, sedute qualche secondo contro il muro, in attesa di capire se qualcuno le avesse sentite.

"Non sono capace di arrampicarmi su quella rete", le disse Eryn indicando davanti a lei. Poteva essere un ottimo modo per evadere, ma in effetti non era il più semplice. Bisognava essere degli esperti o ottimi atleti per scavalcarlo indenni e velocemente.

"Proviamo a fare un giro intorno, vediamo se c'è un'altra uscita".

Sarah si alzò e, sempre rimanendo piegata, sgattaiolò lungo il muro per andare a perlustrare gli altri lati dell'edificio. Impiegarono un po' perché la struttura era immensa. Si fermarono prima di svoltare dietro l'angolo per osservare cosa vi fosse dall'altra parte.

Erano arrivate davanti all'entrata principale della I.T.O. dove, a qualche chilometro in linea d'aria, c'era la collina di sabbia che le aveva ospitate solo poche ore prima; al fondo, ai lati del cancello, le due imponenti torri di controllo. Le altre due si trovavano specularmente sul retro.

In mezzo a loro, esattamente di fronte alla porta d'ingresso principale della struttura, vi era un accesso che permetteva alle persone e ai veicoli di entrare.

"È aperta", esclamò stupita Sarah. "Anche il cancello è aperto", ripeté girandosi verso Eryn.

"Meglio! Posso camminare lungo la rete e uscire di lì. E poi correre verso le prime case attraversando il deserto; sarei in vista, ma è l'unica strada che posso fare. Probabilmente non fanno grossi controlli perché non si aspettano che qualcuno riesca a uscire facilmente da qui".

Sarah era dubbiosa ma non disse nulla, tenendo per sé le sue perplessità.

Magari Eryn aveva ragione, non sapeva, ma il suo lato da poliziotta era in allerta e qualcosa non le quadrava. Però non aveva modo di verificare o di chiamare aiuto e, soprattutto, non aveva più tempo.

"Ok, proviamo. Ti accompagno fino al cancello, poi io ritorno indietro e rientro. Non appena avrai raggiunto la prima abitazione, chiama Frank".

Sotto suggerimento dell'amico, avevano imparato a memoria il numero. Scivolarono il più velocemente possibile verso le torrette per ripararsi dal chiarore lunare e cercarono di diventare un tutt'uno con la rete alla loro destra; Eryn continuò a correre verso l'uscita. Non era mai stata un'atleta, ma le tornarono alla mente tutti gli insegnamenti degli anni trascorsi al liceo; alzò più in alto che poté le ginocchia, mise i piedi a martello e si lasciò trasportare dal vento e dalla forza che sentiva dentro. Le sembrava di non aver mai corso così veloce in vita sua. Anche Sarah si stupì e dovette aumentare il ritmo per starle dietro.

Il cancello era a pochi metri da loro; qualche falcata e l'avrebbero raggiunto.

Eryn ad un certo punto toccò con la mano la rete per tenersi in equilibrio dato che era inciampata; aveva messo male il piede destro e aveva rischiato di scivolare sul terreno sabbioso ai loro piedi.

Per fortuna riuscì a non cadere e a rimanere in piedi, continuando a correre.

Un passo e sarebbe stata in salvo.

Prima di fermarsi a salutare l'amica e raggiungere la libertà, una luce dall'alto, come un faro nella notte, si materializzò improvvisamente davanti a loro. Era talmente forte che persero l'equilibrio e, per lo spavento, caddero.

Dalle due torri, due grossi e potenti fasci luminosi si erano accesi colpendole non appena si erano avvicinate alla linea d'ingresso.

O si era attivato il sistema di protezione, oppure le avevano osservate fin dall'inizio in attesa della loro mossa.

"Che stupide", disse Sarah quando si rese conto che erano cadute in una trappola.

Eryn però non era intenzionata a fermarsi. Non si sarebbe fatta prendere di nuovo. Si rialzò bruscamente e tentò di riprendere a correre.

Ma tre grosse auto nere, spuntate dal nulla attraverso le dune sabbiose all'esterno, si posizionarono davanti a lei, inchiodando e sbarrandole la strada.

Le due donne furono ricoperte dalla polvere prodotta dalla brusca frenata.

Non avevano più scampo.

Sui veicoli c'erano diversi uomini alti e muscolosi, tutti incappucciati e completamente vestiti di nero, come quelli che le avevano prese la prima volta.

Ma ora erano molti di più.

Una delle portiere si aprì e una voce calda e calma le salutò con un tono molto cordiale.

"Buonasera, signore".

Nonostante la polvere, la sabbia e il fascio di luce accecante che oscuravano parte della loro visuale, e nonostante la paura, identificarono all'istante a chi appartenevano quella voce e quel viso che si era materializzato davanti ai loro occhi e che le guardava, sorridendo. L'avevano riconosciuto subito, nonostante lo shock e la sorpresa.

Non erano pronte a trovarselo di fronte, ma soprattutto non erano pronte a essere tradite.

Non da lui.

CAPITOLO TREDICESIMO

Furono riportate dentro l'edificio, questa volta non più nella stessa stanza dov'erano state rinchiuse precedentemente, ma in una al piano di sotto dove si trovavano i laboratori.

Non le sedarono ma presero, come unica precauzione, quella di ammanettarle e attaccarle alle fredde sbarre d'acciaio di un alto termosifone a muro.

Non volevano rischiare che scappassero dalla loro custodia.

La stanza tuttavia era molto luminosa – grazie ai piccoli ma potenti faretti incastonati nel controsoffitto –, calda e ordinata; al centro vi era una grossa e massiccia scrivania in legno scuro con varie cartelline e fogli bianchi adagiati su un lato. Completavano l'arredamento una bassa cassettiera con appoggiata sopra una piantina verde e tre quadri colorati, dallo stile astratto, appesi su una parete giallo chiaro. Sembrava la stanza di un medico.

L'aria odorava di pulito, non di un profumo in particolare, ma sembrava l'avessero appena disinfettata con qualche sostanza dalla fragranza gradevole e delicata.

Se non fosse stato per le manette, pareva che stessero riservando loro un trattamento migliore rispetto a qualche ora prima, quando le avevano drogate e buttate dentro un magazzino freddo e buio.

Da una stanza a qualche metro da loro, proveniva un rumore metallico tipico di uno strumento medico – simile a un trapano odontoiatrico – e Eryn sentì un brivido di freddo correrle lungo la schiena. Non voleva pensare a cosa dovesse servire, ma le riusciva difficile non farlo.

Iniziò ad agitarsi nel sentire che il rumore non si fermava e diventava sempre più forte; tornò ad avvertire delle forti fitte al basso ventre e all'inguine per la tensione e anche la testa ricominciò a pulsare.

Questa volta non vedeva alcuna via di fuga, nessuna possibilità di sottrarsi al proprio destino, e temeva che le avrebbero punite usandole per le loro sperimentazioni scientifiche.

Non c'era modo di contattare l'esterno.

Magari le avrebbero usate e uccise quella notte stessa, dopo poche ore, e avrebbero fatto sparire i loro corpi; magari l'avrebbero fatto anche con tutte le altre donne per paura di essere scoperti.

Oppure le avrebbero spostate in un altro posto, lontano e fuori dal Paese, così nessuno le avrebbe mai più ritrovate, diventando anche loro delle cavie.

La mente di Eryn iniziò a condurla verso scenari terribili che, per fortuna, si dissolsero non appena Sarah incominciò a parlare, distraendola.

"Non ci posso credere", esclamò. "Non posso credere che ci sia dietro lui. Eppure avevamo sempre immaginato che potesse esserci dietro qualcuno di potente o che conoscesse gente influente. Ma non lui. Che stupida sono stata a non pensarci prima", continuò.

"Ma come potevi prevederlo? E comunque questo non cambia le cose e la nostra situazione. Siamo fottute, rovinate. Non potremo più uscire da qui. O almeno, non vive".

Eryn diede voce alla sua paura e alla sua ansia, che si sciolsero in un pianto disperato. Piangeva a dirotto, senza riuscire a fermarsi, biascicando qualche lamento incomprensibile.

Tra un singhiozzo e l'altro, iniziò a colarle il naso ma, non avendo fazzoletti con lei e le mani legate, non riuscì a pulirsi. Anche il poco trucco che aveva sugli occhi si sciolse con le lacrime e lunghe strisce nere iniziarono a colorarle le guance.

Sembrava una bambina spaventata, messa in castigo in un angolo per qualche marachella, e anche il duro cuore di Sarah provò pena e tenerezza.

La lasciò sfogare, mettendosi vicino a lei e cercando di abbracciarla, anche se le manette le permisero solamente di allungare il gomito e toccarle la spalla.

Quando la crisi diminuì e la sentì respirare con meno agitazione, provò a parlarle.

"Straniera, non fare così. Devi essere forte, ora; lo devi a Val, a tua figlia ma soprattutto a te stessa. Dobbiamo resistere fino a domani mattina e vedrai che ci verranno a cercare. Qualcuno verrà in nostro aiuto, ne sono sicura. Sono fiduciosa. Non ci uccideranno perché hanno bisogno di noi". Le sorrise nel vedere che le lacrime erano quasi del tutto scomparse. "Tutte le sparizioni delle donne di cui ti avevamo accennato, non hanno mai portato a scoprire cadaveri perché non è nel loro stile. Hanno bisogno di corpi vivi e sani. Vedrai che non ci faranno niente, stai tranquilla. Ma ti voglio grintosa e carica. Se si dovesse presentare qualche occasione in cui mi servirà un complice, dovrai essere attenta e veloce nell'aiutarmi. Avanti, ora basta piangere, non tutto è perduto".

Le parole ottimiste e fiduciose di Sarah riuscirono a calmarla un po'. Si sfregò gli occhi per asciugarseli e si passò la manica della giacca sotto il naso per pulirselo. Cercò di ricomporsi per quel che poteva, nonostante avesse gli occhi rossi che le bruciavano e la faccia distrutta dal pianto.

Sarah fu convincente sebbene non credesse nemmeno lei completamente a quello che aveva appena detto, ma sapeva che Eryn aveva bisogno di sentirsi dire quelle parole.

Anche lei temeva per la loro vita più che per le vite delle altre donne perché sapeva che erano sacrificabili, essendo solo delle intruse là dentro; sperava solo di riuscire a prendere tempo per avere maggiori possibilità di essere trovate o di escogitare un altro piano per provare a scappare.

Sperava che volessero interrogarle; nel caso, auspicava fosse andato direttamente *lui* a parlarle. Voleva guardarlo dritto negli occhi.

"Ascolta, straniera. Probabilmente presto verranno a interrogarci perché vorranno sapere cosa sappiamo. Lascia parlare me. Ad ogni modo, se ci dividono e lo fanno separatamente, racconta esattamente tutta la storia così com'è andata; l'unico punto su cui dovrai fare una modifica è nel citare la nostra fonte. Afferma che non conosci chi ci ha dato tutto il materiale e le informazioni perché ti sei appoggiata a me; presumi sia un mio collega della centrale o qualche poliziotto che ho conosciuto nel corso degli anni. Ma non fare assolutamente nessun nome, ok?".

Eryn la guardò, stupita.

Stava per ribattere per chiederle maggiori spiegazioni quando sentì il rumore della maniglia. Spaventata, rimase a fissare la porta che si apriva. Per un attimo dimenticò tutto quello che le aveva appena detto Sarah.

Incominciarono a sudarle le mani, e il petto e la gola presero a bru-

ciarle per la secchezza.
E infine entrò lui.

*

"Buonasera, signore. Come state? Anzi, buongiorno, visto che sono le tre del mattino passate. Spero che la sistemazione sia di vostro gradimento e non vi abbiano fatto mancare nulla". Sul volto, un ghigno di scherno. "Mi dispiace per le manette, sono solo una piccola precauzione e spero non vi diano fastidio. Ma vedete, siamo stati costretti a mettervele dal momento che prima avete provato ad andarvene senza nemmeno salutare. Non è una cosa carina da fare, sapete? Dopotutto adesso siamo una famiglia".
Eryn non riusciva a distogliere lo sguardo dal suo viso. Era del tutto ipnotizzata e incredula nell'averlo lì davanti, così vicino e così reale che stava quasi per dimenticare la situazione folle in cui si trovava.
"Spero che non trattiate così tutti i vostri famigliari e conoscenti altrimenti vi servirebbero un'infinità di manette, *signor sindaco*".
Sarah non sembrava per nulla intimorita nel trovarsi di fronte l'uomo più potente della città. In realtà era molto agitata, ma sapeva che se avesse voluto avere qualche possibilità di farlo parlare e prendere del tempo prezioso, avrebbe dovuto sfidarlo e tenergli testa; ai politici e alle persone importanti e arroganti come lui piaceva sempre battersi verbalmente con chiunque per avere la soddisfazione di schiacciare e mettere al tappeto l'avversario, umiliandolo e facendolo sentire piccolo e insignificante. Era una caratteristica di chi viveva nella ricchezza e otteneva le cose senza fare il minimo sforzo. Tutto era dovuto, anche il pensiero e il volere degli altri. Aveva ipotizzato ci fosse dietro una persona politicamente influente o con importanti conoscenze, ma mai e poi mai aveva sospettato si trattasse di *lui*.
Era sicuramente un rischio grosso esporsi così tanto e farsi trovare coinvolto in un'attività del genere. O era troppo sicuro di sé o, pensò amaramente Sarah, era riuscito a comprare il silenzio dell'intera forza armata della città.

273

Ad ogni modo, doveva provarci. Sapeva che tanto non aveva più niente da perdere.

La sua battuta fu accolta con una grassa risata da Tyler che abbassò anche la testa in segno di inchino. Riconobbe che quella donna aveva coraggio e sfacciataggine da vendere; non aveva previsto una simile reazione.

In genere le ragazze che prendevano, alla prima domanda si mettevano a piangere e a singhiozzare chiedendo pietà e di essere liberate.

"No, non ce n'è bisogno. Non sono così crudele, sapete? In fondo sto facendo tutto questo in nome della scienza e del benessere dei miei concittadini. Non sono egoista: creo futuro, salute e benessere. Le mie azioni sono guidate verso un bene più grande".

"Ah, sì? E anche ammanettarci contro questo muro come due animali fa parte di un bene più grande?". Sarah non dava segno di voler cedere.

Eryn, che non aveva osato fiatare, la guardò sbalordita.

Non capiva perché l'amica continuasse a parlare in quel modo e a mettere in pericolo la loro vita. Le aveva detto di stare zitta e lasciar fare a lei, ma iniziava a pensare che stesse esagerando un po' troppo. Sarebbe bastato un suo cenno e le avrebbero fatte fuori all'istante.

Comunque, anche volendo azzittirla, non riusciva a emettere alcun suono. Era troppo spaventata e tesa per essere in grado di parlare. Nonostante fosse lui il cattivo era pur sempre il loro sindaco, l'uomo più potente della capitale, colui che presto avrebbe gareggiato alle presidenziali diventando, con molta probabilità, l'uomo più potente del Paese e uno tra i più influenti del mondo, e le incuteva molto timore. Sentiva che poteva fare pressione su di lei con un solo sguardo. Fisicamente non era grosso e muscoloso, ma emanava comunque autorità e forza da ogni poro.

Stette in silenzio a osservare la reazione di Tyler, stringendosi talmente forte le mani tra loro che si procurò dei taglietti da cui uscì del sangue.

Lui non rispose subito, ma fissò Sarah intensamente senza far trasparire alcuna emozione o pensiero; forse meditava sul modo migliore per risponderle o magari stava semplicemente valutando lei.

Si massaggiò il mento con la mano destra, giocherellando con la poca peluria che rimaneva della barba curata e perfettamente tagliata, dopodiché se la passò tra i capelli.

"Avete ragione, non si tratta così un ospite, ma sapete... i miei uomini prendono molto sul serio la mia sicurezza. Chiamo subito per farvele togliere". Si girò e, attraverso il piccolo oblò vetrato della porta, fece segno a qualcuno lì fuori di entrare.

Pochi secondi dopo, arrivò uno dei suoi uomini. Era vestito tutto di nero, coperto dalla testa ai piedi, ed era irriconoscibile. Con un solo impercettibile movimento del viso di Tyler, capì cosa gli stesse intimando di fare e andò subito ad aprire le manette delle due ragazze. Una volta fatto, uscì silenziosamente com'era entrato.

"Bene, ora che siamo tutti più comodi possiamo continuare la nostra conversazione. Siete state fortunate a incontrarmi questa sera perché non riesco a passare spesso. Ma forse voi questo lo sapevate già, vero? So che siete qui per me. Che cosa volete?". Guardò entrambe negli occhi.

Sembrava volesse leggere la risposta nelle loro pupille piuttosto che ascoltarla attraverso le orecchie.

Eryn si girò per guardare Sarah e distogliere lo sguardo da lui. Era sempre stata una donna forte e abituata nel lavoro a far fronte a decine di uomini maschilisti senza alcun problema, ma con lui non ci riusciva proprio. Era troppo spaventata per fare la dura.

Pensò che forse non le avevano collegate alle ragazze scomparse e quindi potevano avere ancora delle possibilità di non essere usate, segregate o, peggio ancora, uccise.

Dovevano solo dargli una buona motivazione che lo convincesse a non considerarle pericolose, per farle uscire da lì incolumi. Era disposta a firmare qualsiasi accordo di segretezza che le impediva di rivelare a chiunque cosa fosse successo quella notte e cosa avesse visto; non lo avrebbe di sicuro denunciato per maltrattamento o per averla ammanettata, se l'avesse fatta uscire ora.

Si rendeva conto che, se ci fosse stata davvero Val lì dentro, avrebbe perso l'occasione di poterla aiutare, ma ora doveva pensare a uscire di lì per lei e la sua bambina. Non poteva rischiare ancora.

Fu Sarah questa volta a prendere tempo per rispondere e a fissarlo con sguardo mistico nell'attesa di formulare la risposta giusta.

Eryn pregò mentalmente che riuscisse a trovare al volo una buona scusa credibile e nel frattempo aspettò. Attese con una certa impazienza guardando sia l'amica sia, di sottecchi, Tyler.

Dopo un lasso di tempo che parve interminabile, Sarah aprì bocca.

"Siamo venute a vedere chi potesse avercela con noi talmente tanto da provare a ucciderci buttandoci fuori strada senza un motivo valido. Uno dei furgoni appartenenti alla I.T.O. tempo fa ci ha affiancato su una stradina di montagna e provato a farci perdere il controllo in prossimità di una curva per farci cadere giù dal burrone. Ecco perché siamo qui. Non avevamo idea di venire qua e trovare lei. Volevamo solo conoscere il viso del responsabile".

Sarah cercò di presentargli una storia plausibile sciolta tra fatti realmente accaduti per renderla più credibile alle sue orecchie; non sapeva quanto avessero indagato su di loro e da quanto le stessero sorvegliando. Non poteva mentirgli troppo.

"Ma davvero? E come avete fatto a scoprire che lavorava per la I.T.O.? Non abbiamo furgoni che riportano il nostro logo. Soprattutto, come siete riuscite a trovare questa sede che non è riportata su nessun sito, giornale o voucher pubblicitario dello Stato? È molto strano, non credete?".

Tyler, mentre parlava fissando Sarah, continuava a massaggiarsi il mento con le mani; magari era un'abitudine che aveva quando si concentrava nell'interrogare qualcuno e lo assaliva di domande provocatorie.

"Be', per prima cosa per una poliziotta non è così difficile risalire al proprietario di un furgone se si ricorda la targa e secondo, questa sede si trova nella zona giuridica di competenza della mia centrale e sono nata e cresciuta qui con la mia famiglia. Ci sono poche cose che non conosco", rispose immediatamente lei con una rapidità e sicurezza che sbalordirono Eryn.

Per un attimo Tyler rimase zitto, quasi cercasse di capire se le parole appena sentite fossero vere.

Quel silenzio riempì di speranza le ragazze. Magari erano fortunate e non conosceva davvero il motivo per cui si trovavano lì. In quel caso avrebbero avuto qualche possibilità di essere rilasciate senza subire alcun tipo di ritorsione. In fondo Sarah era una poliziotta, avrebbero rischiato a trattenerla.

"Come mai ha cercato di farvi del male?".

"Non ne abbiamo idea. Penso ci abbia scambiato per qualcun altro".

Diede la risposta con tono vago.

"Capisco. E cosa volete fare una volta che avrete visto chi ha provato a buttarvi fuori strada? Sempre che non l'abbiate già riconosciuto...".

"No, non abbiamo visto nessuno che assomigliasse a lui, anche perché gli uomini che abbiamo incontrato erano completamente coperti, viso compreso. Impossibile da riconoscere. In realtà non abbiamo un piano. Volevamo vedere se lavorasse qui e cercare informazioni sul suo conto per spiarlo, coglierlo in flagrante su qualsiasi altro tipo di reato, piccolo o grande che sia, e sbatterlo per un po' in prigione. Giusto per far capire che ogni tanto la giustizia funziona ancora".

Tyler la guardò divertito. Sorrise e iniziò a battere le mani.

"Brava. Questo vuol dire far rispettare la giustizia e la legge. Sono molto contento delle mie forze dell'ordine. Sapete una cosa? Vi voglio aiutare. Farò entrare i miei uomini per una piccola supervisione a viso scoperto, in modo tale che possiate osservarli. Non mi piace che qui dentro ci sia qualcuno di sospetto capace di fare del male a due donne innocenti. Se potete attendere un attimo, signore, arrivo subito".

Tyler si alzò e uscì dalla stanza chiudendosi la porta alle spalle.

Sarah si girò sospirando verso l'amica e la guardò con un misto di perplessità e speranza.

"Dici che ti ha creduto? Ci lascerà andare dopo che indicheremo uno degli uomini?, le chiese agitata Eryn.

"Non lo so, non capisco come...", ma non terminò la frase perché udirono dei passi e la porta si riaprì.

"Ciao, Eryn". Fu una voce bassa e penetrante quella che arrivò dritta alle loro orecchie.

Questa volta non fu il sindaco a parlare, ma un altro uomo.

Non era uno sconosciuto. Eryn l'aveva già visto da qualche parte, anche se non ricordava dove, e anche la voce le suonava familiare. Per un attimo pensò che fosse l'uomo che aveva provato a buttarle fuori strada, poi la sua mente aprì il cassetto giusto della memoria visiva dei volti e sospirò spaventata. Non era l'autista del furgone, ma una persona a lei più vicina.

Era colui che aveva cercato di entrare a far parte della sua cerchia affettiva più stretta e intima, con l'inganno.

Era colui che si era spacciato per mesi come fidanzato della sua migliore amica prima di rapirla. Era Luke.

*

Lo guardò senza riuscire ad aprire bocca.

Era davvero lui, anche se un po' cambiato; portava la barba più lunga e i capelli erano pettinati in maniera diversa, ma aveva lo stesso sguardo misterioso e attento della prima volta in cui l'aveva conosciuto. Solo che allora non le era sembrato inquietante.

Era rimasto fermo in piedi vicino alla porta aperta e le osservava con uno strano sorriso, volgendo lo sguardo prima su una poi sull'altra.

Era finita. Le avevano riconosciute e sicuramente sapevano il motivo della loro presenza lì.

Non avrebbero più potuto trovare scuse e inventare storie verosimili dietro cui nascondersi.

Arrivò anche Tyler e chiuse la porta dietro di sé.

"Bene bene, vedo che vi conoscete già voi due. Ma che bello, vero? Fa sempre piacere trovare qualcuno di amico inaspettatamente. Sono curioso, come vi siete conosciuti?".

Anche Sarah si girò di poco per guardare Eryn che era diventata tutta rossa per l'agitazione; a differenza sua, lei non era brava a mantenere il sangue freddo e a fingere.

Sarah non aveva mai visto Luke, se non nella fotografia che le aveva mostrato Frank, e non sapeva esattamente chi fosse, anche se l'idea che si era fatta non le piaceva per niente. Stava per parlare quando Tyler la anticipò facendole segno con un dito di tacere.

Eryn non riusciva a formulare una sola frase di senso compiuto, non sapeva cosa fare o dire; balbettò soltanto un debole "non lo so" che fu percepito dagli altri solo perché la stanza era avvolta in uno strano e pesante silenzio.

Abbassò lo sguardo, in attesa di una loro reazione; sapeva che si stavano prendendo gioco di lei, di loro, fin dall'inizio e non sapeva più come comportarsi.

Aveva paura. Aveva paura di non riuscire più a reggere lo stress. Aveva paura di non avere più la possibilità di rivedere la sua bimba. E, soprattutto, aveva paura di morire.

"Non ti ricordi più di me? Sono Luke, il ragazzo di Val, la tua migliore amica. Ci siamo visti al compleanno di tua figlia Zena. Che bella bambina, chissà come sarà cresciuta, non vedo l'ora di rivederla. Allora? Non ti ricordi? Ho fatto crescere un po' la barba, ma sono sempre io".

Luke fece un passo verso di lei, quasi a volersi fare vedere meglio, e si toccò la faccia per indicare che era proprio lui.

"Sì, è vero. Scusami... Sono un po' stanca e non ti avevo riconosciuto".

Il fatto che avesse accennato alla figlia e si ricordasse il suo nome, l'aveva allarmata non poco e le aveva fatto recuperare il coraggio che aveva perduto nelle ultime ore.

Ma sapeva che non avrebbe retto a lungo.

"Figurati, posso capire. È normale. Come stai? Mi è dispiaciuto che non ci siamo più visti. Val mi parla sempre tanto di te. Perché non organizziamo? Potremmo vederci tutti insieme".

L'uso del tempo verbale al presente non era passato inosservato né a lei né a Sarah; entrambe si irrigidirono all'istante e lo guardarono con più attenzione.

Eryn non sapeva bene quale risposta dovesse dare. Sentiva che la stava prendendo in giro. Stava giocando con lei e con la sua paura, ma non riusciva a capire dove volesse arrivare.

Provò quindi a fare la vaga senza sbilanciarsi troppo.

"Sì, certo. Sarebbe bello".

"Ottimo. Grandioso. Parli tu con Val? So che vi sentite quasi ogni giorno, non è così?".

Un altro campanello d'allarme si accese nella sua testa. Si stava sempre di più inoltrando su un terreno delicato e pericoloso.

"Be', forse prima... Adesso con la bimba sono più impegnata e ho meno tempo... Diciamo che ci sentiamo con meno frequenza. Ma

siamo sempre amiche. La sentirò, certo, non appena arriverò a casa".
Sarah si girò per guardarla negli occhi e le sorrise, approfittando di
quello che aveva appena detto. "A proposito di casa, dovremmo togliere il disturbo. È stata un'idea sciocca e un grosso equivoco venire qua di notte per controllare se ci lavorasse l'uomo del furgone. Ci
siamo fatte prendere la mano. Tutta colpa del mio dannatissimo
istinto poliziesco. Temo di aver letto troppi libri gialli". Scoppiò a
ridere da sola per la battuta che aveva fatto e, con noncuranza, provò
ad alzarsi in piedi. Guardò l'orologio che aveva al polso. "Uh, è tardi. Tra poco dovrò essere in centrale". Cercava di comportarsi come
se nulla fosse successo, come se si trovasse con degli amici a fare
quattro chiacchiere; anche l'accenno alla centrale non fu casuale,
quasi a ricordare chi fosse lei.

Ma i due uomini non erano dell'idea di concludere così il loro incontro.

Con un balzo veloce, Luke le fu accanto e le mise una mano sulla
spalla, premendo leggermente verso il basso per intimarle di riseder-
si. Sapeva che non costituiva un pericolo, ma furono l'istinto e gli
anni di duro addestramento a farlo scattare immediatamente verso di
lei, impedendole di uscire o avanzare di un solo passo.

Aveva come ordine quello di sorvegliarle e non farle uscire dalla
stanza, e così fece.

"Non così di fretta. Io e Eryn ci siamo appena ritrovati e abbiamo
ancora un po' di tempo per noi. Siediti pure, per favore".

Anche se aveva usato parole gentili, lo sguardo e la pressione della
mano le avevano fatto capire che non stava scherzando e che la
prossima volta avrebbe dovuto ripensarci due volte prima di rialzarsi.

Sarah si risedette per terra dopo aver mormorato un incerto "va bene", continuando a sorridergli per mostrarsi più naturale possibile
anche se si notava che ora la faccia era più tirata. Avrebbe dovuto
fare attenzione in futuro.

"Ma no, Luke, stai tranquillo. Probabilmente le nostre signore hanno
voglia di fare un giro e sgranchirsi le gambe. Non abbiamo nemmeno mostrato loro dove si trovano. Le possiamo portare a fare un giro
a vedere i nostri laboratori. Cosa ne pensate?".

La voce del sindaco fece voltare le due donne.

Anche se aveva parlato inizialmente a Luke, aveva rivolto lo sguardo sempre verso loro due. Il ghigno dipinto sul volto non faceva presagire nulla di buono.

Eryn non voleva alzarsi; temeva di vedere qualcosa di brutto, di essere rinchiusa in qualche posto peggiore o che le facessero del male.

Nemmeno Sarah si rialzò subito non sapendo bene se potesse davvero farlo e continuò a guardare Tyler senza proferire parola; adesso sembrava anche lei impaurita e confusa, e ciò contribuì a spaventare ancora di più l'amica.

"Forza, ragazze. Andiamo. Voglio mostrarvi i nostri laboratori. Tra poco me ne dovrò andare e non potrò più farvi da guida".

Luke si avvicinò per aiutarle ad alzarsi, visto che continuavano a rimanere ferme e immobili. Avevano capito che le loro domande, seppur poste con cortesia e gentilezza nei modi, erano retoriche e avevano poca libertà decisionale. Dovevano fare quello che volevano loro.

Eryn si domandò se anche alle altre ragazze fosse successa la stessa cosa e tremò all'idea di trovarsi nella medesima situazione.

Appena alzata, le gambe non la ressero saldamente per la tensione che aveva addosso e, se non fosse stata per la presa salda e rapida di Luke, sarebbe caduta. Sarah le si avvicinò preoccupata e le toccò un braccio.

"Sto bene", le sussurrò di rimando.

Uscirono dalla stanza, mentre Tyler le aspettava in corridoio.

"Prego, signore. Da questa parte". Le condusse alla loro destra, lungo un corridoio illuminato.

Era una situazione assurda, irreale. Sembrava di vivere in un sogno. Anzi, un incubo.

Temevano solo di non riuscire più a risvegliarsi.

Lungo le pareti, sia a destra sia a sinistra, vi erano dei grossi finestroni vetrati da cui si poteva vedere dentro a delle piccole stanze; le prime che superarono avevano le luci spente e non si riusciva a scorgere molto all'interno. Erano buie e sembravano spoglie.

Il corridoio invece era molto luminoso, non solo per la forte luce dei neon sul soffitto ma anche per le pareti colorate di un rosa cipria chiaro e le panche bianche brillanti messe sotto a quasi tutte le vetrate, poste ordinatamente a distanza di qualche metro le une dalle altre. Non sembrava di trovarsi dentro a dei laboratori segreti e sotterranei di un vecchio edificio abbandonato dichiarato chiuso ma illegalmente funzionante, disperso nel deserto, dove potevano trovarsi rinchiuse e segregate centinaia di donne rapite.

Dopo aver oltrepassato un paio di stanze, Tyler rallentò il passo, si spostò verso il lato sinistro del corridoio e si fermò davanti a una di esse. Era la prima che videro illuminata. Eryn rimase un po' più indietro perché non voleva guardare dentro, ma Luke la esortò ad avvicinarsi. Obbedì, rimanendo comunque con lo sguardo basso a fissare un punto del pavimento vicino ai suoi piedi anche se con la coda dell'occhio riusciva a scorgere dei movimenti.

Le si fermò per un attimo il respiro quando udì Sarah sussultare; fu un rumore quasi impercettibile, ma lo sentì. Fu un gesto incontrollato e, anche se non voleva alzare la testa, lo fece per guardare oltre il vetro e rimase ipnotizzata a osservare i movimenti delle persone all'interno per riuscire a capire cosa stessero facendo.

Erano presumibilmente scienziati, anche se non erano vestiti come i tre che avevano incontrato prima; indossavano tute verde scuro sopra a degli scarponcini marroni e avevano una mascherina trasparente sul viso per proteggersi.

Erano impegnati a lavorare tutti insieme intorno a un tavolo e non si erano accorti di essere spiati. Ci mise un po' a capire che quel tavolo era in realtà un letto operatorio e sopra vi era accasciato un corpo umano femminile nudo, sporco di sangue e di qualche crema o unguento biancastro sulla testa. Non si capiva in che condizioni fosse perché era privo di sensi o addormentato, visto che non si muoveva.

Aveva i capelli tagliati corti, quasi rasati e, se non fosse stato per le curve del seno, non avrebbe capito subito che si trattava di una donna.

Uno degli scienziati che dava loro la schiena, si spostò leggermente verso destra e sollevò di poco il braccio della paziente per farle un'iniezione. Fu allora che sentì un improvviso gusto acido salirle in gola e la sensazione di dover svenire e vomitare allo stesso tempo. Iniziò a girarle forte la testa e si tenne a Sarah per non cadere.

Luke e Tyler si guardarono tra loro, senza nascondere un sorriso di scherno.

Mentre le tenevano alzato il braccio, Eryn riuscì a vedere il polso della donna che si mostrò chiaramente a loro; aveva un piccolo tatuaggio nero, leggermente sbiadito dagli anni, ma pur sempre riconoscibile.

Era una grande opera d'arte, come le era sempre piaciuto definirlo, perché in pochi centimetri era riprodotto un mappamondo che riportava minuziosamente i vari continenti, isole e mari, con tutti i dettagli. Se si osservava bene da vicino, si potevano scorgere delle lettere nascoste tra i bordi e le insenature delle terre e si leggeva chiaramente un nome. Era un nome semplice, di tre sole lettere.

Era il nome di Val.

*

L'aveva finalmente trovata.

Era sicuramente lei sdraiata su quel lettino. Ma la gioia che Eryn pensava avrebbe provato nel momento in cui si sarebbe ricongiunta a lei, non arrivò.

Era spaventata dall'idea che le avessero fatto del male, usata e privata della sua intimità come una cavia da laboratorio e non capiva in quali condizioni si trovasse ora; tantomeno se fosse ancora viva. Iniziò a salirle una rabbia mai provata prima dalla bocca dello stomaco e una scarica di adrenalina prese il posto dell'ansia e della paura.

Ebbe una reazione completamente inaspettata, che lasciò stupiti e impreparati tutti quanti.

Si girò di scatto verso Luke, dato che era quello più vicino a lei e, urlando come una disperata, si scagliò contro la sua faccia come un felino con la preda, tirando pugni all'impazzata e cercando di graffiarlo; non era capace di picchiare e lui era molto più grosso e preparato, ma lo colse talmente di sorpresa che non riuscì a parare i primi pugni, che gli finirono tutti dritti sul naso e gli occhi.

Quando cercò di allontanarle le mani e bloccargliele, Eryn iniziò a colpirgli il collo e le braccia. Lui non voleva farle del male perché non sapeva se sarebbe servita per qualche esperimento e cercava di difendersi senza toccarla troppo, ma stava diventando difficile contenerla dal momento che aveva preso a saltare, gridare e muoversi come una matta, scossa da tutta la rabbia che aveva accumulato.

Sarah non l'aveva mai vista così, non l'aveva mai sentita pronunciare tutti quegli insulti e per un attimo anche lei rimase scioccata dalla sua reazione; non ebbe però il tempo sufficiente per pensare di reagire e passare all'azione attaccando il sindaco, perché un gruppo di uomini incappucciati si era immediatamente radunato intorno a lui per proteggerlo e bloccare ogni tentativo di sommossa.

Non aveva visto da dove fossero usciti perché nel lungo corridoio deserto c'erano solo loro e non vedeva entrate vicine, ma in pochi secondi si erano materializzati.

Due di loro aiutarono Luke a bloccare Eryn immobilizzandole braccia e gambe con del nastro nero, prima di caricarsela sulle spalle e portarla verso la direzione dalla quale erano arrivati; non le avevano tappato la bocca così si sentirono, per tutto il tragitto, le sue urla e imprecazioni che non si addicevano di certo a una donna fine e colta come lei.

Legarono dietro la schiena anche le mani di Sarah e la riportarono insieme all'amica nella stessa stanza di prima.

Eryn non smise di urlare neanche quando la posarono, con poca gentilezza, per terra e fu solo quando Luke le mollò un sonoro schiaffo sul viso che si azzittì.

Il colpo fu forte e le lasciò un segno rosso sulla guancia.

"Così stai un po' zitta" le rispose lui, esasperato dalle sue grida.

Riammanettarono entrambe al termosifone a muro e uscirono tutti dalla stanza. Rimasero sole. Sarà stato per lo schiaffo ricevuto o per lo scatenarsi delle emozioni appena provate, ma Eryn iniziò nuovamente a piangere senza riuscire a smettere; tra un singhiozzo e l'altro, cercava di dire qualcosa, ma faceva talmente fatica a respirare e parlare che non si capiva nulla.

"Ssshh... Straniera, tranquillizzati ora. Ti sei solo spaventata prima vedendo Val, ma ora ti devi calmare. Devi rimanere lucida e forte. È una delle loro tattiche farti crollare emotivamente, ma tu devi resistere". Sarah provò a rassicurarla; riuscì a decifrare solo un "è morta" ed "è tutto finito" tra le lacrime e i sospiri vari, prima di sentire un rumore di voci fuori dalla porta e vedere la maniglia che si abbassava.

"No, non è tutto finito. Siamo vive e usciremo da qui. Lo devi a Zena", fu l'ultima cosa che le bisbigliò per farle coraggio, prima che entrassero nuovamente Tyler e Luke nella stanza.

Erano soli e sembravano meno amichevoli rispetto a prima. O almeno non fingevano più di esserlo.

"Alzatevi". La voce di Luke rimbombò severa e roca.

Ubbidirono subito e si tirarono su, facendo stridere le manette sull'acciaio del termosifone, e rimasero a guardare in silenzio i due uomini che si spostavano dietro la scrivania di fianco a loro. Tyler si sedette sulla sedia mentre Luke rimase in piedi.

"Ti sei calmata? Altrimenti siamo costretti a sedarti di nuovo. Decidi tu, sei libera di scegliere". Il sindaco si era rivolto direttamente a Eryn.

La sua voce era sempre calma e bassa, come se stesse parlando in uno dei suoi comizi, ma gli occhi non tradivano uno sguardo crudele, quello di un sadico senza cuore e sentimento.

Forse era per questo che era sempre stata incerta sul votarlo o no, c'era sempre stato qualcosa che non la convinceva in lui, parole dette e taciute, comportamenti troppo studiati, sguardi finti.

Eryn mosse la testa in su e in giù per dirgli che ora si era tranquillizzata; non osava più aprire la bocca per paura di ricominciare a piangere o, peggio ancora, riprendere a urlare e gridare come aveva fatto prima, quando tutta la rabbia e l'ansia avevano preso possesso della sua ragione.

Sapeva di aver superato il limite e doveva calmarsi, anche se la visione dell'amica sul lettino in quelle condizioni le aveva fatto pensare che le speranze e le possibilità di aiutarla e uscire da lì erano sempre più flebili.

"Perché?". La domanda di Sarah si levò bassa nell'aria.

Anche se l'aveva detto a Eryn per confortarla, sapeva che non avevano più possibilità di fuggire e voleva sapere almeno a cosa stessero andando incontro; il suo lato da detective e poliziotta le impediva di mollare un caso senza prima averlo risolto.

"Perché *cosa*? Perché prendiamo le donne? È molto semplice: per i miei cittadini, per la scienza, per il progresso, per il futuro", le rispose Tyler alzando le braccia in aria a ogni citazione per enfatizzarne l'importanza crescente.

Avevano capito che gli piaceva parlare e ascoltare la sua voce più di quella degli altri, elogiandosi ed elencando le sue doti e virtù. Non smise di farlo, infatti.

Sapeva che presto le avrebbero rinchiuse e preparate per gli esperimenti e non sarebbero state più una minaccia; aveva ancora un paio di minuti prima di doversene andare e così continuò a vantarsi della sua opera.

"Immagino conoscerete i miei bioreattori presenti in ormai quasi tutti i centri e cliniche del Paese, utilizzati per salvare e sostituire gli organi infetti e malati delle persone con la coltura dei tessuti umani. Ecco, con questi dispositivi siamo riusciti a fare molto di più. Non salviamo solo vite umane, ma le creiamo. In breve e per farvela semplice, i miei scienziati sono riusciti a sintetizzare una particolare molecola, presente ora in un farmaco, in grado di migliorare la qualità ovocitaria nelle donne o, nei casi più gravi, di creare da zero dei veri e propri ovuli all'interno delle ovaie. Questa particolare molecola, di cui dopo vi dirò il nome, oltre ad aumentare la qualità e la presenza degli ovuli, aumenta il desiderio sessuale, il desiderio di avere dei figli e crea un perfetto habitat fertile. Pensate che siamo riusciti a stimare un aumento del numero delle gravidanze del 92% nelle donne che hanno iniziato ad assumerla già dopo pochi mesi".

Tyler si toccò il petto trionfante prima di ricominciare il monologo.

"Una volta che la donna rimane incinta, anche se smette l'assunzione di tale farmaco, non elimina subito la molecola dal suo corpo. Essa continua a rimanere nutrendosi e crescendo attraverso il feto. Ma ecco la mia parte preferita. Per le sue proprietà chimiche, essa non è in grado di sopravvivere integra per i nove lunghi mesi della gestazione in quell'ambiente e inizia a decomporsi e sciogliersi intorno alla fine del sesto mese, finendo al fondo del collo dell'utero e diventando un tutt'uno con il tappo mucoso. Il tappo, come saprete, ha il compito di proteggere e mantenere il feto all'interno dell'utero fino alla fine della gravidanza. Ma cosa succederebbe se, per *magia*, venisse sciolto a contatto con la nostra amica molecola producendo delle piccole contrazioni? Uno splendido parto prematuro!". Iniziò a battere le mani.

Eryn e Sarah continuavano a guardarlo per cercare di capire dove volesse andare a parare.

"Sì, lo so. Può sembrare immorale a prima vista, ma in realtà è un dono che facciamo al neonato. Una volta nati, i prematuri non sono ancora del tutto autosufficienti e sono costretti a rimanere in ospedale dentro le incubatrici per un mesetto. Durante questo periodo, per aiutarli a diventare uomini e donne più forti, li sottoponiamo a dei piccoli controlli e, diciamo, *esami* con i nostri bioreattori".

"Cosa fate?!? Bastardi!", urlò sconvolta Eryn ripensando alle settimane in cui aveva lasciato sua figlia in ospedale dopo la nascita.

"Si calmi, Eryn. Non c'è nulla di cui preoccuparsi, anzi, mi dovreste ringraziare perché rendiamo i vostri figli più sani e intelligenti, incrementando la qualità dei loro geni e il loro Qi attraverso stimolazioni neurofisiologiche. Sinceramente non so nemmeno bene io come sia possibile tutto ciò, ma ho visto che sta funzionando. Ci sono ancora dei miglioramenti che possiamo fare, ma siamo arrivati a un ottimo punto".

"E in tutto ciò dove sta il guadagno per lei? Non penso lo faccia per un bene supremo senza un tornaconto personale. E soprattutto, a cosa servono tutte le donne rapite in questi anni? Sappiamo che si trovano qua o comunque che le avete usate". Sarah aveva utilizzato il tono calmo ma accusatorio che adottava ogni volta che si trovava a interrogare qualcuno, soprattutto se sentiva puzza di marcio.

"Ovviamente le donne ci servono per perfezionarci e studiare meglio il funzionamento del corpo femminile a contatto con la molecola, prima e durante lo stato di gravidanza. Senza di loro non avremmo potuto sperimentare gli effetti del farmaco".

Dal suo tono, Tyler sottolineò la banalità della domanda.

"Quindi rapite le donne per ingravidarle e usarle come animali per procreare?". Anche se aveva cercato di mantenere un tono professionale e calmo, Sarah aumentò di poco il volume e la voce iniziò a tremarle. Sapeva che potevano esserci centinaia di donne rinchiuse là dentro e, tra di loro, c'era sicuramente sua nipote.

"Ricreiamo il concepimento, certo. Ma ormai non facciamo più durare la gravidanza fino al settimo mese, ci faceva sprecare troppo tempo. Con un diverso dosaggio della molecola nel farmaco, riusciamo a decidere quanto farla proseguire. A noi interessa studiare il funzionamento e gli effetti soprattutto sulla corteccia cerebrale dei neonati. Grazie al fatto che nascono prima, presentano zone più piccole e meno sviluppate della materia grigia e bianca nel cervello, per il ridotto volume di ossigeno portato dai polmoni non ancora sviluppati al cento per cento. Dopo anni e anni di studi ed esperimenti, siamo riusciti a colmare queste lacune e ad aumentare, con particolari iniezioni, la corteccia aumentando il numero di connessioni sinaptiche tra i neuroni. Rispetto a quelle presenti in un neonato nato correttamente al nono mese, le abbiamo duplicate e stiamo lavorando per raggiungere la triplicazione. Non serve dirvi che tutto ciò porta a ottimizzare, migliorare e sfruttare in pieno le capacità sensoriali, motorie, percettive e le funzioni superiori come il linguaggio, la coscienza, la previsione, la creatività, e così via, del proprio corpo. Stiamo solo potenziando qualcosa che c'è già in noi, ma che rimane inutilizzato. Finalmente stiamo compiendo un altro passo nella catena evolutiva dell'uomo e ci stiamo distinguendo dall'inferiorità delle altre specie. Geniale la scienza, non credete?".

Tyler era talmente rapito dal suo discorso che a malapena sentì la domanda che gli rivolse Eryn.

"In effetti, sì. Un piccolo vantaggio per me c'è, ovviamente, ma è più che meritato. Come vi ho detto prima, decidiamo noi come alterare le percezioni e le capacità dei neonati, e le modifichiamo e influenziamo attraverso stimoli visivi e uditivi. Sembra impossibile come dei semplici suoni o immagini fatti sentire e vedere ripetutamente a quell'età, attraverso particolari impulsi, possano essere recepiti velocemente e rimanere presenti dentro il cervello per molto tempo, influenzando inconsciamente le decisioni future, per tutta la vita. Per questo i bambini, una volta nati, rimangono un mese in ospedale e vengono messi per qualche ora tutti i giorni dentro particolari bioreattori modificati ad hoc, che monitorano e sollecitano le loro percezioni sensoriali. Non vi siete mai chieste come sia riuscito a ottenere in così poco tempo tutta questa notorietà e popolarità?

Grazie ai bambini che stimoliamo e all'*inception* che trasmettiamo nel loro cervello con le immagini e i suoni, fin dai primi giorni di vita. Ovviamente non basta il mese in ospedale per mantenerli – diciamo così – connessi a noi. Occorre effettuare più sedute anche se a intervalli sempre meno regolari, una volta innescati, e conviene continuare fino all'età adulta attraverso i vaccini, in primis, e successivamente con la semplice somministrazione via orale del farmaco".

A Eryn venne subito in mente Lorayne e quella volta in cui aveva provato a entrare nel reparto del TIN fuori dall'orario di apertura al pubblico e aveva trovato chiuso, come le avevano detto, per le pulizie; aveva avuto ragione la segretaria, pensò allarmata. Si occupavano di pulire davvero durante la notte e probabilmente, in quelle ore, stimolavano i neonati. Era per questo che Lorayne era sparita e non l'aveva più vista ed era stata solo colpa sua perché aveva riferito al medico quello che le aveva detto.

Ma continuava a non capire come tutto ciò fosse collegato alle persone adulte e a coloro che l'avevano votato e l'avevano reso un personaggio politicamente importante.

Vedendo la sua faccia stranita, Tyler intuì i suoi pensieri e continuò la spiegazione; ormai aveva rivelato il suo segreto, tanto valeva raccontare tutto.

"Con le stimolazioni, i prematuri accumulano e immagazzinano molte più informazioni rispetto ai neonati normali e tendono a rilasciarle quando si trovano in uno stato di riposo e di quiete profonda. È durante la notte, infatti, che il loro cervello si attiva esponenzialmente in maniera inconscia e permette loro di fare cose impensabili per la loro età. Alcuni di essi si muovono, camminano e pensano come un adulto, ma soprattutto riescono a parlare. Imparano l'antica lingua del nostro Paese, il seneci, in modo tale che nessun altro li possa capire. Non conoscono tutte le parole, solo alcune e, come tutti i bambini, le ripetono continuamente divertendosi nel sentire la loro voce. In realtà lo fanno anche durante il giorno nei momenti di veglia perché ormai sono radicate in loro. Questi suoni, anche se non ve ne rendete conto, vengono immagazzinati dai sensori ricettivi nei cervelli degli adulti e, attraverso le mie campagne studiate e realizzate appositamente, vengono attivati creando un legame dipendente.

In parole semplici questi suoni, insieme alle mie pubblicità, hanno gli stessi effetti dei messaggi subliminali occulti che il cervello inconsciamente registra, e spingono le persone a sentirsi più attratti e portati a votare il sottoscritto, Tyler Ohtiy. Semplice e indolore, no?".

Tutto ciò era a dir poco mostruoso, scioccante. Irreale. Impossibile da pensare o anche solo da comprendere.

La spiegazione, nella sua semplicità, aveva mostrato come il sindaco stesse manipolando e usando le persone per la propria brama e sete di successo e potere.

Rapiva le donne per effettuare sperimentazioni, trasformava i bambini in marionette comandate e faceva il lavaggio del cervello alle persone per piegare tutti al suo volere. Era un sadico, un mostro, un tiranno. Si era vista gente spietata nel corso della storia, ma mai così infida.

A Eryn passarono davanti agli occhi tutti quei momenti in cui aveva visto strana sua figlia o aveva vissuto esperienze inspiegabili, e tutto le tornò chiaro; non era stata colpa di Zena, lei era normale. Era stata usata come strumento contro la sua volontà e natura.

Iniziarono a tremarle i muscoli per tutta la rabbia che sentiva montare dentro di lei e strinse forte le mani, chiudendole a pugno, per evitare di esplodere come prima. Doveva controllarsi. Lo voleva morto, anche se in quel momento poteva fare ben poco.

"Ma tutto ciò funziona per i genitori che hanno un bambino prematuro. Come fate con tutti gli altri?".

Sarah cercò ancora di farlo parlare per carpire ogni informazione.

"Giusto. Brava Sarah. Ottima domanda. Mi piace il tuo spirito d'osservazione. Come vi ho detto prima, il numero di parti prematuri sta aumentando sempre di più e continuerà a farlo. In questo modo il numero di genitori con bambini nati prima del termine sarà sempre più alto, quasi totalitario. Ci saranno poche persone che non avranno figli o li avranno al nono mese di gestazione, ma non mi preoccupano. Saranno talmente una minoranza che verranno influenzati dall'opinione pubblica e non costituiranno un pericolo o ostacolo per me. Ah, mi sono dimenticato di dirvi che il farmaco usato non è nient'altro che il composto vitaminico Fxoly, distribuito gratuitamente in tutti i centri sportivi e le strutture mediche della città. Ormai viene consumato da un gran numero di persone, soprattutto donne che tengono al proprio fisico e benessere, e presto verrà assunto da tutte le altre. La gente pensa che partorire in anticipo sia causa dello stress o del nuovo stile di vita, ma adesso voi sapete che non è così". Fece l'occhiolino divertito prima di continuare. "Con il passare degli anni sarà la normalità far nascere il proprio figlio al settimo mese e nessuno si stupirà o preoccuperà più".

Eryn capì immediatamente il motivo del suo drastico cambiamento interiore negli ultimi due anni e perché avesse cambiato idea sul lavoro, sulla famiglia e sul volere dei figli; amaramente, seppur amasse Zena più di se stessa, prese atto che non era stata lei a cambiare per volerla ma era stata circuita.

Non riusciva più a contenere la sensazione di disagio che aveva dentro; non solo avevano usato sua figlia, ma avevano giocato con il suo libero arbitrio e con la sua coscienza.

Era diventata anche lei una pedina della loro scacchiera, come tante altre donne.

Pensò anche che aveva incominciato a ritornare se stessa dal funerale della nonna, proprio quando aveva smesso di prendere le vitamine.

Era tutto così assurdo... Non riusciva a capacitarsi di ciò di cui era appena venuta a conoscenza. Era stata manipolata così facilmente attraverso delle stupide pubblicità, propagande e vitamine gratuite.

Allora anche i medici e i ginecologi della città erano d'accordo.

Sanità, giustizia e sistema, tutti ai comandi di un unico uomo spietato e perfido. Ma quello che le sembrava davvero inconcepibile era che Tyler avesse fatto tutto quanto per rivestire una semplice carica da sindaco, seppur Zelma fosse la capitale e una delle città più importanti.

Poi intuì la verità che stava alla base.

Lui non voleva solo Zelma: voleva tutta la nazione per diventare l'uomo più potente della Congleration e del mondo. Secondo la legge vigente, sarebbe stato un gioco da ragazzi per lui vincere le prossime elezioni e anche le presidenziali.

Non osava immaginare dove avrebbe portato il suo Paese, ma sapeva che andava fermato; c'era in ballo la vita di troppe persone.

Guardò Sarah per vedere la sua reazione alle ultime rivelazioni, ma la porta si aprì di colpo ed entrò Luke, uscito dalla stanza mentre il sindaco era intento a dare delucidazioni sulla sua attività diabolica.

"È ora", disse solamente prima di richiuderla dietro di sé.

"Bene, signore. Il nostro tempo insieme è terminato. Mi dispiace deludervi, ma vi devo salutare. Spero che vi troverete bene qui con noi. Come avrete capito, siamo diventati una famiglia ormai e le famiglie devono stare sempre insieme. Spero di tornare presto a salutarvi".

Parlò mostrando una fila di denti bianchissimi dietro un largo sorriso; inchinò di poco il capo come i veri gentlemen e uscì.

Eryn sperava di rimanere un momento da sola con Sarah, per capire cosa avrebbero potuto fare. Ma temeva che le avrebbero divise e che lei non sarebbe più riuscita a liberarsi e a uscire da lì.

I secondi passavano e sentì salire un nodo in gola per l'ansia di dover fare qualcosa al più presto, senza sapere cosa. Intanto Tyler se ne andò e chissà quando l'avrebbero rivisto.

Luke si avvicinò senza proferire parola e aprì le manette a entrambe per staccarle dal termosifone e richiuderle tra di loro in modo da tenerle legate l'una con l'altra.

Nonostante la situazione, fu un sollievo. Almeno sarebbero rimaste insieme.

Eryn guardò Sarah negli occhi e vide che le sorrideva. Probabilmente stava pensando la stessa cosa.

"Forza, alzatevi. Dobbiamo andare di sotto".

Luke le distolse dai loro pensieri e le invitò bruscamente ad alzarsi tirando su il braccio di Sarah.

Una volta in piedi, si mise dietro di loro. Aprì la porta e le fece uscire.

Le due donne lasciarono la stanza in silenzio; una volta fuori, si girarono verso di lui per sapere da che parte andare. Sinistra. Si incamminarono in quella direzione sempre in silenzio seguite dall'uomo a pochi passi.

Si sentiva solo il rumore delle scarpe che rimbombava nell'ambiente vuoto; da quel lato non vi erano panchine appoggiate lungo i muri e non c'erano vetrate che permettevano di vedere all'interno delle stanze. Sembrava non esserci nulla, solo pareti e porte chiuse, anche se il passaggio era illuminato da grossi neon. Stavano per arrivare alla fine del corridoio quando Luke intimò loro di fermarsi; erano appena passate davanti a un ascensore bianco completamente mimetizzato tra le pareti tanto che nessuna delle due si era accorta della sua presenza. Infilò una chiave dentro una piccola serratura e azionò il meccanismo.

Si udì un rumore metallico ed elettrico provenire dall'interno della struttura che si propagò con un piccolo tremolio lungo tutti i muri, fino ai finestroni dietro loro.

Sembrava l'inizio della scossa di un piccolo terremoto.

Il rumore non cessò e crebbe sempre di più, tanto da far sembrare instabile anche il pavimento. Vibrava tutto.

Eryn guardò prima Sarah e poi Luke per accertarsi che fosse tutto normale e fosse causato dall'arrivo dell'ascensore, e non da qualcos'altro di anomalo.

Ma anche Luke era in allerta. Tirò fuori la pistola da dietro la schiena e la impugnò stretta. Stava accadendo qualcosa. Le vibrazioni continuarono ad aumentare.

Dal fondo del corridoio, in lontananza, sopraggiunse un altro strano fragore; non capirono subito di cosa si trattasse perché era un suono basso, confuso, un mix di rumori uno sopra l'altro simile a un forte frastuono di voci urlanti e tocchi metallici insieme. Erano tutti e tre in allerta e le due donne sentirono gelarsi il sangue nelle vene. Luke le spinse contro il muro e si buttò sopra di loro mentre scrutava a destra e a sinistra per tenere sotto controllo l'area, con la pistola sempre puntata dritta davanti a sé. Il rombo si avvicinava sempre di più.

Di colpo le luci si spensero e il corridoio rimase immerso nel buio, rischiarato solo dal riflesso argenteo della luna che filtrava ancora da fuori.

L'ascensore non arrivava: erano completamente allo scoperto e privi di riparo.

Nemmeno Luke era preparato a quel diversivo. Cercò di portare le donne dentro una delle stanze più vicine, ma Sarah reagì. Si scaraventò su di lui assestandogli una forte testata sul naso; sapeva come muoversi e come colpire e, dallo scricchiolio che si sentì e dal flusso di sangue che iniziò a colare, Eryn capì che gliel'aveva rotto.

"Ma che c...". Luke si mise a gridare dal dolore. L'aveva colto alla sprovvista, concentrato più sul tumulto in avvicinamento e meno sulle donne. Non si aspettava una simile mossa. Si portò le mani al viso per contenere il flusso copioso di sangue mentre, alla cieca, cercava di riafferrare le due donne. Non ci vedeva più. Non riusciva a tenere gli occhi aperti.

Eryn rimase attonita e stupita. Per poco non si fece male anche lei, sbattendo la faccia per terra dopo che Sarah l'aveva strattonata velocemente. Luke aveva fatto cadere la pistola per terra dallo shock e Sarah non ci aveva pensato due volte a chinarsi a raccoglierla ma, essendo ammanettata con Eryn, spinse anche lei giù.

L'istinto da poliziotta aveva preso il sopravvento su quello da prigioniera.

Ora erano di nuovo armate.

"Cosa facciamo?", le urlò Eryn cercando di sovrastare le grida di Luke e il frastuono in avvicinamento, sempre più forte.

Ma Sarah non ebbe il tempo di rispondere.

Dalla parte opposta in cui si trovavano, intravidero emergere da dietro l'angolo una grossa macchia nera indistinta che si muoveva velocemente e caoticamente verso loro.

Non si capiva cosa fosse, non si riusciva a distinguerne la forma e i contorni; rimasero ferme e immobili dallo spavento, come due animali selvatici quando attraversano la strada di notte e vengono investiti dai fari di un auto.

Si resero presto conto che la macchia indistinta era un insieme di persone, probabilmente militari, tutti vestiti di nero con indosso un grosso casco, muniti di particolari protezioni simili a moderni scudi tecnologici, che coprivano parte del corpo. Sembravano gli stessi uomini che le avevano sequestrate e narcotizzate quando si trovavano sulla collinetta di sabbia, solo più armati. E stavano correndo nella loro direzione.

Senza pensarci troppo, Eryn agguantò il braccio di Sarah e le urlò spaventata di scappare; ma l'amica rimase dov'era, come imbambolata. Li guardava mentre venivano verso di loro. Provò allora a strattonarla forte, mantenendo la presa salda, e le gridò in faccia che dovevano andarsene via subito. Ma non era abbastanza possente da riuscire a trascinarla con sé. Le diede dei piccoli schiaffi sulla guancia per farla riprendere perché sembrava in trance ma, quando provò ad aumentare la forza, Sarah le prese la mano e gliela bloccò in aria continuando a guardare davanti a lei. Pareva in estasi. Poco dopo iniziò a ridere e a piangere. Le lacrime si mescolarono ai sorrisi, nello stesso momento.

Eryn non riusciva a capire cosa le stesse succedendo. Pensò che ricominciassero a farsi sentire di nuovo gli effetti delle droghe che le avevano dato prima per addormentarla e che stesse perdendo il senno.

Ma non voleva arrendersi; continuò a provare ripetutamente a togliere la mano dalla sua stretta e a urlare di scappare. Ma non riusciva a divincolarsi.

Era decisamente più forte di lei.

La guardò disperata, gridando e insultandola per farla riemergere dal suo stato, ma lei continuava a fissare le persone che si stavano avvicinando, sorridendo con gli occhi bagnati dalle lacrime. Si girò anche lei per capire a che punto fossero arrivati e non credette ai suoi occhi.

Le uscì un grido dalla gola, ma questa volta di vero stupore e non di paura.

Quelle figure vestite di nero avevano rallentato il passo e iniziato a camminare verso di loro; avevano abbassato gli scudi e alcune di loro si erano tolte i caschi.

Tra esse, riconobbe immediatamente un ciuffo grigio che scendeva sugli occhi e non fu mai così felice di vedere quel volto familiare.

Nello squadrone armato, in prima fila, il viso di Frank spiccava tra tutti e le guardava sorridendo.

Erano arrivati a salvarle.

*

Le ore successive passarono velocemente, avvolte in un velo nebbioso e confuso di ricordi.

Frank le portò fuori, nel cortile, dov'era stata allestita una tenda di primo soccorso e le fece visitare dal medico per accertarsi che stessero bene; non erano state ferite ma erano molto scosse e provate dagli ultimi avvenimenti e accettarono, senza lamentarsi, i tranquillanti che il dottore consigliò loro di prendere.

Seguirono fedelmente Frank nei giri d'ispezione della I.T.O. e piansero fiumi di lacrime salate quando videro Val, Emily e tutte le altre donne chiuse nei laboratori sotterranei, ma vive.

Val aveva subìto qualche intervento ma non le avevano impiantato ancora l'embrione fecondato per effettuare gli esperimenti; Emily, invece, non era stata proprio toccata. A differenza delle altre donne, non le avevano nemmeno tagliato i capelli e fatto indossare la vestaglia bianca, usata come divisa. Probabilmente non era stata rapita per essere usata come cavia, ma per farle tenere la bocca chiusa visto che aveva iniziato a fare troppe domande sul suo passato.

Le portarono tutte fuori con le barelle mediche e le trasferirono in ambulanza nel centro ospedaliero psichiatrico di Zelma; sicuramente, oltre a controllarle e a verificare lo stato di salute del corpo, avrebbero dovuto aiutarle a ricomporre la loro salute mentale.

Eryn fu contenta di vedere, per un attimo, Val sveglia; l'amica, che era dimagrita di parecchi chili, era molto provata e appena la vide riuscì solo a piangere lacrime amare per tutta la paura e disperazione provate. Si strinsero in un lungo abbraccio.

Eryn le fece forza, la coccolò e la cullò tra le sue braccia come faceva con Zena per calmarla, prima di lasciarla nelle mani esperte dei medici e degli infermieri che la portarono via.

"Andrà tutto bene, amica mia. Ora sei salva e al sicuro. È tutto finito. Adesso non ci divideremo mai più, non ti lascerò più andare via da me così facilmente. Stai tranquilla. Ti verrò a trovare tutti i giorni", le sussurrò all'orecchio prima di salutarla.

L'incontro tra Sarah e Emily fu meno intimo; le due donne non si vedevano da quando la nipote aveva pochi mesi di vita e, anche se imparentate, non si conoscevano ed erano imbarazzate per la situazione. Ma anche loro si abbracciarono prima di salutarsi e Sarah le promise che sarebbe andata a trovarla in ospedale e non l'avrebbe lasciata sola.

Frank intanto, insieme ad altri due uomini e una donna di colore, dirigeva le forze militari e organizzava squadroni per effettuare sopralluoghi in ogni punto dell'edificio.

Uno dopo l'altro, tutti coloro che si trovavano là dentro uscirono ammanettati e furono caricati su speciali furgoni dell'esercito per essere trasportati in qualche sede politica o militare ed essere interrogati. Eryn vide uscire anche Luke con un viso che sembrava una maschera per tutto il sangue che gli era colato.

Non appena la calma fu ristabilita, Frank si avvicinò alle due donne e raccontò di come avessero deciso di agire, nonostante il rischio che potevano correre.

Sarah non se lo ricordava, ma prima di essere catturata e perdere i sensi aveva premuto il pulsante d'allarme sul cellulare che aveva messo subito in allerta l'amico; lui si era precipitato sul posto per controllare di persona la situazione e, quando aveva capito che doveva intervenire, aveva avvisato alcuni suoi "amici" fidati per farsi aiutare.

Per fortuna non tutti in politica o nelle forze armate erano stati comprati o plagiati dal sindaco e Tyler aveva ancora qualcuno che non lo vedeva di buon occhio, soprattutto tra coloro che facevano parte della cerchia dell'attuale Presidente. Ovviamente Frank non entrò troppo nei dettagli, e tralasciò di spiegare chi e come lo avesse aiutato, ma alle ragazze non interessava saperlo; la cosa importante era che le avevano liberate e avevano salvato tutte quelle donne.

Da parte loro, Eryn e Sarah gli raccontarono tutto quello che Tyler aveva svelato e che permise di fare luce sui tanti misteri e buchi neri su cui i servizi segreti indagavano da diverso tempo. Dovettero ripetere la storia altre tre volte a persone diverse prima di avere il permesso di poter andare finalmente a casa. Fecero solamente firmare loro un foglio legato alla privacy in cui garantivano la completa riservatezza e segretezza su tutto quanto.

Tyler era stato catturato prima che riuscisse a scappare via e ora si trovava chiuso in qualche stanza nascosta con pezzi grossi dei servizi segreti e dell'entourage presidenziale. Era sotto interrogatorio. Non l'avrebbe passata liscia anche se all'esterno non avrebbero mai potuto raccontare la totale verità sui fatti.

Avevano già pronta una dichiarazione da fare riguardo al suo arresto e le dimissioni immediate; l'avrebbero accusato di progettare e creare farmaci di contrabbando per il mercato nero e di rapimento per aver usato le donne come cavie per testare alcuni medicinali.

Non avrebbero divulgato le notizie riguardanti i neonati e i suoi piani per plagiare le menti e la vita delle persone; avrebbero tolto dal commercio le vitamine Fxoly, radiato dall'albo i medici e coloro che erano al corrente della questione e incarcerato tutte le persone coinvolte in quel giro. Probabilmente qualcuno era davvero all'oscuro delle sperimentazioni e dello scopo per il quale veniva prescritto il farmaco, ma avrebbero comunque indagato a tappeto e continuato a controllare e supervisionare il loro lavoro.

Frank fece salire su un'auto nera le due donne prima che arrivasse la stampa e le mandò a casa per riposarsi; si sarebbe fatto sentire lui per gli sviluppi sul caso.

Prima di chiudere la portiera, ricordò loro di non raccontare a nessuno cosa sapevano di tutta la vicenda e le pregò di attenersi a quello che i servizi segreti avevano suggerito di dire.

Prima di salutarlo e andare via, Eryn gli toccò il braccio dal finestrino abbassato ed espresse il suo dubbio in merito alla paura più grande che si teneva dentro.

"Cosa ne sarà dei prematuri? Guariranno?", gli chiese preoccupata. Ovviamente il suo primo pensiero era andato alla figlia e voleva capire se e come avrebbe potuto aiutarla per farla ritornare a una vita normale.

"Ma certo, Eryn. Torneranno come nuovi. I nostri scienziati stanno già interrogando l'equipe della I.T.O. per capire quello che hanno fatto. Avendo agito principalmente su stimolazioni nervose del cervello, gli effetti sono reversibili e possono essere annullati e dimenticati. Magari ci vorrà un po' di tempo, ma vedrai che Zena non avrà alcun tipo di problema, né ricordo. Stai tranquilla, su questo sono sicuro". Dopodiché diede un colpo con la mano alla portiera e l'auto parti.

Anche se non era un esperto del settore, le sue parole la tranquillizzarono. Era già l'alba, ma lei e Sarah avevano assolutamente bisogno di dormire e spegnere il cervello per qualche ora prima di riprendere la solita routine e ricominciare tutto daccapo.

Mentre erano in macchina rimasero in silenzio, ognuna immersa nei propri pensieri e Eryn considerò che, dalla sera prima, si sentiva cambiata, una persona nuova.

Aveva come la sensazione di fare ritorno a casa dopo un lungo viaggio. Si sentiva diversa, non era più se stessa e anche il mondo intorno a sé sembrava nuovo, sconosciuto, quasi estraneo.

Di sicuro quell'esperienza l'aveva cambiata e l'aveva resa una donna più consapevole della propria vulnerabilità, ma anche più forte.

Capì nel profondo quali fossero i veri valori da considerare importanti e si ripromise che mai e poi mai avrebbe permesso a qualcuno di fare del male a sua figlia, a lei o a qualche persona cara.

Forse era vero che una volta toccato il fondo non potevi far altro che provare a riemergere.

Era assurdo, una follia, ma capì che anche quella macabra e pericolosa esperienza le era servita per crescere e riprendere coscienza di se stessa.

Non credeva in Dio, ma fu grata di essere ancora viva e di poter continuare a vivere; perché in fondo è quello per cui tutti noi siamo destinati a combattere.

Per vivere.

EPILOGO

"Tuo figlio ha fallito. Non possiamo più usarlo, dobbiamo sbarazzarci di lui e passare all'altro piano. Non abbiamo più molto tempo e non siamo nella posizione di poterlo sprecare".

Era stato Frederik Brums a parlare, uno dei soci fondatori dell'associazione "Seven", nata quarant'anni prima a scopi scientifici e diventata nel tempo una delle società più potenti e influenti del mondo, anche se nessuno conosceva davvero il suo operato.

Agiva all'oscuro di tutto e tutti ma aveva uomini fidati in ogni città, ufficio, centro o angolo delle strade che gli permettevano di avere bocca e orecchie su ogni decisione, pensiero e azione.

Gli affiliati erano tutti uomini e nessuno conosceva il volto e il nome dei tre fondatori perché venivano reclutati attraverso il web dopo mesi di pedinamenti e pagati in contanti attraverso buste sigillate recapitate a casa, al lavoro o in luoghi casuali a qualsiasi ora del giorno e della notte.

Era stata creata quasi per gioco da tre ragazzini che amavano più la scienza e la chimica delle persone ed erano dei veri e propri geni in quello che facevano e immaginavano.

La Seven era stata – ed era tuttora – il loro mondo da perfetti studenti modello quali erano, emarginati dalla società e dai coetanei perché diversi e, soprattutto, perché stranieri in un periodo in cui nella Congleration non ve n'erano molti.

Da quel tempo tante cose erano cambiate, c'erano stati matrimoni – tutti ormai finiti –, figli, scoperte e denaro, tanto denaro che li aveva portati al potere e alla perdita della ragione.

Il cuore pulsante della società non era più la piccola camera di Bruce Ban, uno dei tre fondatori, a Zelma ma si era dovuta spostare all'interno di un caveau blindato, nascosto in una grotta nella montagna Soran. Avevano lasciato le tante sedi, i laboratori e la parte amministrativa allo scoperto in diverse città del Paese ma le idee e le particolari manovre scientifiche venivano da lì, dove a decidere e manovrare il destino e il futuro di una nazione intera erano tutti e loro tre insieme.

Non uscivano quasi mai dal caveau e poche persone fidate lavoravano a stretto contatto con loro, ma non temevano un tradimento dato che non permettevano nemmeno a loro di uscire ed erano costantemente e *internamente* controllate; oltre ad aver plagiato con stimolazioni sensoriali le loro menti, avevano inserito dentro il loro cervello dei particolari microchip di geolocalizzazione che, in caso di stretta necessità, potevano essere attivati come piccole bombe ed esplodere, camuffando la morte della persona come un'ischemia cerebrale.

Alex Ohtiy sospirò. Aveva creduto tanto nella possibilità di usare il figlio per i loro piani espansionistici e, fino a pochi giorni prima, aveva ritenuto di potercela fare.

Era stata un'ottima scelta dal momento che avevano iniziato a fare i primi esperimenti proprio su di lui e conoscevano perfettamente il suo cervello e come farlo funzionare.

Era anch'egli un settimino ed era completamente ignaro e all'oscuro di tutte le ricerche e degli studi del padre. D'altronde l'aveva visto molto poco da piccolo.

Per loro tre era soltanto un gioco, una macchina, un'arma e l'avevano usato per arrivare ai cittadini di Zelma e, in breve, a tutta la Congleration States. O comunque quello era il piano.

Quando i loro esperimenti li avevano portati a capire come realmente controllare il cervello altrui attraverso stimolazioni e impulsi fin dalla tenera età, per la loro sicurezza, i tre scienziati avevano deciso di allontanarsi dalla famiglia e avevano inscenato una morte anticipata per continuare ad agire indisturbati e al sicuro.

All'inizio l'avevano fatto per proteggerli, poi le cose avevano preso una piega diversa. Ma non si erano mai pentiti e non avevano provato rimorsi o sentito la loro mancanza.

I loro intenti erano nati buoni, innocenti, quasi altruistici; volevano studiare le reazioni cerebrali umane per migliorare i comportamenti delle persone, ampliarne le capacità e conoscenze e sconfiggere molte malattie. Ma l'indole umana è debole e facilmente corruttibile davanti ai soldi e al potere e presto i loro studi si focalizzarono su altri aspetti.

Avevano perso la lucidità e la loro coscienza morale ed erano diventati dei mostri senza cuore.

Alex non voleva spegnere Tyler ma sapeva quali fossero gli accordi; non che gli volesse bene come un padre dovrebbe volerne a un figlio, ma era pur sempre sangue del suo sangue e, cosa più importante, il suo primo esperimento, l'orgoglio dell'inizio delle sue ricerche. Gli ricordava i primi anni di gioventù, quando si era avvicinato estasiato e incuriosito agli studi sul cervello e sulle sue capacità, non ancora del tutto utilizzate e conosciute dall'uomo.

Dopo qualche minuto di silenzio, Alex guardò negli occhi Frederik e Bruce, i suoi due unici amici nonché soci. Aveva riflettuto sulla decisione. Con un nodo alla gola, diede la conferma a procedere.

"Va bene, spegniamolo".

Ciò significava fargli esplodere il piccolo chip che gli avevano impiantato; non tutti i settimini al momento sottoposti alle stimolazioni li avevano. Solo quelli che era necessario controllare più da vicino, per poterli plagiare maggiormente e con più precisione – anche se il piano era, nel breve, di impiantarlo a tutti per velocizzare e migliorare la fase di inception.

Avevano lasciato troppo spazio a Tyler e troppa libertà espressiva; aveva parlato più del dovuto, rivelando i loro piani e sviluppi. Avevano deciso di fargli credere che fosse lui l'ideatore di tutto ciò facendolo entrare completamente nei loro panni per trasmettergli ancora più vigore e passione in quello che faceva. Ma non avevano tenuto conto del suo ego e di come esso gli si fosse rivoltato contro, rovinando tutto.

Ma per fortuna nessuno li conosceva, nessuno fuori sapeva quali fossero le loro vere identità e non li avrebbero mai trovati.

Avrebbero continuato a fare ricerche per migliorarsi ancora e sarebbero passati al secondo piano che avevano in serbo.

Questa volta non avrebbero più fallito, non potevano.

Si sarebbero serviti direttamente dei figli del Presidente.

Ringraziamenti:

Alla mia *cecchina* – la mia paziente e pignola editor – che mi ha seguito con dolcezza, lettera dopo lettera, per aiutarmi a migliorare l'opera.

Ai miei genitori, i miei primi lettori, per l'entusiasmo e la passione nei confronti della lettura e della scrittura che mi hanno trasmesso durante tutta la mia vita.

Al mio amato marito, la mia dolce metà, la mia *roccia galleggiante* che mi ha sempre appoggiata, motivata e spronata a dare il massimo e a seguire i miei sogni. Senza di lui non avrei avuto il coraggio di iniziare e di lasciare il Bel Paese.

Ma soprattutto a Zoe, la mia piccola musa, la mia nuova vita da cui tutto è partito e che ha permesso alle mie fantasie letterarie di concretizzarsi. Senza di lei nulla di tutto questo ci sarebbe stato.

Youcanprint
Finito di stampare nel mese di settembre 2019